Der Olivengarten

Die Geschichte einer ungewöhnlichen
Liebe zu dritt in Arabien

Herstellung: Books on Demand GmbH, Norderstedt
ISBN 3-924226-17-2

© 2002 Andreas Rothe – Layout & Cover : Triadon
Informationen unter http://www.Diamond-lotus.de

Der im Roman vorkommende Name: Toe wird To-e ausgesprochen und nicht Tö, wie die Schreibweise auch vermuten lassen könnte.

Einige Namen und Personen dieses autobiografischen Romans sind frei erfunden, mögliche Ähnlichkeiten mit lebenden Personen daher unbeabsichtigt, alle Orte und geographischen Angaben dagegen entsprechen den tatsächlichen, wo ich war und gelebt habe.

Mit besonderem Dank und Respekt widme ich dieses Buch all jenen, die den Mut haben ein ungewöhnliches Leben zu wagen, worin die Liebe in ihrer ganzen Tiefe authentisch und ehrlich erlebt wird und nicht hinter gesellschaftlichen Klischees schamhaft versteckt werden muß, um einer scheinmoralischen Gesellschaft zu willfahren in ihren Lebenslügen, die letzten Endes Anlaß und Grund sind für Hass und Krieg in der Welt.

Der Autor

Der alte Ibn Daud hob eine riesige, glänzende Olive vor sein Auge, drehte sie genießerisch zwischen Daumen und Zeigefinger, bevor er sie schmatzend in den Mund schob und dazu andächtig murmelte: "Der Herr mehre das Meinige und segne mir alle diese knabenhaften Beeren meines Gartens." Hiernach rülpste er und verschied, sechsundsiebzigjährig, mitten im öffentlichen Bad nach einem genußvoll ausschweifenden Leben.

"Meine lieben Hinterbliebenen ..."

Ich stehe eines regnerischen Herbstrmorgens etwas abseits auf einem Karlsruher Friedhof als Trauergast einer Familie, zu der zu gehören ich mich frage, und die professionell pietätvoll ausladende Stimme des badensischen Pfarrers trägt mich fort in einen Sog tiefer Erinnerungen.

Ich sehe an mir herunter, weiße Tuchhosen und für die Jahreszeit zu leichte Zehenlatschen aus Leder. 'Deplaziert' denke ich, 'deplaziert', denn ich schreibe gerade an einem erotischen Roman. Wie paßt eine Beerdigung in diesen Zusammenhang? Ein

Telefonanruf hatte mich gestern überraschend erreicht, von der Mutter, dieser Frau, die hier beerdigt wird. So stehe ich jetzt hier, und der Roman und die Beerdigung vermischen sich, trotz der mahnenden Worte des Pfarrers.

In meinem Roman schreibe ich gerade an einer maurischen Badeszene in Tunesien, wo ich gelebt habe, und dort ist es warm, mit strahlendem Licht, trockener Luft und geilen Gedanken, weiß blitzenden Augäpfeln junger, dunkler Männer mit nackten Armen und Beinen. Ich lasse meinen Blick auf den Beinen der Trauernden ruhen: Derbes Schuhwerk, eine schmale Schnalle, Sohlen, die nicht zum Laufen taugen, ein Paar atemberaubende Pumps, deren Spitzen hilflos im Schlamm der aufgeworfenen Friedhofserde nach Grund rudern, zwei schwarze, militärstiefelartige Sohlen, hochgeknöpfte und kräftig gewichste Schäfte unter dem geistlichen Gewand, daneben damenhafte Haferlschuhe; oh Gott, wie unerotisch. Ich wage es nicht, mir die verschwitzten, eingeklemmten Zehen in ihrem Pilzbad eingemachter Abgestandenheit darin vorzustellen.

Wer weiß hier eigentlich irgend etwas von der Verstorbenen? Jeder mimt Anteilnahme an etwas, das ihm numinos, gänzlich unbekannt ist und eher Angst macht denn eine schöne Erinnerung.

Und da bin ich wieder mitten in meinem Roman. Diese Frau, die hier vielleicht lächelnd als Seele zwischen uns steht und mit mir das Schuhwerk inspizieren mag, hat mit mir, Arm in Arm, im Olivengarten *Ibn Dauds* in der Sonne Tunesiens gestanden, und wir hatten uns über die schönen Barfüße der Jungen unterhalten, über die blauen

Tätowierungen der Frauen an den Beinen und die weichgelaufenen Zehenlatschen eines Bauern, der vielleicht Lehensnehmer der Olivengärten *Ibn Dauds* gewesen sein mag, mit seinen vierzehn Jahren und seinen rosaroten Zehenbeeren an den elegant glänzenden Beinen.

Wie erotisch waren diese Zehen, wie erotisch die Handgelenke und mit Armreifen geschmückten Hände der Frauen, die Brauen und Wimpern der ganz offenen Augen, die mich Fremden, viel später, neugierig und als Unzugehörigen einer arabischen Trauergemeinde bei dem Begräbnis *Ibn Dauds*, Jahre darauf, ansahen.

Was für eine gruftige Atmosphäre dagegen hier. Die Ursache dafür ist nicht das Wetter oder der badische Dialekt des Pfarrers, es ist bedrückend, weil niemand wirklich etwas weiß von dieser Frau in der hellen Holzkiste und auch gar nicht wissen will.

Von *Ibn Daud* wußten alle fast alles. Und die drei weinenden, schönen jungen Männer damals, die ihn zu Grabe trugen, zusammen mit den männlichen Familienangehörigen, waren nicht seine Söhne gewesen. Jeder wußte, daß es seine geliebten Knaben waren. Jeder wußte, daß er mit ihnen mittwochs das Bad bevölkerte und terrorisierte mit seinen Witzen und Männerspielen und zweideutigem Klatsch über die Frauen anderer Männer, deren lahme Lenden oder biedere Gesinnung er mit beißendem Spott und Gelächter überzog, trotzdem er ein gläubiger Mann war.

Da, plötzlich, neben den Damenschuhen ohne Absatz: Turnschuhe und weiße Socken, gleich zwei Paar nebeneinander. Ich sehe auf und blicke in dunkle

Augen zweier junger Männer. Sie machen einen etwas hilflosen und desorientierten Eindruck. Die Mutter der Verstorbenen, Frau Dr. Weißling, lehnt sich etwas an die beiden, aber sie bedarf keiner Stütze, es soll nur so aussehen. Ihr Blick weist mich in Schranken und von den Jungenbeinen weg. Ihr leicht gekniffener Mund will mir das Reden verbieten, die Worte, die mir kommen könnten, in den Hals zurückschieben. 'Über diese beiden Männer sollte ich mir besser keine Gedanken machen', hatte sie mir am Telefon meine Frage nach ihnen bestimmt zurückgewiesen. Was wissen sie denn über die beiden Söhne von Ihr? Nur Heutiges, aber nichts darüber, wie sie entstanden und wofür sie Ausdruck sind.

Nein, Frau Dr. Weißling, ich werde nicht nur schreiben, was ich sehe - auch das Verdrängte und Vergangene meiner persönlichen Geschichte kommt herauf und will sich diesen jungen Männern mitteilen. Ich fühle, daß es das muß; wer weiß, wo sie mit ihren eigenen Gefühlen und ihrer drängenden Männlichkeit heute sind. Was wissen sie über ihre Mutter? Wer ist hier überhaupt wirklich von wem der Vater? Frau Dr. möchte alles ruhen lassen, wie ihre Tochter hier, schweigend zu Grabe tragen.

Ich will sie aber nicht ruhen lassen. Die ganzen Jahre hat es in mir geruht. Es hatte keinen Anlaß mehr für eine Begegnung gegeben. Ich hatte drei oder viermal mit Briella telefoniert, noch einen Monat vor ihrem überraschenden Tod an Brustkrebs, den keiner erkannt haben will. Selbst da kam kein ernsthafter Versuch auf, die gelebte Liebe und Lust, den Rausch, das Wüten, die Wildheit und die Wüstenglut der Hitze des südlichen Landes, die Wut und Erbarmungslosigkeit der Gefühle, die wir damals zu dritt erlebt hatten, noch einmal aufzunehmen.

Wer weiß, vielleicht war es auch die lähmende Angst der vielen Zurückgesetztheiten gewesen, verletzter Stolze, unerkannter Liebesbezeugungen, die verhindert hatten, daß wir mehr als nur einige Worte: "So wie geht's denn - ganz gut - und Dir - was macht Toe - und Deine Söhne - ja gut, danke - komm doch mal vorbei - ja meinst Du wirklich - ja klar immer - da hab ich jetzt keinen Mut mehr - vielleicht später..," gewechselt hatten.

Nein, Briella, nicht später, jetzt hier auf dem Friedhof will ich die Gefühle und Lust, die wir zusammen erlebt hatten wieder aufnehmen, wovon keiner der anwesenden Schuhträger auch nur einen Schimmer hat.

Brustkrebs bedeute fehlende Liebe, sagt man, dir hat alles gefehlt damals nach deiner Flucht aus Afrika.

I TRIAGEN

August 1974

"Toe, mach jetzt endlich deine Sachen fertig, verdammt. Unser Schiff geht in einer Woche von Genua ab"

Ich bin ärgerlich mit meinem Freund, weil er so unentschieden ans Packen geht.

"Was heißt hier unser Schiff, Du fährst doch allein," brummt er und reinigt sich mit der Gabel den Dreck unter den Fingernägeln hervor.

"Laß das," gebe ich zurück und bleibe die Argumentation, weshalb er nicht mitfährt, ich aber sein Gepäck als unser Gepäck betrachte und in den Anhänger des alten Daimler-Benz verstaue, schuldig. Er war der Meinung, noch ein Semester studieren zu müssen in Berlin, wenigstens sein Studium dort zu beginnen. Danach wollte er dann nachreisen. Ich war jetzt dreiunddreißig und sammelte noch in Deutschland lagernde Erinnerungsstücke meiner

Familie und nötiges Werkzeug für meinen Afrikabauernhof zusammen.

"Du weist genau, daß wir dort zusammen leben werden, auch wenn Du noch ein paar Tage in Berlin an die Akademie meines Vaters gehst." Ich sehe ihm zu, wie er mit gespreizten Beinen in seinen engen Jeans am Klobecken steht und den Hosenschlitz aufzerrt, um zu pissen. Er kann nicht, weil er geil ist und tippt etwas spielerisch seinem steifen Schwanz an, was diesen aber nur noch mehr versteift.

"Du mußt vorher was anderes machen," grinse ich. Toe überhört jungmännlich, mit seinen achtzehn Jahren, meine Anspielung und bleibt stehen. Ich gehe nah an ihm vorbei zum Spiegel und kämme mir die Haare, wobei ich ihn über den Badspiegel beobachte. Was denkt er jetzt? Was wird er machen? Er sitzt fest, mit so viel steifer, zwei Hand breit geiler Männlichkeit in der Hand pinkelt es sich nicht. Ich schubse ihn mit der Schulter an. Die Gläser seiner kleinen Nickelbrille glitzern.

"Ach Scheiße," grinst er und versucht sein, für den engen Reißverschluß viel zu dickes Glied zurück zu zwängen. Ich drehe mich überfallartig um und küsse ihn. Mit der linken Hand knöpfe ich ihm den Jeansknopf vom Hosenbund auf und schiebe ihm die Hosen vom Arsch. Es ist eng im Badezimmer. Man kann sich im Raum kaum umdrehen zu zweit. Dafür sehen wir uns beide im großen Badspiegel mannsgroß. Die Brille fällt runter, es klirrt.

"Scheiße," zischt mein Freund zwischen seinen Lippen hervor und drängt sich enger an mich. Wir kämpfen und spielen miteinander. Ich bin noch nackt vom Morgenbett, auf meiner Schwanzspitze glitzern

Lusttropfen. Toe preßt meinen Schwanz zwischen Daumen und Zeigefinger aus wie eine Zahncremetube. Ich bin geil bis in den Rücken. Ich liebe seinen Geruch unter den Achseln. Dazu muß ich das enge Sweatshirt hochschieben. Es kitzelt ihn, wenn ich ihn dort küsse und es kommt allerhand Bewegung in seine achtzehnjährigen Jungsbeine; seine Muskeln wollen mich wegschieben, aber seine Hände pressen meinen Kopf noch tiefer. Das Badewasser, das ich mir eingelassen habe, rauscht immer noch. ‚Es ist mir egal, es wird schon einen Überlauf haben‘, denke ich.

Toe's Rücken wird rund, wie ein Hund beim Scheißen. Ich kenne das und fühle, wie er zu zittern beginnt, aber ich lasse ihn noch nicht kommen. Er drängt mich schneller zu machen, er will kommen, aber ich ziehe es hin. Meine Lust geht ins geile Hinhalten vor dem Spiegel. Ich sehe meine langen Haare auf den Rücken fallen und fahre mit meinen Fingern durch seine kastanienbraunen Korkenzieherlocken, die, wenn er den Kopf in den Nacken legt, mit ihren Spitzen an seinen festen Knabenarsch reichen und ihn dort kitzeln. Er stöhnt und windet sich, er möchte fertig werden. Ich flüstere:

"Du packst doch heute sowieso nichts mehr" und fahre mit den Fingernägeln leicht über seinen Rücken zu den Oberschenkeln herunter, wo er besonders empfindlich ist.

"Nein !" kreischt er auf und zittert immer mehr und ich treibe das Spiel zwischen stimulieren und streicheln weiter. Meine Lust hat sich unversehens ganz ins Schauen und Machen verlegt. Ich bin geil darauf, ihm Lust zu machen. Kurz bevor er unweigerlich kommt,

drehe ich ihn zum Spiegel um, so daß er sich jetzt ganz
sieht, die Jeans liegt als blauer Haufen am Boden. Sein
erst kürzlich beschnittener Schwanz ragt steil nach
vorn. Toe hat ganz offene Augen, er sieht sich bewußt
an und sieht den weißen Samen herausschießen, auf
den nur einen halben Meter entfernten Spiegel. Ihm
zittern die Knie, er wird in meinen Armen weich, liegt
mir wie ein Kind im Arm und schließt seufzend die
Augen und kuschelt sich an mich. Die Zuckungen sind
noch in ihm, er kann kaum stehen. Der Geruch unter
seinen Achselhöhlen, den ich so liebe, ist jetzt ganz
deutlich. Mit meiner rechten Hand verschmiere ich den
Samen auf dem Spiegel und male zwei ineinander
verschlungene Herzen daraus, ganz langsam und
verträumt. Ich sehe mich an im Spiegel, wie ich mit
ihm so im Arm dastehe. Alle Muskeln an mir sind
gespannt und er ist wie eine Schlange um mich
gewunden.

Jetzt nach dem Hinausschleudern ist er ganz zärtlich,
seine Finger sind gedankenverloren an meinem Arsch.
Ich will auch und schiebe uns beide näher auf den
Spiegel zu. Es ist einer mit altem Goldrahmen aus dem
Haus meiner Familie, den ich meinem Gastgeber
geschenkt hatte.

So ganz nah, mit meinem eigenem Schwanz am
Spiegelglas, berühre ich den Samen meines Freundes
mit meiner Eichel. Unversehens werde ich davon
lustvoll angefeuert, meinen Samen in die Mitte der
beiden Herzen zu schießen, wie Amor seinen Pfeil. Der
Saft läuft später als doppelter Faden langsam herab.

Toe sitzt angezogen auf dem Bett und raucht mit
hastigen Zügen. Das fehlende Stück Glas seiner Brille
gibt seinem jungenhaft zarten Gesicht einen elegant

harten Zug. Ich liege am Boden vor dem Bett, meinen Kopf auf dem ausgestrecktem Arm

"Wegen dir werde ich nie eine Frau kriegen." Toe wirft mir diese Worte hin wie eine Anklage. Ich weiß nicht wie er das meint. Soll ich darauf stolz sein? Ich weiß, daß er noch Jungmann ist. Er hat noch nie eine Frau gevögelt, ja er kennt kaum eine nackt. Er ist so knabenhaft gewesen, daß ich seinen großen Schwanz erst hatte im Krankenhaus beschneiden lassen müssen. Sein nackter Fuß mit den schönen Zehenbeeren tritt zornig etwas auf meine eine Arschbacke.

"Alles wegen Dir," sagt er und es klingt zärtlich, obwohl es dieselben anklagenden Worte wie die seiner bigotten und zuckerkranken Mutter sind. Ich glaube, er weiß das nicht.

"Wir müssen noch mal nach Karlsruhe an die Akademie, ich muß mich da abmelden, bevor ich mich in Berlin anmelden kann."

Ich bin sauer, daß er wieder was anderes vorhat.

"Also gut, ich packe nicht weiter, wir fahren nach Karlsruhe," sage ich, "Da können wir auch gleich noch Dieter besuchen, wegen der Boxen." Jetzt ist er sauer, daß ich noch etwas dranhänge an seine ureigene Angelegenheit mit der Akademie, aber er kann nichts dagegen einwenden.

"Und unsere silbernen Freundschaftsringe müssen wir auch noch abholen von der Goldschmiede," sage ich und stehe auf.

Dieters Werkstatt für spezielle Musikboxen ist ein dunkles Loch. Ein schwarzes Labyrinth in der Adlergasse.

Es riecht muffig nach abgestandenem Gemüse, Streß und Lackspray, womit er die Boxen einheitlich schwarz spritzt. Toe war noch nie in seiner Fabrik, sein Kommentar:

"Ein dreistöckiger Trödelladen."

Dieter ist nicht zu sprechen.

"Wahrscheinlich war die letzte Dröhnung zuviel," vermute ich und stochere auf dem mit naturbelassenem Brotaufstrich und natürlich verschimmelten Gemüse übersäten Küchentisch nach etwas Eßbarem herum.

"Laß das doch," nörgelt Toe, der meine Selbständigkeit in fremden Küchen kennt und fürchtet, weil sie ihm peinlich ist, wie einer Mutter die Inspektion ihrer Speisekammer.

"Nö," mache ich und lasse Wasser in einen kleinen, mit Kalk verkrusteten Teekessel ein und suche in den tausenderlei Kräuterbüchsen nach schwarzem Tee.

"So was giftiges wie Schwarztee hat er sicher nicht", sage ich, "Aber Tollkirsche, Schöllkraut, Hanf und Stechapfel gibt es," alles fein säuberlich aufgehängt zum Trocknen. Nach der letzten Fastenkur ist er bedenklich dünn geworden, die Rippen stehen richtig raus. Dieter fastet jedes Jahr zweimal, einmal hart und einmal weich, dazwischen Exzesse an Arbeit und Marihuana.

Das Teewasser kocht, wir dürfen rein zu Dieter. Der macht einen erbarmenswürdigen Eindruck, mit eingefallenen Backen, den schwachen Rücken auf Kissen gepolstert und vor ihm, auf dem unendlich dreckigen, ehemals strahlend roten Balutschistanteppich meines Großvaters, den ich ihm erst vor drei Wochen geschenkt hatte, eine blonde Frau mit nackten Füßen.

"Wann hast Du Dir das letzte Mal die Füße gewaschen?" Sie sieht ihm scharf ins Gesicht.

Dieter ist nachdenklich:

"Hä ähem - gute Frage - tja ja, aber die Lederboots haben gleich gepaßt und da..."

"Schwätz nicht", die Blonde drückt ihm etwas den malträtierten Fuß, „Vom Waschen hab ich geredet."

Dieter weicht aus, flattert innerlich wie ein ertappter Kiffer:

"Tja, Brie, weiß nicht, ich geh' ja nie barfuß."

"Ja schläfst Du denn mit diesen harten Dingern?"

Dieter ist unschlüssig.

"Nö, schlafen grad nicht, aber es sind doch die Stiefel ein Geschenk von Hannes Wader, dem ich die Jerichoboxen gemacht habe."

"Jericho ist aus der Bibel." Die Blonde faßt den schwankenden Patienten fest ins Auge, "Und Füße sind zum Laufen da, verstehst Du, in diesen Gräbern sterben Deine Füße ab." Dieter erbleicht und windet sich.

"Dein ganzes Gemüsegefresse ist doch nutzlos, wenn Du nicht barfuß gehst."

Dieter windet sich vor Entsetzen.

"Barfuß, nie, nie... voriges Jahr hab ich das eine Viertelstunde lang versucht am Strand in Afrika, unten beim Andro, nee, nee, nee. Schau da, die Haut ist jetzt noch ganz wund davon."

Die Blonde legt die blaß weißen, leichenhaften Füße mütterlich an ihren Bauch, schiebt sie unter den Pullover und beendet die Rederei mit einem entschiedenen:

"So jetzt atme und schweig, bis ich fertig bin."

Der Raum ist zu dunkel, um ihre Gesichtszüge genauer zu sehen. Dieter liebt Verdunkelungen, draußen ist heller Augustnachmittag. Es riecht nach abgestandenem Shitrauch, die Asche einer Wasserpfeife hat den Tisch gänzlich überpudert. Dieter schließt mit bleichem Christuslächeln die Augen und da singt diese Blonde ein Lied. Die Töne schweben im Raum, ihre Stimme ist rauh. Sie ist keine Sängerin, aber ihr Gesang ist becircend, weil sie so entschieden seine Füße besingt. In die verquimelte Junggesellenbude ist plötzlich eine Stimmung gekommen, die zu dem introvertierten Kiffer, samt mutterabhängiger Verwahrlosung überhaupt nicht paßt, aber es ist etwas da, das er trinkt wie künstliche Ernährung für einen Verhungerten.

"So, jetzt ist er eingeschlafen." Die Blonde steht auf und wendet sich uns zu, sie blickt um die Ecke in die Küche, wo mein aufgesetzter Teekessel unbestimmbare Geräusche macht. "Trinkst Du Tee?" frage ich sie und Toe verdreht die Augen hinter seiner Nickelbrille.

"Ja, wenn er schön stark ist schon, aber ich glaube der Dieter hat nur Teekräuter wie seine Füße". Auch die Blonde wird nicht fündig und nimmt ihren Stoffbeutel vom Boden hoch, den sie entschieden umkippt und in dem so entstandenem Haufen herumfingert und ein Schraubglas Tee hervorzieht.

"Ich muß sonst immer so geschmackloses Zeug trinken bei den Leuten, wenn ich nicht selber was mitbringe, hier kennt keiner Tee." Danach hat sie mit schnellen Bewegungen eine Teekanne aufgebrüht, Salbeiblätter gefunden und Zucker zwischen Saccharin und Melasse entdeckt, drei Tassen ohne Henkel und Untertassen, vor uns gestellt und Tee eingegossen.

"So eine richtige Teezeremonie ist es ja nicht," sagt sie anerkennend zu sich selber und schlürft pustend an dem Tee. Wir sitzen alle drei am Boden.

Toe trinkt nicht, es ist ihm zu eklig hier von Haus aus; ich finde das unangebracht. Ich möchte ihn entschuldigen, weiß aber nicht wie.

"Kennst Du Fußmassage?" Die Blonde bemerkt unsere Unbeholfenheit und ich bin verblüfft, wie Toe plötzlich vorprellt, die Beine steif und lang macht, daß sein Jeansschritt prall steht und mit hochgedrehten Augen murmelt:

"Reflexologie". Es hört sich für mich an wie eine Geheimwissenschaft. Ich gebe zu, noch nichts davon gehört zu haben.

"Ja, wollte ich Euch schon lange mal gezeigt haben in Würm." Sagt sie und beobachtet die verblüffende Wirkung auf unseren Gesichtern.

"Woher weißt Du, daß wir da wohnten?"

"Na, das spricht sich bei unserer Klatschnudel Dieter doch schnell herum: Die Kommune vom Antschi - das bist Du doch oder nicht?" sagt sie zu mir. Ich versuche zu überschlagen, was Dieter alles noch von mir weiß und komme zu dem Schluß, daß er so ziemlich alles weiß, weil ihn eben immer alles neurotisch interessiert hat. Als er mich in Berlin besucht hatte, erfuhr ich durch seine klatschsüchtigen Reden, wer so alles meine Freunde waren, um die Komune 1 und 2 mit Langhans und seinen Freunden und der 883 Zeitung. Er hatte mir auch klar machen müssen, daß mein Georg, der Georg von Rauch war, den sie später eine Straße weiter neben meinem Kaffeehaus erschossen hatten in Berlin.

"Wieviel hat Dir denn Dieter von mir erzählt?",
versuche ich den Schaden zu begrenzen.

"Ach, das ist doch nicht so wichtig," lenkt sie ab und
greift zu den Füßen meines Freundes, löst flink dessen
Schuh, schält den Strumpf ab und betrachtet seinen
Fuß wie eine seltene Tarotkarte. Sie dreht die Zehen
hin und her, wendet den Knöchel, macht dabei an- und
wiedererkennende Geräusche und murmelt: "So so"
und "Ah ja, genau, genau."

Ich bin irritiert und lasse sie machen. Toe hat die
Augen fest geschlossen und läßt seinen Fuß in ihren
Händen, als hätte er ihn aufgegeben

"Ich bin nämlich Heilpraktikerin" sagt sie plötzlich,
"Und Fußbehandlungen nach Marquard sind meine
Spezialität."

"Reflexologie" haucht Toe und ich finde ihn zum
ersten Mal dämlich - er weiß doch überhaupt nichts
von Heilbehandlungen.

"Dein Großvater war Heilpraktiker, gelt?" Die
Blonde zeigt, was sie weiß, ich sage nichts und warte
ab. Frauen sind keine automatischen Reflexstationen
für mich, eher Hexen oder Magierinnen, wie die da
eine, denke ich.

"Seine Zehen sind richtig erotisch, was?" Sie hat
Toe's Fuß plötzlich fast vor meine Nase gezogen, Toe
ist etwas nachgerutscht; ich bin verlegen - sie bemerkt
es und sagt erklärend:

"Mein jüngster Bruder ist auch schwul und ich kann
es ihm gut verdenken, wenn ich die Weiber so seh', um
mich herum - keine geschenkt." Und die Blonde spukt
aus, gezielt an Toe vorbei in die offenstehende
Duschkabine neben der Küche.

Toe ist wie entrückt und ich weiß nicht, was ich denken soll, mir fehlt ein warum und wozu und ich höre mich plötzlich ironisch sagen:

"Mein Freund meint, wir brauchen eine Frau:" Toe ist schlagartig wach und starrt mich an. Ich lächle zurück, als hätte ich eine Wette gewonnen: 'Siehst Du, ich bin Dir ein Gefühl voraus', denke ich.

Längere Zeit schweigen wir.

"Wir können zu mir gehen," sagt sie und räumt ihre Sachen ein, dabei dreht sie eine braune Blockflöte aus ihrer Tasche zwischen die Lippen und spielt kurz etwas vor, bevor sie dieselbe zerstreut wieder wegsteckt.

"Mit Dieter hab ich schon lange nichts mehr." Ihr Tonfall ist erklärend und bestimmt.

Ich komme mir samt Toe schwachsinnig vor. Ich habe nichts gesagt bisher und sie hat alles in der Hand, wie vorhin den Fuß meines Freundes, der ihn noch immer andächtig unbeschuht läßt und mit den Zehen wackelt.

"Why not?" stammle ich, stelle Toe seinen Schuh hin und bin vor den beiden fertig zum Gehen.

"Wir haben ein Auto," sage ich und stehe schon im Flur. Mein Freund ist verblüfft.

"Aber wir wollten doch zur Akademie und..."

"Das kannst Du morgen auch noch machen, eine Frau trifft man nicht jeden Tag." Ich weiß nicht, was mich handeln läßt statt reden. Sonst rede immer ich viel, plötzlich schweige ich und handle.

An meinem Benz liebe ich fast alles, er ist ein richtiger Oldie. Es ist ein alter 180er Cabrio mit Doppelfallvergaser, Nußbaumholz und beigen Ledersitzen. Er ist nicht ganz schnell für seine schnittige Form, 170 ist seine absolute Spitze, die ich nur selten ausfahre. Dafür liegt der lange Cabrio Viersitzer selbst bei 120 auf der Landstraße tief in den Kurven wie der alte Maybach meines Großonkels. Die Ledersitze vorne sind mit einem Zwischenpolster verbunden, und man kann dort bequem dem Fahrer im Schoß liegen, ihm die Hose aufknöpfen und den Kopf in seinen Schoß drücken.

Die Stereoanlage in den Seitenfüllungen der Tür hat Dieter eingebaut. Der Verstärker erlaubt es, den Wagen mit offener Tür in die Landschaft abzustellen und die >Who`s< in die Felder zu schicken mit 120 Watt Endleistung bei geöffneten Türen. Das ganze Auto vibriert dann wie im Orgasmus.

Jetzt gleiten wir über die Autobahn westwärts nach Wißembourg im Elsaß, denn dort dirigiert uns die Blonde hin, in ihren Garten, wie sie sagt.

"Wie heißt Du denn nun richtig, ist Brie Dein Name?" frage ich sie, während Toe im Fond schläft.

"Ach weißt Du, Namen - mir gefallen meine Namen alle nicht." Wir spielen mit verschiedenen Necknamen herum.

"In Indien gibt es eine Sekte mit orangenen Gewändern, die ich voriges Jahr besucht habe, da bekommt jeder gleich einen neuen Namen," sage ich zu ihr und beobachte ihr Gesicht von der Seite.

"Glaubst Du an Gott?" fragt sie mich. Die neu aufgeforsteten Wälder des Rheintals flitzen symmetrisch am Fenster vorbei. Ich halte das schwarz glänzende Lenkrad mit zwei Fingern leicht in der Hand, dank Servolenkung, die ich nachträglich habe einbauen lassen. Ihre Finger gleiten über meinen silbernen Talisman auf der Steuerradmitte, den ich selber modelliert habe, einen Beduinen auf einem Kamel darstellend. Was sag ich ihr denn jetzt? Gott, das ist so ein dehnbarer Begriff und er klebt irgendwie an dem Herrn Pfarrer Haberstroh meiner Jugend fest, dessen feiste Beine und feiste Gesinnung als Gottes kirchlicher Agenturvertreter mir in Erinnerung geblieben ist, wie der Konfirmandenunterricht, wo ich hinter dem Orgelstuhl onanierte mit einem dümmlichen Schulfreund zusammen.

"Ich nenne Dich Briella, ist Dir das recht?" frage ich und biege zur letzten Tankstelle vor der Grenze ein. Dabei fliegen mir die Gesichter all der Freunde durch meine Erinnerung, denen ich einen anderen Namen gegeben hatte und den sie fast alle beibehielten. Sie bleibt mir im Schoß liegen, der Tankwart kommt und ich reiche ihm den Schlüssel für den Tankdeckel. Was denkt so einer jetzt, wenn der mich sieht mit der blonden Frau im Schoß, wo man nicht sieht, wo sie ihre Hand hat und dem lockigen Toe auf dem Rücksitz, der mit geöffnetem Mund und einer unverschämt dicken Beule in seinen Jeans schläft. Wahrscheinlich träumt er von den 'reflektierenden' Fußmassagen Briellas.

Der Tankwart, ein drahtiger Rothaariger mit Meckifrisur, schielt durchs Rückfenster. Ich kann nicht entscheiden, ob er Toe angeiert oder Briella. Es ist mir auch gleich, ich bin auf ungewohnte Weise stolz auf den offensichtlichen Neid des Sommersprossigen und verstecke meine typisch männliche Regung tief in mir.

Kurz vor der Zollschranke schreckt Briella hoch: "Fahr´ rechts raus, schnell."

Ich bin irritiert und verstehe nichts, fahre aber dennoch auf einen Schotterweg schräg vor der Abzweigung der Grenzparkplätze und halte hinter einem Gebüsch. Briella steigt aus und dreht ihre zerknautschte Stofftasche um und schüttelt den ganzen Inhalt ins Gras. Daraus liest sie einige Gegenstände wieder zurück in die Tasche und wirft sich auf die Ledersitze.

"So, jetzt können wir rüber, die kennen mich halt schon, weil ich ja immer zu meinem Garten fahr´." Ich verstehe immer noch nicht, sie spürt das und ergänzt lachend:

"Ich bin doch halt eine Hexe, eine Kräuterfrau und da hab ich letzten Monat ein paar Shitkrümel und Hanfsamen und verschiedene Trips in meiner Tasche gehabt und diese bescheuerten Jungs haben das gefunden und untersucht, jetzt drehen sie mir jedes Mal die Tasche um."

Ich bin schon in der Sichtweite der Zöllner, die ihre Brillen und Mützen zurechtrücken, jetzt könnte ich unmöglich zurück. Also, wenn ich selber was zu verstecken gehabt hätte, würde es jetzt entdeckt werden wegen dieser lachenden Hexe, die sich offenbar schon auf die ergebnislose Durchsuchung freut wie ein Staatsanwalt auf sein Plädoyer.

Ich hasse Zöllner und betrachte sie als ein Relikt überholter Kleinstaaterei, einzig zu dem Zweck konserviert, um Leute zu schikanieren und sich und den Staat wichtig zu machen. Durch meine vielen Grenzübertritte in Afrika und auf meinen Welttreks bin ich gänzlich intolerant geworden gegenüber kafkaesker Zollfahndungsborniertheit.

Ich habe gerade noch Zeit, meinen randlosen Zwicker aufzusetzen, den ich mir für solche Amtsvorgänge habe machen lassen, und da stehe ich schon mit heruntergelassenem Fenster neben dem wegschauenden, mit den Fußspitzen wippenden Schnösel Elsässischer Bauart, der mir statt meines charmanten "*Bon jour*" nur ein ganz unmoduliertes:

"Motor abstellen," entgegnet.

Wenn der jetzt meine ganzen Stempel im Paß durchblättert, wo ich jemals die letzten zehn Jahre war, sitzen wir alleine deswegen schon eine Stunde hier herum. Ich vorenthalte ihm meinen Paß und frage dumm durchs Fenster:

"Sagen Sie mal, reicht auch mein Führerschein? Wissen Sie, wir wollten mit der Dame nur mal eben in Wißembourg was essen gehen und ein Viertel trinken, daher habe ich keinen Ausweis dabei..."

Der schaut doch jetzt tatsächlich ins Auto und grinst Briella breit ins Gesicht:

"Häsch der zwä Goage für de Äppelwoi geholt," salutiert dümmlich und gibt meinem stierblutbraunen Benz einen kumpelhaften Klaps auf den wollüstigen Kotflügel. Instinktiv gebe ich Gas und fahre weiter. Dabei entdecke ich einen kleinen, stechenden Ärger in mir: ‚Aha, mit Frauen sind die Zöllner eben unberechenbar anders als mit uns Männern.'

So dümmlich hat sich mir noch kein Beamter gezeigt, nur weil mein Begleiter ein geiler Kerl war.

"Was hat er denn gesagt?" frage ich sie. Toe schnarcht noch immer wie eine bayerische Kapellenputte mit offenem Mund im Fond.

"Ach," winkt sie ab, "Heute morgen, als ich vom Garten kam, habe ich gesagt, daß ich dort Apfelwein trinken werde und Ihr beide kommt für ihn jetzt eben mit, wie Freier aus dem Entengässle in die Gartenlaube zum Vögeln."

"Bestimmt denkt er, wir hätten einen flotten Dreier vor uns." Briella nickt gedankenverloren und schiebt ihre Nickelbrille von der Nase. Ich bemerke, daß sie von der gleichen Bauart ist wie Toe's Brille. Es ist der erste längere Moment, wo ich darüber nachdenke, daß Toe und ich ein Paar sind. Ob sie das überhaupt bemerkt hat? Und wenn, was denkt sie darüber? In der Werkstatt des Ingenieurs, so hieß Dieter in meinem Freundeskreis, da schien es mir ganz selbstverständlich zu sein, daß jeder wußte, daß ich mit einem Mann zusammen lebe, aber hatte sie das auch gehört? Ich komme mir gehemmt vor, sie darüber aufzuklären und nehme mir vor, mein Verhalten zu Toe so unmißverständlich deutlich zu machen, daß sie es nicht übersehen kann.

"Wo sind wir denn?" Toe ist aufgeschreckt durch ein paar enge Kurven einen Weinberg hinauf, die ich rasant nehme.

"Mein Garten," sagt Briella stolz und bestimmt.

Es ist ein Stück verwilderter Garten schräg am Hang mit alten, verwahrlosten Obstbäumen und einer Holzhütte mit einer Regentonne davor.

"Genau eine solche Hütte hatte mein Großvater zu einem Bienenhaus umgebaut."

"Das war auch ein Bienenhaus" sagt Briella und schließt das Holztor mit einem riesigen Schlüssel auf, den sie unter einem Dachversteck hervornahm.

"Klein, aber mein" sagt sie Zu Toe und schiebt ihn durch die offene Tür direkt auf ein Bett zu. Toe prüft die Matratze und wirft sich genießerisch darauf.

"Aber nicht mit Schuhen und Jeans," wendet Briella ein und mit einem Griff sind wir beide dabei, ihm Stiefel und Hosen auszuziehen, was er lachend geschehen läßt und sich dann jauchzend auf den Bauch wirft und sofort vorgibt, zu schlafen.

Briella und ich sehen uns an. Ich lege meine rechte Hand auf den festen Knabenarsch und streichle ihn zärtlich. Ich tue es als deutliche Geste, um anzuzeigen, wo meine Interessen liegen. Briella schaut mir genau zu und dann in die Augen. 'Jetzt fragt sie mich gleich was', denke ich, aber es kommt nichts. Statt dessen steht sie auf und geht vor die Hütte. Ich weiß nicht recht, was ich jetzt weiter machen soll. Die Situation war schon recht geil geworden, das fühlte ich deutlich und Toe war sichtlich zu allem bereit. Seine 'Macht mit mir, was Ihr wollt' - Haltung kannte ich schon. Was bedeutet jetzt ihr Hinausgehen? Soll ich folgen, soll ich warten oder was soll ich?

Sie kommt nicht wieder rein. Toe's Schwanz war schon hart geworden, jedenfalls ist die Nuß hinter seinen Eiern prall und fest und seine vorgeblichen Schlafgeräusche sind eher Grunzlaute von berstender Wollust, nur hatte er noch gar nicht bemerkt, daß sie nicht mehr am Bettrand saß. Ich stehe auf und gehe sie suchen.

Sie hockt unter einem alten Nußbaum und rupft trockenes Gras aus, das sie unter einen kleinen Astfeuerhaufen schiebt und mit einem alten

Sturmfeuerzeug Feuer anmacht und hineinbläst, bis Rauch aufsteigt.

Sie hat mich nicht bemerkt oder nicht bemerken wollen, so schaue ich ihren Händen zu, die sanft streichend trockene Stöckchen sammeln und Gras und Blätterbündel. Ich empfinde sie so am Boden hockend und behend hantierend schön und weiblich. Sie hockt zwischen ihren Beinen sicher auf den Füßen, beugt dabei den Oberkörper weit zur Seite, um Gras zu rupfen und legt zum Anhusten des qualmenden Grases den Kopf fast bis auf den Boden. Ihr Körper bewegt sich kraftvoll und schlangenhaft. Ihr Wickelrock mit Fransen, unter einem ärmellosen, türkisfarbenen Swetrshirt, worunter sie keinen BH trägt, zeigt die Festigkeit ihrer Brüste. Ich finde Busen meist uninteressant, auch ihren, aber ihr Rücken, die Schulterblätter, die sich beim Bewegen abzeichnen, hätten einer Schwimmerin gut gestanden. Sie ist barfuß, die blonden Haare sind aus dem weinroten Haargummi geschlüpft und hängen zur Seite und ich denke: 'Aha, das ist eine Frau.'

"Ich koch' uns einen Tee aus Blätter und Wurzeln," sagt sie ohne aufzuschauen, steht auf und geht durch den Garten, den Boden nach Wurzeln abzusuchen. Ich denke darüber nach, ob andere Männer diese Frau erotisch fänden oder nicht. Ich denke auch darüber nach, ob Toe sie erotisch findet. Ich entscheide, daß es einen Unterschied zwischen Frauen und Puppen gibt. Viele Männer sagen zu ihren Geliebten, Puppe, Süße oder Püppchen. Das hier war keine Puppe.

"Wird das ein aphrodisiakischer Pflanzenaufguß?" frage ich mit ironischem Unterton in den Garten, denn sie war gänzlich in einem Gebüsch verschwunden und nur das Wackeln der Blätter zeigt ihren Standort an.

"Nö," macht es gedehnt und interessiert aus dem Gebüsch, "Das Bilsenkraut ist schon alle und Vollmond hatten wir schon."

‚Du lieber Gott,‘ denke ich, ‚Eine leibhaftige Hexe!‘

Aus der Holzhütte kommen erstickte Töne von Toe. Die Matratze war wohl zu verführerisch für seinen geilen Schwanz gewesen. Die Geräusche sind auch Briella verständlich, denn das Gebüsch teilt sich und Briellas Gesicht schaut lachend heraus.

"Gelt, mein Bett ist geil," sagt sie und kommt mit einer Hand voll Blätter zum Feuer. Rasch schiebt sie Steine ums Feuer, bringt einen von Ruß geschwärzten Topf mit Wasser aus der Regentonne und wirft die Wurzeln samt Erde daran und die Blätter ins Wasser. Danach klappt sie ihr Rebenmesser, mit dem sie die Wurzeln ausgegraben hatte, zusammen.

Ich lache auch und sage:

"Mein Freund hat nie gelernt, sich mit der Hand zu stimulieren, weil seine Mutter ihm gedroht hat, die Finger einzeln abzuhacken, wenn er onaniere. Die Matratze kann sie ja nicht abhacken."

Erstaunlicherweise lacht aber Briella kaum und kratzt sich in den Haaren.

"Solche Mütter sollte man ersäufen," ist ihr Kommentar, der mich ob seiner Konsequenz erschreckt.

"Sicher hat sie ihn mit Kaltwasser und Kernseife traktiert anstatt geliebt. Hast Du Kinder?" fragt sie mich und schaut mir unvermittelt so direkt in die Augen wie eine Mutter.

"Einen.." stammle ich, "... Der jetzt vielleicht so alt ist wie der da in Deinem Bett."

"Ja, weißt Du das denn nicht genau?" fragt sie mich und ich muß ihr die kurze, aber wenig detaillierte Geschichte erzählen von meinem Sohn, den ich nicht kenne, weil die Mutter meines Sohnes nicht mich, sondern eben ein Kind für sich selber wollte, was ich ihr damals gemacht hatte ohne weiteren Kontakt.

Das Teewasser siedet, wir schauen beide hinein. Toe kommt mit zerzausten Haaren aus der Hütte, der knappe Slip ist für seinen noch immer geschwellten Schwanz zu eng, die Eichel steht oben heraus. Er hat keine Brille auf und sieht uns nicht richtig.

"Bring Zucker mit, rechts neben dem Bett und eine Tasse," ruft ihm Briella zu und Toe gehorcht, wirft sich zurück in die Hütte, um das Gewünschte zu suchen.

"Ich würde schon gern mit Euch beiden jetzt schlafen, sofort." Sagt sie und schaut von unten den Knien entlang hoch in Toe's errötetes Gesicht.

"Aber es geht nicht. Ich muß noch vier Wochen abstinent bleiben."

Wir hocken jetzt alle drei ums Feuer und bedauern das.

"Scheiße," knurrt Toe und kratzt sich am Schwanz.

"Ja," ergänzt Briella dunkel.

Es ist der letzte schöne Augusttag. Wir liegen im Gras vor der Holzhütte um das noch immer schwelende Feuer. Ich habe aus dem Auto die vor dem Besuch bei Dieter auf einem Hügel, dem Bätzebuckel, gesammelten Champignons geholt und Briella brät sie in einer flachen Pfanne mit etwas Fett an. Ich erzähle ihr von Afrika. Toe zeichnet mit einem dicken Bleistift in sein Skizzenheft sie, wie sie sitzt, wie sie hockt, wie sie Wolle spindelt, wie sie Pilze putzt. Toe hat einen präzisen Strich und läßt Kleidung und alles Übrige weg. Ich erzähle von meinen Schafen und Hühnern, die jetzt in meiner Abwesenheit ein kleiner Nachbarjunge versorgt. Ich erzähle von den Frauen mit hennaroten Haaren, silbernen Reifen um Hand- und Fußgelenke und Tätowierungen an der Stirn. Ich erzähle von Habib, dem Jäger, mit dem ich zur Entenzugzeit nachts in einem Tümpel liege, die vorderlader Schrotflinte schußbereit. Ich erzähle von meinem Webstuhl, den ich im Dorf bei einem alten Weber habe einrichten lassen, worauf ich große Wollbettdecken webe, zwei mal zwei Meter breit; und ich erzähle von meinem Garten, wo ich jeden Morgen Wasser aus einem runden Ziehbrunnen schöpfen muß im Sommer, und von meinem Acker, wo das Korn jetzt bald ganz reif steht und ich dorthin nach Hause muß, es zu ernten, bevor es selber aus dem Halm fällt.

Briella hört zu, jedes Wort saugt sie in sich auf mit einem halben, "So ist es". Die Wolle, die sie spindelt, ist für einen Schafwollpullover, den sie eben zu stricken begann für den kommenden Winter in ihrem zugigen Holzhüttchen hier oben.

"Meinst Du, die Wolle ginge, auch für Deine Decken?" fragt sie mich. Ich weiß nicht recht, ich prüfe ihren Wollfaden zwischen den Fingern, sie dreht die Wolle zu locker.

"Braucht Ihr denn nicht eine Frau? Weißt Du, ich kann Kühe melken, Butter und Käse machen, Wolle raufen, färben und spinnen. Ich hab' noch ein ganz neues Spinnrad und Wollkämme zu Hause und weg wollte ich schon immer. Mich hält hier nichts, der

Garten kann wie vorher alleine sein. Der Garten braucht niemanden. Ich hab ihn gebraucht, aber jetzt, ist es warm in deinem arabischen Dorf?"

"Toe, das ist ein Heiratsantrag, hast Du gehört?"

Toe fährt aus seinen Bleistiftstricheleien wie ertappt auf und fragt geistesabwesend:

"Wer heiratet wen?"

"Briella heiratet uns." Sage ich bestimmt, "Wie findest Du das? Gestern noch hast Du doch nach einer Frau geschrien."

Toe wird rot bis hinter die Ohren und knetet sich die Hose zwischen seinen schlaksigen Beinen.

Briella schaut in den dunklen Himmel über dem Rheintal und fährt in Gedanken versunken halblaut fort:

"Und ich heirate die Bäume in Deinem Dorf, unter denen Kinder spielen und Ziegen weiden, und ich heirate den Friedhof mit seinen weißen Lupinien und die weißen Häuser hinter den Opuntienhecken, die dicken alten Hausmauern, auf deren Dächern Bilsenkraut wächst und Feigen trocknen. Und ich heirate alle Deine Freunde und die Tiere und die Olivenbäume in Deinem Garten."

Toe hat den Mund nicht mehr zu gekriegt, sein künstlerisches Ablenkungsmanöver hilft jetzt auch nicht weiter, es ist jetzt unser Jawort gefragt.

"Na," mache ich zu ihm und komme mir stümperhaft und unsäglich unbeholfen vor in der Situation, die wir beide doch anscheinend gewünscht hatten, sonst wäre sie nicht eingetreten.

Ich setze mich neben Toe:

"Wir könnten gut zu dritt leben," sage ich, "Und eine weitere Person im Haus war sowieso nötig. Außerdem bist Du ja nur das halbe Jahr da."

"Du hast ja schon so viele Frauen gehabt." sagt er und macht ein beleidigtes Gesicht.

"Das hindert uns doch nicht, noch eine zu haben," sage ich zu ihm, aber er wirkt irgendwie verstockt. Ich ziehe das Skizzenheft heran und zeige auf die Frauengestalt darauf.

"Zeichnen tust Du sie aber schon." Toe wird wieder rot und beginnt heftig zu atmen.

"Ich komm ja gar nicht mit, wenn Ihr fahrt," wendet er ein. Und ich weiß nicht, ob das Eifersucht ist oder Beleidigten oder eben nur die Angst vor den Tatsachen des Neuen.

"Sie will ja nur Dich," sagt er plötzlich mit beleidigtem Unterton. Ich kann nichts erkennen, was darauf deutet und sage ihm das. Schließlich, nach einiger Zeit des Zigarettenrauchens und Hin-und-her-gehens unter dem dunklen Nußbaum sagt er:

"Ja, wenn sie mich auch will, könnt Ihr ja fahren, dann hat meine Mutter endlich Ruh." Das hört sich an wie eine Grabsteininschrift.

Dann legen wir uns zu dritt auf das Bett, sie in der Mitte.

"Das ist jetzt unsere Hochzeitsnacht", sagt sie lachend, "Wo die Braut unberührt bleibt und der Prinz sich in eine Fee verwandelt."

"Wenn Du wieder gesund bist, fickst Du dann wirklich mit mir?" Toe platzt das plötzlich heraus, wie jemanden, der sein Niesen nicht unterdrücken kann.

Und er kann Niesen nie unterdrücken. Mir ist es peinlich, aber Briella nicht.

"Ja klar," sagt sie, "Mein Bauch ist auch für Dich da und Du hast einen schönen Schwanz, so gebogen wie ein Pferd."

Dabei greift sie ganz zielsicher in seinen Slip und holt seinen wippenden Penis hervor und streichelte ihn mit beiden Händen.

Toe hängt mit rundem Rücken aufgestützt im Bett, während ich mir die Hosen ausziehe und mich dazulege. Den Beiden zuzuschauen hatte mich erregt und Briellas klares Einverständnis gibt mir eine befreiende Sicherheit. Ich stehe vor dem Bett, das mit rosa Stoffen drapiert ist und mehrere Kissen aufweist, sowie einen abgewetzten Teddybären. Ich werde geil und fahre mit den Händen an mir herunter über meinen Schwanz. Toe schielt unter seiner Nickelbrille ständig zu mir her und gleichzeitig wie hypnotisiert auf Briellas Hände.

"Wer vögelt denn von Euch wen, wenn Ihr beiden Hengste Liebe macht?" fragt sie wie nebenbei. Ich bin ganz sprachlos und verwirrt von der Vorstellung, es zu dritt zu machen.

"Manchmal fickt er mich." Sage ich und helfe dem betretenen Toe weiter, der seinen Schwanz plötzlich festhält und stöhnt.

"Halt, sonst kommt er!" sage ich schnell. Briella läßt ihn los und küßt ihn auf den Mund.

"Davon kommt er nicht so schnell," sagt sie und dreht sich zu mir um.

"Zieh Dich aus, " sage ich zu ihr, "Toe hat Dich ja schon ohne Kleider gemalt und, streicheln dürfen wir uns doch wohl oder?"

"Ja," sagt sie, "Petting mache ich mit Euch, nur in meine Muschel geh ich selber."

Dabei holt sie ein rundes Stück Lindenholz von ihrem Wandbord und reibt es ein mit einem Öl aus einer großen Flasche.

"Wir machen uns zusammen Lust, Ihr könnt es ja tun, wie Ihr wollt, hier gibt es keine Nachbarn, aber ich will es sehen wenn Ihr kommt."

"Oh Scheiße," stöhnt Toe und preßt sich die Harnröhre zu. Ich hopse aufs Bett und umarme ihn von hinten.

"Mach langsam, Mensch!", flüstere ich und lenke ihn mit Bissen in Nacken und Hals ab.

Briella zieht sich ruhig aus, ihr Rock ist nur ein Tuch, das sie in der Taille eingesteckt hat. Sie hat nichts darunter an, ihre Haut ist glatt und der Körper kaum behaart. Die Brüste sind ganz fest und klein, die Höfe violettbraun wie Toe's Brustwarzen. Die blonden Haare ihrer Scham sind gelockt.

Briella knetet sich die Haut am ganzen Körper herunter wie ein Flußotter, der aus dem Bach steigt und streichelt sich. Dann nimmt sie den öligen Ast, macht ihn mit den Lippen naß und benutzt den Stock wie einen Dildo.

"Es ist ein Ast von dem Baum hinter der Hütte," sagt sie und dreht und wendet das geölte Holz langsam und geschickt zwischen ihren Schamlippen hin und her.

Toe starrt auf Briellas Geschlechtsteil, als hätte er noch nie eines gesehen.

"Tut es dir nicht weh?" fragt er. Mir fällt ein, daß er ein zimperlicher Pimmel ist und von einem Nadelstich in die Flucht getrieben wird.

Ich stimuliere ihn ein bißchen und drücke meinen Körper an seinen heißen Rücken. Ich weiß, daß er das gern hat, vor allem, weil es ihm Angst macht, von mir gefickt zu werden, wenn er meinen Schwanz im Rücken fühlt.

"Du kannst meine Brüste streicheln, wenn Du willst," sagt Briella zu Toe und reckt sich ihm entgegen. Toe zittert, seine Hände sind fahrig, er kann wohl leichter zeichnen als streicheln.

Ich mag seine Finger, wie sie die Brust dieser Frau berühren, so vorsichtig, wie er mich noch nie berührt hat. Briella lacht und sagt:

"Du kannst ruhig fester hinlangen." Toe zittert mehr. Seine freiliegende Eichel ist spiegelglatt geil, wie eine polierte Kugel. Das Licht der milchigen Petroleumlampe spiegelt sich darauf, ein Lusttropfen wackelt auf der Öffnung seiner Harnröhre, die wie ein kleiner Fischmund geöffnet ist. Briella wird langsam rhythmischer und lauter, sie hat das Holz zur Seite gelegt und öffnet mit Zeige- und Mittelfingern ihre Schamlippen, die lachsfarben und feucht schimmern. Mit dem Finger der anderen Hand tippt sie um die Klitoris herum und umstreichelt sie unter starkem Atmen.

"Ihr müßt mich anspritzen, wenn ich komme," stöhnt sie, "Beide zugleich, das ist dann Euer Jawort, okay?"

Dabei wird sie lauter und lauter, ihr Becken spannt sich und löst sich, sie kniet und wippt mit dem Arsch rhythmisch und schiebt sich das Holz tiefer in die Vagina.

Toe tropft und tropft, aber es ist kein Samen. Seine Haut ist heiß, er schiebt die Brille zurecht und stöhnt eines ums andere Mal:

"Herrje, Herrje." Wir stimulieren uns im Knien voreinander, Toe und ich, die Eicheln unserer Schwänze tippen manchmal aneinander.

"Hey," macht Toe plötzlich und hält seinen Schwanz am Schaft fest und schlägt mit seinem Schwanz an den meinen. Wir fechten spielerisch miteinander, es ist irre geil.

"Das haben wir noch nie gemacht." fährt es aus mir heraus und ich kichere wie ein kleiner Junge.

Briella wirft sich auf den Rücken und ruft zu uns rüber:

"Los," und   "Hopp" und macht dabei ein schnalzendes Geräusch mit dem Mund, wie man ein Pferd beim Galopp antreibt. Wir wichsen beide gleichzeitig und müssen gleichzeitig einhalten. Toe's und meine Stirn stoßen aneinander, ich fasse jetzt seinen Penis an und er meinen, wir stimulieren uns nicht mehr, sondern ringen und kämpfen. Er läßt mich nicht los, ich ihn auch nicht, wir fallen vom Bett und kommen zusammen auf die Füße, immer noch mit dem Schwanz des Anderen in der Hand.

Briellas Beine sind geöffnet, sie liegt aufgestützt auf ihren Ellbogen, ihre Füße berühren mich, sie schaut uns sehr genau an. Ihre Bauchdecke flattert, sie zieht den Beckenboden unter Lippenzischen hoch und flüstert:

"Ja, jetzt ja, spritzt zusammen auf meine Muschel, da ja ja..."

Toe und ich koordinieren uns Schulter an Schulter. Wir wichsen jetzt ganz gleichmäßig, beobachten den Anderen. Ich verzögere etwas, damit wir wirklich zusammen kommen, Toe schiebt sich ein bißchen zurück und zischt:

"Mehr Abstand, ich treffe auf einen Meter." Ich rücke mit, und wir kommen tatsächlich ruckartig zusammen.

"Jiiiij," macht Toe sehr laut und sein Rücken wippt durch, seine Knie sind wie meine etwas durchgedrückt. Ich zittere sehr stark, die Ejakulation kam mir wie aus dem Rücken und dem Arsch, von ganz tief herauf. Toe spritzt immer noch, er ist erst achtzehn und sein Schwanz wird auch nicht weich. Briella lacht kräftig und atmet zischend, sie hat noch immer ihren Orgasmus. Sie wirft sich rückwärts aufs Bett und vermischt mit beiden Händen unseren Samen über ihren ganzen Körper.

"Das ist gut." flüstert sie und wischt sich auch Samen ins Gesicht und in den Mund. Toe würgt etwas, ich kenne seinen matrimonialen Ekel. Sie zieht die Luft stark durch die Nase ein und sagt:

"Riecht ihr nicht auch, wie Mandelmilch, wie bittere Mandelmilch..."

Wir hocken beide nebeneinander vor dieser Erdgöttin auf dem Bett. Sie rollt sich zusammen und fällt in einen kurzen Schlaf.

Wir sehen uns an, Toe und ich.

"Mann oh Mann," stöhnt Toe, "So eine Frau gibt es ja gar nicht."

Ich streichle Toe sanft und lasse seine kastanienfarbenen Locken durch die Finger gleiten. Toe ist immer noch geil, ich küsse und knabbere an

seinem Gesicht, rupfe mit den Zähnen die Haare der
Augenbrauen und fasse, vor ihm hockend, seinen
dicken Schwanz mit beiden Händen an.

"Komm, Toe, komm noch mal," flüstere ich. Toe's
Körper gehorcht, er fickt mir in die Hände und
jammert dabei:

"Wenn des mei Mutter wüßt", lacht und kichert,
"Jesses ne, so a Sauerei", dabei spritzt er wieder, er
drückt mich auf den Boden und ich lasse ihn auf
meinem Bauch kommen. Sein Körper wirft sich
wütend auf mich. Ich fühle, wie er jetzt sie fickt. Er hat
die Augen geschlossen, hebt mir die Knie auf seine
Schultern und schiebt seinen Schwanz in meinen Anus.
Es geht ganz leicht und wie selbstverständlich. Briella
hat sich aufgesetzt und kommt runter zu uns auf den
Holzboden. Sie setzt sich hinter meinen Kopf und
nimmt ihn in die Hände. Sie sind wie eine warme
Schale um meinen Kopf und meine Gedanken.

Toe fickt mich verbissen und gewissenhaft, mein
Anus arbeitet ihm entgegen und mit ihm, das macht
ihn noch geiler. Es dauert jetzt länger als sonst die
üblichen drei Minuten. Ich sehe von unten im
dämmerigen Lampenlicht, wie sich ihre Gesichter
immer näher kommen. Toe weiß es oder fühlt es, sein
Schwanz in mir wird immer heißer und drängender. Sie
finden mit den Lippen zusammen und Briella küßt Toe
ganz leicht auf den flaumigen Oberlippenbart.

Toe brüllt jetzt plötzlich, es ist Weinen und Wut,
Lachen und Orgasmus, und ich falle wie in weiche
Wolkenberge. Seine gemein harten Stöße erreichen
mich nicht mehr, meine Bauchdecke zuckt in ihrem
eigenen Orgasmus, ich ejakuliere und weine in den

warmen Händen Briellas. So haben wir uns noch nie vereinigt. Ich habe mich sonst auf ihn gesetzt und mußte ihn ständig ermuntern. Mein Bauch zuckt noch immer, ich liege auf dem Rücken, bin butterweich und meine Beine reiben sich wohlig an seinen Lenden.

Briella singt ein Lied. Toe ist aus mir herausgeglitten und liegt jetzt auf meinem Bauch. Ich rieche seinen Schweiß, ich rieche aber auch sie, ihre Haut, ihren Atem, und sie singt gleich- tönend und wiegt dabei meinen Kopf.

"Im raudi Rosenhaag, der bese Rudi lag,
und mir und mir und mir, sein raudi Rosenhaag
in meine Rose gab, Büble ruck, ruck,
ruck Dein raudi Rosehaag in meine Rose nei"

Ich kannte die Melodie, aber diesen Text kannte ich noch nicht.

'Frauen sind eben ganz anders als Puppen.', denke ich wieder. Toe schnarcht leicht, seine Brille ist runtergefallen und die Finger mit den schönen Nägeln zucken leicht in meiner Armbeuge, wo er mich gepackt hatte, so daß rote Druckstellen blieben. Wir atmen alle drei gedehnt und wohlig.

"Ihr seid mal zwei Männer," sagt Briella in das Nachdenken.

"Fast alle haben keine Zeit, auf mich zu warten oder ich bin ihnen zu laut. Ich zieh auch nicht so dünne Sachen an und geh lieber barfuß." Toe hört mal wieder nichts.

"Du bist eben eine richtige Frau." sage ich überzeugt. "Schaufensterpuppen sind geschlechtslos. Die meisten Frauen, die ich kenne, haben Angst vor Sex, Du nicht."

Sie nickt mit dem Kopf und sagt:

"Ja, das ist aber unanständig und deshalb streite ich auch viel mit meinen Eltern rum."

"Ist Deine Mutter auch so wie Du?" frage ich sie.

"Manchmal ja, wenn sie ihren grauen Hengst geritten hat, aber mit Vater muß sie vorsichtig sein."

Wir schweigen wieder eine Weile. Briella schiebt sich unter mir hervor und geht vor die Holzhütte. Ich höre, wie sie sich an der Regentonne wäscht. Sie kommt mit einem weißen Bettuch, das draußen auf der Leine hing umgebunden wieder herein und bürstet sich die langen Haare.

"Deshalb will ich hier weg, ich werde hier für verrückt gehalten."

"Was ist das für eine Krankheit, die Du da auskurierst?" frage ich sie.

"Syphilis." antwortet sie und wir schweigen. Es ist ein längeres Schweigen, derweil sie sich die Haare bürstet und die Lampe höher dreht.

Ich weiß nicht, was ich fühlen soll, Angst vielleicht. Ja, da war sie, die Angst vor der Geschlechtskrankheit, gewiß, aber da sind auch die Ärzte, ihr Vater, ihre Mutter, mein Großvater. Mein Onkel ist an Syphilis gestorben, nach dem ersten Weltkrieg, aber heute stirbt man nicht mehr daran. Das sage ich ihr, und sie nickt nur.

"Aber Toe's Mutter würde daran sterben, alleine wenn sie wüßte, daß er da jetzt liegt und schnauft."

"Ja," sagt sie und bürstet sich weiter die Haare.

"Wir werden es ihm nicht sagen. Wie lange geht Deine Behandlung noch?"

"Vier Wochen und dann gibt es eine Nachuntersuchung und vielleicht eine Nachbehandlung."

"Also gut," sage ich, "Wir nehmen die Spritzen mit nach Afrika, auch die für eine Nachbehandlung. Ich kann spritzen."

"Ja," sagt sie nur.

In meinen Gedanken ordnet sich das Bild, wie ich mein Auto belade, den Anhänger vollpacke und die nötigen Sachen verstaue.

Toe sabbert beim Schlafen ein bißchen auf meine Brust. Ich finde das angenehm, er ist wie ein Baby, dem die überschüssige Milch aus dem Mund läuft.

"Der hat voll getrunken." Sage ich und streichle ihm über Haar, Rücken und Arsch.

"Ich hab noch keine zwei Männer vögeln sehen, ich wußte nicht, daß das so aussieht." sagt sie

"Wie denn?" frage ich zurück.

"Ach, mein Vater ist so ein blöder Spießer und hat immer was von Arschfickern gesagt und daß man davon krank würde, daß es pervers sei und überhaupt, später die Kinder blöd würden."

Sie schnüffelt in der Luft. "Und es soll immer nach Scheiße riechen", sie schüttelt den Kopf, "Tut es aber nicht."

"Frauen werden auch oft in den Arsch gevögelt," sage ich, "Und darüber spricht keiner als Perversion."

"Wann geht Dein Schiff?" fragt sie und in mir kehrt die Tageszeit und die ganze Sachlage nüchtern zurück.

"In drei Tagen." sage ich.

"Dann fahren wir gleich noch meine Sachen von zu Hause abholen."

"Hast Du überhaupt einen Paß?" frage ich sie und sie nickt.

"Komm hoch," sagt Briella zu Toe und nimmt ihn hoch wie ein Kind. ‚Die Frau ist aber stark,' denke ich und sie schleift ihn raus zur Regentonne.

Toe kreischt echt, als er gewaschen wird.

Wir sitzen noch spät nachts in einem Eßrestaurant in Wißembourg und reden über das Notwendige. Toe füßelt unter dem Tisch zu mir und zu Briella. Er ist sehr albern und will ihr weißmachen, daß Kamelpisse Flecken auf der Haut wegmachen und Sommersprossen bleichen könne.

Toe wird uns bis zum Schiff nach Genua begleiten und dann mit der Bahn allein zurückfahren bis nach Berlin in meine alte WG, die ich mal als Release WG in der Drogenarbeit gegründet hatte.

Es ist sehr spät in dieser Nacht, als wir zurück sind.

"Was wirst Du Deiner Mutter sagen?" frage ich ihn noch vor dem Einschlafen. Wir liegen nackt ineinander gerollt, wie immer, und halten uns zärtlich gegenseitig die Schwänze fest.

"Nichts werde ich der alten Fotze sagen," murmelt Toe und ist eingeschlafen.

Ich weiß, daß er auch nichts jemals über mich sagen wird.

II AUFBRUCH

Der Benz schafft nur schwer die Steigung über die Alpen. Der Anhänger ist voll mit Briellas Sachen, die wir zwei Tage lang zusammengesammelt haben, bei verschiedensten Leuten.

Ihre Eltern habe ich nicht zu Gesicht bekommen. Es hatte Streit gegeben, vor allem wegen der medizinischen Versorgung ihrer Therapie. Niemand wollte diese Menge Penicillin und Nachbehandlungspräparate herausrücken. Ich bin schließlich zu einem Verwandten meiner Eltern, einem Chefarzt eines Krankenhauses gefahren, habe den Fall erklärt und Rat und Medikamente bekommen und auch noch einmal eine Anleitung für sanfte Injektionsmethoden auch für andere Körperpartien für den Fall einer Verhärtung des Gewebes.

Sonst war der Anhänger randvoll mit Handwerkszeug jeglicher Art, Nähmaschine, Spinnrad, Webrahmen, Batikausrüstung für Stoffdrucke, Einkochapparat usf.. Das wenigste waren Toe's Malsachen und mein Steinmetzwerkzeug.

Wir waren sehr schweigsam aufgebrochen. Ein letzter Besuch bei Toe's Mutter hatte eine häusliche Katastrophe ausgelöst, weil der Sohn jetzt endgültig das Haus verließ, nicht allein um mit mir nach Afrika zu reisen, ganz nach Berlin zu ziehen, das nicht so weit aus der Welt ist wie Berlin. Ein all zu schwacher Trost für eine ja in jedem Fall verlassene Muttergeliebte.

Ich war nicht mit rein gegangen, ich kannte die Szenerie schon von meinen früheren Besuchen, doch als es sich nach Kampfgeschrei anhörte, ist Briella ausgestiegen, durch die Balkontür ins Haus geklettert und hat die hysterische Frau von hinten gepackt und aufs Bett gelegt und ihr die erforderliche Menge Insulin gespritzt, die in ihrem Schockzustand nötig war. Briella war drei Jahre lang Praxishilfe bei ihrem Vater gewesen und wir hatten das schon durch frühere Vorfälle gewarnt vorausgeahnt.

"Warum dreht seine Mutter denn so durch?" fragt sie mich hinter dem Brennertunnel. Toe schläft, wie gewöhnlich bei längeren Autofahrten.

"Erst durch mich hat er seinen Sex und die Lust entdeckt." erzähle ich und vergewissere mich durch einen Blick in den Rückspiegel von Toe's Schlafzustand.

"Er hatte, als ich ihn kennenlernte in einem römischen Bad, zwar einen langen Schwanz, aber noch nie einen bewußten Orgasmus gehabt, wegen einer starken Vorhautverengung."

"Ist denn das nicht vorher jemandem aufgefallen?" fragt Briella praktisch.

"Doch," sage ich erneut entrüstet, "Wiederholt dem Hausarzt und natürlich ihm selber, aber diese bigotte, sexfeindliche Mutter war froh, daß er behindert war, so würde er um die 'Sünde', wie Sie sagte, herum kommen und keinen Spaß an der Lust finden, was ihrer Ansicht nach eine Todsünde wäre."

Briella ist erschüttert. Ich erzähle ihr weiter von dem sich anschließenden Drama, als ich den Jungen an seinem achtzehnten Geburtstag nahm und mit ihm zum städtischen Krankenhaus zur Beschneidung fuhr. Sie hatte die Polizei wegen Menschenraubs einschalten wollen.

'Beschnitten würden doch nur Araber' hatte sie geschrien und daß ich ihren Sohn entführen und zu fremdem Glauben bekehren wolle.

Ich hatte Toe's Schwanz vorher und nachher fotografiert, natürlich auch im erigierten Zustand und er selber zeichnete seine operierte Eichel täglich zum Gaudium der Krankenpfleger und Schwestern, die sich pietätvollerweise natürlich nie sein Originalglied ansahen, dafür aber um so ausgiebiger seine Zeichnungen, die über dem Bett hingen. Natürlich grämte sich seine Mutter über eine solche Schmach, die ihr peinlich sein mußte. Vor allem als Ehefrau des angesehenen Stadtrates einer süddeutschen Kleinstadt konnte sie doch unmöglich ihren Sohn am Krankenbett besuchen, ohne peinlich auf zu fallen. Jedenfalls hatte sie einen Nervenzusammenbruch dort erlitten und hatte rausgetragen werden müssen.

Toe's Eichel wurde von einem Hautspezialisten täglich behandelt, damit sich keine unschönen Narben bildeten. So gesehen betrachtete ich später Toe's Schwanz als mein künstlerisches Produkt und nicht zuletzt leitete ich davon einen Anspruch auf seine Lust ab.

"Wo wäre er denn heute schließlich damit, wenn er nicht mal onanieren könnte."

Briella starrt aus dem Fenster in die Schneeflanken der vorbeiziehenden Alpenkette und sagt leise:

"Dann ist sein Schwanz also so was wie Dein Kind, nicht wahr?"

Ich kann nichts darauf antworten, ich finde seinen ganzen Jungenkörper, die schönen Muskelarme, die Knie und besonders die Hände erotischer als jeden Schwanz. Seiner aber, da muß ich ihr recht geben, übt eine besondere Anziehung auf mich aus, von dem Augenblick an, als ich ihn im Schwarzwald bei den Ausgrabungen des römischen Bades fürs Landesmuseum, hinter seinem Hosenschlitz entdeckt hatte. Er war wie ein priapischer Knabe der römischen Vergangenheit entstiegen im Morgennebel der Ausgrabungsstätte, wo er als Ferienschüler in meinem Ausgrabungsteam an der Freilegung eines Bades mitgrub. Einem Bad, in dem wer weiß welche römischen Knaben zusammen mit germanischen Sklavenjungen onaniert haben mögen zur Verlustierung eines durchreisenden Tribunen, dem sein Schwanz nicht mehr stand, auf solche reizenden Anblicke aber nicht verzichten mochte.

Toe gab ich >Antinous Geliebter< zu lesen, einen Roman, der antiken Geschichte, nachgedichtet über einen Geliebten Hadrians des Zweiten. Toe trug zu dieser Zeit kurzgeschorene Locken, sie durften wegen der Mutter nicht die Ohren bedecken.

"Er hatte noch nie ein Mädchen geküßt. Er hatte Angst davor, weil seine Mutter orakelt hatte, daß er dadurch nur ein Kind machen würde und alles Unglück damit beginne," Briella lacht. "Mit siebzehn noch nie geküßt!" und schüttelt den Kopf.

"Und noch nie einen Orgasmus gehabt" ergänze ich. Toe wälzt sich im Schlaf auf dem Rücksitz hin und her, seine Hand in der Hose. Seinen Penis ungeniert anzufassen hat er bei mir gelernt und seither macht es ihm Vergnügen, auch Andere damit zu provozieren.

"Wie hätte er denn dieser Mutter nach Kinder zeugen können?" fragt Briella.

"Durch eine 'fromme' Einkratzung à la Thomas von Aquin" sage ich gehässig. Aber ich weiß, daß sie damit jegliche Sexualität, inklusive der Tatsache ihrer eigenen Kinder und ihrer Ehe überhaupt hatte ungeschehen machen wollen, die sie hatte erleiden müssen.

"Wahrscheinlich hat diese Frau nie einen Orgasmus gehabt und weiß auch gar nicht, was das ist." Briella sagt das wie eine Feststellung.

"Sie hat mal zu Toe gesagt, daß er sich doch das Leben nicht zur Sau machen solle nur wegen einer Minute Gefühl."

"Der Orgasmus einer Frau ist keine Minutensache," sagt Briella überzeugt und es klingt für mich wie 'stundenlang' und mehr, fast bedrohlich viel.

"Hast Du viele Frauen gehabt?" fragt sie mich und streichelt dabei sanft die Haare an meinem nackten Oberarm gegen den Strich. Im Rekorder läuft >I can get no satisfaction< und ich drehe die Musik lauter. Toe wälzt sich hin und her. Er ist übermüdet von der letzten Nacht, in der ich ihn ausgetrunken habe, ich weiß nicht wie viele Male. Ich hatte Lust gehabt, ihn so lange zu saugen, bis er absolut fertig ist, und das war lange. Briella hatte daneben in einem Stuhl gekauert und zugesehen. Ich habe sie noch nichts gefragt darüber, sie würde schon selber reden, dachte ich. Der leicht salzige Mandelgeschmack seines Samens und seines Saftes ist noch immer in meinem Mund, und da ist ihre Frage nach meinen Frauen, die mich vorsichtig macht. Was will sie wissen?

"Was heißt viele?" frage ich sie.

"Nichts," sagt sie, "Eine die Du richtig genommen hast und die Dich ganz gefressen hat, würde genügen."

"Genügen wofür?" Ich bin verwirrt.

"Als Berechtigung dafür , daß ich das mit Dir auch machen darf," lacht sie.

Ich lenke mein Auto aufmerksam durch den italienischen Verkehr die Viadukte und Serpentinen hinab nach Genua.

Sie begehrt mich, stelle ich fest und weiß es zugleich. Ich fühle ihren Schenkel an meinem, sie macht dabei nichts besonderes; mein Gefühl ist sicher und ruhig, so wie ein Bach fließt oder wie diese Berge stehen, denke ich. Ich weiß, daß wir uns vereinigen werden, ich habe eine lustvolle Vorstellung davon. Wenn ihr Schoß erst wieder gereinigt ist.

"Weil ich Männer geil finde und mit ihnen lebe, heißt das nicht, daß ich Frauen nicht auch begehren würde, nur eben anders. Die Junggesellenromantik der Schwulen finde ich langweilig."

"Toe ist kein Mann, er ist ein kleiner Junge in einem großen Körper," sagt sie, "Bei Dir weiß ich noch nicht, Du bist so unnahbar nah."

Ich fühle mich ertappt und erwische mich bei dem flüchtigen Gedanken, lieber von Toe weiter zu reden anstatt von mir.

"Ich verliere mich nicht in Frauen. Frauen machen mich nicht direkt an, ich meine, mir steht der Schwanz nicht durch den Gedanken an eine Frau oder weil sie mir in die Augen guckt oder sich auszieht." Toe hat sich aufgesetzt und schiebt sein Gesicht zwischen die Sitze nach vorn, er gähnt und hört zu.

"Eine Frau, die an mir rumfummelt, um mich anzumachen, fände ich absurd. Ich bin nicht wegen einer Frau geil, aber ich bin für eine Frau geil. Es ist meine Männergeilheit, die ich der Frau schenke, damit sie kommt und sich ganz fühlt mit mir drin, vorn und hinten, oben und unten, eben ganz."

"Komm, komm," macht Toe dämpfend. Er ist eben immer vorsichtig.

"Vereinigung," sage ich, "Ist etwas alchemistisches. Ich finde Vögeln nicht romantisch, sondern elementar, ich kann darüber nicht witzeln. Eine Frau braucht einen Mann ganz auf, viel mehr, als ich einen Schwanz aussaugen kann. Das, was eine Frau braucht, kommt danach, wenn der Same schon längst raus ist und der Körper nur noch zuckt, aber da warst Du gestern ja schon eingeschlafen."

Toe kichert nur, er versteht nicht. Ich denke mir, weil er eben noch ein Junge ist.

"Mehr Mann macht auch mehr Lust, weil Männer schnell erschöpft sind. Eine Frau ist nicht zu erschöpfen, höchstens zu langweilen." sage ich. Ich kann Briellas Gesicht dabei nicht deuten. Sie klettert über die Rücklehne und vergräbt sich in Toe's Armen und Beinen. Toe schnauft und kichert, es wird eine Balgerei. Sie nimmt ihm die Brille weg. Er ist hilflos. Er ist gern hilflos bei einer Frau. Sie dreht mir den

Rückspiegel weg, den ich verstellt hatte, um sie beide zu beobachten und sagt:

"Laß uns allein, gelt, und fahr Du zum Schiff."

Ich fahre schneller, es macht mir Spaß, die Kurven schärfer zu nehmen und die beiden dadurch tiefer in die Polster zu drücken. Doch der Anhänger will die Manöver nicht mitmachen und ich muß wieder langsamer werden und spule die Kassette zurück. Noch einmal läuft: >I can get no satisfaction< von den Stones.

Wir machen eine Pause in einem Norditalienischem Dorfgasthaus. Ich bin rausgefahren, weil ich Autobahnraststätten borniert finde. Wir haben noch Zeit und bestellen uns was zu essen. Ich frage nach einem Zimmer für eine Stunde, weil ich mich gern hinlegen würde. Sie geben uns eins, aber ihre Blicke dabei sind katastrophal. Es ist nicht zu deuten, was die dickliche Wirtin, mit Tränensäcken unter den Augen und Wasser in den Beinen, von uns denkt.

Wir brauchen ein Zimmer auch wegen der Spritze, Ich will das nicht im Auto machen. Toe schaut aus dem Fenster in einen Hinterhof mit roten Geranien und Hühnern, die in der Erde scharren. Briella legt sich über den Tisch mit freier Arschbacke und zeigt selber die Einstichstelle an. Das Zeug ist zäh aufzuziehen.

"Plastikpenicillin," konstatiert Briella, "Es geht kaum durch eine Zwölferkanüle." Ich injiziere langsam. Toe wird blaß. Er kann Spritzen nicht leiden, sicher wegen seiner leidenden Mutter, die täglich mehrfach ihre Spritze braucht und ständig mit ihrer Krankheit drohte.

"Müßt ihr Das jetzt jeden Tag machen?" fragt er teilnehmend und besieht sich mit spitzer Nase und scharf eingesogener Luft die aufgebeulte Einstichstelle.

"Ja, und vier Wochen keine Liebe machen," seufzt Briella, die Beule mit den Fingern betastend.

"Ich bin ja auch nicht da," sagt er mit wichtigem Gesicht. Ich sage nichts dazu.

"Der Typ von dem ich das habe, war ein Arschloch. Er hat es gewußt und mir nichts gesagt."

Toe ist verblüfft: "Hast Du was an ihm gesehen?" fragt er.

"Nein," sagt sie, "Es war überhaupt nichts Bemerkenswertes an ihm. Sein Körper war ganz mittelmäßig, sein Schwanz klein und seine Meinung spießig..."

"Ja weshalb warst Du dann überhaupt mit ihm zusammen?" fährt es aus mir heraus.

"Weiß ich nicht mehr genau," sagt sie, "Ich glaube, ich wollte ihm was zeigen oder ihn überzeugen...", sie zögert, "... Ich glaube, ich wollte sein großmäuliges, absolut dummes Gerede niedermachen, sonst nichts. Ich konnte ja nicht ahnen, daß der Präservativ platzt oder verrutscht und er das hatte..."

Wir hatten beide bisher nicht nach dem Hergang ihrer Ansteckung gefragt, es tat gut, etwas davon zu erfahren. Toe schaut gebannt auf die Kanüle, die ich abmache und in den Sterilisator lege.

"So ein Rohr!" sagt er ängstlich. Seine schönen Fingerspitzen streichen sanft und riskant über die Spitze.

"Laß das." ruft Briella und er läßt die Kanüle erschrocken fallen, sie klappert in den Sterilisator.

"Ich habe manchmal so einen missionarischen Drang, versteht Ihr?" Ich bin unschlüssig, ob ich verstehe.

"Daß Du erst in sechs Wochen nachkommst, ist eben kein Zufall, ich seh' das so," sagt sie zu Toe, "Und wir müssen ja sowieso auf Dich warten."

"Ist ja auch egal," sagt Toe generös, "Als ich im Krankenhaus war, warst Du ja auch bei Anne." entgegnet er zu mir. Mir fällt ein, daß er damals todeifersüchtig war, obwohl ich und Anne schon seit vielen Jahren Freunde waren und uns alle halbe Jahre mal sahen und auch sexuell waren, ansonsten aber jeder unabhängig blieb. Toe ist noch heute eifersüchtig auf jeden Brief, den ich ihr schreibe.

In der Ecke des Zimmers ist eine Dusche mit heißem Wasser, wir können duschen. Briella liegt auf dem Bett. Nach der Injektion braucht sie einige Minuten Ruhe, sagt sie. Ich ziehe mich aus, auch Toe macht Anstalten, sich auszuziehen. Ich sage:

"Komm Alter, los duschen," weil ich es erregend finde zu zweit unter einer Dusche zu sein, Duschschaum und Finger und Küsse zu fühlen. Ich verstehe nicht, warum er sich nicht weiter auszieht, er hat nur noch Jeans und T-Shirt an. Unterhosen trägt er sowieso nie und er ist barfuß.

"Komm" sage ich, er guckt weg. Ich werde ärgerlich, will ihn jetzt haben, ihn küssen, mit meiner Zunge seinen dünnen Lippenbart kitzeln und die Nasenflügel, die Lippen anknabbern und unter Wasser sabbern und prusten bis runter zwischen seine Arschbacken. Er kennt das Duschspiel.

"Hab' keinen Bock," grummelt er und will weg. Ich packe ihn und zerre ihn unter die schon laufende Dusche samt Shirt und Hose.

Er zerrt sich unter dem Duschstrahl selber das Hemd über den Kopf, lacht ein bißchen, aber beginnt unversehens zu weinen. Es kommt ganz plötzlich. Über seinen Augenbrauen bilden sich erst dicke Beulen, dann zittert das Kinn und er schluchzt. Ich bin gerade dabei, ihm die Hose aufzuknöpfen, da schreit es aus ihm heraus:

"Du läßt mich allein, Scheiße, Ihr laßt mich hier allein!" Ich küsse ihn zärtlich und nehme ihn in den Arm, die Dusche ist warm.

"Du kommst doch bald, Du, es sind doch nur ein paar Tage, ich will deine Lust mitnehmen, komm, zieh die Hose runter, los..." ich schiebe die nassen Jeans über seine Schenkel bis auf die Knöchel. Sein Schwanz ist bretthart an meinem Bauch.

"Scheiße, Scheiße" weint er, "Ihr fickt dann jede Nacht ohne mich!"

"Nein," verspreche ich ihm, "Auch nach der Behandlung warten wir auf dich, O.k.?" und ich weiß im selben Moment, daß es ein Fehler ist, das zu sagen. Er drängt sich wütend an mich, küßt mich heftig und beißt. Ich bin verliebt in das zornige Kind in meinen Armen.

Wir sind schnell fertig, es ist zu geil und wild unter der engen Dusche. Wir kommen zusammen heraus und trocknen uns ab. Briella schaut uns an und lacht:

"Ist Euch auch gar nicht peinlich, was?" Wir lachen und ziehen uns wieder an.

Der Benz ist im Schiffsbauch verladen. Briella und ich stehen an der Reling des Schiffes nach Tunis. Unten am Pier steht klein und verloren Toe. Es ist nieselndes Wetter in der Abenddämmerung. Wir können nicht sehen, ob er weint oder welche Gesichtszüge er hat. Das Tuten des Schiffhorns, das die letzten Gäste vom Schiff befiehlt, hallt von den grauen Wänden der Hafengebäude wieder. Genuas Stadthäuser ziehen sich den Berg hoch, die Abendsonne legt die Villen der Oberstadt in ein goldenes Licht.

Briella winkt mit einem Tuch, das ihr Toe in einer Boutique im Hafenviertel, wo wir noch mal zusammen essen waren, gekauft hat, Ich setze meinen Goldrandkneifer auf und kann jetzt auch seine Gesichtszüge sehen. Halb grinst er und halb zieht er das Gesicht seiner Mutter bei Kopfschmerzen. Es ist zugleich auch ein Abschied von ihr, seiner Kindheit und Keuschheit, von Vater und Mutter. Der Vater lehnt jede Unterhaltszahlung ab. Ich bezahle sein Studium weiter und die Wohnung in meiner ehemaligen WG in Berlin, wohin er jetzt nach unserem Verschwinden am Horizont zurückfliegen wird, mit einem Alitaliaflug über Mailand, den ich auch bezahlt habe.

"Fahr doch mal in Würm vorbei.." schreie ich gegen den Wind an und das Knattern der abklinkenden Taue.

"Was?" schreit er zurück. Ich lege die Hände wie einen Trichter an den Mund:

"In Würm vorbeifahren und Gitta grüßen, sie soll doch mal bei uns vorbeikommen im Winter."

"Ach so" ruft er, als hätte er was anderes lieber gehört. Das Schiff bekommt aufquirrlend Fahrwasser, es dreht ab. Toe steht immer noch dort an der selben Stelle. Er steht auch noch dort, als wir die Hafeneinfahrt passieren. Ich sehe ihn durch das Fernglas eines Franzosen, der neben mir an der Reling steht und Genuas Skyline bestaunt.

"*Merci Monsieur*" sage ich und er antwortet: "*De rien.*" Er trägt ein kleines, rotes Halstuch, abgeschnittene Jeans, Ledersandalen und ein buntes Hemd und hat graue, zu einem Mecki geschorene Haare. ‚*Est bien*‘, denke ich, auch ein Verehrer der schönen Knaben Afrikas auf Safari.

"Hallali" sage ich und drehe mich weg. Ich bin sympathisch mit ihm, obwohl er kein Mann wäre, mit dem ich essen oder ins Bett gehen würde.

Briella ist weder in der Kabine noch im Restaurant, ich finde sie ganz oben auf dem Sonnendeck. Wir gehen zusammen essen, ich habe einen Kloß im Hals.

Das Selbstbedienungsrestaurant gefällt uns nicht. Wir beschließen, ins Erste-Klasse-Restaurant zu gehen, doch die Leute dort sind fein angezogen.

"Ich habe keine solchen Sachen mit, da können wir nicht rein." sagt Briella eher angriffslustig als traurig.

"Ich habe meine arabische *Jubba* und einen Turban und du kannst vielleicht ein großes Tuch umhängen wie die arabischen Frauen." Der Vorschlag gefällt ihr. Wir ziehen uns um und gehen essen. Da ich arabisch spreche, fällt nichts weiter auf, man läßt uns rein. Es ist ein einzelner Tisch frei, an dem wir Platz nehmen. Draußen ist es längst dunkel, feine Gischt spritzt an den Sichtverglasungen hoch.

"Es ist fast wie eine Hochzeitsreise." sagt sie und lächelt leicht verlegen.

"Wieso fast?" frage ich sie zurück. Ich schlage die Füße übereinander. Unter meinem, einem Nachthemd ähnlichem Gewand kommen die bestickten, grauen Kamellederschuhe hervor. Ich kann mich im Glas eines Kupferstiches gegenüber sehen. Die Brillengläser meines Zwickers spiegeln, der schwarze saudische Ring auf meinem Kopf hält das dünne Kopftuch fest, dessen eines Ende ich um den Hals geworfen habe wie einst George Sand.

Plötzlich beugt sich Briella in ihrem gestreiften Tuch zu mir, das sie wie eine Inderin über der Schulter trägt, über den Tisch und nimmt aus der Tischdekoration eine rosafarbene Nelke, bricht den Stil ab und schiebt mir die Blüte unter den Ring auf dem Kopf.

"Jetzt siehst Du aus wie der Prinz aus Tausend und eine Nacht," lacht sie und klatscht in die Hände wie ein kleines Mädchen.

"Wie alt bist Du?" frage ich sie. Sie bedeckt mit dem Tuch die Augen und sagt mit verstellter Stimme:

"Uralt mein junger Freund, sicher schon Hundert Jahre oder mehr."

"Das sieht man Dir aber nicht an, mein Kind," albere ich weiter, "Noch rosenrot sind Deine Wangen und jugendfrisch die Haut."

"Tz, tz, tz," macht Briella täuschend echt eine zahnlose Alte nach, "Du siehst eben nur was Du sehen möchtest. Das macht mein Hexenkraut aus Dir," und sie kichert laut, daß die Nachbarn herüberschauen zu unserem Tisch.

"Paß auf" sage ich zu ihr, "Ich habe einen jungen Knappen, wenn wir zusammen leben wollen, teilst Du das Bett mit mir und mit ihm."

Sie wackelt mit dem Kopf und kichert über den Tisch:

"Und die Moral von der Geschicht', trau eben keinem Manne nicht."

Wir schweigen eine Weile und genießen das Essen. Mir scheint unser Zusammensein so selbstverständlich, als hätten wir schon hundert Jahre zusammengelebt.

Der Steward von der Kabinenzuteilung kommt an unseren Tisch und flüstert mir zu, daß die Kabine einhundertzehn nun doch die unsere sei. Ich gebe ihm ein Trinkgeld.

"Warum ist es Dir denn so wichtig, ausgerechnet in der Hundertzehn zu schlafen?"

"Ach," sage ich, "Vor einem guten Jahr hatte ich mit meinem Freund diese Kabine, und mein Vater, der mitreiste, war morgens leise hereingekommen und hatte uns gezeichnet, wie wir eng umschlungen in der Kabine lagen, nackt und jeder den Schwanz vom anderen in der Hand, die Haare wirr über der engen Bettkante. Als ich aufwachte, hat er mir bedeutet, weiter zu schlafen bis er fertig gezeichnet hat."

Sie macht ein Stirnrunzeln und ich fragte sie danach.

"Ja weißt Du, ich denke gerade, daß zwei Männer auch so ein Verhältnis haben können wie ein Ehepaar, in das ich also jetzt hineinheirate."

"Ja," sage ich leise.

Später gehen wir aufs Deck, das Wetter ist plötzlich lau und trocken. Die Sterne sind über uns, der südliche Himmel entblößt den zunehmenden Mond.

"Ach," fällt mir ein, "Ich habe auch noch einen großen Hund, einen gelben Boxer-Schäfer."

"Der schläft ja wohl nicht mit uns im Bett." sagt sie, und ich lache und sage:

"Doch."

"Ich will so mit Dir schlafen, wie Du mit Toe schläfst," sagt sie und ich merke, wie mich das berührt, erregt und mir gleichzeitig ein schamhaftes Gefühl macht.

Den ganzen anderen Tag sind wir ausgelassen und albern. Sie hat in einer Falte ihre unerschöpflichen Tasche zwei Trips zu Tage gefördert und wir erforschen das Schiff mit seinen Decks und Zwischendecks, tollen mit den Hunden im Hundedeck herum, klettern verbotenerweise bis in die Maschinenräume und die Wäscherei. Einmal sitzen wir in tiefen Polstern beim Bingospiel, das wir aus Verwirrtheit nicht mitspielen können und philosophieren darüber, ob wir nun gerade zu dieser Zeit die Menschenwelt als Gäste aus dem All besuchen und wann wir das letzte Mal hier waren, vielleicht vor zwanzigtausend Jahren. Sie besteht auf zehntausend Jahren. Uns erscheinen die Menschen noch immer so blöd wie damals, mit häßlichen Gesichtern, Buckeln auf der Nase und Wackelpeterhaut und so unsäglich langweilig und vor allem so langsam.

Am Abend, nachdem wir Sardinien wieder verlassen haben, schreibe ich Briefe. Sie ist erstaunt, daß ich mit Federhalter und offener Tinte schreibe auf eigenem Briefpapier mit Wasserzeichen und Monogramm. Ich schreibe an Toe einen langen und ausführlichen Brief über das Zusammenleben zu dritt, über Frauen und Kinder. Es werden zwanzig Seiten, die ich spät abends noch in der Bar Briella vorlese.

"Diesen Brief hast Du eigentlich mir geschrieben,
nicht wahr?"

Ich kann das nicht verneinen, "Aber er muß es doch
auch wissen oder nicht?" frage ich.
Noch später sitzt sie draußen an der Reling auf dem
Seewasser gebleichten Holzboden und spielt auf ihrer
zerschrammten Blockflöte: 'Es waren zwei
Königskinder'.

Ich bin geduscht und stehe unschlüssig in der
Kabine, ob ich mich bei offener Tür stimulieren darf
oder nicht. Das Licht der Kabine ist gelöscht, die Tür
wegen Briella halb offen. Draußen gehen junge
Stewards vorbei. Sie unterdrücken einen Blick herein.
Ich weiß nicht, wann sie kommt, so bleibe ich
angelehnt stehen mit dem Blick aus dem Bullauge.,
wodurch ich einen einzelnen Stern sehen kann über
dem nachtschwarzen Meer. ,Ich werde ihr nachher
meine Hand so zwischen die Beine legen, wie sonst
Toe beim Einschlafen,' denke ich.

III AFRIKA

Es ist rosafarbener Himmel über dem *Djebel Hams*. Die gleiche Farbe wie Briellas Schamlippen im Himmel über Karthago. Europa liegt hinter uns. Vor uns der Magareb. andalusische Treppen und das dümpelnde Wasser des Golfes von Tunis in der frühen Morgensonne. Eine andere Luft, andere Gerüche treffen die Nase.

Der Benz holpert über die Landungsbrücken an Land, die Zöllner kennen mich schon. Wir wechseln Worte über das Wetter, Familien und Heimatorte. Briella wird als meine Frau tituliert. Ich korrigiere das, kann ihnen aber auch nicht erklären, was sie dann ist. Man fragt mich nach Toe. Ich sage, daß er noch studiert.

Briella muß ihr Spinnrad vorführen, man staunt, lacht und wünscht uns guten Aufenthalt. Ein dicklicher Junge ruft: *'Behir Sessel'*. Briella dreht sich um und nimmt ihn ins Visier ihrer Nickelbrille:

"Was?" ruft sie, der Junge nimmt Reißaus. "Dicke Brüste" übersetze ich ihr, sie lacht und droht ihm mit dem Finger nach. Am Ausgang winkt aufgeregt ein schmaler Junge mit Krüllhaaren. Es ist Achmed aus meinem Dorf, der uns abholt. Ich halte und lasse ihn einsteigen. Er klettert ungestüm ins Auto, drückt mir drei Jasminsträuße ins Gesicht und einen schmatzenden Kuß auf den Mund. Er zwängt seinen schmalen Jungenarsch zwischen mich und Briella, tätschelt ihr und mir generös auf die Knie und rollt genießerisch die Augen nach oben, daß das Weiß in seinem braunen Gesicht hell steht.

"Ist das Deine Schwester?" säuselt er auf Arabisch und kichert.

"Es ist Ibn Dauds Sohn" erkläre ich Briella und "Er ist schon zwölf Jahre alt." Briella macht ein betretenes Gesicht.

"Ich habe nichts mit ihm," beteuere ich ihr. "Er holt mich nur ab. Seine Mutter hat ihm verboten, mit mir was zu haben, obwohl er das wohl gerne täte."

Briellas Laune wird davon nicht besser. Wir fahren die Avenue Habib Bourgiba hinunter unter den alten Alleebäumen durch, die kühle Schatten werfen. Aus dem offenen Verdeck schreit Achmed vom Rücksitz Freunden zu. Ich verstehe nicht alles, aber es sind maulheldige Stories voller Aufschneidereien und fast so laut wie das Zwitschern der Zugvögel in den Alleebäumen.

Es ist früh am Morgen, erst sechs Uhr, aber die Stadt ist voller Menschen. Briella schaut seitlich aufs Meer, während ich nach Sidi bou Said fahre, dem einstigen Karthago. Wir fahren den Berg hoch in die Altstadt. Die offenen Bäckereien bieten fettgebackene Fladen in heißem Öl an. Wir sitzen auf den alten Treppen und schauen übers Wasser und trinken heißen Tee in kleinen Gläsern mit einem aromatischen Minzblatt darin. Vor Briella baut sich ein schlanker, nerviger Araber auf, er hat eine Laute und einen Hut. Ich kann seine Augen nicht sehen im Schatten der Krempe. Er wirft sich in Pose und spielt auf seinem Instrument los, klassische andalusische Gitarre, die Töne perlen die Treppe hinab, Briella schmilzt dahin, sie schaut den hochgewachsenen Mann bewundernd an. Er kokettiert gut und tut gut daran, nicht zu singen, denn Spanisch könnte er sicher nicht.

Briella läßt sich die Gitarre zeigen. Sie ist schön geschnitzt und verziert mit gebogenem Hals. Sie versucht, darauf einige Akkorde zu spielen. Der Mann lacht sie an. Er hat tatsächlich einen spanischen Einschlag. Seine langen Finger mit den mandelförmigen, rosa Fingernägeln legen sich über ihre Hand. Er schnalzt mit der Zunge beim Reden und rollt das R.

Briella spielt Akkorde zu einem deutschen Volkslied. Es sammelt sich eine Menge Kinder. Ein ganz kleines Mädchen klatscht in die Hände und hopst im Kreis. Zwei Jungen laufen im Kreis, und treiben eiernd eine leere Fahrradfelge an, die blechern umschlägt. Achmed ist sehr still und aufmerksam.

"Warum machst Du so ein Gesicht?" fragt mich Briella.

"Ich mache kein Gesicht." sage ich, aber ich fühle mich nicht wohl, genau wie Achmed. Plötzlich springt Achmed hoch, hängt sich an den Arm des Mannes und kreischt wütend: "Dieb, Du bist ein Dieb." Der viel stärkere Mann schüttelt ihn leicht ab, wie einen lästigen Hund und ruft: "Du lügst."

"Ha," schreit Achmed und bebt vor Zorn und hält ihm in seiner kleinen Jungenhand den buntgewebten Beutel Briellas vors Gesicht.

"Und was ist das da, was Du eben in Deiner Gitarre verstecken wolltest?" Der Mann stürzt auf ihn zu, sein malerischer Umhang fällt zu Boden. Er will Achmed den Beutel entreißen und schreit wütend:

"Das ist mein Beutel, Du Mutterficker, Du kleines mieses Arschloch eines geilen Bastarden, gib ihn her oder ich bring Dich um."

Beide kommen mir in den Weg gelaufen und ich reagiere gleich schnell wie Briella: Wir greifen seine Arme und heben ihn von den Füßen. Briella faucht wie eine hungrige Raubkatze und spuckt ihm unvermittelt ins Gesicht.

"Miststück," schreit sie ihn an, ich habe freie Bahn für eine feiste Ohrfeige und schlage mit dem Handrücken eine harte Rückhand wie beim Tennis. Der Mann taumelt, fällt rückwärts die Treppen hinunter vor Achmeds Füße, der gezielt einen Tritt in seine Eier landet und eine unauflösbare Kette übelster Schimpfwörter losläßt. Zum Verkauf ausliegendes Blechgeschirr der Händler scheppert, der Mann wimmert. Achmed drängt eilig Briella und mich ins Auto.

"Los, weg hier," flüstert er, " Die demolieren Dir sonst das Auto noch bevor ein Polizist kommt. Dieser Stadtteil gehört der Spanischen Gang."

Wir sitzen schon im Auto, als Briella einfällt, daß wir noch nicht bezahlt haben. Achmed winkt ab und sagt altklug:

"Der Tee ist von den gleichen Leuten. Schadet ihnen wenig, keiner davon geht in die Moschee, es sind alles

Christenhunde." Und er spuckt zur Bekräftigung
dreimal aus dem Auto in den Fahrtwind. Danach hält
er triumphierend Briella den Beutel vor Augen.

"Da ist Dein Geldbeutel." Sie nimmt ihn und lacht,
als ich ihr seine Worte übersetze, während sie den
Beutel öffnet.

"Ach Geld, nein, da habe ich nur ein paar
Kräutersamen drin von Heilpflanzen, die es hier
vielleicht nicht gibt."

Ich übersetze das Achmed nicht. Der Vorfall hat
Briellas Meinung über Achmed schlagartig geändert.
Ein Zug von Hochachtung ist in ihren Blicken und sie
redet wieder mit mir über andere Dinge.

Wir sind schon über Hamam Lif, das ehemalige
Sultansbad, hinaus, da blitzen mich Achmeds kluge
Kinderaugen an und mit einem eigenartigen Stolz und
kumpelhafter Unterstützermiene flüstert er mir zu:

"Ist jetzt wieder alles in Ordnung," und nach einer
angemessenen Pause: "Was hast du mir mitgebracht?"
Ich bin bis heute im Zweifel, ob nicht Achmed der
Dieb war und der Gitarrenspieler das Opfer.

Allmählich wechselt die Landschaft. Die Olivenhaine
nehmen zu, die Straße fällt durch Trockentäler ohne
Brücken mit Furten voll aufspritzendem Wasser. Die
Gärten werden kleiner, offene Felder verschwinden.
Schafherden mit Ziegen als Leittiere weiden in den
Trockentälern. Die Luft wird trocken, manchmal
passieren wir kilometerlange Sandflächen, die über die
Straßen wehen. Beeinträchtigt durch den Anhänger,
schafft es der Benz gerade so, hindurch zu kommen.

Die letzte Stadt Sfax ist sehr orientalisch, Stadttore,
Mauern und Zinnen und kleine, enge Gassen. Wir

machen eine Pause dort, weil Achmed was einkaufen will für seinen Vater, das es sonst nirgends gibt. Erst am späten Nachmittag fahren wir in meinem Dorf ein.

Uns begrüßen weiße Häuser, weiße Mauern, blaue Bogentüren, und ein verfallenes Signalfeuerhaus aus Griechischer Zeit. Eine Schar johlender Kinder stiebt hinter dem Benz her, ich fahre langsam und Achmed ruft jedem Gesicht, das er sieht, etwas zu. Ich biege um die letzte Häuserecke und stehe vor der Mauer meines Hauses. Mein Hund bellt, er hat den Motorton erkannt und jault dazu. Vom Dach winkt ein Junge herunter.

Die Tür des Nachbarhauses öffnet sich, der Nachbar rechts und der Nachbar links schauen heraus, die Leute von den gegenüberliegenden Häusern, ohne Türen zu meiner Gasse, sind auf die Dächer getreten und grüßen von oben. Frauen drängen sich unter den Armen der Männer hervor, um einen Blick zu werfen auf die Frau, die ich mitbringe.

Alle sind neugierig.

"Für hiesige Verhältnisse war ich sehr lange weg," sage ich zu Briella beim Ausladen. Ich habe beide Türflügel, der spitz gebogenen Tür geöffnet, durch die wir die Sachen in den Hof tragen.

"Was heißt denn lang?" fragt sie zurück. Mein Hund Ringo umspringt mich unentwegt und der schwere Hund wirft sich mir auf die Arme, er will hoch wie ein Baby und liegt winselnd vor meinen Füßen.

"Vier Wochen sind hier sehr lang, und der Hund hat vermutlich seit Tagen nichts gefressen, sagen sie." Briella hat den Hof überquert und steht im Garten, der zugleich Stall ist für die Schafe, die Hühner und die Kuh.

"Den Stall müssen wir sofort ausmisten." sagt sie. Ich stöhne auf.

"Zuerst müssen wir das Auto ausladen."

"Ja, ja, ich habe es nicht so gemeint. Nur schau, die Wolle von den Schafen ist ganz verpisst das gibt später gelbe Flecken, die nicht rausgehen."

Habib kommt, der Dorfobmann, auch der *Imam* schaut vorbei und nickt. In der Zeit, die ich mit Achmed zum Ausladen brauche, sind fast alle die mich kennen gekommen, uns zu begrüßen.

Briella hat die Küche angeschaut, die Dusche, die beiden Räume mit Fellbett auf dem Boden, den Bücherschränken und Schallplattenkoffern und die Werkstatt mit Teppichknüpfrahmen.

"Was sollen wir kochen heute abend, es ist nicht viel da?"

"Nichts," sage ich, "Laß Dich überraschen wie es ist, wenn einer nach langer Reise zurückkommt."

Briella steht in der Dusche - es ist ein geplättelter Raum mit von mir selber handbemalten, glasierten Tonkacheln und mit einem Ablauf im Boden und drei großen Tonkrügen voll Wasser, aus denen sie sich begießt. Durch das Fenster kann man nicht einsehen, ich habe es gänzlich mit blauen Lilien und Ranken bemalt.

Die Nachbarssöhne kommen und bringen Essen. Grüne Tonschalen voll *Kuskus*, gekochtes Gemüse darauf und drei kleine gebratene Krametsvögel, Kichererbsen und grauen Hirsebrei, heißes Fladenbrot, an dem noch etwas Strohasche hängt. Und frische, riesige grüne Feigen zum Nachtisch. Die vier jungen Leute haben rasch alles Essen auf meinen niederen,

runden Tisch aufgebaut und verschwinden in dem
Augenblick, als Briella, geduscht und mit nassen
Haaren in den Hof tritt, nur mit einem Handtuch um
den Bauch gebunden.

"Wo kommt das Essen her?" wundert sie sich.

"Kommt jemand plötzlich heim nach einer langen
Reise, legen die Nachbarn übriges Essen zusammen,
weil man ja keine Zeit hatte zu kochen," erkläre ich ihr.
"Nur den Tee muß ich noch kochen."

Ringo, der Hund, versucht sich ganz klein zu
machen, damit er zwischen mir und Briella mit der
schwarzen Schnauze ganz nah am Tisch liegen kann.
Wir essen schweigsam. Briella schaut meinen Händen
zu, wie ich den trockenen *Kuskus* mit den Fingern
zusammendrücke, in die Soße tunke und in den Mund
stecke. Sie macht es kommentarlos nach.

"Ein paar Oliven wären gut," fällt mir ein und sie
antwortet:

"Ja, aber die haben sie nicht mitgebracht." Ich stehe
auf und gehe zur Vorratskammer, die ihr noch nicht
aufgefallen war, hinter einem Schnurvorhang, und hole
aus einem hüfthohen, grün glasierten Tonkrug
eingelegte Oliven in einem kleinen runden
Tonschälchen.

"Das waren meine ersten Töpferversuche." sage ich
zu dem krummen Tonschälchen entschuldigend. Die
Oliven sind schwarz und dick und glänzen in einer
Lake mit Minzblättern.

"So große Oliven kenne ich gar nicht," sagt sie.
"Die sind aus meinem Olivengarten, selber geerntet
und eingelegt, meine erste Ernte," sage ich stolz, als
hätte ich sie selber gemacht. Jetzt erst fällt die

Angespanntheit, die ich die ganzen Wochen gespürt hatte, von mir ab.

"Laß uns aufs Dach gehen," sage ich zu ihr, "Man kann das Meer sehen und die Abenddämmerung."

Wir klettern eine schmale Leiter hoch auf einen Mauervorsprung und von dort auf die Dachkrone, wo zwei von mir gehaltene graue Täuberiche mit empörtem Krächzen auffliegen.

"Oh," schaut sie sich um mit einer ganzen Umdrehung, "Von hier oben sieht alles ganz anders aus.

Der Blick über die Dächer des Dorfes geht über Mauerkronen und Zacken hin, über kleine erleuchtete Höfe, cremefarben und rauchblau, Reisigbüschel und Strohballen. Auf den Dächern, trocknen Feigen aufgereiht auf den Mauerkronen, violett filigrane Eukalyptusbäume rascheln in den Gassen im abendlichen Meerwind.

Fahlgelbe und rote Wolkenränder der untergehenden Sonne, weiße Federwolken und die ersten Sterne der Nacht ziehen auf. Das Meer ist silbern und weit, die Mimosenwälder am Strand ein ferner, grüngelber Saum.

"Ist das schön," sagt sie und streicht ihr Haar im Abendwind zurück. Sie hat ein violettes Tuch umgeschlungen und ich streife es ihr vom Körper.

"Auf die Dächer geht abends niemand mehr, das ist tabu," sage ich und rutsche aus meinem weißen, bestickten Umhang. Nackt stehen wir beide auf dem Dach.

"Laß den Wind um Dich herum gehen wie ein lebendiges Wesen." Der Wind ist stark genug, ihr und

mein Haar flattern zu lassen. Ringo bellt im Hof. Ich
stelle mich hinter sie, ihr Körper ist kühl und glatt. Ich
öffne ihre Beine und breite ihre Arme aus.

"Der Wind macht Dich geil, wenn Du ihn in Deinen
Schoß läßt." Sie kippt ihr Becken etwas vor, mit den
Fingern öffne ich ihre Schamlippen.

"Der Wind soll mich heilen, ich fühle, wie es gut ist."
Dabei lehnt sie sich an mich. Wir stehen lange so, bis
es dunkel ist und der Mond über den Horizont kommt.

"Ach, er hängt, " sagt sie, "Wie im Kindermärchen
vom Karlsruher Stadttheater."

Vom einzig hohen Turm der Moschee kommt die
rauhe Stimme des *Muezzin*, der zum Nachtgebet ruft.

"Was ist das?" fragt sie mich.

"Das *Murub*, das letzte Gebet am Tage für die
Gläubigen. Jede Woche singt ein anderer, un-
verheirateter Mann aus dem Dorf."
"Hast Du auch schon gesungen?"

"Ja," sage ich und mir fallen die Tage ein, nach dem
Tod meines Vaters, der voriges Jahr hier in meinem
Haus gestorben war und in dessen Todestrauerzeit ich
abends vom *Minarett* gerufen habe, weil das so Sitte ist.

"Die Dächer sind auch zum Liebe machen da, nicht
nur zum Wäschetrocknen, wo man sich hinter den
Tüchern verstecken kann wie in einem Zelt."

"Ich freue mich aufs Liebe machen mit Dir." Sagt sie
und dreht sich um. Wir stehen Bauch an Bauch eine
Weile. Danach gehen wir runter auf das Lager aus
zwölf Schaffellen. Wir lassen die Tür zum Hof offen
stehen und den Mond hereinscheinen. Ringo ringelt
sich mit seinem Hunderücken eng an unsere Füße.

"*Swalache*" sage ich, gute Nacht.

"Verdammt," schreit sie plötzlich mitten in der Nacht auf. Ich fahre hoch, der Hund bellt, die Hühner gackern im Garten los.

"Was ist denn?" frage ich erschrocken?

"Wir haben die Spritze vergessen." sagt sie und steht auf.

Ich mache vorsichtig die Petroleumlampe an, der große weiße Glasschirm kann leicht entgleiten und wäre nicht zu ersetzen; die Lampe stammt noch von meinem Großvater aus Würm. Milchiges Licht verbreitet sich. Mit der Lampe in der Hand überquere ich den Hof zur Küche und mache den Gaskocher an, um das Spritzenbesteck abzukochen. Briella schüttelt das Penizillin auf.

Ihre Arschbacke ist hart, ich finde keine gute Einstichstelle.

"Und das soll jetzt noch drei Wochen lang so weitergehen," mault sie. Ich habe von Toe geträumt, aber das sage ich ihr nicht.

"Ich will einen Ofen bauen zum Brot backen." sagt sie plötzlich.

"Wozu? Ich trage das Brot hier zum Bäcker," entgegne ich, aber sie beharrt auf einem eigenen Ofen im Hof, einer *Tabuna*.

"Jede Frau hat einen," sagt sie.

"Gut," sage ich, "Wir fahren nächsten Montag nach Moknine zu den Töpfern. Ich habe gehört, daß einen Ofen zu bauen so eine Sache ist."

"Was für eine Sache?" sagt sie und scheint ärgerlich über meinen Einwand.

"Laß Dich doch von meinen Töpfern beraten, das kann doch nicht schaden. So ein Ofen will richtig gebrannt sein." Sie ist schließlich einverstanden.

Moknine besteht aus einer einzigen Straßenkreuzung, um die herum Hunderte von Töpfereien und Brennereien sowie Läden angesiedelt sind. Die ältesten Häuser stammen noch aus der Römerzeit 200 v. Chr.. Die Landschaft vor dem Ort erinnert an eine Mondlandschaft durch Generationen ausgehobener und terrassenförmig abgetragener Tonschichten. Hier gibt es den besten Ton des ganzen Landes, den roten Ton für echte Sigelatware, die bis nach Alexandria bekannt war. In der Grabungsstelle des römischen Wehrhofes im Schwarzwald hatte ich solche Scherben mit afrikanischen Brandzeichen gefunden.

„Erst kürzlich haben sie bei Mahdia ein römisches Schiff geborgen mit Tonkrügen voll Wein aus dem zweiten Jahrhundert, Krüge aus solchem Ton," erzähle ich ihr im Vorbeifahren an den schwarz verrußten Kuppeln der Brennöfen.

Wir besuchen den Töpfer, den ich vor kurzem kennengelernt habe. Sein Vater war überraschend gestorben, am selben Tage wie der meine. Der junge Mann war erst siebzehn und jetzt Familienoberhaupt über zwei Brennöfen, drei Töpfereien, fünf Verkaufsläden und zwölf Töpferscheiben, einen Tonbruch vor der Stadt und acht Frauen und dreizehn kleinere Geschwister.

Das Handwerk hatte er von seinem Vater erlernt, und die ganze Familie, sowie deren Angehörige arbeiten in dem Familienunternehmen mit. Er war es, der mir römische Töpfe nachgeformt und außen so verarbeitet hatte, daß sie für alte gelten mochten, wenn man sie etwas beschädigte und künstlich alterte.

Ich hatte ihr zuvor nicht gesagt, wie jung der Töpfer ist, sie will es nicht glauben, als ich es ihr sage. Der junge Araber mit schwarzbraunen Augen und hellgelben Tonschmarren auf der Backe kommt auf mich zu und küßt mich auf den Mund.

"Allah sei mit Dir, Andro" sagt er und ruft in die Werkstatt:

"Die Deutschen sind da!"

"Geh, Du machst einen Witz, der ist doch keine siebzehn," sagt Briella und lacht den Töpfer an. Ich spüre sofort einen Funken, einen, den es nicht mehr gegeben hatte, seit wir Toe am Hafen zurückgelassen hatten.

Briella ist sofort ganz in ihrem Handwerkerelement, sie nimmt die Werkstatt mit Drehscheiben, Tongrube und Trockenraum in Besitz, als wäre es ihre. Ali, der Töpfer, zeigt ihr die Werkstatt. Ich schaue den Beiden zu und denke, daß es ein gutes Beispiel für das kommende Zusammenleben mit Toe sei.

Wir bleiben den ganzen Tag dort. Briella bekommt genaue Anleitungen für den Ofenbau, er entpuppt sich als differenzierter, als ich gedacht hatte. Sie ist eine willige Schülerin des lockigen Knaben, der gut französisch spricht mit Briella, diese allerdings mit einem pfälzischen Akzent. Ihr brauner Wickelrock schlägt öfter auf, niemand macht dumme Bemerkungen. Ali ist ein geschickter Lehrer, er ist der Einzige in der Familie, der das ganze Handwerk vom Vater gelernt hat. Der ältere Bruder, der es auch konnte, war bei einem Unfall in Tripolis gestorben.

Ali fordert Briella auf, sich bis auf den Slip auszuziehen, weil das Hantieren mit so viel Lehm alle Sachen verschmiere. Er verlangt streng von den anwesenden Männern Ehrenhaftigkeit und sagt, daß sie ja auch beim Lehmkneten bis auf die kleine Hose nackt seien. Später duscht sie sich, ein Mädchen von vielleicht acht Jahren überschüttet sie hinter einem geflochtenen Rohrvorhang eimerweise mit Wasser.

"Ist dieser Töpfer auch ein Schwuler?" fragt sie mich forsch und mich trifft die Frage wie ein Pfeil ins Herz.

"Diesen Unterschied, schwul oder hetero, kennen sie hier nicht. Junge Männer sind sexuell mit anderen jungen Männern, bis sie heiraten. Danach hört es auf, bis auf einen, besten Freund, mit dem sie dann oft noch Jahre lang Kontakt haben, und sie könnten es jederzeit wieder tun."

„Wissen das die Frauen?" Briella blickt dabei nicht von ihrer Töpferscheibe auf wo sie einen schlanken Krug dreht.

„Prinzipiell ja, doch intim werden sie nur in der *Hamam* oder nachts auf Jagdausflügen oder wenn sie zusammen ins *quartier de femmes* gehen."

Die fünf Meter großen, schwarz verräucherten Kuppeln der Brennöfen überragen die gedeckten Häuser. Wir sitzen im Marmor geplättelten Hof von Alis Haus. Die Mutter bewirtet uns mit Tee und reicht eine Wasserpfeife für mich und ihren Sohn. Briella fühlt sich familiär hier. Zwei Kinder von zwei und drei Jahren turnen ihr im Schoß herum und machen ihr die blonden Haare auf. Die Frauen sitzen darum herum und stellen Briella Fragen in schulischem Englisch.

Ali erzählt, daß es in manchen Gegenden noch heute Sitte sei, daß junge Frauen Englisch lernten, so wie

Kochen oder Stricken, es aber dann später nie
gebrauchen könnten.

"Bis auf heute!" sagt Briella und sieht ihn dabei
streng an. Sie ist im Gespräch mit den Frauen über
Haarefärben mit Henna und Wollefärben und
Hautpflege mit Kräuterrezepten angelangt. Ali hockt
Schulter an Schulter neben mir und sagt anerkennend:
"Du hast eine schöne Frau."

Ich nicke und er fügt hinzu: "Du hast Glück, ich
habe noch keine." Ich verspreche ihm, daß wir zu
seiner Hochzeit kommen werden. Aber er schüttelt den
Kopf:
"Es wird schwer für mich werden, ich bin zu jung und
es sind zu viele Frauen im Haus. Meine Mutter ist
gerade erst über vierzig Jahre alt, sie bräuchte einen
Mann, aber das geht nicht."

Ich erzähle ihm, daß ich mit Briella und Toe
zusammen lebe.

"Wann kommt er zurück?" fragt er, "Er wollte mir
Entwürfe machen für Fayance-Kacheln wie im
Bardomuseum."

Später gehen wir noch mal raus zum Brennofen, der
heute aufgerissen wird, und schauen zu. Alle hoffen,
daß der Brand gelungen ist, man wirft eine Münze.
Briella schmiegt sich an mich und an Ali.

"Du bist so ganz anders," sagt sie zu mir, "Wenn ein
Mann dabei ist, dann ist Dein Gefühl sofort an. Jetzt
kann ich Dich richtig spüren, sonst nicht so."

Ich habe Schuldgefühle wegen Toe und kuschle
meinen Kopf an den Hals von Ali. Ich joke zu ihr:
"Ali wirkt nicht erotisch auf mich."

"Ich habe nichts von Erotik gesagt, sondern von Herzgefühl. Deines ist eben auf junge Männer aus, da macht es 'flutsch' und Du bist offen. Ist ja ok so für mich, wenn ich dabei sein darf."

Wir essen mit der Familie. Es gibt gefüllte Därme, eine Art Schlachtplatte mit Hirse und Artischockengemüse.

Der Anhänger des Benz ist voll geladen mit Lehm und einigen gebrannten Röhrenziegeln für den Bau des Ofens. Ich lasse das Verdeck offen. Es ist Nacht, die Sterne stehen hoch am Nachthimmel. Briella liegt mir, wie damals in Karlsruhe, im Schoß und schaut durch das geöffnete Verdeck in den Himmel.

"Ich möchte immer ein bißchen von Deinem Herzgefühl haben, sonst verhungere ich, verstehst Du, wieviel Männer Du dabei durchvögelst oder streichelst, ist mir egal. Ich finde junge Männer auch geil, wie Hunde, die herumtollen und eben das Leben mit Freude füllen."

Im Autoradio singt Joan Baez, ich drehe es laut auf: >It is a one way Ticket.<

Wir laden den Anhänger nicht mehr aus. Es ist Halbmond, das fahle Licht bescheint den Hof. Ich ziehe eine weiße Markise über den Hof und wir schlagen das Fellager darunter auf.

"Ich möchte Dich heute nacht fühlen," sagt sie. Ich stelle eine kleine Öllampe neben das Lager. Sie ist nackt und hockt auf einem Bein. Ich gebe ihr die Gitarre und sie spielt. Ich liege vor ihr und schaue ihrem Körper zu. Das Mondlicht läßt ihre Haut schimmern. Meine Hände streicheln ihre Beine hinauf. Sie spielt wieder das Lied von den zwei Königskindern, die zusammen nicht kommen konnten, denn das Meer war viel zu tief...

Ringo ist über die Leiter aufs Dach gesprungen und schaut von oben mit schrägem Hundekopf herunter. Wir hatten noch die Kuh gemolken und die Milch kalt gestellt für den Rahm. Dabei trafen sich unser Hände beim Melken an dem flaumig behaarten Kuheuter, es machte ein zärtliches Gefühl.

Das gleiche zärtliche Gefühl habe ich jetzt, wie ich ihren Bauch streichle. Ich stecke drei meiner Finger in meinen Mund, mache sie naß und öffne damit ihre Schamlippen.

Sie spielt weiter.

Ich schiebe mich mit meinem Kopf näher an sie heran und habe jetzt beide Hände frei, ihren Schoß zu streicheln.

Ihr Gesicht ist ernst. Das Mondlicht wirft einen hellen Streif genau in ihre Vagina, und reflektiert über den Wasserspiegel in der großen Metallschüssel neben dem Brunnen hell an die gegenüberliegende Wand.

Ihr Spiel wird langsamer, sie schließt die Augen und läßt meine Finger tiefer in sich eindringen. Sie ist noch nicht feucht. Der Nachtwind surrt in den Schnüren der weißen Markise. Ich denke an die vielen verschiedenen Hände heute nachmittag in Moknine, die in nassem Ton herumkneteten und drückten. Ihre Möse wird weich und feucht, um die Klitoris herum bildet sich eine leichte Erhebung.

Ich dringe tiefer ein, dränge mit den Fingern nach und fühle Widerstand, der mich auffordert, weiterzumachen. Sie stöhnt etwas und setzt sich auf.

"Geh mit Deiner ganzen Hand rein." sagt sie. Ich zögere und dränge erst einen zweiten, dann einen dritten Finger in sie hinein und schließlich mein ganzes Handgelenk mit einer seitlichen Drehung. Sie windet sich über meiner Hand. Ich denke an die Drehungen der Töpferscheibe. Ton ist fast ebenso zärtlich und feucht.

Ringo ist unbemerkt vom Dach gekommen und liegt flach am Boden mit der Schnauze an ihr Bein gelegt. Sie versinkt in Atmen, Zucken und Zittern, eine leichte Gänsehaut überläuft die Unterseite ihrer Schenkel. Ringos lange rosa Zunge drängt sich zu meinen Fingern in ihre Schamlippen, schiebt und leckt. Sie stöhnt und macht saugende Bewegungen mit halb offenem Mund wie ein Baby beim Trinken. Ich schaue ihrem Körper zu, wie er sich windet, sanft wie eine Ranke im Wind. Ihre Zehen heben sich und die Fersen drücken auf den Boden. Ringo schleckt heftiger, jetzt erst bemerkt sie seine kalte Hundenase und lacht hell auf wie ein kleines Mädchen.

"Laß ihn," sage ich leise, "Er kennt das." Und sie kommt plötzlich nach einer kurzen Stille. Es schiebt in ihr von innen nach vorne, sie holt noch einmal tief Luft und schiebt nach, sie schluckt und zieht die Luft scharf durch die Nase ein. Es wird trotz Ringos beständigem Aufschlecken naß um meine Hand. Sie ist über meinem Arm kraftvoll und geschmeidig wie ein großes Tier. Das gelbe Fell des Hundes steht zu ihrer Haut wie der Pelz einer nordischen Königin.

Sie hockt sich auf die Arschbacken und schiebt die Gitarre zur Seite. Sie lacht ein bißchen in den Mundwinkeln. Mit einer Hand schiebt sie die

Hundeschnauze von ihrer Scham weg und schlägt die Schenkel übereinander und murmelt:

"... und das Wasser war viel zu tief, das Wasser war viel zu tief..."

Ringo sitzt apportierend mit einem Ohr aufgeklappt daneben, und ich muß lachen. Briella kuschelt sich in die Schaffelle. Ich streichle mit einer Hand zu ihrem Kopf. Sie küßt die Finger und leckt sie ab, wie zuvor der Hund.

"Dein Blut pulsiert in deiner Möse" sage ich und hebe die Fingerkuppen ans Mondlicht,

"Es fühlt sich gut an, wie ein lebendiges Tier." Aber sie ist unvermittelt eingeschlafen und hört es nicht mehr.

Das Surren des Windes ist noch lange in den Seilen der Markise. Ich träume davon daß der Wind darauf spielt, wie auf den Saiten ihrer Gitarre. Später decke ich uns mit einem dünnen Leintuch zu.

IV MAHDIA

Das Dorf *Mahdia*, welches sich stolz eine Stadt nennt, weil es über ein römisches Stadttor, eine türkische Befestigungsanlage und einen phonetischen Hafen mit Leuchtfeuerhaus verfügt, ist gänzlich ummauert auf einer felsigen Landzunge, dem *Ras Salakta*, gelegen. Seine Häuser haben ausnahmslos bogenförmige Türen und mehrere Geschosse sowie vergitterte Erker. Die Pastellfarben der Hauswände geben dem Stadtbild einen spanischen Stil. Es weht immer Wind in den Gassen von Mahdia. Auch heute weht ein kräftiger Wind vom Meer und läßt die verankerten Boote in dem alten, gemauerten Hafenbecken, wie Nußschalen an ihren Leinen auf und ab tanzen .

Es ist Mittwoch und ich gehe zum Bad, dem *Hamam*, wie das in der arabischen Sprache heißt. Es ist ein kleines Haus, auf dessen Dach die zum Trocknen aufgehängten Handtücher im Wind knattern, alle gleichfarbig und gleichgemustert in einer Linie im

Wind. Eine dünne Rauchfahne zieht aus dem Schornstein des Badehauses.

Innen, in den feuchten Hallen herrscht spärliches Licht von gläsernen Bullaugen aus der runden Dachkuppel. Die Tür zieht sich selber vermittels eines Seilzuges, der mit einem großen Feldstein beschwert ist, hinter mir zu.

"Heute ist geschlossen!" sagt mir der alte, dünne Mann an der Tür, hüstelnd und zitternd, obwohl wir 40 Grad im Schatten haben.

"Aber es ist doch Mittwoch!" entgegne ich erstaunt. Noch nie fand ich das Bad mittwochs verschlossen.

"Gewiß," erklärt der alte Man und macht eine wichtige Miene, "Aber heute ist der Geburtstag Ibn Dauds."

Ich kann mich nicht erinnern, daß es einen Feiertag nach Ibn Daud geben sollte. Ich höre auch Badelärm aus den hinteren Räumen und protestiere:
"Da baden doch Männer oder nicht?"

"Ja schon, doch das ist die Familie von Ibn Daud, er hat das Bad heute gemietet."

Die Tür mit Seilzug öffnet sich und ein stattlich gebauter Mann von vielleicht siebzig Jahren, glatzköpfig und mit witzigen Augen schaut um die Ecke.

"Hallo Deutscher, das Bad ist heute mein. Wenn Du mit uns baden willst, sei mein Gast. Es kostet Dich heute nichts," und er herrscht den dünnen Alten an:

"Los Alter, Tücher, Tee, die Wasserpfeife und rufe auch den Barbier, mein Kopf verlangt nach seinem Messer."

Dann zieht mich der energische Mann ins Dunkel des Baderaumes. Der Lärm kam von jungen Männern.

Es wirkt wie ein Schulausflug. Ibn Daud und ich sind die einzig Älteren.

"Dies sind alles meine Kinder," erzählt mir Ibn Daud generös und er tatscht einigen der Jungen mit der Hand auf den Kopf.

"Und das hier ist mein leiblicher Sohn." Es ist Achmed, ich erkenne ihn wieder. Achmed umarmt mich stürmisch, wie am Hafen und küßt mich auf beide Wangen- weil er auf einer Marmorstufe steht, sind wir mit den Köpfen gleich hoch.

Mir fallen verschiedene Bemerkungen der Männer aus dem Kaffee ein über einen gewissen Daud, den Händler. Ich hatte mir nie einen besonderen Reim darauf machen können, weshalb sie seinen Namen immer so zweideutig benutzten. Jetzt ist mir alles auf einen Schlag klar.

Natürlich nannten sie ihn Pferd, weil Pferd sowohl für 'schwulen Mann', wie für das Tier, den Hengst, steht.

"Ich habe schon viel von Dir gehört," sage ich und ziehe mich aus, ohne mit den Tüchern und den Unterhosen akrobatische Kunststücke der Verdeckung zu vollführen. Ich habe den Badbenutzern das von Beginn an demonstriert, daß ich als Ausländer eben andere Sitten habe.

"Sicher hast Du nichts Gutes über mich gehört," lästert Ibn Daud geringschätzig, "Ich habe von Dir auch gehört, daß Du nackt badest wie die Römer. Geniere dich nicht, Gäste haben bei uns das Vorrecht."

Die inneren Türen triefen vor Nässe. Es ist heiß hinter dem Alkovenraum mit Strohmatten zum Ausruhen. Dahinter liegen die Baderäume. Roh zementierte Bäder mit eingemauerten Marmorbecken in der Mitte. Die Stufen sind alte Kapitele aus der Römerzeit. In vier Nischen liegen und hocken die Männer und werden gewaschen mit der bloßen Hand. Aus blechernen Eimern wird zwischendurch heißes Wasser über sie gegossen und das Rubbeln mit der bloßen Hand und den Füßen geht fort. Den natürlichen Abrieb an Dreck rollt der Wäscher in den Handflächen zusammen und weist ihn dem Gewaschenen vor. Der Wäscher klatscht in die Hände und fährt mit dem Reiben fort. Wo grobe Haut oder Hornhaut ist, nimmt der Wäscher einen Knäuel alter Fischernetze und hobelt damit alles Überflüssige ab.

Es geht heute wegen des jugendlichen Alters der Wäscher und Badenden weitaus lustiger und lauter zu als sonst.

Ibn Daud schiebt mich in die für gewöhnlich verschlossene fünfte Waschnische, die ich zu meinem Erstaunen als noch ganz römisch erhalten erkenne. Ein kleines, weißes Marmorbassin, schmale Säulen mit Kapitelen und zwei, von den Jahrhunderten abgeschliffene Marmorbänke in Körpergröße füllen den kleinen Raum.

"Diesen Raum habe ich renovieren lassen," sagt Ibn Daud nicht ohne Stolz. "Als das Bad vor dreißig Jahren neu gemacht werden mußte, wollten sie die alten Steine alle wegwerfen. Ich habe davon gerettet, was ging und das hier wurde daraufhin meine Badekammer. Sie reservieren sie jetzt nur für mich und für den Distriktgouverneur. Sieh her, man kann die Tür ganz verschließen und hier,..."

Ibn Daud tritt nah an eine Wand und kicherte, "Hier kann man durch ein Loch in die Nebenräume sehen.

Du siehst," sagt er und dreht sich in seiner ganzen Leibesfülle einmal um sich selbst, "Ein Baderaum wie für mich geschaffen."

Ich sitze unschlüssig auf der Marmorbank und sehe, daß auch die Eimer hier von besserer Qualität, aus Messing sind.

"Ist der Masseur Ali heute da?" frage ich, weil ich nach Vertrautem suche und nicht weiß, wie es in der Gesellschaft von Ibn Daud weitergehen wird. Ich habe von arabischen Männerexzessen gehört, die mir die Haare aufstellten. Ich bin zwar sehr neugierig, aber nicht besonders mutig und mein Arsch ist nicht viel gewöhnt. Ich habe ihn nie hingehalten und daher bin ich ziemlich erfahrungslos darin.

"Wir haben einen neuen Masseur in der Stadt und der ist hier. Es ist eine günstige Gelegen-heit, daß gerade Du diesen neuen Masseur erprobst. Es sind zwei Bänke hier, wir werden uns zusammen baden und massieren lassen." Ich erschrecke, denn ich kenne die arabischen Massagen als besonders brutal und wirksam, aber nicht von jedem Masseur. "Ich passe auf Dich auf," sagt Ibn Daud gnädig zu mir. Ibn Daud ist nicht eigentlich dick, seine Haut ist straff, wenig Fett, alles ist Fleisch und Muskeln an ihm. Die Arme sind schön geformt, als würde er eine Art Trimmsport betreiben. Er klatscht in die Hände und ruft den Masseur.

Ich sitze nackt auf der Bank und mein Schwanz ist ängstlich verkrochen, obwohl meine Gedanken sehr angeregt sind und den Geräuschen und Bewegungen der anderen jungen Männer folgen, ihre Füße beobachten, die schönen Zehen mit den halbmondförmigen Nägeln, die hellen Fußsohlen und die Schultern und Arme mit den geschwungenen Knochen darunter. Ich denke, es sind elegante Körper, kein totes Fleisch, kein Gramm Fett zuviel, nichts Unbenutztes ist an ihnen. Und ich horche auf ihr kicherndes, girrendes Lachen, wenn sie sich unter den Badetüchern am Schwanz berühren oder noch heller und einen Ton kräftiger, wenn der Arsch gewaschen wird unter dem Badetuch.

Ich entspanne mich langsam, mein Körper faßt Vertrauen zu diesen vielen Männern. Auch, wenn sie sich plötzlich die Arme und Beine verrenken und ausknaksen, scheinbar Ohrfeigen geben oder Püffe und Knuffe, zwischen heftigem Reiben und immer wieder neuerlichen Eimergüssen aus dem Marmorbecken, das von einem Feuer außerhalb des Hauses von dem alten Mann beheizt wird.

Diese Hände und Füße tun mir nichts Falsches. Diese Augen, so rund und mandelbraun mit großen schwarzen Pupillen und so unglaublich langen Wimpern, wie sie nur in der Wüste gegen den Sandstaub gebraucht werden, kennen Körper genauer als ein Arzt, der oft genug vor Körperberührungen zurückschreckt.

"Ja Herr?"

Ein sehniger junger Mann steht bescheiden an der Tür.

"Ich bin der Masseur," sagt er und senkt den Kopf. Ich schaue den jungen Mann an, der vielleicht zwanzig sein mag. Er hat einen schönen langen Hinterkopf, seine Glieder sind ganz anders als die Körper der Dorfjungen, er ist hoch aufgeschossen, fast größer als Ibn Daud. Seine Brust ist modelliert wie ein

Kriegspanzer der römischen Imperatoren. Meine Augen sind ganz gierig, ihn weiter anzuschauen. So einer wird bei uns Fotomodell, denke ich, und vom vielen Geld und lustlosen Frauen und fetten Männern verwöhnt und verdorben, bis er es nur noch mit viel Alkohol aushalten kann, so schön und so allein zu sein.

"Du kommst nicht von hier," sagt Ibn Daud zu ihm und faßt ihn spielerisch aber kräftig mit den Fingern am Bizeps an.

"Ja, ich heiße Serendib und komme aus *Fez.*" sagt der junge Mann mit einer Stimme, die ebenso geschmeidig ist wie seine Bewegungen.

"Wir werden ja sehen, ob Deine Marokkanischen Massagen so gut sind wie Deine hübsche Visage verspricht, und wenn nicht... wird Dir dein Gesicht in Zukunft wenig Freude machen."

Ich kann Ibn Dauds Worte nicht alle gut zu verstehen, es ist wie überall eine besondere Schwulensprache, ein Spiel mit Anzüglichkeiten und Zweideutigkeiten und versteckter Geilheit, wobei immer ein Zweifel bleibt, wie es gemeint ist.

Ibn Daud winkt den Mann zu sich und zeigt auf mich.

"Das da ist ein Deutscher, mein Freund, er versteht was von Massage. Er kennt fast alle Badehäuser des Landes bis nach *Tozeur* herunter, also zeig, was Du kannst. Ich werde Dir dabei auf alle Deine elf Finger schauen, verstanden?"

Serendib lächelt und gibt mir einen kleinen Schubs, daß ich auf der Bank liege und holt seine Sachen.

Ibn Daud ruft nach einem seiner vielen adoptierten Söhne, einen ganz neuen, wie er sagt, der gerade erst vierzehn ist und dem er die Schule bezahlen wird und die Hosen auf seinem Arsch und die Manieren in seinen Fingern. Es ist also ein junger Mann zur Lust des Alten, ganz griechisch, denke ich und besinne mich, daß damit nicht nur Verlustierung auf Ibn Daud zukommt, sondern auch Verpflichtungen aller Art. Als Gönner muß Ibn Daud nicht nur für das bessere Fortkommen, vielleicht sogar die Hochschule sorgen, sondern auch auf das Wohl der ganzen anhängenden Familie bedacht sein. Auch für eine ordentliche Heirat ist Ibn Daud später verpflichtet.

"Ich habe gehört, daß Du jetzt auch einen heißen Ofen hast." Dauds Stimme reißt mich aus den Gedanken und ich kann 'heißen Ofen' nicht zuordnen.

"Einen was?" frage ich zurück. Serendib schrubbt bereits auf meiner Brust.

"Einen heißen Ofen nennt man bei uns eine feurige Braut," erklärt Ibn Daud, der ebenfalls schon mit Wasser begossen und geschrubbt wird von dem gerufenem jungen Mann.

"Ich bin kaum vierzehn Tage hier und schon spricht jeder über unsere Frau," sage ich und weiß, daß das keinesfalls rasch ist, sondern normal.

"Mein Sohn Achmed hat sie genau beschrieben, danach hat sie große Schüsseln." Ibn Daud formt mit den Händen Brüste. "Und einen starken Arsch, den braucht sie ja wohl auch für Euch zwei, was?"

Ich erröte unter dem Badewasser.

"Noch bin ich allein mit ihr," entschuldige ich und finde meine Bemerkung ziemlich blöd.

"Deine dicke Olive hätte ich schon mal gern gekostet," spöttelt Ibn Daud und ich habe Mühe, den Begriff Olive auf meinen Freund Toe zuzuordnen und ehe ich empört sein kann, daß gerade er sich Absicht einbilden könnte, sagt Ibn Daud:

"Aber ich stehe nun mal auf blauschwarze, beschnittene Früchte und rosa gefältelte Knabenärsche, deren Pisse noch nicht stinkt."

In Gedanken weiß ich nicht, ob man bei uns dazu Kinderschänder oder guter Onkel sagen würde, dabei frage ich mich, wie es kommt, daß ein angesehener Kaufmann wie er, bei allem Einfluß seines Geldes, eine so drastische Entwicklung nehmen konnte und diese auch noch ungestraft durchhalten.

Serendib wäscht mich gut, seine Hände sind kräftig und nie grob, er greift genau richtig zu und stößt nirgends an. Auch mein Geschlecht wäscht er gründlich und aufmerksam. Ibn Daud ist wie jeder Mann mit einem nassen, zerknüllten Badetuch bedeckt bei der Intimwäsche.

"Was machst Du da mit dem Badetuch?" knurrt Ibn Daud seinen jungen Mann an.

"Das Tuch ist zu klein, Herr," flüstert dieser und muß es wiederholen, weil er so leise sprach.

"Dann nimm doch das dumme Tuch weg, wenn es nicht für meinen Pferdeschwanz gemacht ist und wasch ihn eben so."

Bundlak, der junge Mann, lacht verlegen.

Ich schaue neugierig nach drüben und sehe wie der junge Mann den tatsächlich riesigen Penis Ibn Dauds mit beiden Händen zu waschen versucht. Der Penis reicht bis zu Ibn Dauds Knie und ist nur halb erigiert.

Ich bin wie versteinert, so etwas habe ich noch nie gesehen, genauso wenig wie unsere Masseure. Serendib kommt etwas durcheinander und stöhnt nur,

"Oooooch." Es macht mich geil und verwirrt, aber es macht mich auch sehr zufrieden mit meinen eigenen, knapp zwanzig Zentimetern Penislänge, denn was macht ein Mann bloß mit einem halben Meter langen Schwanz? Mir fallen Bilder ein des Flämischen Malers Bosch, der in seinen höllischen Altarbildern Menschen mit so langen Gliedern zeigte, die offenbar permanenter Lustgier verfallen waren.

"Glaub nur ja nicht, daß ich mit meinem Prachtstück mehr Lust hätte als jeder andere Arsch auch, im Gegenteil, eigentlich hat mich mein Schwanz zu dem gemacht, was ich bin. Sag selber, was soll eine Frau mit dem Ding da anfangen?" fragt er und faßt dabei seinen Penis an der Basis und läßt ihn wie eine Peitsche im Kreis herumwirbeln.

"Mit diesem Schwanz blieb mir gar nichts anderes übrig, als schwanzgeil zu werden und das kannst du nur mit Männern so richtig machen, und verstecken kann ich ihn auch nicht."

Und Ibn Daud lacht, wir auch, das befreit. Ich bekomme eine Erektion und spüre, daß auch Serendib einen harten Schwanz unter seinem Tuch hat, weil er seinen Körper beim Massieren an meinen Oberarm preßt, sich aber sonst nicht ablenken läßt.

"Wird er denn richtig steif?" frage ich neugierig, weil ich aus der Schwulenszene gehört hatte, daß so große Schwänze oft nicht stehen können, was man besonders den großen amerikanischen Negerpenissen nachsagt.

"Fest schon, fühl' mal," und Ibn Daud schwingt seinen Körper herüber zu mir und hält mir seinen Penis hin.

"Hart genug, was, nur hochheben muß ich ihn schon mit der Hand, wenn ich auf den Füßen stehe, hängt er runter wegen des Gewichts," sagt er und steht auf, um es zu demonstrieren. Sein Penis faßt sich gut an, wie der Hals eines Gänserichs, lang und biegsam und von fast schwarzer Hautfarbe. Ich folge mit der Hand die Länge und fühle die obere Rinne ganz gerade bis zur Eichel. Ibn Daud ist nicht beschnitten.

"Du bist ja gar nicht beschnitten!" sage ich erstaunt.

"Oh ja, das," sagt er und rollt sich lachend wieder auf seine Marmorbank zurück, " Das, mußt du wissen bleibt unter uns und ist eine magische Geschichte. Meine Mutter wollte Niemandem das Ding zeigen, kannst Du verstehen. Jeder hätte über sie gesprochen, wie sie es natürlich heute auch tun, und gesagt, daß Sie mit einem Pferd gefickt hätte, denn von woher sonst sollte ich einen so langen Schwanz bekommen haben? Menschen sind sehr dumm, wenn mal etwas auch nur ein bißchen anders aussieht zerreißen sie sich sofort das Maul darüber. Über Eure Frau reden sie auch schon als eine, die zwei Hälse braucht, um den ihren zu stopfen."

Serendib zieht mich lang und staucht mich zusammen. Er turnt auf meinem Rücken, tritt mir in die Taille, dreht mir den Arm auf den Rücken, hebt mich an Fuß und Hand zugleich hoch und wirft mich wieder zu Boden. Ich kenne diese Art schon. Er macht es gut und sicher.

Auch Ibn Daud wird in die Mangel genommen von dem viel kleineren Jungen. Danach übergießt mich Serendib eimerweise mit Wasser.

"Einen extra Eimer für meinen Schwanz!" schreit Ibn Daud keck und alle lachen, da jeder zuhört und zuschaut durch die offene Tür. In der rechten Ecke schäumt sich Einer sein Schamhaar mit Rasierschaum ein. Das Weiß des Schaumes sticht grell von der dunklen Haut des Körpers ab, sein Freund rasiert ihm die Schamhaare mit einem aufgeklapptem Rasiermesser.

"Rasiert sich Eure Frau auch?" fragt Ibn Daud. Ich schüttle erschrocken den Kopf.

"Das ist sehr lustvoll," belehrt er mich lächelnd, "Die Frauen hier rupfen sich jedes Härchen aus."

"Warum denn das?" frage ich.

"Sie nehmen Mastix und Zitronensaft und damit, rupf, rupf, rupf, mit flinken Fingern wird die Pflaume glatt wie ein Pfirsich." Ibn Daud klatscht in die Hände, sein Spruch hatte sich gereimt.

"Für wen soll das lustvoll sein?" frage ich Ibn Daud.

"Nun," sinniert er, "Ich weiß nicht genau, weil ich es ja sehr selten mit meiner Frau mache. Aber fühl´ doch mal die zartglatte Haut Deines Masseurs, vor allem an den Arschbacken und zwischen den runden Bällchen unten, so sollte ein Frauenschoß sich auch anfühlen oder nicht, wie jener der meinen. Sie ist übrigens auch eine aus Marokko. Da gibt es die besten Frauen, solche die sich die Männer selber aussuchen, verstehst Du? Aber wozu sie die Haare überall ganz wegmachen, hat wohl auch hygienische Gründe. Wenn sie aber erst mal ab sind und wieder wachsen, nun dann mußt Du sie ganz schnell nachschneiden, sonst sticht jedes Härchen einzeln, wie das einer reifen Kaktusfeige"

Ibn Daud ist soweit, rasiert zu werden, er hält mit beiden Händen seinen langen Penis zur Seite und Bundlak schäumt mit einem großen Pinsel genußvoll seine Eier und seinen Penis von der Basis her ein.

"Los Deutscher," sagte er, "Laß dich auch schaben, damit dein Masseur dich anschließend besser lecken kann."

"Das gehört aber nicht zur Massage," protestiere ich, bin aber neugierig, es zu erfahren.

"Nur für Bauern und dumme Lümmel gehört es nicht dazu," doziert Ibn Daud, " Ein richtiger Mann, der auf seine Potenz hält, läßt täglich einmal kommen und was könnte besser und sauberer sein, als schön gesaugt zu werden, wie eine reife Feige ausgelutscht, bis auf den letzten Tropfen."

Dabei gibt er seinem Bundlak einen Klaps auf den Arsch und hält ihm im Stehen seinen langen Penis hin, dessen blau glänzende Eichel dem jungen Mann zum Mund reicht. Bundlak nimmt sie in den Mund und leckt und küßt um den ganzen Penis herum, wobei ihre vier Hände Spielraum genug haben, den mit feinen bläulichen Venen umsponnenen Schaft genußvoll entlang zu kneten.

Ich werde ganz geil bei dieser Schau. Ich vergesse mich ganz und bemerke den sanften Körper Serendibs kaum, der mir vor dem Schoß sitzt und meinen Penis zärtlich saugt und zunehmend heftiger wird. Ich überlasse mich ihm ganz. Toe lutscht mich nicht so gewissenhaft, bei ihm ist das immer eine Sache von Überrumpelung und Unbewußtsein. Das hier, von diesem marokkanischen Masseur, ist professionell. Er melkt meinen Penis von der Wurzel her in seinen Mund wie die Zitze einer Ziege. Ich beginne im Perinäum zu zittern, mir wird heiß im Arsch. Ich ringe mit mir, es schnell kommen zu lassen oder mir Zeit zu nehmen, da höre ich Ibn Daud grunzend sagen:

"Sage ihm rechtzeitig, bevor du losspritzt, damit er
einhält, denn die große Lust kommt erst später."

Ich sage also: "Halt," und Serendib macht andere
Dinge, knetet mein Perinäum, zieht die Haut des
Hodensacks lang, schiebt meine Eier in die
Leistentasche zurück und massiert diese durch die
Haut. Es ist unversehens geil auf eine andere Art, der
Ejakulationsdrang schwindet.

Ich wühle in den lockigen Krüllhaaren des Masseurs
und drücke seinen Lockenkopf auf meinen Bauch. Ich
atme heftig, es kommen Gefühle in mir hoch von Lust
und Scham. Ich sehe plötzlich Augenpaare auf uns
schauen, Ich denke, daß Briella zuschaut und zittere.
Soll sie mich doch ruhig sehen, wie mein Schwanz steil
und fest hochsteht, zwischen meinen Beinen, und
gemolken wird, geküßt und ausgelutscht von diesem
kamelmäuligen Kußmund Serendibs, der mich anfeuert
und anhält. Ich habe nicht bemerkt, wie er seinen
Finger von rückwärts in meinen Anus geschoben hat,
es ist einfach alles geil und heiß. Zitternd tanzt eine
Lustperle Saft auf meiner Penisöffnung.

Serendib tippt mit der Fingerkuppe darauf und
zieht damit einen langen Faden und lacht gir-rend.
Danach droht er mir schelmisch mit dem Finger und
sagt:

"Ne Quittez pas, ne quittez pas..."

Ich halte mich zurück, atme tiefer und langsamer und
schaue jetzt umher. Fünf masturbierende junge Männer
drängen sich am Eingang, sie machen dabei
entschlossene, fast grimmige Gesichter, spucken sich in
die Hände, fletschen die Zähne, einer knurrt wie ein
Hund. Mein Schwanz zittert und pulsiert, die Eichel ist
violett blau und glänzt glatt wie aus Porzellan.

"Schluck meinen Saft nicht runter, Junge, hörst Du!"
ruft Ibn Daud und sein langer Schwanz macht plötzlich
wellenförmige Konvulsionen nach vorne. Ibn Daud
preßt mit beiden Händen seinen langen Schaft aus und
schiebt den Samen langsam in den geöffneten Mund
Bundlaks. Der Penis ist so lang, daß der Same nicht
allein bis nach vorne kommt. Mein Gehirn ist heiß, ich
bin wie elektrisiert von den vielen Ideen, die mich
durchdenken. Ich werde weich in den Knien, ich
möchte hinschmelzen und zerspringen zugleich. Dann
atme ich wieder schneller, als ich sehe, wie Ibn Daud
den Körper des jungen Bundlak mit beiden Händen
packt und dessen Mund zu seinem hebt und seinen
eigenen Saft aus den Lippen des Jungen schlürft.
Bundlak hängt mit aufgerissenen Augen und
stehendem Schwanz frei in der Luft. Da kommt es mir
selber, heiß von tief aus meinem Arsch. Serendib beugt
sein Gesicht über meine schimmernde Eichel, schlingt
die Finger um meinen Schaft und saugt mit dem ersten
Ausstoßen so heftig, daß ich es bis in den Rücken
spüre. Das Kauen und Saugen, die wirbelnde Zunge
um meinen Eichelrand, die Finger, die hart um meinen
Schaft streichen lassen mich noch einmal abspritzen.
Ich fühle mich wohlig, schreie und winde mich unter
dem festen Griff des Marokkaners, der nicht losläßt,
sondern meinen Schwanz jetzt erst recht tief
einschluckt in die Kehle. Ich schreie: "Halt!" und habe
Lust und Angst zugleich. Ich zucke immer heftiger mit
der Bauchdecke. Durch den Körper rinnt es mir wie
warmes Wasser nach oben, ich fühle Pissen und
Scheißen zugleich. Da erst werde ich gewahr, daß die
sehnigen Finger des Marokkaners tief in meinem Arsch

die Prostata drücken. Es ist ein Gefühl so zuckend und schnell wie ein Peitschenschlag. Es schießt mir heiß in den Kopf, ich sehe plötzlich nichts, mein Schwanz steckt tief im Hals von Serendib und ich komme noch mal in seinen Hals. Ich weine und werfe die Arme hoch um meinen Nacken. Serendib läßt mich auf den Rücken gleiten und schiebt mich von der Marmorbank herunter. Ich bin weich und willenlos schmusig, und es summt freundlich unter meiner Haut bis unter die Haare. Er zieht mich auf dem glatten Marmorboden zu dem ovalen Becken mit heißem Wasser und wir gleiten zusammen aufstöhnend hinein. Ich rolle mich im Wasser herum und schniefe, mein Arsch zuckt im selben Tonus wie meine Bauchdecke. Serendib faßt meinen Fuß und lutscht plötzlich meinen großen Zeh wie eine Eichel, ich lache und kichere los.

Ibn Daud planscht prustend neben mir ins Wasser. Unsere Füße berühren sich.

"Na Deutscher," fragt er, "Zufrieden? Wollen wir den Masseur behalten oder schicken wir ihn in die Wüste?"

"Behalten," murmle ich und bewundere die Schwimmkünste von Ibn Dauds langem Schwanz im Wasser, wo er leichter als der übrige Körper wie eine Schlange oben schwimmt.

"Wenn Du eine Hose anhast, wo tust Du ihn dann hin?" frage ich ihn und grinse.

"Ich mache einen Knoten, sonst hängt er raus," antwortet Ibn Daud ruhig.

So ausgesaugt zu werden ist ganz anders als selber zu masturbieren. Man verschmilzt mit dem Anderen, nimmt seinen Rhythmus an, die nasse Haut, der warme Schweiß - alles ist Innen und Außen zugleich. Der

Geschmack meines Spermas ist mir im Gaumen, obwohl ich Serendib nicht geküßt habe, das Aroma schmeckt alleine aus sich heraus. Es ist, als würde eine Flüssigkeit im Gaumen freigesetzt im Augenblick der Ejakulation.

"Trinkst Du Deinen Samen immer?" frage ich Ibn Daud, der neben mir im Wasser döst.

"Ja, fast immer," sagt er langsam, "Was denkst Du, wo ich heute noch täglich welchen her hätte mit meinen siebzig Jahren?"

Die jungen Männer spritzen während unserer Unterhaltung fast alle zusammen ab und machen dabei verzerrte Gesichter. Serendib liegt mit einem Bein bei uns im Wasser auf dem Beckenrand und hat eine Hand leicht um seinen Penis gelegt. Er hat kleine schwarze Eier und einen schön gebogenen Schwanz mit einer länglichen Eichel und einen tiefen Rand. Seine Eichel ist dicker als sein Penis und absolut symmetrisch. Serendib macht fast nichts, er hat die Augen zu Schlitzen geschlossen und schaut so den hastig wichsenden Jungen zu. Ibn Daud und ich beobachten seinen Schwanz, der sich langsam weiter aufbläht und vibriert. Serendib öffnet jetzt die mandelförmigen Augen und haucht sanft mit geschürzten Lippen einen Luftstrom auf seine freie Eichel. Die Öffnung weitet sich wie von selber und ein Meter hoher Springbrunnen weißen Samens spritzt nach oben. Serendib hat den Mund geöffnet und seine lange Zunge herausgewölbt und hält sie in den aufspritzenden Saft. Er schüttelt sich dabei wie ein Hund und fällt japsend ins Wasserbecken.

Ich bin mir ganz unschlüssig, ob ich Briella etwas erzähle von diesem Bad oder nicht. Ich möchte etwas von dem Gefühl mitteilbar machen, ihr von dem Männergefühl einer so direkten Fleisch zu Fleisch Verbundenheit, Gänsehaut, Zucken und Wimmern verstehen zu geben, so wie jetzt Bundlak von dem kleineren Achmed genommen wird. Etwas von diesem Gefühl möchte ich auch mit einer Frau erleben, mir mit ihr erlebbar machen und mein Verschmelzen zeigen.

"Der Frauentag im Bad ist Donnerstags," sagt Ibn Daud, als wüßte er was ich denke, und:

"Da gibt es so etwas allerdings kaum."

Er taucht ab und kommt prustend wieder hoch.

"Und, Deutscher, besser ist, Du sagst ihr nicht alles, auch wenn sie eine besondere Frau ist, wegen Ihr! Meinem Ruf kann niemand mehr schaden. Ich mußte schlauer werden als Harun al Raschid und so sexuell, wie mein Schwanz lang war oder sie hätten ihn mir abgeschnitten eines Tages."

Ich nicke.

V MACHOS

Es ist Abend. Ich sitze mit Briella im Dorfkaffee. Nur Männer sind um uns herum. An kleinen Holztischen sitzen Alte und Junge dicht gedrängt. Der rote *Scheshir*, die runde Filzmütze, sitzt kess an den Köpfen, manche Alte haben einen weißen Jasminbusch unter die Mütze geklemmt. Alle Aufmerksamkeit gilt den Karten. Jeder spielt oder hilft mit beim Spielen. "Wo sind denn die Frauen?" fragt mich Briella verwundert.

"In den Häusern, in ein Kaffee würde keine gehen, nur so eine wie Du oder wenn sie unterwegs absolut nichts zu trinken und sitzen fände, vielleicht."

"Dann bin ich hier ja auch falsch, nicht?"

"Du bist keine Frau von hier," sage ich, "Und außerdem, da Du Hosen anhast und mit auf die Jagd gehst, Auto fährst und Zigaretten rauchst, mußt Du jetzt nur noch Karten spielen, dann ist alles in Ordnung fürs Kaffee."

"Was ist das für ein Spiel, Skat oder Canasta?"

"Nein," erkläre ich und beobachte nervös die zunehmende Aufmerksamkeit der Männer neben uns.

"Es ist eher wie sechsundsechzig und vier." Ich bestelle ein Kartenset und Tee für mich, denn Kaffee vertrage ich nicht mehr, seitdem ich jahrelang ein Kaffeehaus hatte in Berlin.

"Man kann das Spiel nur zu viert spielen," sage ich und rufe Mussad, einen schüchternen, lustigen alten Mann, von dem ich weiß, daß niemand gern mit ihm spielt, weil er es nicht gut kann, aber er hat viel Spaß und Geduld beim Spielen. Als Vierter bietet sich Achmed an, der unerwartet neben unserem Tisch steht und: "Hello" sagt, wie ein lässiger Engländer.

Wir bekommen Kreide und ein kleines Brett, um die Spielergebnisse darauf zu schreiben.

Briella lernt rasch und nach zehn Runden spielt sie mich schon aus und Achmed wird ärgerlich und will schummeln.

"Du schummelst," ruft Briella und ich muß es übersetzen. Achmed zieht einen geringschätzigen Flunsch und sagt gekränkt:
"Das tun alle."
"Ja," erwidere ich, " Aber die Anderen lassen sich nicht dabei erwischen."
"Wie ist das mit dem Bad?" fragt mich Briella unvermutet und, "Wann ist dort Frauentag?"
"Donnerstags," sage ich und denke darüber nach, was mir Ibn Daud geraten hatte.

Die Männer spielen zwar alle, aber seit Briella mitspielt und ihre Zigarette lässig im Mundwinkel hängen hat und den Rauch durch die Nase ausbläst, ist ihre Aufmerksamkeit nur noch bei ihr.

"Spielen Frauen denn nie Karten?" fragt Briella. Ich frage Achmed und der nickt:

"Frauen spielen nur zu Hause Karten, wenn die Männer weg sind. Sie spielen nicht um Geld wie die Leute hier im Kaffee."

"Und warum gucken die Männer dann so, wenn ich Karten spiele?"

"Weil Männer den Frauen nie zusehen dürfen beim Kartenspielen, höchstens als Kinder dürfen sie noch dabei sein."

"Eine seltsame Trennung," meint Briella und nimmt Achmed den gewonnen Kartenhaufen weg. Der schluckt schwer, vielleicht an einer Verwünschung, die er einer Frau gegenüber aber nicht aussprechen darf und sagt:

"Mit Frauen spielen macht keinen Spaß."

"Wenn sie gewinnen," ergänze ich, denn ich kenne diese arabische Kartenspieler schon ein paar Jahre lang. Briellas blonde Haare sind zu einem Pferdeschwanz zusammen gebunden, im Ohr baumelt ein kleiner Ohrring. Jeder fragt mich, ob es Gold und echt und wie teuer sei. Ich habe keine Geduld mehr, das immer wieder zu übersetzen, denn die Leute sprechen oft kein Französisch. Sonst ist mir das recht, dadurch lerne ich mehr Arabisch.

"Weshalb nimmst Du ihnen die dummen Fragen übel?" fragt mich Briella, die meinen Groll bemerkt hat.

"Es sind immer die gleichen Fragen," antworte ich.

"Na klar," macht Briella mit einem Rauchring aus den geöffneten Lippen, "Was sollten sie sonst fragen wollen, in der Hamam nimmst Du ihnen doch auch nicht jede Sache so krumm oder?"

Ich bin betroffen und weiß nicht genau von was. ‚Stimmt', denke ich, ‚die Jungs in der Hamam können so blöd sein wie sie wollen, wenn ich nur einen Augenaufschlag oder eine geschmeidige Bewegung oder ein schönes Gesicht sehe, verzeihe ich es bereits'.

Jetzt aber ärgert mich ihre Blödheit. Vor ihr möchte ich, daß sie intelligent erscheinen und besser als sie wirklich sind. Die ganze Männerei wird mir mit ihr zusammen suspekt. Ich kann das nicht erklären. Solange ich nur mit Toe zusammen bin, habe ich damit keine Probleme. Ich könnte Briella aber auch kaum von meinen Klappenerlebnissen in Berlin erzählen oder von einschlägigen Saunen. Gleichzeitig will ich diese Gespaltenheit nicht hinnehmen.

"Ich stelle mir gerade vor, wenn Mädchen Dich das fragen würden und Du müßtest das dauernd übersetzen für mich, ob es mir das gleiche Gefühl machen würde."

"Und macht es das?" fragt sie mich.

"Nein, ich denke nein."

"Dann bist Du genau so ein Patriarch wie alle hier," sagt sie und legt ihren letzten Trumpf auf den Tisch und nimmt alle Karten an sich. Ich will das nicht auf mir sitzen lassen. Ich bin kein Patriarch. Ich bin wer weiß was alles, ich bin auch schwul, ich mag Schwänze, ich finde Männer geil, und sicher gehe ich auch in schwule Bars und so weiter, aber das, was ich unter einem Patriarchen verstehe, das meine ich nicht zu sein.

"Stimmt nicht," sage ich gekränkt.

"Aber Du teils die Welt doch genauso ein in eine Frauen- und Männerwelt, wie jeder gute Patriarch oder?"

Ich bin durcheinander. Was hindert mich wirklich daran, ihr von meinen Erlebnissen zu erzählen und wieso hat Ibn Daud auch recht, wenn er mich davor warnt, alles zu erzählen, obwohl er fühlte, daß ich mehr erzählen würde als jeder arabische Mann seiner Frau jemals.

"Es liegt wohl daran, daß ich in der Rolle dazwischen nicht so genau weiß, wo ich hingehöre," sage ich zu ihr und beginne mich damit anzufreunden, ihr auch das mitzuteilen, was so schwierig ist.

"Vielleicht liegt es auch daran, daß ich fürchte ungerecht gegenüber einer Frau zu sein, wenn ich schwanzgeil bin, da sie ja keinen hat."

Briella denkt mit gefurchter Miene nach und merkt nicht, wie ihr Achmed eine Karte stibitzt. Achmed tritt mir unter dem Tisch ans Schienbein und wirft mir blitzende Blicke zu. Da ist sie, ich spüre es sofort, diese eigenwillige Verbrüderung gegen die Frauen. Das ist der Spalt zwischen den Welten von Ihr und Ihm. Entblöße ich ihn oder nicht? Wo stehe ich, welche Reaktion ist die richtige? Männer legen Frauen rein und Frauen fangen Männer ein, legen sie in Schlingen der Kontrolle. Die Männer rächen sich mit der Freiheitsberaubung der Frauen und so fort.

"Irgendwie hast du recht mit dem Patriarchen," sage ich ihr und es fällt mir schwer, das zu sagen. Achmed hat ihr inzwischen eine falsche Karte untergeschoben, das nächste Spiel wird zu seinen Gunsten ausgehen.

"Der Schlingel betrügt Dich," sage ich ihr und wir genießen den Vorzug in unserer Sprache reden zu können ohne verstanden zu werden, und:

"Ich merke wohl, wie er mich zu seinem Komplizen machen will. Da hast Du die patriarchale Verschwörung, schon in diesem kleinen Bengel, der sich keinerlei konkrete Absichten machen kann, Dich zu besitzen und dennoch damit pokert."

Briella schaut Achmed durchdringend an und wirft danach einen Blick in die Runde:

"Jede Frau fühlt sich von Männern irgendwie hintergangen und sie sagen dann, sie würden benutzt. Ich sehe keine Benutzung, sondern nur einen Ausschluß von den Gefühlen der Männer. Männer lassen uns nicht in ihre Welt eintreten, so wie Du mich nicht an Deiner Hamamwelt teilhaben lassen willst."

"Doch ich will!" protestiere ich mutig.

"Ja," sagt sie, "Und das wird Dir schwer gemacht von der Solidarität der Schwänze."

Ich nicke betreten. So ist es, deshalb kann ich ihr von dieser Schwanzgeilheit, der Männerlust, der schnellen Reizjagd nach Spritzlust nichts erzählen. Einerseits schäme ich mich, andererseits fürchte ich ihren Spott oder was fürchte ich denn da?

"Du fürchtest die Mutter in Dir," sagt sie. Ich denke ernsthaft darüber nach, aber finde wenig, meine Mutter war früh gestorben. Es fehlt mir wohl diese prägende Erfahrung und es liegt in mir wohl nur eine kollektive Übereinstimmung dafür vor. Briella beugt sich zu mir vor und flüstert mir zu:
"Wenn ich diesen Achmed jetzt verführen würde, wo wäre dann Deine Solidarität mit ihm?"

Ich lache, denn ich kann mir sehr gut vorstellen, daß sie das tut und auch daß er das tut, aber es änderte nichts in meinem Solidaritätsgefühl, rein gar nichts.

"Gar nichts, " sage ich ihr.

"Seltsam," meint sie, "Frauen sind wohl eben nicht solidarisch. Eine Frau würde niemals so reagieren wie Du - wärst Du denn nicht eifersüchtig?"

"Vielleicht," sage ich, "Wäre ich das, wenn ich auch nur einen Augenblick lang glauben würde, daß Du ihn mir aus purer Bosheit vorziehen würdest. Um mich zu blamieren oder zu verlassen."

"Sag mal," fragt sie mich und dreht sich zur Tür, wo ein Mann gerade mit einem anderen kämpft. Es wird laut und Stühle fliegen, es geht um Geld, das einer verlor.

"Woran denken Männer ständig?"

"Es gibt zwei Sorten von Männern," antworte ich ihr, "Die einen denken dauernd daran, wo sie ihren Schwanz reinstecken könnten und die anderen denken an andere Schwänze und wo diese reingesteckt sind."

Briella denkt nach. Ich frage sie zurück:

"Und woran denken denn Frauen?"

"Frauen denken immer nur das Eine: Wie kriege oder behalte ich einen Mann und kommt er auch wieder zurück."

"An Schwänze denkt Ihr nie?" frage ich erstaunt.

"Solange wir nicht sexuell sind nicht, dann aber schon."

"Da denken die Männer und Frauen aber verschieden," sage ich.

"Im Endeffekt wohl nicht, aber die Aufmerksamkeit liegt woanders. Männern ist das schnelle Spiel wichtig, die Sprüche, die Witze und Wettkämpfe. Frauen sortieren ihren Besitz und wehren Nebenbuhlerinnen ab. Sie setzen ihren Besitz nicht leicht aufs Spiel. Frauen sind schlechte Verliererinnen. Schau mal wie oft hier einer verliert, und nur manchmal gibt es Haue. Eine Kaffeehausrunde spielender Frauen - und Du hättest, glaube ich, drei Giftmorde und mehrere Todfeindschaften. Männer vertragen sich wieder. Männer sind an Wettkämpfe gewöhnt, Frauen nicht, sie sind ja der Preis der Wettkämpfe gewesen."

Briella schubst Achmed an und versucht, ihn zum Falschspiel gegen mich zu bewegen. Es dauert lange, bis er versteht, aber er macht alles falsch. Ich argwöhne absichtlich. Unser vierter Mann lacht nur zu allem und kratzt sich am Kopf. Ich bin der Einzige, der manchmal mit ihm spielt. Er gilt als Depp im Dorf und bekommt umsonst zu rauchen und einen Tee geschenkt. Er ist immer lustig und wirft gern seine Mütze in die Luft.

"Was hat er?", fragt mich Briella. Und ich erzähle ihr, was ich von ihm weiß.

"Er ist irgendwann verrückt geworden, sagen die Leute. Er sei aus einer normalen Familie. Vor dem Krieg, kam ein Italiener ins Städtchen und mit dem hat er gelebt wie Mann und Frau. Doch der Italiener ist nach dem Krieg nicht wieder gekommen. Das Haus stand lange leer und Mussad, der damals noch sehr jung gewesen war, hat auf seinen Italiener gewartet, Jahre um Jahre. Darüber sei er verrückt geworden und seitdem spricht er wirr. Der Scheich hat ihm eine Kuh geschenkt, deren Milch er trinkt und verkauft, das ist seine einzige Einnahmequelle. Er wohnt in einer Hütte vor der Stadt. Einmal im Jahr schenkt man ihm eine neue *Gandura*, das gestreifte Wollgewand und einen neuen *Scheshir*, wenn der alte abgewetzt ist. Er hat sein Los angenommen und ist immer fröhlich und blöd."

"Das ist aber eine traurige Geschichte." Briella schaut dem Alten auf die verbogenen dreckigen Finger, die kaum die Karten halten können.

"Hat er denn keine Frau mehr bekommen?"

"Es heißt, daß er vor jeder Frau weggelaufen sei und welche Frau will schon einen Mann mit nur einem Hut, einer Kuh und keinem richtigen Haus haben?"

"Zu Dir hat er aber immer einen Blick, ist das jetzt der gleiche Männersolidaritätsblick?" fragt sie. Ich kann nicht gleich antworten. Ich will 'nein' sagen und denke daran, daß er vielleicht nur deshalb meine Nähe und Einbeziehung duldet, weil ich in dem alten Haus wohne, das einmal sein Italiener erbaut hatte und mit Männern rummache, was jedem im Dorf bekannt ist. Ich bezahle und stehe auf.

"Komm, wir gehen noch raus ans Meer spazieren."

Mussad begleitet uns ein Stück den roten, von Eukalyptusbäumen flankierten Erdweg entlang hinunter bis zu seiner Hütte, winkt und geht dann zu seiner Kuh. Ich hole Ringo für unseren Nachtspaziergang und dabei fange ich an, von den Männergelüsten und Spielen in der *Hamam* zu erzählen. Sie hört mir sehr aufmerksam zu. Es ist nachtblau, der Mond hängt über dem kleinen Bergrücken, die Grillen zirpen unentwegt. Ich rede den ganzen Weg über und am Meer angekommen zeige ich ihr den Strand, den ich einmal hatte kaufen wollen für ein Rehabilitationsprojekt, das dann ins Wasser gefallen war. Der Strand gehört seitdem quasi mir, da ich eine

Anzahlung darauf geleistet hatte, die mir bis heute nicht zurückgezahlt wurde und ich mir ausbedungen hatte, daß bis zur Rückzahlung, mit Zins und Zinseszins, ich das Nutzungsrecht habe. Es gibt einen Brunnen dort mit Ziehgalgen und Holzrad. Ich sitze am Rand und wir hören das Meeresrauschen im Brunnenrand als Echo.

"Bist du mit Toe auch so wie mit diesen Jungs in der *Hamam*?" Ich schüttle energisch den Kopf und sage:

"Ja und Nein, ich bin oft auch so und dann wieder ganz anders und ich will ihn besitzen, wie eine Frau vielleicht."

Ich habe die Flöte mitgenommen, als ich den Hund holte, und beginne zu spielen. Ich denke an Toe und wünsche ihn mir her, gerade jetzt hier an den Brunnenrand und Briella würden wir in die Mitte nehmen, er von vorne und ich von hinten.

"In der Mitte treffen wir uns dann," sage ich zu ihr und sie weiß nicht, was ich damit meine. Wir lehnen die Köpfe aneinander und sie streichelt mir sanft den Nacken. Es tut gut und besänftigt mein Herz. Ich will ihr sagen, daß ich sie begehre, daß ich sie liebe, ich will ihr sagen, daß sie die Frau ist, die zu mir und zu uns beiden gehört, wie der Brunnen zum Wasser und daß ich schon ganz ausgedörrt auf sie warte, aber es kommt nichts raus aus meinem Mund. Ich werde es nachher aufschreiben in mein Tagebuch.

"Das ist meine letzte Fixe von dem Scheißpenizillin," sagt Briella und wirft die leere Schachtel ins Feuer ihres Lehmofens, der gestern endlich fertig geworden ist. Er steht in der Hofecke, ist rot und rund, mit einer

Öffnung vorne und oben, die mit einem flachen Stein bedeckt werden.

"Ich bin dann endlich clean," sagt sie und schaut ins Strohfeuer der *Tabuna*, "Heute abend möchte ich, daß wir uns richtig vereinigen," sagt sie und schaut mich gerade an. Wir haben vier Wochen auf diesen Tag gewartet. Wir haben oft darüber gesprochen, wie es dann sein wird. Toe hat in seinen immer dicker gewordenen Briefen detailliert davon fabuliert. Gestern war eine Briefrolle angekommen, deren Porto allein 35,- DM gekostet hat. Ein gerolltes Bild von Briella, nackt auf einem Motorrad, von hinten gesehen. Darunter stand: 'Ich bin das Motorrad'.

Briella wollte keine Briefe mehr beantworten, es wurde ihr zu viel und zu bedrängende Post.

"Heute ist Vollmond," sagt sie und meint, daß sie dann nicht empfänglich ist und wir uns also ohne Gummi vereinigen könnten. Ich räume den ganzen Tag das Haus auf.

Im Baderaum entferne ich alle Schachteln und Gegenstände, die an ihre Behandlung erinnern. Briella backt Brot.

"Ich will morgen früh frisches Schwarzbrot essen mit Butter und Sardellen." sagt sie. Sie hockt über der Handsteinmühle, die auf einem weißen Tuch steht und dreht den oberen Mahlstein an seinem Stil um die Achse, das Korn fällt zerquetscht zur Seite heraus und wird dann gesiebt. Sauerteig gärt schon einige Tage in der Küche vor sich hin. Ich fege den Hof, das Dach, ich putze Fenster und miste den Hühnerstall aus, und fege die Taubenscheiße vom Dach.

"Du bist Sternzeichen Jungfrau!" stellt Briella fest
und ich unterlasse sofort alle weiteren Räumarbeiten
und begnüge mich mit oberflächlichen Arrangements.
Ich kann es nicht leiden, nach astrologischen
Kategorien betrachtet zu werden und halte ihr beleidigt
vor:

"Jungfrauen sind häuslich und pedantisch, gründlich
und penibel, rechthaberisch und besserwisserisch,
introvertiert mit ihrem Gefühl warten sie auf die
Erlösung..."

"Tz, tz, tz," macht Briella, "So habe ich das nicht
gemeint".

"Heute gehe ich zu Habib, dem Barbier. Durch ihn
habe ich damals das Haus, den Garten, das Feld und
den Strand gefunden. Er ist Barbier, Friseur, Bader und
Tierarzt in einem und außerdem Parteivorsitzender der
kleinen Stadtpartei.

Später sitze ich in dem hölzernen Friseurstuhl mit
Armlehne, im Nacken wird mir ein Gestell
untergeschoben und ein weißes Tuch umgehängt.
Habib rasiert noch mit Messer und Schaum. Draußen
auf der Erde, vor dem Eingang des einzimmerigen
Salons, dampft ein kleines Holzkohlefeuer in einem
Tongefäß. Obenauf eine geschweifte, emaillierte
Blechkanne mit Teewasser. Teetrinken, Schwätzen,
Rasieren und Kartenspielen sind hier beim Barbier eine
in sich geschlossene Einheit kommunikativer
Männerwelt. Hier verabredet man sich zu
Unternehmungen wie zum Beispiel
Jagdgesgellschaften, denn Habib ist auch der
Revierförster der Gemeinde oder zu Fernreisen nach
Mekka, denn Habib besorgt das Visum und die nötigen
Devisen. Ohne seinen Dispens bekommt man das

nicht, denn er ist der Sohn des Dorfscheichs, eine längst veraltete, aber immer noch gültige Einrichtung eines Dorfweisen. Jedenfalls schreibt er so eine Art Führungszeugnis der Gemeinde und erst danach kommt das der Polizei, die hier Jeder als fremdländisch beherrscht ansieht, was sie ja wohl auch Jahrhunderte lang war.

"Für Sonntag abend könnten wir doch auf die Jagd gehen," schlage ich vor, „Und Briella könnten wir auch mitnehmen."

Habib ist ein moderner Mann, Emanzipation ist ihm bekannt. Er veranstaltet im Dorf regelmäßig Vorträge mit 16mm Filmen zur Familienplanung und Gleichberechtigung. Die Partei braucht die Stimmen der Frauen.

"Kann Sie denn überhaupt mit einer Flinte umgehen?" fragt mich Habib argwöhnisch.

"Ich denke schon. Ihr Vater hat eine Jagdpacht und Sie sagt, daß Sie es verstünde."

Habib rasiert mich gewissenhaft, schabt jede Stelle sanft erneut, prüft mit dem Daumen gegen den Strich, spannt die Haut zwischen Daumen und Zeigefinger und schärft das aufgeklappte Rasiermesser zwischendurch auf dem Lederriemen nach. Er kennt meine Haut als empfindlich. Die feinen Gesichtshärchen unter den Augen werden mit einem gedrillten Zwirnsfaden ausgerupft.

Ich stelle mir Briellas Möse vor. Hier direkt über dem Lavabo, das ohne Wasser und Abfluß nur zur Ablage dient. Unter dem Ausfluß steht ein Blechkanister, in das Habib die Pfütze aus seinem silbernen Seifenschälchen ausgießt. Das Waschbecken ist rosenfarben und geschwungen, gute französische Qualität. Die Hähne und Hebel sind einst verchromt gewesen, jetzt messingfarben blank durch reges Putzen. Briellas offener Schoß, den ich in Gedanken auf das Lavabo von Villeroy und Boch setze, paßt genau zusammen. Männer, heißt es immer, hätten kein Gefühl. Ich habe jetzt ein Gefühl, indem ich mir das vorstelle. Aber wie heißt so ein Gefühl, das ich in den Fingern spüre, in der Haut, in den Augen, die ich leicht geschlossen halte und im Arsch, auf dem ich sitze? Das Gefühl ist wie das Bild eines modernen Malers. Die Lichter stehen als helle Spiegel auf ihren Schenkeln, in dem Glanz des Lavabos spiegelt sich das verzerrte Gesicht des Barbiers, hinter der dunklen Türöffnung ein strahlender Himmel, hellblau und mit einigen neapelgelben Flecken, eine runde Moscheekuppel dahinter. Kirchner, Dix oder Picasso, wer weiß wer sonst noch Gefühle so in Bilder umgesetzt hat, sehe ich da wieder. Ich höre die Stimmen der Männer, denke an die Flinte, mit der ich morgen schießen werde, den doppelläufigen Vorderlader mit Bleikugeln und Werk, Pulver und Zündhütchen unter dem Hahn. Ich rieche den Pulvergeruch und spüre die sanft streichenden Finger des Barbiers auf meiner Backe und denke dabei an die Möse Briellas. Ich fühle den weißen Rasierschaum und das Ineinanderschmieren, sehe das Aufblitzen des Messers, rieche den trockenen Geruch des Holzkohlefeuers mit dem herben Duft beizenden Tees in der Luft. Ich habe Lust, nicht nur im Kopf, ich fühle sie deutlich im Bauch. Es ist ein bißchen wie Übelkeit. Früher dachte ich, daß ich mich übergeben müßte. Geil sein auf eine Frau macht mir allein keine

Erektion, sondern einen Geschmack im Gaumen, hinter den Lippen und Bilder und Geräusche im Kopf.

Die impressionistische Möse Briellas auf dem Lavabo macht mir Lust, mich vor sie zu stellen und zu vögeln. Meinen steifen, glänzenden Penis ganz langsam in sie einzuschieben wie den Stößel in einen gefüllten Mörser und mäßig, nur ganz mäßig darin zu bewegen. Es geht um das ganze Bildgefühl, genau in der Mitte, über dem rosa Lavabo, in der Einbuchtung liegt mein Penis. Ihr Gesicht ist dabei abgewandt, blickt gedankenverloren aus der Türöffnung. Am Boden scharrt ein braunes Huhn.

"Hier Dein Tee, Herr." Die brüchige Stimme eines vielleicht neunjährigen Jungen, der mir das Schnapsglas rotgelben Tees entgegenhält, zerreißt das eben erfühlte Bild. Seine pubertäre Stimme wischt ihre Haut, ihren Venushügel aus meinen Gedanken weg, doch ich fühle noch alles. ‚Ich werde heute abend, wenn wir uns vereinigen, auch ein Kesselchen Tee aufsetzen,‘ denke ich.

"Gut," sagt Habib und pudert meine Haut ein, "Wenn Sie schießen kann, soll sie mitkommen. Ich werde den Anderen Bescheid sagen, daß wir in den Schott Enten jagen gehen."

"Ist das weit?" frage ich und habe wenig Lust, mit meinem fragilen Benz durch weglose Wüsten zu schaukeln.

"Wir können den Eselkarren nehmen," sagt Habib und schlürft ebenfalls sein Gläschen Tee, "Da passen wir alle drauf. Ich komme Euch vor Sonnenaufgang abholen."

Ich bin noch ganz in dem Vögelgefühl, das ich mir eben vorgestellt hatte. Es paßt zu einer Frau mit Flinte, auf dem Lavabo eines Barbiers sanft gestoßen zu werden. Schade, daß es nur ein Bild ist und von der Wirklichkeit nicht eingeholt werden kann, weil der ganze Dorfplatz in Aufruhr geriete, bei auch nur teilweiser Kenntnis meiner obszönen Gedanken.

Es ist Abend. Am Boden liegen die geflochtenen *Ksabmatten* und darauf alle Felle, die ich habe. Ringo macht sich in der Mitte des Bettes breit und läßt sich von Briella nicht verscheuchen. Ich muß ihn am Genick packen, damit er wenigstens nur am Rand sitzt.

"Geht das mit dem Hund?" fragt Briella besorgt und schaut auf seine riesige Schnauze mit weißen Zähnen.

"Bisher ja," sage ich und erinnere mich, daß er einmal in Berlin auf meinem roten Plüschsofa, als ich mit einer Frau Liebe machte, partout die Schnauze zwischen meinen und ihren Bauch stecken mußte und als ich ihn dann rausschob, hat er richtig gewinselt.

Ich habe mir nach dem Friseur eine rote Granatapfelblüte hinters Ohr gesteckt, und mein bronzenes Glücksäffchen der Benin, das ich um den Hals trage, hatte ich bei Machmoud noch neu vergolden lassen. Ich bin ganz unbeholfen und schüchtern. Ich weiß nicht genau, wie man eine Frau anmacht. Dabei gibt es gar nichts anzumachen, wir wissen beide, daß wir es gleich tun werden. Den ganzen Tag hat jeder von uns daran gedacht, in irgendeiner Form. Briella hat oben auf dem Dach ein kleines Feuer gemacht und sitzt dort oben an dem Astfeuerchen und beobachtet den Rauch, wie er aufs Meer hinaus zieht.

"Was machst Du dort oben?" rufe ich hoch. Sie antwortet nicht, dafür singt sie lauter, es hört sich an wie ein christliches Lied. Ich hätte es nicht von ihr erwartet.

"Herr ich bin dein, nimm mich hinein. Mein Heiland du
Halleluja. Om, Om, Om, Hare, Hare, Ram.
Komm, Ram, ramm dich rein.
Herrje du mein Heiland du.
Amen, Amen
Amen."

Das letzte >Amen< koloriert sie lang wie eine Gospelsängerin, die Töne perlen von den Hofmauern ab wie dicke bunte Regentropfen. ‚Sie betet nicht, so kann man das nicht nennen,‘ denke ich - oder was ist Beten denn überhaupt? Von der Moschee ruft der Muezzin plötzlich die Sure der Bagra, der Kuh, die von den Frauen und der Liebe handelt. Woher, verdammt, weiß dieser Muselmane, was wir heute abend machen werden? ‚Nichts‘, denke ich aufgebracht und belustigt, ‚bleibt in diesem Kaff geheim, selbst das noch nicht Getane ist schon offenbar‘.

"Ich bin Dein Heiland, komm runter Frau, ich war beim Barbier und habe mich scheren lassen für Dich."
Briella schaut in ihrem langen violetten Kleid vom Dach in den Hof. Ich stehe da, mir wehen die langen Haare im Abendwind. Habib hat sie sorgfältig gekämmt und wie immer gemahnt, daß er sie mir eines Tages werde abschneiden müssen, weil ich keinen

Turban trüge, sie zu schützen vor der sengenden Sonne und dem Staub.

Wir lachen uns an im letzten Widerschein der untergehenden Sonne.

"Hey, Ram Tchey Ram, ja, ja, ich komme. Ich habe nur noch die Abendsonne mit einem Feuerchen bedacht und Harz geräuchert gegen böse Gedanken anderer Leute."

Sie macht einen Knoten in ihr Kleid und hält damit das lange Gewand hoch beim Herabklettern der Leiter in den Hof. Ich stelle einen Tee auf und blase die schwarzen Holzkohlen funkensprühend an. Sie steht neben mir und lehnt ihren Körper an mich.

"Willst Du wirklich jetzt noch Tee kochen?" fragt sie mich und schiebt eine Hand durch den Ärmel meiner weiten *Jubba* auf meine rechte Brust.

"Die Kohlen können wir ja für die Shitpfeife nehmen," sagt sie und stopfe in den kleinen Messingkopf der langen Opiumpfeife meines Großvaters, die ich mitgenommen hatte nach Afrika, einige Hanfblüten, die wir geschenkt bekamen von einem englischen Austausch-schullehrer in Moknine, der eine prächtige, weibliche Hanfpflanze in seinem Hof gezogen hatte.

Wir ziehen langsam daran, der Rauch ist kühl aus dem langen ziselierten Rohr. Ich weiß, daß ich Durst haben werde, wenn das Gras anfängt zu wirken und denke an den Tee. Der bloße Gedanke allein bewirkt mir Teegeschmack in meinen Lippenwinkeln. Ich lege mich aufs Kissen zurück. Briella nimmt einen Fotoapparat und fotografiert mich, wie ich da liege und weiche Augen bekomme.

"Für Toe," sagt sie und ich kann mich nicht entscheiden, ob sie das ernst oder ironisch meint und ich weiß nicht, was ich fühlen würde, wenn sie es ironisch meinen sollte. Sie zieht ihr langes Gewand aus und hockt sich nackt auf die Felle. Ich habe nur Petroleumlicht im Haus, obwohl es eine Stromleitung für die Küche gibt. Von der Decke hängt eine bunte Glasfensterlampe, darin brennt eine kleine Petroleumlampe und wirft durch die bunten Scheiben arabeske Muster der ausgeschnittenen Messingbleche an die Wände ringsherum. Die Schattenmuster liegen auf ihrer Haut wie ein schwülstiger Netzstrumpf französischer Art. Sie hockt genauso da, wie in meiner Vorstellung auf dem rosa Waschbecken heute nachmittag beim Barbier.

"Ich habe Dich den ganzen Nachmittag lang schon gefickt, weißt Du?" sage ich mit untergeschlagenen Händen hinter dem Kopf und schaue sie grinsend an. Sie lacht etwas und öffnet ihre Schamlippen mit angefeuchteten Fingern.

"Ach," sagt sie nur.

"Es fehlt jetzt nur das Lavabo." Ringo sitzt aufmerksam aufrecht und verfolgt jede ihrer Bewegung. Wenn ich geraucht habe, ist er ein perfekter Wachhund. In meinem Kaffee hat er die Cops immer gut erkannt und sofort angefallen, da kam keiner unentdeckt rein.

"Zieh Dich aus," sagt sie bestimmt, "Und leg' Dich dann wieder so hin wie eben."

Ich ziehe mir die *Jubba* im Liegen über den Kopf.

"So," sage ich. Ich masturbiere mich, bis mein Glied aufrecht steht, ziehe ihm aber noch nicht die Vorhaut über die Eichel. Sie hat sich wieder auf die Beine gestellt, jetzt über mir und stimuliert ihre Klitoris kreisförmig.

"Die *Tabuna*, das Töpfchen reiben, heißt das hier bei den Frauen," lacht sie und sagt: "Das dürfen die Männer aber nicht wissen."

"Ich dachte nicht, daß sich Frauen hier stimulieren dürfen."

"Mit den Männern zusammen ist das auch ganz tabu, aber wenn sie *Kuskus* reiben auf den Dächern, das hat mir die Nachbarin vorige Woche gezeigt, dann hocken sie da und reiben sich unter den Tüchern die Möse und singen dazu: '*Sidi Mansouria*' und solche Lieder."

"Und was machen die Männer?"

"Weiß ich doch nicht," sagt sie und kommt über mich, „Vielleicht ihren *Zip* melken bis Milch rauskommt.“

Ich sehe ihr direkt in die geöffnete Scheide, mit einem schmalen Strich dunkler Haare auf dem Venushügel. Es ist eine ovale, schwarze Öffnung, umrahmt von den rosafarbenen Schamlippen, klein die Öffnung der Harnröhre, und die runde Perle der Klitoris steht etwas erhöht über der Mitte. Mein Penis ist steif, ich halte ihn senkrecht. Sie hockt über mir und hält mir einen kleinen ovalen Handspiegel hin.

"Halte ihn, damit ich mich sehen kann." Ich lege mir den Spiegel auf die Brust.

"Ja, ich sehe mich," sagt sie. Sie umkreist dabei mit ihren unlackierten Fingernägeln den inneren Rand der Schamlippen und öffnet ihren feucht glänzenden Fischmund noch weiter.

"Nimm einen Finger." sagt sie. Ich mache, was sie sagt. Es ist nass in ihrer Möse. Sie schiebt meine Hand sanft tiefer, mein Finger fühlt die Bewegungen der Vagina wie ein Kälbchenmaul, das saugt. Das macht mich plötzlich geil. Bis eben war ich zwar zu allem bereit, aber es war noch kein Kontakt zu meiner Lust entstanden. Jetzt plötzlich fühle ich die Lust am Finger. Es fühlt sich weich und straff abwechselnd an. Sie öffnet und schließt ihre Vagina von selbst. Ich fahre darin herum und weite sie aus mit zwei Fingern. Dabei kreist ihr Zeigefinger immer noch um ihre kleine Klitoris.

"Jetzt halte ihn fest," sagt sie. Ich greife meinen Penis an der Wurzel und sie setzt sich fest und zielsicher darauf. Ihr Blick ist dabei in den Spiegel gerichtet. Ihr Lustmaul schließt sich über meinem Schwanz, der sich wohlig in sie hineinreckt. Es ist sanft und geil, rosa und glatt, wie das Lavabo und es riecht überall nach Tee.

"Bleib' still," sagt sie und preßt ihre Knie neben meine Oberarme, stützt sich mit den Händen auf meine Brust und schiebt den Spiegel wieder in Position. Danach fickt sie mich gründlich und vielfältig. Es ist wie ein Tanz mit vielen Figuren, verschiedenen tempi, heftigen Körperwürfen, fast daß sie das Gleichgewicht verliert und ich sie fangen muß. Ich bin ganz gefesselt von dem sanften und wilden, wogendem Weib über mir. So bin ich noch von keinem Mann gefickt worden. Das fasziniert mich so sehr, daß ich kubistische Bilder sehe, Frauenteile, Mösen und Schwänze, Eicheln und Ibn Dauds Pferdeschwanz herumwirbeln, so daß ich gar nicht zum Höhepunkt komme. Sie arbeitet sich durch, ihr Bauch wackelt, sie kommt heftig ins Atmen und stößt dabei hervor:

"Laß mich machen, ich sag Dir schon, wann es soweit ist, ja?"

Der Spiegel ist längst von meiner Brust gerutscht. Ich halte ihre Arschbacken fest, meine Fingerspitzen drücken neben meinem Penis in ihre Schamlippen. Ich spüre meinen harten Schwanz in ihr. Ich sehe das Lavabo wieder - ganz eng nur die Einbuchtung ihrer Möse - mit dunklen Haaren darüber, ihren rosigen Lippensaum, der um meinen Schaft und die gewölbte Harnröhre gespannt ist. Ich sehe das durch meine Finger, spüre es, weil ich es weiß, wie ein impressionistisches Bild mit Moschee und scharrendem Huhn. Wir brauchen lang, bis unsere Körper ein gemeinsames Gespräch führen. Ich mache Pausen und sie auch. Sie ruht aus, hockt sich ganz auf mich, daß sich ihre Gebärmutter an meine Eichel drückt. Sie wischt sich ihre ins Gesicht gefallenen Haare zornig nach hinten.

"Sechs Wochen lang ungeübt," schnauft sie hervor. Danach beginnt ihre Vagina von alleine zu pressen. Es kommt in Abständen. Vielleicht merkt sie gar nichts davon. Sie hebt und senkt sich, biegt den Rücken ganz durch und schüttelt den Kopf im Nacken. Dann, nach einer kleinen Pause, wird mein Schwanz kleiner, ich kenne das schon. Ihr Orgasmus naht und vertreibt mich. Wenn Frauen kommen, drückt es die meisten Männer raus. Ich weiß aber auch, daß die meisten Schwänze vor den Frauen kneifen, wie meiner jetzt. Ich schiebe meinen Zeigefinger an meine Peniswurzel, das hilft. Er füllt sich wieder und wird wieder fest und sie kommt. Gänsehaut breitet sich an der Unterseite ihrer Schenkel aus, erst zögernd, verschwindet dann wieder und breitet sich erneut aus, das ich unter den

Fingerkuppen spüre. Ihr Gesicht wird zornig. Sie bläst die Luft heftig aus der Nase. Sie scheint mich ganz vergessen zu haben. Ihr Rhythmus ist ganz ihrer und plötzlich hält sie still. Es wackelt in ihr drin, dann kommt der Druck der Gebärmutter wieder von innen, Luft entweicht dabei aus der Vagina und ich werde naß und naß, es läuft über meinen Bauch und die Schenkel.

"Jetzt mach, Ram, Ram, Ram, Tschey, Ram ..."

Ich lasse es mir nicht zweimal sagen, mein Penis ist plötzlich wieder geil, zum Platzen hart, ich sehe Toe's Schwanz, seine beschnittene Eichel dicht vor mir. Ich sehe nicht ihn, sondern sie, mit seinem schönen Schwanz, der in mir steckt. Ich packe sie an den Schultern, stemme meine Füße auf den Boden, ich fühle das Schaffell zwischen den Zehen. Ich stoße von unten mein Becken in den Himmel ihres Schoßes, mein Schwanz rammt in ihre Pforte. Sie weicht etwas aus, paßt sich meinen Stößen an, ich kichere und spritze in sie hinein, durchnässe ihre Nässe mit meinem Samen. An meinen Zehen leckt Ringo genießerisch die Zwischenräume. Ich hänge unter ihr, angeklammert wie ein Affenkind, ihre Brüste in meinem Gesicht. Sie faßt mit einer Hand hinter sich und tastet meinen Schwanz in ihrer Möse.

"Ganz voll ist sie," sagt sie und senkt ihr Gesicht auf mich, legt sich flach auf mich und drückt mich in die Felle. Ich denke nichts mehr. Ich fühle sie von innen und habe die Empfindung mit meiner Schwanzspitze bis in ihre Hände und Füße wie in einen Handschuh eingeschoben zu sein. Wir atmen beide. Es ist Schweiß auf der Haut, eine ganze Lache in ihrer Rücken-kuhle. Ringo steht auf und leckt ihren Schweiß ab. Briella zittert und läßt es geschehen. Im Hof liegt das erste Mondlicht, silbern und vollmondhell. Der Teekessel brodelt und schießt kleine Wasser- und Dampffontänen aus der schmalen Tülle, der Deckel klappert.

"Hallo Briella," flüstere ich und kraule in ihren verwirrten Haaren herum, "Hallo zu Hause," sage ich und denke an nichts mehr, ich versinke in einem kleinen blackout. Sie bleibt auf mir drauf, keiner bewegt sich, nur der Hund leckt leise weiter den Schweiß von ihrer Haut. Ich bin eingeschlafen und habe nicht bemerkt, daß nur noch der warme Rücken des Hundes an mir liegt. Sie ist aufgestanden und steht im Hof, als ich die Augen aufschlage. Sie sieht mich nicht. Sie hat die Hände gegen den Himmel und den Mond gehalten, den ich jetzt auch knapp über dem Dachrand sehe. Ihr Gesicht ist silberglänzend. Sie schaut in den Himmel und singt oder weint oder spricht mit Jemanden. Ich will sie nicht dabei stören. Es wirkt sakral und macht ein Gefühl von Endgültigkeit. Sie kommt zurück mit dem Teekessel ins mondhelle Zimmer zu mir.

"Du siehst schön aus, Bräutigam, ich habe Dich heute nacht geheiratet," sagt sie und gießt geräuschvoll den roten Tee in einem langen dünnen Strahl in das kleine Glas in ihrer anderen Hand.

Ich könnte antworten, daß Toe mein Lebenspartner ist, ich könnte antworten, daß ihm ab zu telegrafieren eine Scheidung von ihm bedeute. Ich könnte antworten, daß es mich ärgert, daß sie unsere Beziehung als nichtexistent betrachtet. Oder daß sie die Ehebrecherin ist.

Ich vergesse zu sagen, daß ich Toe liebe. Ich vergesse zu sagen, daß sein Studium, sein Ortswechsel, sein ganzer geänderter Lebenswandel mein Werk ist.

Ich könnte ihr sagen, daß ich für ihn verantwortlich bin, weil ich in sein Leben eingegriffen habe. Aber ich sage etwas völlig Blödes:

"Ich dachte, Du freust dich, wenn er komm," und mache ein beleidigtes Gesicht. Ich sehe sie dabei nicht an und schaue aus dem Fenster.

"Warum sollte ich mich freuen?" fragt sie logischerweise, „Nur wegen seinem schönen Schwanz, an dem Du interessiert bist."

Ich schweige und gehe mit dem Hund spazieren. Ich nehme die Flöte mit auf den Weg unter die Eukalyptusbäume, mit dem roten Erdweg, hinunter zu meinem Feld und setze mich in den Brunnen. Das ist ein magischer Platz für mich. Mit dem Flötenspiel im Brunnen zur Mondnacht hatte ich immer Kontakt zu Toe und konnte mit ihm reden, als wäre er da. Ich lag dann im Brunnenrand und fühlte seine Berührung oder das Kitzeln seiner braunen langen Haarlocken auf meiner nackten Haut oder roch seinen Geruch.

Ich setze mich auf den Brunnenrand und fühle nicht den vertrauten Kontakt zu ihm.

Ich bin ratlos.

Später gehe ich ins Dorfkaffee. Ich habe keine Lust, Karten zu spielen, es ist auch kaum jemand da.

Ephraim gibt mir eine Wasserpfeife und legt mit einer Zange die glühende Holzkohle auf den Pfeifenkopf. Ich rauche. Der Glutball im Pfeifenkopf glimmt knisternd auf, der Rauch blubbert im Glaskolben und benebelt mich sanft.

Der Tabak ist altmodischer Tumback, wie ihn mein Großvater aus Tabakblättern, die er selber im Garten gezogen hatte, fermentierte. Ich lasse mir Papier und einen abgekauten Kuli geben. Vor der Stadtmauer am Friedhof trägt eine Gruppe weiß angezogener Frauen einen toten Mann auf einem rohen Brett zum Friedhof. Im Todeshaus, an dem ich vorbeikam, saßen die Männer, Söhne und Freunde des Verstorbenen, unrasierten seit drei Tagen und sprachen über den Toten, sie wiederholten sein ganzes Leben, soweit sie es kannten. Die Frauen werfen sich Asche über den Kopf, schlagen sich gegen die Brust zu Wehklagen und legen den Leichnam in die Erde.

Es paßt gut zu meinem eigenem Gefühl, das in Bedrängnis geraten ist.

Ich schreibe Gedichte über das Leben zu dritt.

Es ist Nacht, ich lese Briella vor, was ich geschrieben habe. Sie sagt nichts. Wir sitzen im Hof. Briella kämmt Rohwolle zum Vlies auf . Ich setze mich an den Knüpfrahmen und knote weiße Wollstrietzel in das Gewebe und haue sie mit einem eisernen Kamm, an dem kleine Schellen befestigt sind, fest. Es klingelt in gleichmäßigen Abständen.

"Morgen gibt's Laugebrezeln," sagt sie in die Stille. Die aufgepumpte Kerosinlampe neben uns zischt. Laugebrezeln sind mein Lieblingsgebäck. Man muß die selber angesetzte Lauge nachts beim Bäcker auf die heißen Brezeln pinseln und sie noch mal kurz in den heißen Ofen schieben, bis sie braun glänzen und dann mit Salz bestreuen.

"Dann mache ich aus dem Rahm Butter und keinen Käse," sage ich trocken und will meine Freude über Brezeln nicht zu erkennen geben. Ich will nichts Fröhliches sagen jetzt. Ich warte auf eine Reaktion auf das Vorgelesene. Sie weiß das. Wir arbeiten weiter.

Das Raufen der Wolle und das Aneinanderklatschen der Kartätschen, sowie mein eisernes Klopfen sind wie ein Dialog in der Nacht. Ich höre den Schafen und der wiederkäuenden Kuh im Garten zu, die Hühner machen Flattergeräusche. Und wie unsichtbarer Kitt, der alles miteinander verbindet, liegt über allem das sirrende Geräusch Tausender von Grillen, mit überraschenden plötzlichen Pausen, absoluter Stille. Diese Stille wird unterbrochen von einem wilden Eselsgeschrei, das sich anhört, als würde der Esel und alles miteinander ersticken. Sie beginnt:

"Ich habe nie bestritten, daß ich Eure Frau bin. Auch wenn Du in die Oasen gehen würdest, um Skorpione zu züchten. Aber meine Gefühle zu einem Bubi von Mann sind eben anders als zu Dir, und er war nicht da. Ich kann zu Briefen kein Gefühl haben. Du vielleicht ja, Du bist ein Schreiber, ich nicht. Ich mache Brezeln und spinne Wolle, das ist mein Gefühl für Euch."

Auf einmal ist alles wieder in Ordnung. Sie lebt eben in ihrem Gefühl von Jetzt.

"Wir holen ihn besser nicht am Flugplatz ab," schlage ich vor , "Wir treffen uns zum Abendessen im Chalet Vert in Hamam Lif. Und falls es spät wird, bleiben wir dort über nacht und fahren dann morgens nach Hause, ich werde ihm das telegrafieren."

Wir machen Liebe diese Nacht und sie ist ganz weich und zärtlich. Wir sind beide wie Wellen und Strand zur Ebbe. Die Erregung kommt von allein, halb aus der Stille, in der ich fast eingeschlafen wäre.

Ich habe am anderen Tag ein größeres Programm vor. Weil immer, wenn ich die zweihundertfünfzig Kilometer nach Tunis fahre, das zugleich auch ein Einkaufstrip ver-schiedener Notwendigkeiten wird für mich und für andere Leute. Als ich schon schlafe, steht sie auf und geht zum Bäcker wegen der Brezeln und nimmt Ringo mit. Hier haben alle Angst vor einem großen Hund.

Freitagmorgen. Wir packen das Auto. Schafe, Hühner, Kuh und Tauben sind an den Nachbarjungen überordert zur Aufsicht, für den ich einen Liebesroman in Arabisch mitbringen soll vom Zeitungsstand auf der Avenue Habib Bourgiba. Und wir müssen noch den Nachbarn mitnehmen, der wegen seiner kranken Frau zum Arzt in die Hauptstadt will.

"Wer ist denn nun krank, Du oder Deine Frau?" frage ich ihn.

"Meine Frau ist krank." flüstert er und wackelt bedeutsam mit den Fingern.

"Und warum geht dann nicht Deine Frau zum Arzt?" fragt Briella erstaunt. Sie kennt die dicke Nachbarin vom täglichen Sehen.

"Ja," sagt der Alte, "Der Arzt ist doch keine Frau, nicht?" und er macht wieder bedeutende Gesten mit der flachen Hand in der Luft.

Mein Benz ist hier auf den Straßen ein schon bekanntes Ereignis. Ich überhole alle, wer mich kennt, winkt von weitem. Allein die braunpinke Farbe des Autos und sein, gemessen an den anderen Autos, nahezu lautloses Fahrgeräusch und das laute Lastwagenhorn sind Erkennungszeichen genug. Die Landschaft ist anfangs trocken, voller Sandflächen, erst auf Tunis zu werden die Felder und Gärten grüner. Tunis, das Grüne, heißt die Stadt deshalb auch in der Umgangssprache.

"Was hat denn Deine Frau?" frage ich unterwegs und der Mann beginnt ausführlich verschiedene Krankheitssymptome zu schildern und mit verzerrtem Gesicht die Schmerzen zu imitieren, die seine Frau hat. Unser Arabisch ist aber zu ungenau und seine Begriffe zu sehr nur gleichbleibende Schmerzschilderungen. So bleibe ich ratlos.

"Hat Deine Frau keine Lust, Liebe zu machen?" fragt Briella intuitiv und scheint des Pudels Kern getroffen zu haben. Der Alte wird verlegen, aber wird auch doppelt so schnell in seinem Redefluß und die Gesten lassen ahnen, daß sich seine Frau genital unwohl fühlt.

"Kein Wunder bei acht Kindern und drei Fehlgeburten," konstatiert Briella sachlich wie eine Krankenschwester.

Zwischen zwei Städten und einem kleineren Marktflecken, die sich nur durch verschieden große Menschenmassen auf der unpassierbaren Straße unterscheiden, kommt heraus, daß die Frau sich ihrem Mann verweigert, er aber noch jede Nacht Sex machen will, Empfängnis-verhütung aber beiden fremd ist.

"Deine Frau will kein weiteres Kind mehr," sagt Briella ernst. Der Mann nickt.

"Du willst aber noch weiterhin Feuer in ihrer *Tabuna* machen, nicht wahr?" frage ich ihn und er nickt wieder.

"Da haben wir's," sagt Briella, "Ich besorge ihr Antibabypillen und das ganze Problem wird sich auflösen."

Der Mann schüttelt den Kopf. Das hätten sie schon versucht, meint er, aber dem letzten Baby sei davon nur schlecht geworden und es habe es gleich wieder ausgespuckt und außerdem könne er keine Kinder töten. Ein Fall für Habib, den Friseur, zur Aufklärung. Ich werde ihn zur Jagd mitnehmen und dabei von Habib über Empfängnisverhütung aufklären lassen.

Auf halber Strecke in Bir Bourekba bringen wir ihn zum Bahnhof, wo er mit dem Zug zurückfahren kann.In Tunis angekommen erledigen wir alles in der staubigen, lauten und orientalisch-europäischen Großstadt und fahren zurück nach Hamam Lif. Das ist ein Berg kurz hinter Tunis, wo man von einem Terrsassenkaffee aus ganz Tunis und das angrenzende Land und das Meer überschauen kann. Vor allem abends ist es ein schöner Rundblick. Hier sind nur sonntags Leute. Es kommen kaum Touristen und es ist kein Ort für Einheimische, die Preise sind dafür zu hoch.

Ich kenne den jungen Besitzer und mache mit ihm das Abendessen für drei Personen aus und lasse auch das einzige Gastzimmer, das er hat, für die Nacht herrichten und die Betten zusammenrücken. Der Raum ist rundum verglast bis zum Boden. Der architektonische Versuch eines einheimischen Künstlers in modernem Glasbau.

Im Eßraum aus drei Etagen steht ein Flügel. Ich spiele daran, obwohl er verstimmt ist. Die besonders verstimmten Tasten spare ich aus.

Der vorige Besitzer des Kaffees wurde aus unerfindlichen Gründe, wahrscheinlich Eifersucht, vor kurzem ermordet. Sein achtzehnjähriger Sohn betreibt jetzt die Küche zusammen mit seinem zwölfjährigen Freund. Das ist die ganze Besatzung, keine Frau.

Wir sitzen beide beim Sonnenuntergang hinter den Glasscheiben und sehen die Schiffe einlaufen in den Hafen von Tunis und sehen die Flugzeuge über Karthago starten und landen. Da sie eine Schleife über Hamam Lif drehen, kann ich gut die Lufthansa von der Kondor unterscheiden und das Rot der Tunisair. Wir fabulieren, wie Toe wohl her kommt und ob wir das Taxi erkennen könnten, wenn es den gewundenen Weg hochbrummt, den man an den engen Kurven von oben einsehen kann.

Das Essen steht dekorativ auf Platten warm. Viel zu viel für drei Personen. Vorsichtshalber habe ich den jungen Besitzer und den kleinen Koch mit zum Essen mit eingeladen.

Wir kosten von der *Shurba,* einer Gemüsesuppe, in der ein halber Kalbskopf samt Auge schwimmt. Auf meinen Wunsch - ich hatte auf dem Hinweg schon hier Station gemacht und unser Kommen für den Abend angekündigt - gibt es sogar frisches *Chobs,* Fladenbrot aus dem Strohfeuer mit noch ein bißchen Asche dran.

Die angekündigte Tunisair - Maschine mit rotem Emblem am Heck, ist gelandet, heute kommt keine andere mehr, also muß Toe innerhalb der nächsten Stunde eintreffen.

Wir vertreiben uns die Zeit. Die letzten Kaffeegäste sind gegangen vor dem Abendessen, das sie billigerweise zu Hause nehmen.

Ich sitze wieder am Flügel. Briella liegt mit dem Oberkörper auf dem Flügel und blättert in der illustrierten Liebesgeschichte für unseren Nachbarjungen. Sie deutet auf die Buchstaben und macht mit verzogenem Mund Geräusche:

„Bu, bä, ba, ben" und „Bon". Kadras, der junge Besitzer, liegt mit dem Oberkörper ebenfalls auf dem Flügel, mit seinem Gesicht zu ihrem Gesicht und verbessert ihre Leseversuche. Der zwölfjährige Ali liegt gleichfalls, Schulter an Schulter, daneben. Ihre nackten Füße stehen auf meiner Flügelbank. Sie sind sehr erregt in den Füßen. Beide tragen Shorts, die an den Seiten hochgeschnitten sind. Ihre Ellbogen sind aufgestützt. Ich bin beim Spielen der oberen Oktaven gehindert, aber ich lasse es zu, angesichts seiner jugendlichen Freude, Briella, der blonden Frau aus Deutschland, so nah zu sein. Sie reiben die Füße an den braunen Schienbeinen und stoßen mit den Stirnen fast aneinander. Es wird viel gelacht und Briella lernt genau und genießt die Aufmerksamkeit. Wenn der Kleine doch zu nah kommt, schiebt ihn der Ältere auf Zentimeterdistanz zurück. Die Ärsche der beiden Jungen bumsen dabei leicht aneinander.

Briella bemerkt deren Erregung und spielt mit ihnen. Mal kringelt sie mit dem Zeigefinger Kadras schwarze Krülllocken und verlangt zu wissen, was Haare heißt, *Peluke* - dann legt sie die Finger auf Alis Augen, *Aina* usw.

"Kannst Du überhaupt spielen neben diesen jungen Hunden?" fragt sie mich lachend.

"Ich spiele eben das, was gerade geht, solange, bis Toe da ist."

Beide Jungen drücken ihr Geschlecht hart auf die Flügelkante. Da sie vorgebeugt sind und völlig im Bann von Briella, wissen sie nicht, daß ich durch die abstehenden Seidenimitat-höschen ihre Eier und ihre geschwellten jungen Schwänze sehen kann. Der Zwölfjährige hat noch keine Haare. Die Arschrosette von Kadras ist gleichmäßig gefältelt wie eine Blumenknospe, und steht hellrosa in dem dunkelbraunen Fleisch.

Briella sagt gerade was Fesselndes und ich fasse ganz vorsichtig mit den Fingern der rechten Hand unter die Hose an Kadras Eier und streichle sie sanft. Der Rücken von Kadras wird ganz steif, wie bei einem Kater. Er ist erschrocken, aber er kann nicht weg, sein erigierter Schwanz wäre zu sehen. Meine streichelnden Fingerspitzen haben die Spitze seines Gliedes unter dem knappen Hosenbein hervorschnellen lassen. Kadras bleibt wo er ist und drückt sich eng an den Zwölfjährigen, der gleichfalls erregt ist. Sicherlich machen es die beiden nachts zusammen, wie es hier unter Geschwistern und Verwandten allgemein vorkommt, der Kleinere gehorcht dem Größeren.

Ich spiele mit der linken Hand die Tasten und mit der rechten spiele ich mit dem flexiblen Glied des Jungen. Er schließt die Augen und kichert. Briella fragt ihn, was los ist, er schweigt und kichert weiter. Ali sagt, daß sein Cousin Schnupfen habe. Er habe abends immer Schnupfen. Die Worte Schnupfen und Tropfen sind im Arabischen gleich und Kadras wird immer verlegener, seine Geilheit immer größer. Mit zwei Fingerkuppen streiche ich über den seltsam genoppten Rand seiner Eichel. ‚Wie ein Hahnenkamm‘, denke ich. Aus der prallen Eichel tropft glänzende Erregung.

"Also wie ist das mit dem Schnupfen," fragt Briella, "Wenn eine Frau Schnupfen hat ?..."

" ... Dann braucht sie einen Mann," ergänzt der Zwölfjährige altklug.

Die ganze Situation ist knisternd erregend und romantisch geil. Ich spiele mit der linken Hand, >Little thin soldier< und mit der rechten taste ich um die Anusöffnung. Kadras zuckt heftig, seine Eier in dem feinrunzligem Hodensack rutschen vor Aufregung vor und zurück.

"Kadras Du bist viel zu nervös für eine Frau, " sagt Briella und hält ihn spielerisch an der Nase fest.

"Jääää lutiiiiv," stöhnt Kadras auf, denn eine lange Nase machen heißt zweideutig auch: `Einen reinstecken´. Kadras' schlanker Penis ist so hart wie die Tasten und ganz heiß. Ich vermeide weitere Reizung und spiele nicht länger auf dem Klavier, sondern streichle jetzt die Schenkelinnenseiten mit den Fingern und zwirble ein wenig seine Schamhaare.

"Wo bleibt denn Euer Mann?" forscht Kadras, der weiß, daß wir Toe erwarten. Briella blickt auf die Uhr und sagt erstaunt, daß er längst da sein müsse.

"Das Flugzeug ist gelandet," sage ich beschwörend und wehre Gefühle von Verspätung und Verpaßtsein ab. Kadras schiebt sich mannhaft von dem Flügel herunter, obwohl er mit einer Hand seinen Penis niederdrücken muß und die Hose dabei verrutscht ist. Ali kichert ihn an und sagt:

"Es ist noch nicht Nacht, Kadras."

Kadras haut ihm spielerisch eine Ohrfeige und läßt dabei seinen abstehenden Schwanz los und rennt mit steifem Glied dem juxenden Ali in die Küche nach. Der dortige Lärm ist undeutbar, aber nicht gefährlich. Briella lacht auch und kommt zu mir auf die Bank. Wir versuchen vierhändig das Impromptu von Schubert zu spielen. Nach einer weiteren Viertelstunde beschließen wir, zu essen, bevor alles kalt wird.

"Es ist wohl irgend etwas dazwischen gekommen" sagt sie erklärend.

"Er weiß ja, wo wir wohnen. Wenn er heute nacht nicht mehr kommt, dann muß er alleine nach Mahdia fahren," sage ich mich selbst beruhigend.

"Wir sollten das Essen nicht verderben lassen," sagt sie. Ich habe wenig Appetit.

"Komm komm," macht sie zu mir und kickt mir ihren Ellbogen zwischen die Rippen,

"Wir essen eben mit den beiden aus der Küche, was sie uns angerichtet haben, findest Du nicht auch?"

Ich finde das auch, aber etwas Bockiges in mir will von der Vorfreude und der Erwartung auf Toe nicht gleich loslassen. Sie steht vor mir mit dem Rücken zu der nachtdunkel werdenden Landschaft und berührt spielerisch mit der Hand meinen Schritt:

"Wir essen zusammen, warum sollten wir die Spatzen nicht genießen, die schon gebraten vor dem Maul liegen..."

Ich muß doch lachen über ihre Anspielung und rufe nach Kadras und Ali. Beide haben sich etwas Anderes angezogen. *Siruel*, Pumphosen und eine bestickte Weste auf der nackten Haut.

Obwohl ich innerlich beunruhigt bin und nicht ganz gelöst, essen wir fast alles auf.

Wir knacken die Knöchelchen und saugen sie aus zu dem grauen Hirsebrei, den dunkelgrün geschmorten Mangold haben sie uns noch mal heiß gemacht. Die Soße mit Chilli und Pfeffer ist eine höllisch scharfe Sache. Die Kichererbsen dampfen und grünen Spargel gibt es dazu, der inzwischen kalt ist. Dazu *Kuskus* aus einer großen Tonschüssel. Wir essen alle mit der Hand.

Der Tisch ist flach, wir hocken am Boden auf einem Teppich. Die Sonne ist längst unterge-gangen, das letzte Rot schimmert im Westen über den Ruinen von Karthago. Auf der anderen Seite ist schon tiefblaue Nacht, in derem hohen Tuch die ersten Sterne wie ein Brokatgewebe glitzern.

Briella holt ihre Laute aus dem Auto, sie kann inzwischen einige arabische Lieder klampfen und wir singen dazu. Ein schwerer, süßer Rotwein, wie er hier in den Bergen gepreßt wird, löst uns die Zungen und die Sprache. Wir lachen und plappern alle vier durcheinander. Briella findet die Öffnung in Alis *Siruel* und fingert darin herum zum kieksigen Gaudium des Jungen, der sich immer wieder die hellrosa Handflächen vor die Augen schlägt und beständig versichert:

„*M'hamed bil swallachir*", Mohammed schläft. Briella umfaßt Alis lange schlanken Hände:

"Hast Du gesehen, wie groß seine Hände sind, und die Füße erst! Das wird mal ein ganz großer Lümmel werden. Wie bei Hunden kannst Du das schon vorher sehen, schau mal nur, wie lang seine Füße sind." Und sie hält ihren kleineren Fuß daneben und lacht.

Ich liege Kadras in den Armen und singe angetrunken mit falscher Melodie: >Seargent Pepper< von den Beatles und: >All you need is love<.

"Was heißt das: Love?" fragt Kadras mit rauh erregter Stimme.

"El hobb," erklärt ihm das Briella und krault mit allen zehn Fingern in seinen kurzen Krüllhaaren. Kadras stöhnt wollüstig. Ali haut ihm leicht mit den Fingern auf die aufgespreizten Fußsohlen.

Briella beobachtet mich aufmerksam. Sie hat am wenigsten getrunken von uns.

"Nimm ihn doch," sagt sie, "oder willst Du Toe nicht betrügen?"

Ich sitze in der Falle. Ja, ja, ich will ihn und ich will Toe nicht betrügen und ich will sie nicht verlieren.

"Wir gehen jetzt in unser Zimmer und nehmen die zwei da mit. Du kannst ihnen ja zuschauen, wenn Dich das anmacht und wir lassen die beiden dann uns zusehen, das macht mich an."

Ich bin perplex. Wie jeder Mann, der in logische Fallen geraten, über eine alogische Lösung erstaunt ist.

"Ja," sage ich nur, hebe Kadras hoch und trage ihn ins Bett. Ali kommt von alleine mit.

"Soll ich Vaseline holen?" fragt Ali.

Wir lachen alle drei und nicken dazu. Briella umarmt mich von vorne im Stehen und flüstert: "Ich will, daß Du mich im Stehen vögelst."

Ich ziehe mich aus. Ali steht mit einem blauen Töpfchen Vaseline im Türrahmen. Kadras wartet nicht lange, er greift den kleineren Ali und schiebt ihn vor sich. Die *Siruel* fällt wie von allein zu Boden.

Sein schräg nach oben zitternder Penis steht in der Luft und Kadras schaut fasziniert auf seine lange Latte und dazwischen schaut er schräg aus den Augenwinkeln zu uns, und ob Briella ihn auch ansieht.

"Brell," flüstert sie ihm zu, *"behir Brell".* Das heißt geiler Maulesel. Kadras schüttelt den Lockenkopf und pfeift durch die Zähne, wie wenn man ein Kamel antreibt und klatscht dem kleineren Ali mit der flachen Hand auf den Arsch. In dem Moment schiebe ich mich in ihre Möse, genau mit dem Schall seines Klatschens. Briella ist gänzlich überrascht, ihre Augen sind aufgerissen. Ich bin leicht in die Knie gegangen und habe sie von unten mit meinem Penis durchdrungen. Ich hebe sie hoch und sie schlingt ihre Beine um meine Taille und ihre Arme um meinen Hals.

Kadras ist ebenfalls in dem vorgebeugten Ali drin und fickt ihn wild. Ali hat sich mit den Händen auf das Bett gestützt und feuert seinen Liebhaber mit Reden an, wie:

"Kannst Du noch?," "Ist das alles," und: „Du willst ihn ganz drin haben, ja?"

dazwischen schnappt er selber nach Luft, wenn der stoßende Kadras in ihn hineinrammt, als ginge es um sein Leben.

Briella umschlingt mich ganz. Ich bin plötzlich ebenfalls sehr geil, die hastige Wut des Kadras überträgt sich auf mich. Ich muß an mich halten. Ich bin wie hypnotisiert zwischen Gedanken an Toe und Gefühlen mit Briella. Ihr Schoß umschließt mein Glied. Sie hält sich mit den Händen in meinem Nacken, ich hebe ihr Becken an und lasse sie auf meinen Schwanz fallen. Pfeifend läßt sie die Luft aus dem Mund. Ich weiß nicht, ob ihr das weh tut, ich habe das noch nie so gemacht, sie auch nicht.

Ich hebe ihren ganzen Arsch an, meine Finger
drücken stark in ihr Fleisch. Ich werde wild und will sie
über meinem bohrendem Schwanz hin- und herdrehen.
Ich spüre die Erschütterung ihres Beckens auf meinen
Lenden.

„*Ai, ai, ai,*" schreit Kadras plötzlich mit heller, spitzer
Stimme, er steht auf den Zehenspit-zen und ist tief
im Arsch des jungen Ali, er wirft die Arme in die
Luft, die Finger sehnig ge- streckt, nur sein Rücken
zuckt am Becken - sonst steht er still, wie ein
Standbild - von Geilheit und Kraft. Ali ist ganz
ruhig geworden, wie eine Hündin schaut er mit
zurückge-bogenem Kopf bewundernd seinen Freund
an und flüstert:
"*Delah sacha.*" Das heißt 'schön und süß'. Briella preßt
mir auf einmal ihre spitzen Fingernä-gel in den Rücken
und beißt mich in den Nacken. Das treibt mich an.

"Wirf mich hoch," befiehlt sie. Ich versuche es, und
wir treffen wirklich wieder ineinander.

Ali hat sich von seinem immer noch gespreizt
dastehendem Kadras gelöst und legt sich flach auf den
Rücken. Er schaut uns mit fiebrig glänzenden Augen
von unten zu. Er muß meinen eindringenden Schwanz
gut sehen können.

Kadras schüttelt sich und schaut jetzt auch uns zu.
Briella ist wie eine schmiegsame Katze auf meinem
Schwanz. Ihre Vagina drückt und schiebt in meinem
Rhythmus. Kadras bringt eine rote Kerze und stellt sie
hinter uns auf den Boden. Beide Jungs kriechen wie
schnurrende Kater unter uns. Ali stimuliert sich rasch
in unserem Rhythmus mit, Kadras ist mit seinen
Lippen an meinen Füßen. Mit der Zungenspitze

umleckt er meine Zehen. Ich denke an Ringo, meinen Hund.

Es kommt mir ganz plötzlich, wie ein Schlag ins Genick, es knackt etwas in meinen Halswirbeln, meine Beine zittern, der Schweiß rinnt mir in Bächen vom Rücken und tropft auf den leckenden Kadras.

"Toe, Toe," jammere ich still und bin froh, daß die aufstöhnende Briella es nicht hört. Sie fließt über mir aus, tropft den beiden Jungen ins Gesicht. Ali schluckt und kommt mit einem lang gezogenen Zischlaut. Briella stellt ihre Fußsohlen auf meine Hüften. Sie zittert im Arsch, sie ist noch im Kommen, da hebt Kadras seine Hand von unten und schiebt sie sanft und bestimmt an meinem Schwanz vorbei in ihre Schamlippen.

Briella schreit, stöhnt und seufzt in einem. Ich muß sie ablegen auf die Körper von Ali und Kadras. Sie zittert am ganzen Körper und atmet sehr tief. Ich hocke an ihrem Kopf, dicht an den Gesichtern von Ali und Kadras und schaue ihr ins Gesicht.

"Gut," atmet sie, weil sie meine unsichere Anspannung fühlt mit Kadras Hand an meinem Schwanz in ihr drin, und ich verstehe. Alis schlanke Finger umspannen mein nicht mehr ganz steifes Glied, ziehen es aus ihren prallen Schamlippen hervor und pressen den letzten Tropfen heraus, sich in den geöffneten Mund. Ich schaue ihm dabei zu, wie er das macht. Er macht das nicht zum ersten Mal, sicher trinkt er sonst Kadras' Saft.

Wir bleiben alle auf einem Haufen liegen wie Hunde am Mutterbauch, satt und voll von Zitzensättigung.

Das Fenster ist offen.

Ich genieße den kühlenden Nachtwind. Unsere Glieder sind nicht zu schwer füreinander. Keiner regt sich.

Am anderen Morgen sind Kadras und Ali offenbar lange vor uns aufgestanden. Ich höre sie laut duschen. Briella redet leise mit geschlossenen Augen an meinem Ohr:

"Wenn Du in mir bist, kommen mir Gedanken, Toe und alle Deine Jungs und Deine Frauen und Deine Mutter sind zusammen mit Dir in meinen Bauch, wenn ich sie reinlasse, geht es gut, wenn ich sie draußen lassen will, werde ich hart." Sie streichelt mir nachdenklich mit dem Finger über Augenbrauen und Nase.

Ich denke noch lange darüber nach, wen ich wohl alles mit mir teilen mag?

Wir gehen zusammen in den Hof zum Brunnen, wo Ali und Kadras stehen und sich mit Eimern übergießen. Beide haben Badehosen an. Es ist Tag, Mohammed darf jetzt nichts mehr sehen. Sie drehen sich anständig weg, als Briella nackt duscht.

"Wann fahrt Ihr denn?" fragt Kadras. Ich antworte:

"Wir frühstücken noch bei Euch"

"Ich habe *Fteier* geholt," sagt Ali und hält uns einen Stapel Öl triefender Fettfladen in Zeitungspapier entgegen.

"Geil!" sage ich.

"Du bist die erste Frau, die ich ganz nackt gesehen habe," sagt Ali feierlich und überreicht ihr mit knabenhafter Scheu einen Jasminzweig.

"Kadras war schon oft im *quartier de femmes*, er hat schon viele Frauen ...," ihm fehlt das passende Wort.

"Gevögelt," hilft Briella in Arabisch aus; auch hier der Vogel als Wortspiel für die Lust.

"Bei uns sind Frauen viel größer," meint Kadras und macht eine große Geste mit den Armen.

"Eine Frau ist eben ein gutes Bett," doziert er arabisch. Ich sage:

"Ein großes Bett kannst Du nicht hochheben."

Wir lachen alle. Ali gibt uns noch ein Paket frisches Fladenbrot mit für unterwegs.

Wir winken die Serpentinenkurve hinunter den beiden nach. Sie stehen Schulter an Schulter.

"Was wird Ali wohl machen, wenn sein Kadras eine dicke Frau hat?" fragt Briella nach-denklich.

Wir fahren zurück nach Mahdia und wissen nicht, wo Toe abgeblieben ist.

"Warum warst Du anfangs so zurückhaltend mit den Zweien im Chalet Vert?" fragt sie im Auto. Ich denke nach, und fühle noch mal zurück an den Beginn des Abends, als wir gewartet hatten. Nein, es hatte wenig mit Toe zu tun. Da ist ein anderes Gefühl, an das ich nur schwer herankommen kann.

"Vielleicht wollte ich Dir gegenüber nicht als polygam gelten, weil man von Schwulen doch ständig sagt, daß sie nicht treu sein könnten."

"Und, bist Du polygam?" fragt sie provozierend. Ich kann das nicht beantworten. Auf eine Art ist die Sexualität zwischen oder mit Männern anders als die mit Frauen. Wobei ich denke, daß viele Männer Frauen eben zu diesem geilen Männerspiel mißbrauchen, ohne es zu wissen.

"Die zwei waren einfach süß," stellt Briella fest. Wir fahren schweigsam nach Hause.

Ein schweres Gefühl machen mir die Fragen der Dorfbewohner nach Toe, mit Nein beantworten zu müssen. Die ihn kennen, machen ein höfliches Gesicht. Ich sammle die Schafe vom Friedhof, wo sie zum Weiden waren. Der Nachbarjunge, der die Schafe hütete, versteckt den Liebesroman sofort unter seinem Hemd und rennt hinter die Friedhofsmauer.

Briella ist mit den Antibabypillen zur Nachbarin gegangen, um ihr die Empfängnisverhütung beizubringen.

Obwohl wir nur einen Tag weg waren, gibt es viel zu tun. Wir sind ein kleiner Bauernhof. Der Futterklee auf dem Feld muß gewässert werden. Ich stehe dort am Brunnen bis zur Nacht. Die Kuh frißt jeden Tag ein kleines Feldquadrat voll Klee, welches täglich drei Eimer Wasser braucht.

Was ist, wenn Toe überhaupt nicht kommt? Es war kein Telegramm da, als wir ankamen. Es gibt so viele dumme Unfälle! Ich denke nicht weiter daran, ich erinnere mich lieber an schöne Erlebnisse mit ihm, die ich nicht missen möchte im Leben.

Im Benz bringe ich den grün geschnittenen Klee vom Feld heim, Briella kocht Hirsebrei mit Feigen und frischem Käse, weil wir so viel saure Milch heute haben. Es ist eine klare Nacht mit halben Mond. Wir haben das Bett im Hof gemacht. Der Steinboden ist vom Waschen und Wässern feucht und angenehm kühl.

Am Abend liegen wir nebeneinander am Boden, Ringo hat seinen Hunderücken angekuschelt, und wir schauen in den hellen Nachthimmel. Wir vermeiden beide, über Toe zu sprechen. Krähen überfliegen krächzend das Hausdach. Es klingt spöttisch. Ich schaue ihrer Formation nach. Es sind drei Krähen, die südwärts fliegen.

"Siehst Du die drei Krähen?" frage ich Briella.

"Hmm" macht sie und zieht mit ausgestrecktem Arm und Zeigefinger ihre Flugbahn in der Luft nach. Plötzlich steht jemand auf dem Hausdach. Er schaut herunter auf uns. Dann schüttelt er seine Haare und hüstelt, und daran erkenne ich ihn.

"Toe!" schreie ich und springe auf. Er kommt die Leitersprossen vom Dach herunter auf den Vorbau, und ich die Leiter zum Vorbau hinauf. Wir liegen uns in halber Höhe in den Armen. Die schwache Leiter ächzt, Briella kommt ebenfalls hoch, die Tauben sind flatternd abgehauen und sitzen nun auf der Sonnenuhr gegenüber. Briella nimmt uns auf dem schmalen Dachvorsprung beide fest in den Arm und sagt zu Toe:

"Hallo, Du Ausreißer, wir haben gestern auf Dich gewartet - aber jetzt bist Du ja da."

Wir klettern runter. Ich mache die Lampen an, Briella kocht Tee

"Ich habe den Anschlußflug von Mailand nicht bekommen, und bin dann mit einer anderen Maschine heute vormittag gelandet. Ein Glücksfall, daß es noch eine Maschine gab. Und mit dem Zug war ich bis eben unterwegs. Die Fahrt mit dem Zug hat länger gedauert als die ganzen Flüge."

Toe balgt mit Ringo herum, der ihn anspringt und sich ihm vor die Füße wirft.

"Willst Du was essen?" fragt Briella.

Toe schüttelt den Kopf:

"Nein, ich habe in Sfax vorhin gegessen auf dem Bahnhof, ich will duschen."

Wir räumen das Bett weg und ziehen Toe gemeinsam aus, die Hosen runter und die Socken aus. Ich hole Wasser mit dem Eimer aus dem Brunnen hoch und wir übergießen ihn mit reichlich Wasser, er prustet und lacht. Briella seift ihn ein, auch zwischen den Beinen. Toe kreischt wie ein Mädchen und lacht hell auf.

Der halbe Mond scheint in den Hof. Der Nachbar fragt über die Mauer, was bei uns los sei.

"Toe ist da!" ruft Briella zurück.

"Alles Gute für ihn, und für Euch" ruft der Nachbar zurück.

"Es hört sich an, als ob das jetzt von Dach zu Dach gerufen wird," sagt Toe. Wahrscheinlich hat recht damit.

Wir bleiben so zusammen stehen, der schaumtriefende Toe in der Mitte. Briella hat kurz entschlossen seinen langen, fickbereiten Schwanz sich reingesteckt. Er stöhnt nur immerzu leise vor sich hin:

"Ach, ach." Ich stehe hinter ihm und massiere ihm den Anus weich. Er will mich abwehren und doch auch nicht, doch es geht ganz leicht. Sein Arsch ist durch seinen ersten Orgasmus, den er gleich beim Eindringen in Briella hatte, offen, es gibt keine Abwehr und ich dringe leicht ein. Er ist überrascht, denn er war immer der Ansicht, daß sein Arschloch zu klein sei.

Briella hebt ein Bein um seine Hüfte, steht ganz still und sagt zu mir:

"Ich spüre Dein Stoßen in seinem Penis in mir, es klopft an."

Ich komme ziemlich sofort. Endlich sind wir zu dritt, ganz ineinander drin, wir bleiben noch lange so stehen.

Die Krähen ziehen noch mal krächzend übers Haus. Die beiden Tauben fliegen ihnen entgegen, ihr Revier zu verteidigen. Toe seufzt und hängt schwer an uns. Wir legen ihn zwischen uns auf den Boden. Ich breite die Felle aus und er ist fast sofort eingeschlafen. Mit beiden Armen hält er uns fest, unsere Beine sind ineinander verschränkt. Ringos Nase steckt zwischen seinem und meinem Bauch.

Toe schläft noch mit der Nickelbrille auf der Nase, nackt zwischen uns ein. Briella und ich bleiben noch wach, unsere Finger spielen Fangen auf seiner Haut.

"Bist Du gerade glücklich?" fragt sie.

"Ja," antworte ich. Wir verstecken unsere Finger in seinem Haar, und mit der anderen Hand spiele ich mit seinem weichen, trunkenen Schwanz.

"Diese Eichel wäre womöglich ewig hinter ihrer Vorhaut geblieben," sage ich und drehe seinen Penis in das Mondlicht. So zeige ich ihr Zentimeter für Zentimeter den Körper von Toe. Sie versteht, daß es eine Art von Übereignung ist. Er schläft so erschöpft, daß er sein Bein auf meine Schulter hoch nehmen läßt, und ich seinen Anus öffnen kann. Im Schlaf ging das schon immer gut. Nur im Wachen kneift er ihn zusammen.

Sein Schwanz wird steif durch unser Spielen, ohne daß er aufwacht.

"Setz Dich doch drauf," sagt sie zu mir und hält seinen Penis an der Wurzel fest. Ich bin unsicher, mache es aber doch, mit einem etwas peinlichen Gefühl. Es ist als wenn die Mutter zuschaut und sagt: ‚Da ist Dreck unter Deinen Fingernägeln'.

Ich hocke mich über ihn. Briella vereinigt seinen Schwanz mit meinem Arsch. Danach legt sie sich an seinen Kopf und schaut mir von unter in die Augen, wie ich meinen Geliebten vögle. Meine Haare fallen ins Gesicht. Trotz Nachtkühle schwitze ich. Toe schläft weiter. Es ist, als ob er träumt. Briella summt ihm die Melodie von, >Schlafe, mein Prinzchen, schlaf ein< ins Ohr. Es ist gut, daß er schläft, so kann ich mich ganz gehen lassen. Mein Stöhnen und Atmen wird heftiger, Toe beginnt mitzuarbeiten, vielleicht ist er auch wach geworden und zeigt es nur nicht. Ich bekomme Gänsehaut auf dem Rücken. Ich spüre das, als ob ein großer Vogel darüber flöge.

Jetzt erst lasse ich Briellas Gegenwart wirklich zu. Mein Penis ist langsam wieder steif geworden. Ich fühle seinen harten Schwanz gegen meine Prostata drücken und fühle mich ganz kleinkindlich. Ich sehe auch ihr Gesicht, in der mondhellen Nacht, neben seinem scheinbar schlafendem Kopf liegen. Ich bin in beide verliebt: Den Prinzen, der wie Dornröschen schläft und geweckt wird, und die Prinzessin, die ihn durch mich verführt.

Er schlägt die Augen auf, als ich komme. Ich spritze und zucke auf seinem Bauch. Es fliegt auch weißer Same in seinen offenen Mund. Er wird wild unter mir, wie ein durchgehender Gaul.

"Sau, Du geile Sau, Du!" murmelt er strahlend und beglückt und kommt in mir, indem er sich auf den Fersen aufbäumt.

"Ok," ächze ich, "Fick mich kaputt." Toe wirft mich auf den Rücken, stößt noch einmal zu und brüllt dazu unartikulierte Laute.

Briella streichelt meinen Kopf. Ich weiß nicht genau, was dann kam. Ich bin wohl eingeschlafen, noch mit ihm drin. Jedenfalls werde ich nach einiger Zeit wach und fühle wie mein Darm pulsiert. Die Bauchdecke ist wie Wackelpudding. Ich höre Tierstimmen und Singen und fühle das Streicheln von Briellas Fingern im Gesicht.

Sie weint. Ich weiß nicht warum. Ringo hat sich wieder neben mich gelegt.

"Geh nicht weg," höre ich mich murmeln und weiß nicht, zu wem ich das sage. Ich fühle die Hitze in mir, wie die Sonnenhitze heute Mittag. Toe's großer Körper liegt schwer und schlafend auf mir, sein Glied steckt noch immer in mir drin. Da fühle ich langsam, Millimeter für Millimeter, wie mein Darm ihn hinausschiebt. Dabei habe ich ein Abschiedsgefühl, eigentlich will ich ihn noch nicht rauslassen.. Naß flutscht sein Schwanz aus meinem Anus, der noch offen bleibt. Briella flüstert nah an meinem Ohr:

"Ich habe Dein Gefühl zum ersten Mal in Deinem Gesicht gesehen." Erst jetzt bemerke ich, daß sie eine Petroleumlampe direkt neben uns gestellt hatte.

"Deine Augen werden grün, wenn Du glücklich bist, wußtest Du das?" fragt sie. Ich wußte es nicht. Jetzt sehe ich sie an. Ich sehe ihre Brüste, ihr blondes Haar über ihren Körper fließen. Sie hat sich die Haare geöffnet und legt sich hinter Toe, den wir wieder in die Mitte nehmen. Sie umschlingt ihn und mich, mütterlich. Ich finde Madonnenbilder aus dem Kloster Maulbronn in meiner Erinnerung wieder, eine schwarze Madonna, die ihr Kind umschlungen hält. Wir haben beide zusammen ein Kind, ihn!

"Schwarze Madonna," murmle ich. Sie sagt nichts, das Mondlicht ist längst über den Hof gewandert, die scharfe Schattenkante schließt gerade   mit der Hauswand ab.

Ich bleibe noch den ganzen Morgen liegen. Die Türen sind offen, und ich schaue den beiden zu. Toe läuft wie immer nackt und mit Nickelbrille herum. Briella trägt ein braunes Baumwolltuch mit Fransen, ihre Brust ist frei.

Ich döse am Boden auf den Fellen, noch mit dem Geruch der Nacht darin. Es riecht nach Samen, nach Toe und nach Schweiß. Ich will heute nicht aufstehen im fahlen Frühmorgen. Das Gelb der Morgensonne ist noch nicht übers Dach gekommen. Ich will Zeit haben, frei für mein Gefühl sein, das ich, mit nacktem Bauch ins Schaffell gekuschelt, genieße. An meinem Bauch spüre ich mein festes Geschlecht. Ich will jetzt nichts machen müssen, nur still sein und den Geräuschen zuhören, die ich kenne und dem Geschnatter der beiden, die in Küche, Hof und Garten barfuß herumgehen.

Toe bürstet seine langen Locken. Die Spitzen sind verfilzt von der langen Reise. Er ist ungeduldig. Briella kämmt ihm die Haarenden aus, deren Spitzen bis in seine Arschritze reichen. Toe dreht sich stolz hin und her, um auf seine Arschbacken zu schauen. Ringo steht vor ihm und schnuppert an seiner Schwanzspitze. Toe läßt es zu. Ringo leckt ganz vorsichtig und ist nachdenklich, mit hundephilosophischem Blick, und beobachtet genau jede Regung von Toe, der sich abwendet und in den Hühnerstall geht. Ringo darf nicht mit rein, er kann sich nicht beherrschen die Hühnereier zu verschlingen.

Toe kommt mit fünf Eiern zurück

"Frisch gelegt," sagt er und hält mir die Eier hin, "Wie willst Du sie essen, hart oder weich?"

"Du weißt doch," antworte ich, "Halbhart wie immer, vier Minuten." Ich fasse seinen festen Penis an, der gerade vor meinem Gesicht steht und drücke den Schwellkörper zärtlich.

"Nicht so hart wie Dein Lustlümmel jetzt, " sage ich und wir lächeln beide in den Mundwinkeln.

"Meine Brust drückst Du nie morgens!" ruft Briella aus der Hofecke, wo sie an der *Tabuna* steht und Feuer anmacht. Sie reckt sich und streichelt demonstrativ ihre Brust und sagt:

"Dabei mag sie das so gern."

Toe steht auf, mit den Eiern in der Hand, nackt und mit steifem Schwanz stellt er sich zu ihr, die mit einem geflochtenem Wedel hohe Flammenlohen aus der Tabunaöffnung fächert.

"Was machst du da?" fragt Toe.

"Brot backen, siehst Du doch." antwortet Briella.

"Aha," macht Toe und küßt sie auf die Brust.

Sie fächert mit dem Feuerwedel spielerisch seinen Schwanz an und grinst ihm zu:

"Steh hier nicht so rum!"

"Ich gehe die Eier kochen," lacht er. Ich schlummere darüber ein. Ihr albernes Spiel macht mich innerlich zärtlich für sie und für ihn. Später höre ich Gekichere und die Kommandotöne Briellas aus dem Garten, offenbar melken sie die Kuh.

"Los, stell dich nicht so an!" höre ich, "Es ist auch nicht anders als einen Schwanz zu massieren."

"Bei mir kommt aber nichts raus!"

"Ja, weil du die Zitzenspitze nicht ausdrückst."

"Wie?" Toe's Stimme ist schülerhaft naiv.

"So eben!" Und Toe quietscht heftig auf und muß sich hustend räuspern, wie immer, wenn sein Gefühl hochkommt. Ich denke sie hat ihm seinen Schwanz gemolken, um es ihm zu zeigen.

"Na siehst Du, fließt doch!" sagt sie und ich höre Milchstrahlen in den Eimer klingen.

Ich denke wieder an Würm, an mein Zuhause, an meine Kindheit mit vielen Menschen. Ich liege wieder in ihrer Mitte und fühle mich wohl. Der Geruch des Feuers steigt in meine Nase, weht vorbei und macht anderen Gerüchen Platz, von Stall, von Kuh und Hühnermist.

Ich muß eingeschlafen sein, denn als sie mich wecken, ist das Frühstück schon fertig auf einem runden Holztisch am Boden angerichtet im Hof. Toe hat eine blauweiß gestreifte *Jubba* an und frühstückt schon. Fladenbrot mit Butter, Sardellen aus der Fabrik nebenan, selbstgemachte Pickels mit Tomatenmus und Peperonis aus dem Garten.

"Ich komme," sage ich und mit drei Schritten setze ich mich zu ihnen an den Tisch im Hofschatten auf den Steinplattenboden.

"Ihr habt nie richtig auf meine Briefe geantwortet," sagt Toe kauend. Ich weiß nicht genau, was ich antworten soll.

"Habt Ihr denn alle Briefe bekommen?" fragt er. Briella antwortet:

"Wenn Du hier im Hof sitzt unter glühend heißer Sonne, ist das mit dem Briefeschreiben so eine Sache."

"Hmm," macht Toe und schaut die helle Wand hoch, auf die ich eine Sonnenuhr gemalt habe mit dem Dachsims als Schattenzeiger, "Berlin ist eben schon sehr dunkel."

Neben ihm liegt ein riesiger, runder Tonkrug, auf den er sich mit dem Ellbogen abstützt. Er klopft mit dem Fuß an die Krugwand.

"Was'n da drin?"

"Korn von unserem Feld." Er beugt sich runter und öffnet den Handteller großen Korkdeckel; gelbes Korn rinnt heraus auf den Boden.

"Das hast Du alles von unserem Feld geerntet?" fragt er anerkennend.

"Und selber gedroschen," ergänze ich, "Dort an der Wand hängt der Schwengel." Toe steht auf und nimmt den harten Hartholzprügel in die Hand und sagt:

"Saubere Arbeit, von Hand!" und hängt ihn wieder weg.

"Heute abend gehen wir auf die Jagd," fällt mir da ein, habe ich mit Habib schon abgemacht." sage ich.

"Oh Gott," stöhnt Toe, "So weit Laufen." Er kennt die Jagdausflüge mit Habib als sehr lange Tageswanderungen.

"Diesmal fahren wir mit der *Scharete*, dem Eselkarren von Ibrahim," beruhige ich ihn, "Und außer dem geht's auf Entenjagd, da wird es keine große Lauferei geben."

"Ich komme auch mit," sagt Briella.

"Ach Du Scheiße!" ist Toe's Kommentar. Ich verstehe nicht, wieso er das sagt. Es macht mich ärgerlich.

"Wenn ich vor Dir eine Ente schieße, darf ich Dir in den Hintern treten, ok?" sagt Briella schlagfertig und die Gefühlsdelle ist wieder verschwunden, weil Toe lacht und sagt:

"In Ordnung, Frau."

Den ganzen Tag über mache ich nichts Besonderes. Ich schaue den beiden zu. Mit den Augen genieße ich ihre Körper, die Adern auf seinem Arm, die Stirn von Briella, ihren Gang, wenn sie die Garnfäden des neuen Teppichrahmens abschreitet. Ich beobachte die Sprache ihrer Körper. Ich deute nichts, lasse es einfach geschehen. Manchmal mache ich ein Foto, wie Toe's Arsch über seinen Füßen sitzt, die hängenden Eier, die Hornhaut an den Füßen, den geflochtenen Rohrteppich und die Ledersandalen aus Indien.

"Machst Du ein Sexfotobuch?" fragt er und gefällt sich in der Rolle des Männermodells.

"Natürlich hast Du den Größten," sage ich, "Wer sonst" und fotografiere ihn mit dem Teleobjektiv vom Dach.

Am frühen Abend kommt Ibrahim ratternd mit seinem Eselkarren vorgefahren. Sein Esel hat nur noch ein Auge, weil der sehr schlecht zielende Ibrahim vor Jahren, auf der Jagd, statt eines Hasen seinen Esel getroffen hat.

"Seid Ihr fertig?" ruft er von draußen und klopft mit dem eisernen Handklopfer lautstark an die Tür.

Wir nehmen Platz auf der schrägen Ladefläche seines Karrens. Ringo muß hier bleiben, weil er keine Ruhe gibt nachts und die Enten eher warnt als sie zu apportieren und sich nicht mit der Jagdhündin von Habib verträgt, die immer dabei ist. Er muß ständig mit ihr rummachen und das verrät die auf der Lauer liegenden Jäger.

Habib wartet mit den Flinten vor der Moschee auf uns. Da warten noch andere Jäger mit ihren Karren. Es ist eine illustre Gesellschaft älterer Herren mit verwegenen Hüten auf dem Kopf. Habib wirft die

Vorderladerflinten auf den Karren, auch die meine, die ich mit viel Genehmigungspapieren vor Jahren aus meinem Elternhaus mitgebracht hatte. Die geflochtenen Jagdtaschen, die Pulverbüchsen, Wolldecken für die Nacht und Strohmatten als Unterlage.

Der einzige junge Mann außer Toe ist Habibs jüngster Bruder, Fathei. Er setzt sich zu uns auf die Pritsche.

Das angeregte Männergeschwätz ist sofort erstorben, als die Jäger Briella erblickten. Sie hat keine Hosen an, sondern einen Wickelrock, den sie hochrafft und eine Lederjacke mit Fransen und hohen Stiefeln. ‚Wie Joan Baez‘, denke ich, und mir fällt der Song >For ever young< ein.

Wir fahren los, die Hunde rennen hinterher. Den Herren hat es die Sprache verschlagen. Sicher ist sie die erste Frau, die sie zur Jagd, und dann noch über Nacht, mitnehmen.

Die Fahrt geht unter hohen Bäumen im schrägen Abendschatten dahin. Staub liegt in der Luft. Wir trinken unterwegs kühles Wasser aus Tonkrügen, die außen naß werden und daher kühl halten. Briella nimmt dem alten Ibrahim die Zügel aus der Hand und treibt den Esel geschickt an und überholt die anderen Wagen mit engen Kurven unter den Bäumen und vermeidet Schlaglöcher. Die Kommentare der Herren branden auf. Ich verstehe nicht alles, aber der Tenor ist: 'Frauen, die pfeifen und Hühner die krähen ....‘

Wir haben gut eine Stunde Fahrt, während der ich Briella erzähle, daß im Mittelalter, noch vor Beni Hilals Rückzug vor den Spaniern, die Küstenstraße voll mit

Bäumen war, von Casablanca bis Kairo, überall Brunnen waren und Rasthäuser. Beni Hilal aber ließ die Bäume fällen, die Brunnen vergiften und Salz auf die Felder streuen, um seinen Verfolgern den Weg zu erschweren, auf seinem Rückzug.

Abends erreichen die Karren ein großes Gutshaus am See.

"Wir gehen zum See und machen unsere Deckung" ruft Habib. "Danach kommen wir zum Abendessen zurück."

Wir gehen ans Wasser und jede Gruppe sucht sich eine Erdmulde. Briella ist mit Fatei zusammen und ich mit Toe, Habib mit Ibrahim. Wir stecken Zweige zur Deckung an den Rand und legen die mitgebrachten Strohmatten in den Mulden aus. Danach beginnen wir mit dem Testschiessen. Habib hat die Bleikugeln für uns gegossen und überreicht jedem von uns ein Säckchen.

"Ihr habt immer noch kein Füllhorn, Ihr müßt das mit der Hand machen" sagt er zu Briella und gibt ihr die Pulverbüchse und ein Büschel Werk aus Hanf zum Feststopfen des Pulvers und des Schrotes.

Wir stopfen die Flinten. Zuerst eine Menge Pulver in den gereinigten Lauf, den wir mit einem Stock ausgeputzt haben und danach ein ebenfalls kleines Knäuel Werk, das festgestopft wird, danach die Bleikugeln und darüber einen dickeren Teil Werk, das ebenfalls mit dem Ladestock festgeklopft wird. Anschließend kommt ein Zündhütchen auf den Dorn unter dem angespannten Hahn und die Flinte ist schußbereit.

Habib lädt Briellas erste Füllung schwach. Sie muß den Kolben der Flinte fest an die Schulter pressen, denn der Rückschlag eines Vorderladers ist stark. Briella hebt die Flinte und drückt ab.

Peng!

"Sie schießt wie ein Profi!" tönt Ibrahim und fuchtelt mit seiner sehr alten, vorne abgebrochenen Flinte herum. Danach lädt sie selber nach. Auch dieser Schuß geht gut. Sie hat hoch in der Luft aus einem Schwarm vorbeifliegender Vögel zufällig zwei davon im Flug getroffen. Die Herren sind des Lobes voll. Jeder betrachtet die toten Vögelchen wie ein Wunder, Spatzen, wovon es sowieso zu viele gibt.

"Sie hat sie getroffen - mit einem Schuß - und im Vorbeiflug - und im Gegenlicht - und ganz genau getroffen -" ist der allgemein lobende Tenor der Herren.

"Du wirst Anlaß zum besten Jägerlatein für die nächsten Jahre werden." sage ich zu Briella.

"Fatei trifft heute Nacht bestimmt nichts neben Briella" sagt Toe und lüpft den Donovanhut von dessen Kopf, den er von meinem Freund Amos vor einem Jahr geschenkt bekam. Fatei versteht die Worte nicht, aber er wird rot und verlegen.

Wir gehen Arm in Arm zu dritt, Briella in der Mitte, am Seeufer entlang zu dem Gutshaus.

"Raschilat hät asma!" schreit Ibrahim in den Hof des Hauses.

"Was heißt das?" will Briella wissen.

"Die Eheleute zu dritt kommen, Achtung!" übersetze ich ihr und daß im Arabischen der Paarbegriff durch die Endung 'at' zu einem Dreiheitsbegriff erweitert werden kann.

"Wie das Konkubinat," sagt Toe und lacht.

"Stimmt, daher kommt das Wort ja auch." bestätige
ich Toe beim Betreten des Hofes.

Überall stehen Öllampen auf dem Boden. Eine
große, einen Meter durchmessende Holzschüssel steht
auf geflochtenen Matten und daneben Wasserkrüge.
Wir setzen uns alle darum herum. Gekochte
Kichererbsen und getrocknete Saubohnen sind in der
Schüssel, sie werden zu Salzfrüchten gegessen, die in
einem Glas herumgereicht werden. Wir essen mit den
Händen.

Briella hat sich zu den Frauen gesetzt, die noch nicht
essen. Die Frauen in ihren rotbunten Wickeltüchern
und weißen Kopftüchern kichern und streichen Briella
über ihr blondes Haar.

"Du hast noch keine hennaroten Haare!" rufe ich zu
ihr hinüber, wie ich sie so blond zwischen den ganzen
Rotschöpfen sitzen sehe. Ein Mann kommt mit einem
Tambourin und spielt, eine Wasserpfeife wird in die
Mitte gesetzt. Die zwei Spatzen werden als Trophäen
herumgereicht.

"Sie hat zwei Spatzen auf einmal getroffen, weil sie
zwei Männer hat." werfe ich in die Runde und ernte
wissendes Kopfnicken, keiner jokt, jeder muß
nachdenken.

"Kann Sie denn schon so viel Arabisch?" fragt Toe,
der sie immerfort beobachtet.

"Ach," sage ich, "Nicht so viel wie Sie möchte, aber
Sie überholt mich täglich."

"Bei Gadafi dürfen Frauen auch schießen," sagt
Habib zu uns. Es ist wohl die moralische Ehrenrettung
der Männer nötig für den Fall, daß Briella heute nacht
eine Ente treffen sollte. Später legen wir uns zum
Schlafen in den Hof. Alle liegen unter dünnen Tüchern

auf der blankgefegten Erde. Wir als Gäste mit einem Kopfkissen untergeschlagen und schauen in die Sterne. Die Hühner, Schafe und Enten, der Esel, der Hund und drei Katzen, sind alle mit uns zusammen im Hof. Die Frauen schlafen nicht mit draußen, das wäre zu unschicklich, nur Briella liegt dort in unserer Mitte, als Jägerin schickt sich das eben.

Habib weckt uns gegen Mitternacht. Wir sollen schon losgehen, denn um vier Uhr beginnt die Dämmerung, da müssen wir alle schußbereit in unseren Erdlöchern liegen. Habib zieht sich beinhohe Gummistiefel an, die ich ihm aus Deutschland mitgebracht hatte. Er will in den flachen See hinein waten und dort auf einem kleinen Schilfponton Platz nehmen. Die Frauen gehen alle auf das Dach und rufen Briella aufmunternd nach.

Wir legen uns in unsere Kuhlen am See. Wir können die anderen Jäger nicht sehen, wir wissen auch nicht, ob noch ganz andere Jagdgesellschaften unterwegs sind und irgendwo auf der Lauer liegen.

"Hoffentlich können alle schießen und treffen nicht uns!" witzelt Toe. Ich habe ein schönes, fließendes Gefühl, so enggedrängt, Körper an Körper neben Toe. Wir wickeln uns in die Schafwolldecke mit braunen Mustern und küssen uns am Hals, an den Ohren, am Haaransatz und fummeln mit den Händen durch die Kleidung nach den Schwänzen und Eiern.

"Ich weiß nicht, ob der Märchenschreiber Hauff jemals so unter dem Himmel gelegen hat" sinniere ich.

"Wir dürfen nicht einschlafen," sagt Toe und nach kurzem Nachdenken setzt er hinzu:

"Ob Sie ihn jetzt vernascht?"

"Wen?" frage ich dümmlich.

"Na, ob sie Fatei jetzt auch so in die Hose langt?"

"Ich weiß nicht," sage ich und bin erstaunt, daß ich selber gar nicht auf solche Gedanken gekommen bin.

Ich muß wohl doch eingenickt sein, denn Toe weckt mich plötzlich:

"Da, da, da, ich sehe sie! Sie fickt ihn, ganz bestimmt, ich sehe alles!" Er ist ganz aufgeregt und deutet in der ersten Dämmerung auf einen kleinen Busch, wo ich partout nichts erkennen kann.

"Ich glaube, Ihr Erdloch war da drüben," sage ich ernüchternd und deute in die andere Richtung, "Da, mehr zum See hin; da drüben liegt doch Ibrahim."

Toe ist beleidigt und steht auf. Wie immer hantiert er nervös mit der Hose, um seinen wie üblich steifen Penis zum Pissen rauszuholen.

"Schiff leise Mann," empfehle ich ihm. Die erste Helle nimmt rasch zu. Ich lege das trocken gehaltene Pulver bereit und öffne den Kugelsack und stecke den Ladestock in die Erde. Wenn die ersten beiden Ladungen raus sind, dauert es sonst zu lange nachzuladen, und die Enten sind längst weg.

Toe zieht die Hose aus und steht im dünnen Hemd da, das im leichten Morgenwind flattert.

"Ich kann jetzt nicht pissen, Scheiße. Ich bleibe so, dann kann ich jederzeit, wenn ich muß." Sein Penis beult das Hemd deutlich aus.

"Du könntest schon jetzt, wenn Du nicht immer so blöde Sachen denken würdest; denke an die Enten."

"Ja!" sagt er eingeschnappt.

Plötzlich ein Rauschen, ein Flattern, ein bestimmter Ruf in der Luft, die Enten! Ein ganzer Schwarm kommt in tiefer Formation in einem eleganten Bogen auf den See zugeflogen.

Die ersten Schüsse krachen. Wir stehen nebeneinander und halten die Flinten hoch und Toe's Schwanz steht auch hoch. ‚Bei Aufregungen wie solchen verkriecht sich mein Penis eher', denke ich, für Toe ist Schießen wohl sehr erotisch.

Ich treffe oder wer auch immer trifft, das läßt sich bei so vielen Jägern hinterher gar nicht mehr ausmachen.

Ich erkenne in dem fahlen Gelb am Horizont jetzt auch Briella, sie steht breitbeinig da und schießt. Hell blinkt das Mündungsfeuer krachend aus dem Lauf und hinterläßt eine graue Pulverwolke in der Dämmerung. Ibrahim flucht lästerlich auf Französisch. Ich höre Vögel ins Wasser klatschen. Die Bleikugeln machen ein knatterndes Geräusch beim Einschlag in das Gefieder, die getroffenen Vögel segeln taumelnd zu Boden. Toe hantiert mit dem Ladestock und hat ihn vor Ärger, da er feststeckte, beinahe zerbrochen und gibt wie immer mir die Schuld. Ich suche und finde noch ein Ziel, vier Vögel im Tiefflug über der schwarzen Kante des Sees, dicht am Horizont. Ich treffe. Toe vergaß sein Zündhütchen, sein Schuß geht nicht los. Er wirft die Flinte krachend hin und schreit:

"Schrott, verdammter Schrott! Warum gibt es hier keine Patronenflinten?" Ich lache etwas und rufe Habibs Hund, der losläuft und die herabgefallenen Enten sucht und apportiert, allerdings zu Habib und nicht zu mir. Die Jäger gehen ihre Beute suchen, Habib kommt aus dem Wasser mit drei Enten am Gürtel. Briella hat zwei getroffen, aber sie will sie nicht tragen.

Toe erbietet sich. In dem Augenblick, als er sich bückt, tritt sie ihm voll in den Arsch, daß er hinfällt. Alle Männer lachen.

"Abgemacht ist abgemacht oder nicht?" sagt sie. Toe steht auf und murmelt auf Französisch:

"C' etait une bète, elle a ganier."

Auf dem Rückweg im Morgenlicht, das seine gelbrosa Farben ständig wechselt bis die Sonne ganz raus ist, hockt Briella auf dem Karren mit Toes Kopf im Schoß und krault ihm die Locken.

"Ich bin niemals wie Deine Mutter, verstehst Du?" sagt sie. Toe nickt zustimmend, dabei hat er seine Hände unter ihrem Wickelrock und stimuliert sie unauffällig zum Rütteln des Eselkarrens. Auf dem letzten Stück vor dem Dorf legt sie ihren Kopf auf meine Schulter und wir singen zusammen 'Hoch auf dem gelben Wagen

"Arschloch - Pisser - Schwätzer - Scheiße - Dummkopf - Besserwisser - Rechthaber - Ihr macht immer nur was ihr wollt - Geht nicht - Versager - Blöde Kuh - Du machst nur was er will ....., sag mal," fährt die schreibende Briella hoch, "Was sind denn sonst noch so alles die Mackerstatements von Toe?"

"Warum denn das?" frage ich.

"Ich lege eine Liste an und mache jetzt immer einen Strich, wenn er seine blöden Sprüche macht."

Ich finde die Idee gut.

Seine ewigen Ausfälle haben in der letzten Zeit so zugenommen, daß seine guten Launen eigentlich nur noch kurzfristig durch seinen Schwanz wieder hergestellt wurden. Zunehmend aber ist ein Ton von Ehrverletzung in seinen Sprüchen, und gestern meinte Briella beim Stallausmisten zu mir:

"Das verstehe ich nicht, daß er so redet, Ihr seid doch Freunde und nicht Feinde. Es macht mir ein schlechtes Gefühl, wenn ich das höre." Ich sage ihr, daß ich das gut verstehen kann und daß meine Erwiderungen von ihm nicht verstanden würden.

"Er will das nicht wahrhaben."

"Ach was, nicht nur nicht wahr haben," fährt Briella jetzt wirklich ärgerlich auf, "Er behauptet einfach, daß er das nie gesagt hätte, und daß das nur mein Problem sei; deshalb führe ich jetzt mal Buch darüber, und am Wochenende kriegt er die Rechnung." Sie zieht energisch Spalten in das Buch mit einem kleinen Lineal.

"Wir fahren heute zusammen das Kamel kaufen," erinnere ich sie. Wir wecken Toe, der nicht aufstehen will, sondern gekuschelt werden möchte.

"Wir können doch auch morgen fahren," brummelt er und gibt sich zärtlich.

"Kamelmarkt ist aber nun nur einmal in der Woche und das ist heute," sage ich und stehe vom Bett auf. Er ist ärgerlich: "Immer müßt ihr...," der Rest geht im Bett unter. Briella schreitet zum Notizbuch. Die Spalte 'Immer Ihr...' ist dran.

Ich schiebe den Autoanhänger aus dem Hof.

"Du schmeißt Dein ganzes Geld zum Fenster raus!" schreit Toe. Ich kupple ungerührt den Pritschenanhänger an den Benz.

Weil Toe noch seine Malsachen suchen muß, dauert es länger. Der Kamelmarkt ist früh morgens, wenn es noch kühl ist, und wir müssen noch dreißig Kilometer fahren bis nach El Djem.

Auf den morgendlichen Straßen tummelt sich das Dorfleben. Nachts schlafen Leute auf dem Straßenteer, weil der Boden eben ist, Getreide wird darauf getrocknet. Unwillig machen die Leute Platz, meine Pressluftfanfare hilft. Mütter reißen ihre Kinder vom Asphalt, Hühner stürzen sich kopflos im letzten Moment zurück unter die Räder zur anderen Seite. Ziegen sind unschlüssig. Schafe bleiben einfach stehen und Kühe wenden gelassen ihren Rist, an dessen Richtung ich erkenne wo sie hinwollen und ausweichen kann.

"Idioten!" faucht Toe und macht grimmige Fratzen aus dem Rückfenster, "Jedem Einzelnen eine Ohrfeige geben," giftet er ärgerlich, als würde er selber fahren. Ich habe meine weißen tunesischen Sachen an: Faltenhose, gestrickte Weste, *Jubba* und einen gelben Turban aus Mekkatuch und Kamellederschuhe.

"Wozu machst Du Dich so auf?" fragt Briella. Ich erkläre ihr, daß ein Händler seine Kunden an allem einschätzt, auch an seinem äußeren Erscheinungsbild, da es für nichts feste Preise gibt und Einheimische geringere Preise bezahlen als Fremde oder Touristen.

"Ich habe deshalb auch die alte, geflickte *Jubba* an und die Westenknöpfe sind ausgefranst, siehst Du?" Sie hatte es nicht bemerkt.

"Und die Kamelschuhe sind hinten eingetreten."

Das letzte Stück Weg, von der Küste weg, führt in die Wüste. El Djem war einst eine richtige Wüstenstadt der Römer. Heute ist es nur noch ein Marktflecken an einer Wegkreuzung. In römischer Zeit lebten hier 20 000 Leute, das Amphitheater war größer als das in Rom und ist noch zur Hälfte gut erhalten, und in dessen Schatten liegt der Kamelmarkt. Hunderte brauner und grauer Rücken, dazwischen Männer mit roten Mützen und grauen *Ganduren*.

Wir frühstücken im Stehen am Gemüsemarkt öltriefende *Fteier*, in deren Mitte ein rohes Ei geschlagen wurde mit Petersilie - zusammen mit heißem Tee und Minzblatt. Toe zieht sich mit Zeichenblock und Wasserflasche auf einen kleinen Balkon des einzigen Rasthauses zurück und will dort zeichnen, bis wir fertig sind.

"Du weißt, ich kann nicht gut handeln, macht Ihr das," entschuldigt er sich. Wir ziehen los. Briella in einem rot gestreiften Tuch mit gelben und braunen Fäden, das sie um den Kopf schlingt, ohne ihr Gesicht zu verschleiern. Ihr Wickeltuch ist heute schwarz und bestickt. Es dauert allein eine Stunde, die Tierreihen alle abzulaufen, obwohl ich ja nur ein Jungtier suche, das gerade abgestillt ist von der Mutter, da kommen nicht so viele in Betracht. Wir gehen Arm in Arm. Wir wissen nicht genau, wie alt so ein Tier sein darf. Mein altes Meyers Großlexikon hat trotz seiner zwanzig Bände nichts genaues darüber ausgesagt. Auch Habib war sich nicht sicher. Wir einigten uns auf neun Monate und einen Preis von ca. zweihundert Mark in Dinaren. Briella hat das Geld in ihr Tuch an der Taille gewickelt.

Wir finden ein junges Kamel, es frißt *Fassa*, grünen Klee, und mir wird versichert, unter Verweis auf die Backenzähne, daß es neun Monate alt sei und nicht mehr Muttermilch trinke. Der Handel dauert den Vormittag lang, mit Weggehen und Zurückkommen. Natürlich findet uns der Händler im Kaffee wieder und macht sein allerletztes Angebot zum hundertsten Mal.

Briella handelt ihn auch noch auf den letzten Dinar seiner Überforderung herunter, dafür muß ich ihm meine Taschenlampe, mit der ich dem Kamel ins Maul geleuchtet habe, schenken.

Das Kamel äugt mich an und läßt sich streicheln, sein Maul ist zartweich und rosa. Briella spielt mit den Fingern in den großen, behaarten Lippen des Tieres herum, was es gern hat, und sie sagt:

"Wie eine große feuchte Möse."

Über dem Platz hängen Staubwolken und Gerüche wie ein Teppich aus Geschrei und Musik mit dem Scharren und Grunzen der vielen Tiere.

Die Verladung auf den kleinen Anhänger beginnt. Das Tier bekommt die Knie gebunden und legt sich nach längerem Getröte und Blöken schließlich hin. Ich träume davon, daß es groß wird und sich allein auf mein leises Wort hin auf die Knie legt, damit ich aufsteigen und wie ein Beduine auf ihm reiten kann. Es war unter den Kameljungen das einzig weiße Tier, ein *Mehari.*

Ich muß langsam fahren, der Hänger ist mit dem Kamel überladen. Briella will ihm bei jeder Pause was zu saufen geben, aber es säuft nicht. Das Kamel hat den Hals gehoben bei der Fahrt und schließt die bewimperten Kamelaugen, der Fahrtwind gefällt ihm.

"Was willst Du bloß mit einem Kamel machen?" nörgelt Toe. Ich denke, daß er eifersüchtig ist, weil er nicht unsere ganze Aufmerksamkeit hat.

"Ich kann damit ackern, es braucht kein besonderes Futter, ich kann damit Wasser aus dem Brunnen ziehen für den Futterklee, ich kann ..." Toe unterbricht mich:

"Das Vieh braucht erst mal zehn Jahre, ehe es richtig ausgewachsen ist und alles gelernt hat."

"Drei Jahre," verbessert Briella. Wir wissen es alle nicht genau. Jedenfalls heißt es, daß ein Mann nur zwei Kamele in seinem Leben hat und er sie von klein auf an sich gewöhnen muß, sonst werden es nur Lasttiere, die nur widerwillig wie Esel gehorchen.

Die Leute an der Straße lachen und winken uns zu. Wir fahren im Dorf ein wie Gladiatoren, die Kinder rennen in einer langen Traube hinter uns her und johlen. Das Ausladen geht erstaunlich leicht. Ringo ist tief beeindruckt und duckt sich ganz klein unter das große Tier und schnüffelt irritiert an der Kamelscheiße. Das Jungtier ist im Stehen größer als ich, ich kann seinen Hals umfassen und der Kopf überragt mich um eine Elle. Es läßt sich bereitwillig an dem Strick um den Hals in den Nachbargarten führen, den ich extra angemietet habe für das Kamel und in dessen Mauer ich einen Durchbruch habe machen lassen. Toe findet meine gezimmerte Halbtür mit Bogen schlecht gezimmert, aber ich bin damit zufrieden, auch wenn sie etwas wackelt.

"Hier werden Türen manchmal nur mit einem Strick angebunden und das hält auch," sage ich entwaffnend.

Toe hängt seine großen Kreidezeichnungen, die er in El Djem gemacht hatte, an die Wand. Kamele in einem Meer von Kamelrücken. Briella und ich sind darin eine Art Philemon-und-Baucis-Paar in der Wüste, nebst einer Zeichnung von unserem kleinen Kamel im Anhänger.

Die Nacht rückt heran und Toe stellt seine Bedingungen für die heutige Nacht:

"Hier im Hof, aber die Sonnensegel müssen alle zu sein, und sie liegt unter Dir und ich liege auf Dir." Wir stimmen zu, Briella kennt die Stellung, 'Kamel mit zwei Höckern'.

Nach dem Essen wässere ich den Hof, damit Ameisen und Ungeziefer fortgespült werden und die Taubenscheiße und Hühnerkacke verschwindet. Briella kämmt die zusammengelegten Schaffelle mit der Kartätsche auf, damit die Haare wieder ganz flauschig sind.

Wir schauen jeder ständig nach dem kleinen Kamel. Es kaut an dem grünen Futter herum und säuft Wasser. Am liebsten steht es auf den Beinen und will sich nicht hinlegen.

Es ist windig in dieser Nacht, es weht ständig in den Glaszylinder der Petroleumlampe, die blakt und ausgeht. Ich stelle ein Windlicht auf, das ich selber konstruiert habe, nach einer Zeichnung aus dem Lexikon, das bleibt brennen.

Wir spielen lange aneinander herum, Toe scheint befangen, er kann vorgegebene Stellungen eigentlich nicht leiden, hat jetzt diese aber selber angeordnet. Ich bin längst schon mit Briella vereinigt und er zögert noch, mal ist die Höhe nicht richtig, mal tun ihm die Knie weh, mal blökt das Kamel. Wir warten nicht weiter auf ihn und das scheint ihm zu helfen, er drückt sich entschlossen in mich rein.

Anfangs ist alles unkoordiniert und ich fühle mich gespalten in meiner Aufmerksamkeit. Ich komme aus der Möse, verliere mein Gefühl, Briella hält mich fest, so daß alleine er arbeitet, das geht besser. Mein Schwanz wird wieder steif, die Lust kommt zögernd hoch. Meine windsichere Lampenkonstruktion löscht mit einem Plopp aus, das Sonnensegel knattert wie ein

Schiffssegel im Wind und zerrt knarrend an den Leinen.

Toe ist ganz selbstvergessen. Ich habe ihm die Brille abgenommen, 'vielleicht sieht er mich gar nicht', denke ich. ‚Vielleicht fühlt er gar keinen besonderen Unterschied‘, denke ich auch und weiß nicht, ob es mir paßt, daß er möglicherweise keinen von uns fühlt. Ich will gefühlt werden! Dabei habe ich Briella ganz vergessen. Es dauert einige Zeit, da schlägt, wie der Wind im harten Stoff, mein Gefühl um und mit den Anderen zusammen. Ich denke, 'jetzt hat er uns zusammen gefickt wie ein Holzhacker'. Das Bild von einer Schmiede mit Amboß und Hämmern kommt mir in den Sinn, ich sehe rote Lehmmauern. Toe greift fest mit seinen Fingern in meine Arschbacken und die Hüften, treibt sich und mich mit dumpfen Faustschlägen rhythmisch auf meine Arschbacken an, fast wütend, wie in einer Art heiligen Zorn, dem ich mich hingeben muß.

Nach einiger Zeit kann ich eigene, kleine Rhythmusänderungen machen. Ich streichle Briellas Gesicht mit den Händen. Der Talisman aus der Sahara, den ich Toe geschenkt hatte, baumelt mit seiner Spitze auf meinem Rücken. Ich habe das Gefühl, das sein Penis durch meinen Arsch in ihrer Scheide steckt. Ich fühle mich wohlig vollgestopft. 'Es paßt,‘ denke ich, obwohl mir bei manchen Stößen der Schweiß ausbricht und aus meiner Kehle unartikulierte Schreie brechen.

Briella hat sich ganz weich gemacht und ganz breit. Jetzt erst, als wir zusammenfinden, fängt sie an, sich auch selber zu bewegen und mit ihrem Körper zu antworten. Dabei sehe ich wieder das Bild vor mir, wie sie ihre Finger in das mümmelnde Maul des Kameles steckt. Stoß um Stoß werden wir eins, das Gefühl rinnt mir heiß die Harnröhre entlang. Ich denke an: 'Nach Hause kommen', als Kind, und ‚die Tür steht offen, es gibt etwas Warmes zu essen, jemand kocht Tee und freut sich, daß ich komme'. Mein Schwanz geht wie ein Kind durch ihre Tür ins Haus. Es ist unser Haus der Lust, das wir betreten. Wir werden nicht müde davon, auch wenn wir morgens vor Sonnenaufgang schnell noch mal die Lust anfachen werden und abrauschen lassen wie einen flüggen Vogel von der Hofmauer in den Wind geworfen.

Je mehr ich mich passiv mache, um so aktiver wird jetzt Briella, die unser beider Gewicht aushält.

"Ihr müßt zusammen kommen, ja?" stöhnt sie und "Macht das auch, wenn ich noch nicht so weit bin, es ist egal, verstanden?" Ich nicke und weiß nicht, ob auch er nickt, aber ich glaube es zu fühlen. Er wird härter in seinen Stößen, was mich abtörnt, es tut weh. Er findet einen Wechseltakt und es wird plötzlich wieder geil, es entsteht ein Aufschaukeln mit meinen Be-wegungen durch seine Stöße, die sie beantwortet.

‚Es muß wie ein Gespräch sein,' denke ich und lasse meinen Penis durch abwechselnde Kontraktion und Expression pulsierend anschwellen. Plötzlich ist es windstill im Hof oder ich empfinde das nur so, jedenfalls liegen wir alle drei für eine Weile ganz still ineinander. In uns zuckt es wie ein Tier, das auf den Absprung wartet, um abzusegeln wie ein Falter. Eine große, taumelnde Fledermaus verfängt sich in den gespannten Seilen des Sonnensegels, Briella macht einen leisen Kiekser, der wie ein Auslöser wirkt. In mir ist die Lustwelle schon hochgeschwappt, Gefühle wie

Wasser und heißes Blei, der Ruf hat das ausgelöst. Wir rammeln alle drei los und wir beiden Männer kommen auch gemeinsam. Toe läßt einen glatten, geraden Schrei frei. Die Fledermaus stürzt zu Boden, taumelt auf und hopst Flügel flatternd, haltlos mit ihren feinen Krallen über seinen Rücken. Er kreischt.

Briella krallt mich fest und keucht: "Ruhe!". Wir halten beide inne und sie kommt pfeifend und Luft ausstoßend wild heraus aus sich. Ich muß mich festhalten, um nicht aus ihr hinausgeschoben zu werden. Nach einem Moment des Zitterns schiebt sie uns raus und Toe und mich auf den Rücken und hockt sich auf die Füße, über meinen Bauch gekauert. Sie holt tief Luft, hebt sich etwas und preßt die Luft wieder durch die Nase aus. Sie stellt sich auf die Beine und läßt den Oberkörper nach vorne fallen, mit der linken Hand greift sie sich in ihre offene Scham und mit der rechten von rückwärts um ihr Gesäß.

Toe und ich hocken uns vor sie hin, Ringo kommt dazu und setzt sich mit ausgefahrenem Hundepenis dazu, bleibt aber auf Abstand. Im schwachen Nachtlicht sehe ich kaum ihr Gesicht, aber sie lacht und holt noch mal tief Luft, wobei sie sich aufrichtet und da erst kommt ihr wirklich befreiter Ton aus ihrer Kehle. Sie wirft sich rückwärts auf das Fellager, krallt dabei ihre Finger in unsere Haare und reißt unsere Körper zu sich auf Brust und Bauch herab. Sie stöhnt: "Au, Au, Au!" und es hört sich nicht an, als täte ihr was weh, eher wie ein kleines Mädchen, das auf sich aufmerksam macht.

Einige Atemzüge lang ist es ganz still. Dann blökt das Kamel leise in der Nacht nebenan im Garten.

Das Kamel hält uns täglich in Trab, denn es schreit unablässig. Durch sein Geschrei weckt es die Esel der Nachbarschaft auf, es ist ein ständiges Geschrei, was Ringo auch noch zum Bellen veranlaßt.

Wir kommen nicht dahinter, was dem Kamel fehlt, denn es frißt und säuft ständig. Habib und der *Muezzin* und die älteren Männer aus dem Dorf kommen nacheinander. Niemand kann 'Kamelisch', die Wenigsten haben noch selber Kamele und es stellt sich heraus, daß diese sie zumeist schon ausgewachsen in El Djem gekauft hatten. Kaum jemand zieht noch Kamele groß.

Daher fange ich an, Verdacht zu hegen, daß das Kamel vielleicht eben doch noch zu jung sein könnte, vor allem da es keine Verdauung hat und einen aufgedunsenen Bauch, weshalb es auch nicht liegen mag. Es gibt niemanden hier, der genau weiß, wie alt das Kamel sein könnte. Es stellt sich aber heraus, daß es sehr wahrscheinlich noch gesäugt werden müßte. So fangen wir an, dem armen Tier Babynahrung in Flaschenmilch einzutrichtern. Ich konstruiere Nuckel auf große Flaschen, aber es trinkt nicht und jammert nur. Das Blöken wird immer herzzerreißender.

Ich telefoniere von der Poststation mit dem einzigen Telefonapparat nach Deutschland und lasse mir per Expresskurier besonderes Tierbabynahrungspulver schicken.

Ein befreundeter Tierarzt klärt mich hinreichend auf: Kamele werden bis zum 15. Und 16. Monat gesäugt, dann haben sie eine dreimonatige Übergangszeit, in der es auch noch schwierig ist, sie abzusäugen und man kann Kamele nicht mit Flaschen aufziehen. Wenn sie andere Sachen fressen, gerät ihre Verdauung heillos durcheinander, weil sie noch keinen Laabmagen ausgebildet haben zum Wiederkäuen. Kamele haben sieben Mägen und können selbst Holz verdauen.

Ich gebe nicht sofort auf. Zuerst nehmen wir dem Tier das falsche Grünfutter weg und lassen ihm nur Wasser. Dann creme ich mir die Haut meines Unterarmes mit Vaseline ein und fahre mit der ganzen Hand bis zur Schulter in den Darm des Tieres und hole alles Unverdaute raus. Briella steht auf einem Stuhl und trichtert dem Kamel kleine Portionen Säuglingsnahrung ein. Drei Tage ringen wir so mit kleinen Aufs und Abs um seine Verdauung. Das Flüssigfutter vom Berliner Zoo trifft ein, aber wir sind inzwischen hoffnungslos, das kleine Kamel ist stündlich schwächer geworden, es kann nicht mehr stehen.

Wir sind alle sehr gedrückter Stimmung. Aus Schwäche macht es Pausen beim Tröten und verzweifelten Rufen nach der Mutter. Toe war mit dem Auto nach El Djem gefahren, den Verkäufer aufzusuchen - aber natürlich fand er ihn nicht. Habib belehrt mich, daß es zwecklos sei, das Tier weiter zu quälen. Auch er hat sich inzwischen umgehört. Kamele säugen keine fremden Kameljungen, was die Zucht oft schwierig macht. Das junge Kamel wird sterben.

"Man hat Dir ein Schlachttier verkauft und Dich belogen über das Alter. Das Tier ist kaum sechs Monate alt. Schlachte es, bevor es stirbt und verkaufe wenigstens das Fleisch," rät er.

Mein Gefühl ist erschüttert, Toe weint und macht mir Vorwürfe. Ich lasse mir erzählen, daß Kamele ohne

Mutter oft sterben müssen und es gut sein kann, daß der Händler beide verkauft hat, Mutter und Junges an verschiedene Käufer. El Djem sei nicht der Markt für Reittiere und einem Ungläubigen oder Touristen glaube man sowieso kein Wort, also dürfe man ihn auch betrügen.

Wir verfluchen die selbstgefällige Händlermentaltität und ich beschließe, das Kamel zu schlachten, nachdem ich eine Stunde mit ihm alleine im Garten gesessen habe und ihm alles erklärt habe: Daß ich mit ihm hatte leben und reiten wollen und ich kann ihm auch etwas von meinem Gefühl und meiner Trauer sagen und meiner Scheu, aber daß ich es jetzt nicht länger quälen könne, da es doch sterben werde, ich rede mit ihm wie mit einem Menschen.

Ich will keinen Schlachter holen. Ich will das nicht, ich mache das selber. Habib beantragt auf dem Gemeindebüro eine Fleischverkaufsgenehmigung für mich und erklärt mir, wie ich es machen muß. Briella sitzt auf dem Dach und macht ein kleines Feuer mit Rauch, Toe auf dem anderen Dach zeichnet alles. Ich setze mich auf den Hals des kleinen Kamels und umschlinge seinen langen Hals mit den Armen. Sein Kopf ist schwach und es legt ihn von alleine zurück auf meine Schulter. Ich sage ihm Adieu und fahre von vorne mit dem sehr scharfen Kameldolch unter seine Halsschlagader. Es ist als ob das Tier aufseufzt, das Blut quillt hellrot heraus in den schwarzen Erdboden des Gartens. Das Tier wird weich, als schliefe es ein. Gegen Ende des Blutflusses kommen einige Zuckungen, ich muß den Körper festhalten und spreche eine *Koransure* fürs Schlachten und die

Tierseele, die jetzt vielleicht endlich an einem kosmischen Euter saugen darf.

Ich habe das Gefühl, daß das kleine Kamel erlöst ist. Dann trenne ich den Kopf vom Hals und wir legen ihn in den Hof. Habib kommt mit dem Nachbarn und wir hängen das große Tier über dem Gartentorbalken auf, zum Öffnen des Körpers. Stunden später sitze ich hinter einem Tisch und verkaufe Kiloweise das delikate Kamelfleisch an die Dorfbewohner.

Jeder versteht, daß ich es nicht gerne tue. Auf dem Tischrand liegt die Erlaubniskarte für 'gläubigen' Fleischverkauf.

Ich denke darüber nach, was es bedeuten mag, daß mein Reitkamel sterben mußte. Mein Traum, auf einem eigenem Kamel in der Wüste zu reiten, ist wohl unpassend in dieser Zeit.

Gegen Abend gehen Briella, Toe und ich ans Meer zum Baden. Auf den Wellenkämmen schäumt das Meeresleuchten von Milliarden Leuchtwürmchen. Wir sprechen nichts, wir waschen uns schweigend in der noch sehr warmen Nacht im Meerwasser. Briella und Toe nehmen mich in die Mitte, während die Wellen leuchtend von Plankton an unsere Beine schaukeln.

Ich kann nichts sagen und bin froh, daß die beiden mich richtig fest drücken, so kann mein Weinen herauskommen und in die Brandung fließen. Wir stehen sehr lange so, fest an-einander gepreßt, ich hatte sehr lange nicht mehr richtig geweint. Es kommt dabei vieles mit heraus, seit dem Tod meines Vaters, mit dem ich vor über einem Jahr noch an eben diesem Strand gestanden hatte und es auch Meeresleuchten gab. Ich hatte ihn damals auch festgehalten und wir hatten übers Sterben gesprochen und über die Liebe.

Wir bleiben die Nacht auf meinem Kleefeld unter einem Schilfrohrdach. Bis zum Morgen liege ich eingekuschelt zwischen den beiden, die ich als Teile meiner Seele und Teile meiner Lust empfinde, wie zwei Erzengelflügel, die mich bedecken.

Wir sind gemeinsam noch lange empört über den Händler, der mich so betrogen hat mit dem Kamel. Ich höre mich um, in der Hamam, im Dorf und man gibt mir den Tip, Ibn Daud aufzusuchen, was ich mit Toe andren Tages tue.

Ibn Daud hat ein schönes Stadthaus, das aus der Türkenzeit stammt, mit Marmorkachelböden, auch im Hof, und handbemalten Kachelflächen an den Wänden, Springbrunnen im Hof und Holzdecken mit verzierten Balken.

"Das Haus stammt von meiner Familie und gehört zu der Ölmühle dahinten, die noch älter ist," erzählt Ibn Daud. Toe will gleich die reichhaltigen Blumenmuster auf dem großen, glasierten Kamin abzeichnen, aber wir gehen weiter.

„Der schönste Teil ist der Garten," sagt Ibn Daud, „Dort wohne ich." Wir kommen in einen kleinen Alhambragarten mit großem Wasserbecken und riesigen Goldfischen und kleinen Zierbäumen, welche die Wände hinaufwachsen.

Ibn Daud ist ganz traditionell angezogen mit spitzen, dünnen Lederschlappen, einer bodenlang geknöpften Jacke, die mit einem Seidenschal zugebunden ist. Er bittet uns auf einen verglasten Alkoven. Es gibt fast sofort schäumenden Kaffee in kleinen Stieltöpfchen aus Messing vom Kohlefeuer, das in der Ecke schmaucht. Achmed serviert den Kaffee, rührt Puderzucker in die Tassen und gibt uns eine flache Porzellantasse zum Trinken in die Hand.

"Ich habe schon von dem jungen Maler gehört," sagt Ibn Daud und macht Toe schöne Augen. Er setzt sich dicht neben ihn. Ich erzähle ihm unsere Geschichte mit dem Kamel, er versteht mich, muß aber sagen:

"Alle Händler sind Betrüger, sie wissen nichts davon, ob ein Mann ein Liebhaber einer Sache ist oder nicht oder nur ein Spekulant." Toe erzählt:

"Ich habe nicht herausgefunden, wer der Händler war, obwohl ich einen Tag lang auf dem Platz in El Djem nach ihm gesucht habe."

"So findest Du den Mann nie," belehrt ihn Ibn Daud, "Laß mich nur machen. Ich werde den Kerl finden und auf meine Weise ihm eine Lehre erteilen." Ibn Daud wechselt das Thema und fragt nach unserer Frau.

"Du hast ihr alles erzählt über mich, nicht wahr?" fragt er. Ich bin verlegen, er aber lacht nur und sagt:

"Ich kenne Dich, Deutscher, Du hast ihr fast alles gesagt, nicht wahr?" dabei macht er eine schnippende Fingerbewegung in die Luft. Ich nicke ergeben mit dem Kopf.

"Was erzählt?" fragt Toe neugierig.

"Ach," sage ich, "Nichts besonderes." Toe kennt Ibn Daud nicht, ihm hatte ich nichts erzählt. Seltsam, fällt mir auf, daß ich Toe gegenüber ganz andere Bedenken hatte als bei Briella. Und prompt reagiert er:

"Ihr redet immer über alles und ich erfahre nichts!" empört er sich, "Kein Wort hast Du geschrieben, dabei ist das doch ein netter Mann."

Innerlich muß ich lachen, während Toe die beleidigte Ehefrau spielt.

"Doch," entgegne ich schwach, "Ich habe doch von Achmed erzählt, der uns am Schiff abgeholt hat, hast Du das vergessen? und Achmed ist Ibn Dauds Sohn."

Ibn Daud führt uns zu seinem Fischteich im Garten.

"Dein Freund hat Dir wohl nicht erzählt, daß ich ein Liebhaber männlicher Schönheiten bin und ein Förderer der Kunst und der Lust."

"Ich dachte, er ist verheiratet?" schaut Toe mich fragend an.

"Das bin ich auch," sagt Ibn Daud, der Toe's Frage verstanden hat, "So wie ich lebe, wäre es ganz unmöglich, nicht ordentlich verheiratet zu sein und Söhne zu haben. Ein Mann ohne Frau ist wie ein Mensch ohne Haus."

Wir sitzen nah am Fischteich und Ibn Daud zeigt ins Wasser auf seine großen Fische. Ich habe noch nie so große Goldfische gesehen, fast einen Meter lang. Weiße und goldrote und gelbe Fische mit großen Flossen wie elegante Karpfen schwimmen gemächlich in dem klaren Wasser. Toe ist fasziniert, er holt seinen Skizzenblock und legt los, mit dickem Bleistift, die Köpfe und Flossen, Schuppen und Augen der großen Fische zu zeichnen. Ibn Daud gibt ihnen was zu fressen und spricht mit ihnen.

"Fatima, behir, safi!" ruft er und lockt mit den Fingern und Brotstückchen im Wasser den größten Fisch an.

Der Fisch ist weiß und steckt sein Maul übers Wasser, er dreht und wendet sich unter der Hand Ibn Dauds. Der Fisch ist ganz zahm und vertraulich.

"Ich dachte, Fische seien gefühllos," sagt Toe erstaunt und skizziert rasch weiter.

"Die meisten Menschen verstehen von Fischen und
Schlangen so wenig wie vom Sex, und die meisten
Männer verstehen von Lust so wenig wie ein Fisch
vom Zeichnen oder Malen.

"Ach!" macht Toe.

"Kaum ein Mann kennt die Möse der Frauen, die er
im Dunkeln fickt, jeder steckt seinen Schwanz rein,
kaum jemals seine Finger." Ibn Daud macht seinen
Oberkörper frei und er und Achmed versuchen, die
Fische festzuhalten. Die großen Fische sind stark, sie
werfen sich hin und her und fallen platschend zurück
ins Wasser.

"Hier, das Maul von *Fatima* ist eine ebenso schöne
Möse wie die *tabuna* meiner Frau."

"Sagt er das wirklich?" argwöhnt Toe, dessen
Französisch ungeübt ist. Ibn Daud spricht mit uns
französisch, Achmed aber arabisch.

"Komm, komm her," sagt Ibn Daud, "Steck' mal
Deinen Finger in ihr Maul, Sie beißt nicht, wie ja eine
Möse auch keine Zähne hat; und es fühlt sich elegant
an da drin, wenn Sie Deinen Finger zu fressen
versucht." Toe schaut fasziniert, wie der Fisch mit dem
Zeigefinger Ibn Dauds spielt und ihn zu fressen
versucht. Ibn Daud hat große feste Finger, das
Fischmaul könnte noch weiter aufmachen.

"Du hast doch auch keine Angst vor einer Vagina
oder?" lockt er Toe, der unschlüssig an seiner
Nickelbrille rückt und ebenfalls mit dem Finger näher
kommt. Der Fisch nimmt auch Toe's Finger auf, der
hüsteln muß, als das Fischmaul seinen halb so dünnen
Finger umschließt und einsaugt. Achmed hat sich
ausgezogen und ist ins Wasserbecken gestiegen und

steht bis zu seinem schön geformten Geschlecht, das wenig behaart ist, mit zwei kugeligen, runden Eiern darunter, im Wasser. Das Wasser widerspiegelt sein Geschlecht und seinen jungen Körper zusammen mit den Fischen. Es sieht aus wie eine künstlerische Spielkarte mit verkehrtem Oben und Unten.

"Zieh Dich doch aus und steig ins Wasser. Wir sind hier unter uns und keiner schaut in den Garten. Du kannst hier deinen Schweif sehen lassen, in diesem Haus ist alles erlaubt und ich habe gehört, daß Du bei Dir im Haus auch nackt bist wie dein Freund."

Toe zieht sich nicht ganz aus. Wie immer muß er sich zuerst am Schwanz reiben, bevor er seine Hose auszieht, was ihm sofort eine Erektion macht und somit eine dicke Beule in seinem Slip entsteht. Beide stehen jetzt im Wasser, Toe und Achmed, und spielen mit den Fischen. Ibn Daud zieht sich ebenfalls aus und geht zu den beiden ins Wasser. Er ist ganz nackt und sein langer Schwanz, der ihm bis zum Knie reicht, hängt zum Teil im Wasser. Toe hat ihn zunächst nicht bemerkt, so beschäftigt ist er mit dem unbändigen Fisch. Toe ruft mir zu:

"Du, der Fisch ist saustark ....." dabei wird er Ibn Dauds Geschlechtsteil ansichtig und erschrickt und stottert:

"Ist der echt?" und deutet auf das prächtige Gemächte Ibn Dauds, das im Wasser schaukelt.

Ibn Daud und Achmed lachen schallend, dabei haben sie den weißen Fisch hochgezogen und Ibn Daud befiehlt Toe:

"Los, steck meinen Penis in sein Maul, ich hab keine Hand frei." Toe ist unfähig, es zu tun, er starrt wie versteinert auf Ibn Daud. Mir fällt ein, daß er noch niemals einen größeren Schwanz als seinen eigenen gesehen hat.

Ich ziehe mich aus und gehe ins Wasser. Das Plätschern der Fische im Hof, das Herumtollen und die immer laufenden Springbrunnen, mit denen die tropfenden Farne bewässert werden, dazu das kindliche Lachen Achmeds ist ein theatralisch schöner Augenblick. Der glatzköpfige Ibn Daud mit seinem runden Bauch und den großen Gliedern wirkt wie ein chinesischer Buddha. Ich ergreife seinen Penis und hebe ihn mit beiden Händen hoch, und tatsächlich läßt sich in einem Moment, als die beiden den Fisch geduckt hochhalten, die Spitze des langen Gliedes ins Maul des Fisches stecken, der sofort anschluckt. Die leichten Bewegungen des Fischmauls erregen Ibn Daud, sein Glied versteift sich und hängt wie ein gespannter Bogen von seinen Eiern zu dem sich windenden Fisch. Ibn Daud gluckst. Toe ist ganz nah an mich herangekommen. Er steht mit rundem Rücken da und preßt seinen Penis durch die Plastikbadehose und murmelt ein ums andere Mal:

"Irre, einfach irre..."

Sie lassen den Fisch ins Wasser, ohne daß dieser Ibn Dauds Schwanz loslassen muß. Der große alte Mann macht im Wasser elegante Bewegungen wie ein gravitätischer Tänzer. Das Glied Ibn Dauds ist lang und beweglich wie eine große Schlange im Wasser.

Ich bin von dem geilen Spiel erregt und Achmed lacht und deutet mit dem Finger auf mich.

"Dein Maulesel hebt den Kopf!" ruft er laut. Das Spiel mit dem Fisch ist nur von kurzer Dauer, Achmed und Ibn Daud sitzen nach einer Weile Seite an Seite auf dem Beckenrand. Toe steckt wiederholt vorsichtig einen Finger in eines der Fischmäuler und macht: "Tuck, tuck, tuck."

Ibn Daud sitz lässig auf dem Beckenrand und hat ein Bein auf einen Fischrücken gesetzt. Sein langer Schwanz ist hochaufgerichtet, er ist nach vorn gebeugt und hat die Eichel ganz im Mund und saugt sich selber, wobei er wie ein Musikant mit seinen Fingern den Gliedschaft hochstreicht, bis zu seiner Eichel in den Lippen. Achmed umarmt ihn vom Rücken her und stellt die Füße auf dessen Schenkel.

Toe schwimmt auf Ibn Daud zu und starrt ihn von unten gespannt an. Ibn Daud läßt seinen Penis plötzlich los, der wie eine Peitsche ins Wasser fällt direkt vor Toe's Gesicht.

"*Ham du Ila,*" sagt Ibn Daud - das bedeutet guten Appetit oder eigentlich Fleisch von Allah. Toe steht auf, sein Penis beult erigiert die Plastikbadehose elastisch nach oben aus. Ibn Daud geiert ihn an:

"Ist Dein Fleisch überall so fest wie das da?" und er umspannt mit seinen Fingern Toe's Bizeps am Oberarm und massiert ihn dort. Toe zieht vorsichtig an Ibn Dauds riesigem Penis und fragt ihn:

"Wie machst Du das mit Deiner Frau, wenn sie klein ist?"

"Gar nichts besonderes, ich kann ihn eben nicht ganz reinstecken oder nur so wie bei Fatima, dem Fisch. Zum Kinderzeugen reicht das ja, aber für ihre Lust hab ich ihr meinen Ziehsohn Achmed gegeben, der paßt ihr besser." Dabei greift er hinter sich und zieht seinen Sohn sanft an dessen steifer werdendem Schwanz nach vorn.

Achmeds Glied ist schön geschwungen, aber die halbe Portion von Toe. Das erkennt auch Ibn Daud durch den gebeutelten Plastikstoff von Toe's Badehose hindurch. Ibn Daud sagt schelmisch:

"Wenn Du Ungläubiger beschnitten wärst, würde ich meiner Fatima Deinen Schwanz schenken für eine Nacht....!" Toe protestiert:

"Aber ich bin beschnitten!" Ibn Daud stutzt. Ich sage forsch:

"Na los, überzeuge Dich selber." Achmed ist aufgesprungen und schaut seinem Vater über die Schulter. Ibn Daud holt mit einem geübten Griff Toe's Penis schnappend aus dem Stoff der Badehose seitlich hervor:

"Ei was haben wir denn da für einen prachtvollen Hasenlümmel und tatsächlich gut beschnitten."

"Du mußt Dich an Dein Wort halten, Ibn Daud," sage ich und bin gespannt, wie die Sache ausgehen wird. Er zögert und sagt dann:

"Ok., ich bin ein Ehrenmann, mein Wort gilt, nur Achmed darf es nicht sehen."

"Wir verbinden ihm die Augen," schlage ich vor.

Toe ist etwas verunsichert und taucht zu den Fischen unter. Ibn Daud zieht sein blaues Gewand wieder an und ruft nach seiner Frau Fatima. Toe steckt den Kopf aus dem Wasser und fragt erschrocken:

"Soll ich die Alte jetzt etwa ficken oder was?"

"Halt den Mund, Mann. Na klar, was denn sonst!" Achmed kichert jungenhaft. Ich verbinde ihm mit einem Stück dünnen Stoff die Augen und ermahne ihn:

"Du siehst nichts, Du hörst nichts, Du sagst nichts. Verstanden?" Ibn Daud kommt mit seiner kleinen schmalen Frau zurück. Er führt sie galant, sie ist mit einem weißen Tuch um den Kopf traditionell verschleiert.

"Der Schleier bleibt an!" sagt er und bittet seine Frau mit einer schönen Geste zum Sitzen neben sich. Er spricht mit ihr marokkanisches Arabisch. Eine Art Berberdialekt, den ich nicht verstehe. Sie schlägt plötzlich die Hände ineinander und lacht spitz auf. Ihre silbernen Armreifen klirren dabei an den Handgelenken. Dann steht sie auf und Ibn Daud entkleidet sie zärtlich. Seine Hände spielen mit ihrem Körper und mit den stofffülligen Kleidern. Dann setzt er sich breitbeinig auf den Arsch und seine verschleierte nackte Frau liegt ihm zwischen den Beinen auf seinem langgestreckten Glied. Ibn Daud winkt Toe herbei:

"Na los, Du Ungläubiger, siehst Du nicht, daß meine Fatima auf Deinen Dolch wartet?" Und tatsächlich sehen die vegetabilen Arm- und Beinbewegungen, der so zartgliedrigen, gazellen-artigen Frau mit ihrer sandbraunen Hautfarbe sehr einladend aus.

Achmed seufzt:

"Mutter, Mutter". Ich nehme ihn in den Arm, sein Schwanz hat schon orgasmiert, offenbar allein bei dem Gedanken an das, was er jetzt nicht sieht.

Toe nimmt seine Nickelbrille ab, legt die Bügel zusammen und überreicht sie mir. Das hat er noch nie getan. Sein Schwanz wird kleiner und er muß ihn sanft einstecken in die geöffnete Möse Fatimas, die sie mit ihren, mit Silbernägeln geschmückten Fingern offenhält und schwirrend seufzt: "Fische, Fische", wie man Kinder zum Kommen ruft. Toe ist in ihr drin und die Arme und Beine Fatimas, an denen ebenfalls

Silberreifen klirren, schlingen sich um seinen weißen
Arsch und den pumpenden Rückenmuskel meines Toe.
Er wird nicht heftig, er bleibt gleitend. Ibn Daud legt
ihm seine breite Hand auf den Arsch und knetet die
sensible Stelle über dem Kreuzbein.

Achmed liegt wie eine Katze in meinem Schoß, seine
Lippen haben plötzlich meinen Bauch gefunden und
lecken ihn zärtlich. Ich bin ganz Auge, knuddle durch
die Krüllhaare Achmeds und schaue dem Bild der Drei
zu, wie Toe im Schoß dieses großen Mannes mit
dessen Frau vögelt.

Nein, denke ich, das werde ich Briella nicht erzählen.
Alle machen wir leise Lustgeräusche, die sich an den
glatten Hofmauern brechen und vervielfältigen, zu
einem summenden Ton mit dem Plätschern des
Brunnens und dem Zwitschern der Vögel. Heiß fließe
ich aus in dem Augenblick, als Toe kommt und
Achmed nuckelnd an meinem Bauch auch, wie ein
Baby an der Brust.

"*Sacha*, Deutscher, *Sacha*!" ruft Ibn Daud und klopft
meinem Freund gönnerhaft auf den Arsch. Danach
schiebt er ihn aus seiner Frau zu den Fischen ins
Wasser, nimmt sie auf die Arme wie ein Kind und trägt
sie aus dem Hof. Toe taucht ein paarmal unter und
steht dann stolz aufgerichtet da wie ein römischer
Gladiator und wirft sich mit einer herrischen
Kopfgeste die nassen Haare in den Rücken.

Aus dem vergitterten Fenster über dem Hof
kommen erotisch klagende Töne Fatimas, die ihre
Arme mit den Silberreifen rasselnd zwischen den
Gitterstäben durchstreckt, zusammen mit tiefen Tönen

Ibn Dauds, der sie mit seinen großen Händen streichelt und zu kirrenden Orgasmen bringt.

Achmed entläßt uns später durch eine Seitentür auf die Straße. Noch lange auf dem Nachhauseweg

hängt mir das Bild dieses tunesischen Hofes und die schwirrenden, gutturalen Laute der Frau im Sinn, wie ein unwirkliches Märchen aus Tausend und einer Nacht. Auch Toe ist schweigend in Gedanken versunken.

VI TOE

>Komme Freitag abend in Tunis an - 19 Uhr 30 - holt ihr mich ab?<

Das Telegramm ist zwar einen Tag alt, wie hier jede Neuigkeit oft schon veraltet ist, wenn man sie erhält, das relativiert vieles, dies aber elektrisiert mich, Toe kommt!

"Endlich," sage ich und hätte das besser nicht gesagt, wenn ich das Gesicht Briellas dabei sehe. Die letzte Woche haben wir ständig darüber diskutiert. Jetzt, da Toe's Kommen kurz bevor steht, zögert sie mehr und mehr. Wer weiß, denke ich, hat sie gehofft, daß er nicht mehr kommt oder daß ich ihm absage, weil ich ihn nun nicht mehr brauche, da sie nun da ist.

Wir haben jetzt Mittwoch und noch drei Tage Zeit, mit uns darüber ins Reine zu kommen.

"Was arbeitest Du eigentlich, wovon lebst Du hier und wer bezahlt Toe's Studium und die Wohnung in Berlin und den Flug?"

Ich bin erschüttert, wie eben ein Mann erschüttert ist, wenn er feststellt, daß eine Frau ihn kontrolliert.

VII SÜDEN

Wir wollen eine schon lang geplante Reise in den Süden machen. Das heißt, Sonne, Sand und Hitze, Oasen und Kamele und blaue Männer mit einer anderen Kultur. Die Tuareg und ihre Nachbarstämme sind noch matriarchalisch orientiert.Toe schreit im Hof mit Briella rum. Es geht

Toe schreit im Hof mit Briella rum. Es geht um seine Mackersprüche. Sie hält ihm das Kladdenbuch vor und zitiert die Anzahl der Aussprüche pro Tag, sortiert nach der Häufigkeit der Kraftausdrücke. Er leugnet alles und schreit rum, daß sie einen Kontrollzwang hätte wie seine Mutter. Er kommt ganz außer sich, weil Briella sich nicht einschüchtern läßt. Anlaß war der gestrige Abend, an dem er seine Sachen für die Fahrt einfach hinschmiß und sie ihn aufforderte, diese zu pflegen und selber einzupacken. Es ging um Schuhe putzen, Hemden plätten und Flicken von Kleidungsstücken.

"Ich lasse mir nicht vorschreiben, wie ich rumschreie, und Ihr habt ja wohl sowieso eine Macke, was?" brüllt er mit rotem Kopf vom Klo, wo er gerade Scheißen war. Er vergißt beim Austreten, daß die Tür einen Kopf kleiner ist als er und rennt mit dem Kopf dagegen und schreit wütend auf und tritt mit dem Fuß an den gut einzementierten Türpfosten und brüllt: "Scheißtür, alles Scheiße hier!"

Briella wirft ihm das Blätter flatternde Buch an den Kopf:

"Da, Du Scheißmacker, Du mußt gar nichts, schon richtig. Aber ich muß auch nichts, vor allem nicht Dein Gesabbel anhören, wie von einem alten, unbefriedigtem Ehemann, genau wie mein Vater rumbrüllen, wenn es nicht nach seiner Mackerpfeife geht. Ohne mich, hast Du das verstanden? Wenn Du mich ficken willst, mußt Du andere Gefühle zeigen, sonst geh besser nach Hause zu deiner Mutti."

Er wirft ihr wütend eine große Wassermelone an den Kopf, der Sie ausweicht und die dann klatschend, rot aufspritzt und an der Hofwand zerplatzt.

"Wir fahren erst mal nach Kerkenna," sage ich und denke, daß es jetzt der richtige Moment ist, sachlich zu werden.

"Und Ali kommt auch mit," ergänzt Briella entschieden, „Er hat Geburtstag, sein achtzehnter.“

"Was für ein Ali?" giftet Toe aus dem Baderaum, wo ihm der Tonkrug scheppernd runterfällt.

"Scheißkrug!" bellt Briella tongleich an seiner Stelle.

"Mohammed Ali, der Töpfer aus Moknine mit seinen beiden kleinsten Brüdern," erklärt sie, "Ich habe ihn eingeladen, mit uns Badeurlaub auf der Insel zu machen. Er war noch nie weiter weg von zu Hause."

Toe ist still. Ich denke, er weiß nicht, was er davon halten soll. Er steht im Badezimmer und seift sich ein.

"Verdammt, wo ist die Haarbürste?" schreit er unter dem Seifenschaum hervor.

"Ins Scheißhaus gefallen, Du Macker!" schreit Briella zurück. 'Das wird eine lustige Urlaubsfahrt', denke ich und packe unsere Sachen ins Auto.

Toe sagt diesen Tag nichts mehr, aber er packt selber seine Sachen. Wir laden den Benz, den ich vor die Haustür gefahren habe, mit unseren Gepäck voll, auch Gaskocher und Töpfe und Sonnenschirm und Reitzeug fürs Kamel, und Sachen zum Malen. Meinen dünnen Kamelreitstock, den ich für das kleine Kamel geschnitzt hatte, nehme ich auch mit. Mich befällt ein enges Würgen, wie ich den Reitstock in der Hand drehe. Ich werde mit einem anderen Kamel in der Oase reiten. Ein weißes Zelt, das ich selber geschneidert habe mit grober Firststange und Holzpflöcken, nehmen wir auch mit, da ich vor habe, einige Tage in der verlassenen Oase *Bou Achmar* zu bleiben, wo es nichts gibt, nur ein bißchen Wasser, Palmen und einen kleinen verwilderten Garten und einen angelegten Stausee, in den das Quellwasser plätschert zum Trinken, Baden und Bewässern.

"Kommt der auch mit nach *Bou Achmar*?" fragt Toe einsilbig, als Ali bereits mit seinen beiden, vier- und sechsjährigen Brüdern, da ist. Ich verneine.

"Gott sei Dank!" stoffelt Toe unhöflich. Briella packt noch ihre Tücher ein, hat noch Wäsche auf dem Dach und färbt sich noch die Haare mit Henna. Toe mault weiter:

"Wie lange soll denn das noch dauern? Nie können wir pünktlich abfahren." Er bekommt keine Antwort.

Ali verwickelt ihn in ein Gespräch, das er dankbar annimmt.

Ich bin unangenehm berührt von seinen Roheiten. Sie sind in den Wochen mit Briella täglich gewachsen. Er vermasselt alles, auch wenn wir zu dritt Liebe machen könnten, und versucht sie ohne mich mal schnell zu vernaschen. Sie hat das schon mal aus eigenem Spaß geschehen lassen, aber die Absicht, mich auszutricksen, hat ihr nicht gefallen.

Gegen Mittag sind wir auf der Straße gen Süden. Der Benz ist kein geeignetes Lastauto, er liegt tief auf der Straße und bumst bei Bodenwellen oft auf.

Toe unterdrückt seine unkenden Ausrufe.

Wir schaukeln auf einer Nebenstraße, entlang der Küste, nach El Djem, über Sfax in den Süden, zur Fähre nach Kerkenna. Wir lassen das Verdeck geschlossen, weil es zu heiß ist und tragen Mundtücher aus dünnem, weißen Baumwollstoff um Kopf und Mund zum Schutz gegen den Staub. Die Straße ist teilweise nicht mehr geteert und Fuhrwerken und Eselkarren muß ich umständlich ausweichen

"Wir hätten den ganzen Krempel zum Zelten und Kochen nicht mitnehmen sollen," räsoniert Toe jedes Mal, wenn der Boden des alten Benz aufsitzt und verkündet seine Kassandra-sprüche von gebrochenen Achsen, abgehenden Rädern und durchschlagenden Stoßdämpfern. Briella fährt ihm kurz vor der Fährstation mit der Hand über den Mund und küßt danach seine Lippen, damit er still ist.

"Wir sind jetzt auf Urlaub, sei still, Du Zausel. Wir gehen baden und die Kinder sollen schwimmen lernen." Sie küssen sich und Ali schaut mit dunklen Augen weg.

Wir erreichen gerade noch das letzte Fährschiff, die Leine war schon los, als ich auf den Pier presche und laut hupe mit meiner schrecklichen Fanfare. Die Fähre kehrt um, und wir können als Letzte noch auffahren.

Es ist eine kurze Überfahrt mit vielen Leuten, Gepäck, Hühnern mit zusammen gebundenen Beinen, Tieren, Körben und unglaublich verschnürten Pappkartons. Überall sind Kinder dabei, Frauen, die unter ihren weißen Tüchern Babys auf dem Rücken tragen, andere sitzen auf dem Boden und geben ihren Kleinen die Brust. Ringo muß alles anschnüffeln und überall hinpissen. Gott sei Dank sind keine anderen Hunde auf dem Schiff.

Die Insel hat nur ein größeres Hotel ohne viel Komfort. Es ist nicht für Touristen gebaut, sondern für Einheimische und Handelsreisende. Dennoch verfügt es über eine Diskothek und eine Tanzfläche und in unserer Suite gibt es sogar eine Badewanne. Die beiden von uns gemieteten Räume sind durch eine Tür miteinander verbunden, die wir unter bedeutungsvollen Seitenblicken des alternden Hotelboys aufschließen lassen mußten.

Das Einrichten der Betten geht für Toe überraschend schnell. Ich rücke die vier Betten zu einer großen Schlafstätte zusammen und die Kinder schlafen im Raum nebenan. Wir gehen essen. Es ist sehr arabisch, ein großes Büfett und jeder kann sich so viel nehmen wie er will. Wir fallen über das köstliche Essen her, das nicht für Touristen gemacht ist. Ali berät uns bei den unbekannten Speisen:

"Das ist *Humus* .., und das da sind Saubohnen mit Minze und..." Die Kette der Vorspeisen nimmt kein

Ende. Avocadocreme und eingelegtes Gemüse, Joghurtwasser mit Knoblauch und Datteln, gekochte Wachteln in scharfer Soße, Ziegenfleisch am Spieß, zu süßem Nußreis, eingelegte, saure grüne Mandeln und ungesäuertes Fladenbrot, frisches Fleisch vom Ochsen und schweren süßen Rotwein der Insel vom Faß.

Die Kinder haben ihr Vergnügen, denn sie werden von den Kellnern bewirtet und hofiert wie Erwachsene, alles wird ihnen nachgesehen und eine Süßspeise nach der anderen in die gierigen Kinderhälse gesteckt.

Wir haben das Essen mit auf die Terrasse genommen und schauen in den Abend.

Die Insel ist einfach, mit wenig Dattelpalmen und Weingärten und lieblichen, kleinen Feldern mit Kaktuswällen voller Mandel- und Olivenbäume und kleinen Granatapfelbäumchen an den malerisch gemauerten Gartentoren.

Briella steht an der Brüstung und blickt aufs Meer. Ali kommt mit einem Fladenbrot in der Hand zu ihr, sie schauen sich an und es ist ein zeitloses Bild, das mich anrührt. Ich nehme den Fotoapparat und fotografiere sie beide mehrfach.

Wir haben vor dem Dunkelwerden noch Zeit ins Meer zu gehen, das in einer schönen Lagune vor der Hotelterrasse neben dem Swimmingpool zum Schwimmen einlädt. Briella geht oben ohne ins Wasser, was Toe zu blöden Bemerkungen veranlaßt. Ali übersieht und überhört höflich alles. Er kann nicht schwimmen und plätschert mit den Kindern im flachen Wasser.

Wir spielen Familie. Ich habe einen weißen *Halu* auf dem Kopf und einen schwarzen Ring um die Stirn, ganz arabisch, Toe trägt eine gestreifte *Jubba*. Meine arabischen Pumphosen fallen weithin auf und ich verstehe die wohlwollenden Bemerkungen der Einheimischen. Die Kinder sind bald müde und schlafen ein. Wir gehen tanzen in die Diskothek. Dort gibt es eine kleine, spiegelnde Tanzfläche, mit Kissen am Boden drum herum im marokkanischen Stil. Der Diskjockey war schon mal in Deutschland und kann einige Brocken Deutsch, die er ständig anbringt, aber dafür spielt er auch alles, was an Discomusik da ist. Led Zeppelin hat er und Abraxas und die Whos und...

"Habich, habich ooch!" ruft er erregt, wenn er unsere Plattenwünsche bedienen kann.

Briella tanzt bald wild und ausufernd, bauchtanzend bis zum Boden. Die Kellner schauen fasziniert zu. Toe und ich umtanzen Briella in einer balzenden, wirbelnden Show. Ali umschreitet uns gemessen, er kann nicht tanzen. Er trinkt und betrinkt sich an unserem Anblick. Jede neue Tanzwendung quittiert er mit Rufen und Klatschen, später mit Kichern und Lachen.

Briella ist in unser beider Mitte. Unsere tanzenden Körper verstehen sich wie von selbst, Toe und ich sind ein eingeübt provokantes Tänzerpaar. Die jungen Kellner haben aufgerissene Münder, 'gleich, gleich muß der sexuelle Überschlag kommen', denken sie wohl gespannt, wie im Dorfkino bei Bruce Lee und seinem Todesschlag.

Es geht noch lange so, später finden wir stillere Musiken, mal singt ein trauriger Araber von seiner ewig unerfüllten Liebe und noch später gurgelt sonor *Oum ka Sum* ihr ägyptisch-kryptisches Sehnen nach dem Einen, einzigen, und ewig unerreichbaren Mann.

Toe und ich tragen die erschöpft atmende Briella gravitätisch auf der Tanzfläche herum. Ihr Seidentuch hängt herunter und schleppt am Boden. Ali stürzt hinzu und hebt das Tuch auf und trägt das Ende hinterher. Die Kellner lachen. Ali geht wieder zu seinem Kissen und weint plötzlich.

Wir tragen Briella zu ihm, sie liegt ausgestreckt über seinen Beinen und schaut ihn mit großen Pupillen an. Ringo schnüffelt sie an und leckt ihr das verschwitzte Gesicht ab. Ali schaut ihr in die geweiteten Augen und streichelt versunken ihr blondes Haar.

"Er ist in sie verliebt," konstatiert Toe trocken und mit sachlicher Stimme.

"Ja," sage ich zu ihm, "Er muß das wohl wie ein Wunder ansehen oder wie ein Märchen, die blonde Fee in seinen Armen."

"Gauguin hätte das gemalt in dunklen Brauntönen und rosa..." Toe ist in seinem Element, er läßt sich Papier vom Kellner geben und kritzelt mit einem Kuli hastig Szenen hin, die mir erscheinen wie der Raub der Sabinerinnen.

"Was ist heute nacht?" fragt er kurzatmig zwischen hektischen Zügen an der selbstgedrehten Zigarette und Zeichenstrichen, "Machen wir es zu viert mit ihm?"

"Ihm ist, glaube ich, alles recht, was wir mit ihm machen" sage ich und grüble darüber nach, was Toe recht sein könnte. Aber ich kann seiner gefurchten Zeichnerstirn nichts entnehmen. Schließlich grummelt er:

"Soll Sie sagen, was ist. Schließlich betrifft es Sie, und wenn Sie nicht will, will ich auch nicht..."

Sehr sybillinisch, denke ich und warte. Dann tanze ich allein und lasziv auf der leeren Tanzfläche weiter. Ein glubschäugiger Kellner mit Stupsnase und schönen schlanken Fingern himmelt mich an, verfolgt jede meiner balethaften Bewegung und fürchtet sich vor Toe. In einem Moment, wo Toe Pissen geht, wirft er mir ein Jasminsträußchen zu, das ich mir hinters Ohr stecke und mich mit einer Kußhand in die Luft bei ihm bedanke.

Außer Briella sind keine Frauen da. Einige angetrunkene Männer kommen in die Bar und schwadronieren von ihren Reisen nach Tripolis und daß alle Lybier dumm und weltfremd seien und noch nie eine nackte Frau bei Licht gesehen hätten, dafür aber unermeßliche Mengen Petrodollars besäßen, auf denen sie nachts schlafen würden.

Wir gehen ans Meer hinaus. Es ist lau und schön. Die Mimosensträucher am Meer blühen in der herrlichen Nachtluft. Wir bemerken zuerst nicht, wie betrunken Ali ist.

"*Je suis prêt, par tout*" haucht er und läßt sich an unsere Schulter fallen. Wir tragen ihn ins Bett.

Es wird aber nichts aus unserer Liebesnacht. Ali bekommt unversehens rasende Kopfschmerzen. Er sagt, daß sein Vater daran gestorben sei und es hilft keine Massage, keine Tabletten, kein Baden, kein Reden, schließlich sitzt er aufrecht im Bett. Ich halte Augenkontakt mit ihm, halte ihm dabei die Hände und so erstarrt verharren wir für ganze sechs Stunden. Er hat Todesangst und hält sie aus, indem er mich anschaut.

Toe und Briella gehen nebenan zu den Kindern ins Bett. Sie machen leise Liebe. Die Tür ist offen, Ali sieht und erträgt und erleidet alles. Ich verspreche ihm, ihn nicht loszulassen.

Am Morgen ist alles vorbei. Er ist nicht mehr starr, seine Muskeln nicht mehr hart. Der Kopf ist wieder frei und ohne Schmerzen.

"Du bist nicht gestorben," sage ich zu ihm, "Siehst Du."

Briella und Toe stehen Arm in Arm an der Tür. Sie kommen näher.

"Wir sollten ihn waschen und ins Bad legen," sagt sie, "Das Hemd ist ganz verschwitzt." Toe zieht ihn aus, die Kinder kommen helfen und lachen. Wir stecken alle drei in die Badewanne, Ali und die Kinder.

Es ist für sie sehr lustig mit meinem Duschgel und dem hölzernen Dildo, den ich Ali erklären muß. Die Kinder versuchen, den noch von meinem Vater geschnitzten Holzdildo in Alis Anus zu schieben und stecken ihn sich lachend zwischen die Beine.

"Der ganze Krampf der Nacht muß raus," sagt Briella und lüftet, zieht die Vorhänge zurück und zündet eine irdene Holzpfanne an, die sie im Flur gefunden hat, mit Harz zum Räuchern darin.

"Du hast mein Leben gerettet" sagt mir Ali beim Frühstück. Toe schüttelt grämlich den Kopf und murmelt: "Quatsch!"

"Laß mal!" wendet Briella ein. Ali erzählt weiter:

"Alle meine männlichen Vorfahren väterlicherseits sind an der gleichen Krankheit gestorben. Niemand weiß, was es ist. es kommt wie der Blitz und es ist stechend im Kopf wie ein spitzer großer Holzpflock. Kein Arzt kann helfen.. Fünf Tage lang lag mein Vater so in der Töpferei vor seinem Tod, einen Onkel hat es auf dem Schiff erwischt, hart wie Holz waren ihre Körper, bis zu ihrem Tod. Man weiß nicht, was es ist. Kathatonie sagen die französischen Ärzte, aber die Spritzen, die sie gaben, halfen nicht. Und man weiß nicht, wann es kommt."

Ich versuche ihm zu erklären, was ich sah in seinen Augen. Aber er will nicht zuhören, er will nicht hören, daß er seine unerfüllte Liebe zu Briella mit einer Totenstarre bekämpfen wollte und das sein Vater oder Onkel möglicherweise auch ein ungelöstes seelisches Problem gehabt haben konnten.

"Das hätte ihn umbringen können, daß er uns hat Liebe machen sehen!" sagt Toe vorwurfsvoll zu mir. Briella erwidert:

"Das hätte ihn auch heilen können."

"Das hat ihn geheilt" konstatiere ich bestimmt, in deutsch und in arabisch, "Was Deinen Vater umgebracht hat, war die Angst davor."

"Du mußt immer alles besser wissen" brummelt Toe und stochert im Frühstück herum.

"Vor was soll mein Vater denn Angst gehabt haben?"

"Vor dem Sterben" antworte ich, "Genau wie auch Du Angst hattest zu sterben. Dabei ist Dir nur ein ganz starkes Gefühl hochgekommen, und Du hattest Dich dagegen gewehrt mit Deiner ganzen Körperkraft."

"Ja, ja, gewehrt!" nickt Ali.

"Und," sage ich ihm, "Wenn es wieder kommt, wehr' Dich nicht. Es ist Dein Kampf dagegen, der Dich umbringen kann, nicht die Erkenntnis."

"Was soll er denn erkennen?" fragt Toe.

"Seine Liebe" antworte ich.

"Und wenn die unerfüllbar ist?" fragt Briella und die Frage bleibt im Raum hängen.

Wir mieten eine Kutsche mit weißem Sonnenverdeck und fahren mit den Kindern über die Insel. Autostraßen gibt es nur wenige.

Die Fischerhütten sind klein und rund, aus Flachsteinen gemauert und weiß gekalkt. Alles wirkt sehr griechisch. Auch die Sprache ist anders. Die Inseln wurden von den Phöniziern besiedelt und die Fischer haben seetüchtige Boote im Gegensatz zu den anderen Landfischern.

Die ganze Fahrt über sinniert Toe stumm vor sich hin.

"Er brütet was aus" sagt Briella, die sich an mich kuschelt in der engen Kutsche.

Ali versucht den Fremdenführer zu spielen, dabei kennt er die Insel und ihre Geschichte überhaupt nicht. Toe knabbert an den Fingernägeln. Ich verkneife mir Elternsprüche. Ich beschließe, gute Stimmung zu haben und wir finden ein einheimisches Restaurant mit Hackbrettmusik und Wein aus Ziegenschläuchen.

Am Nachmittag fährt Briella mit Ali und dem Gastwirt, der auch Fischer ist, aufs Meer zum Fischfang. Sie steuert selber, der alte Mann wirft das Netz aus.

Toe, die Kinder und ich fahren mit dem Sohn des Fischers und einer großen Segeldau aufs offene Meer. Es geht ein scharfer Wind und wir liegen zu schäumender Gischt ziemlich schräg. Toe hat einen Segelschein und ist ganz Segler. Er hantiert mit den Seilen und dem Ruder. Ich habe das Gefühl, er spielt absichtlich mit dem Kentern. Allein die Kinder, die jauchzen und schreien, mäßigen ihn.

Ich sitze hinten und schaue seinem prallen Arsch in den weißen Leinenhosen zu. Er hat ein Stirnband, um die wehenden Locken zu halten. Seine sehnigen Finger spielen aufreizend mit dem dicken Seil vor meinen Augen herum.

Der junge Tunesier beobachtet meinen Blick, er weiß wohl genau, wo ich hinschaue. Ich aber habe wenig Sinn für andere Männer im Moment. Im Moment will ich ihn haben, diesen Toe, aber er entzieht sich irgendwie, ist hölzern abwesend, wenn ich mit ihm rede und weicht aus, wenn ich ihn zufällig berühre.

Die frische Meeresluft ist salzig und prickelt im Gesicht. Wir fangen natürlich keine Fische, wir segeln nur, um schief zu liegen und schleppen das Netz leer hinter dem Boot her.

"Damit könnte ich bis nach Alexandria segeln" schreit Toe in den Wind.

"Ich will aber nicht nach Alexandria" schreie ich zurück. Ich schreie nicht das, was ich will. Ich verschlucke, daß ich ihn will, daß ich seinen geilen Hintern anfassen, seinen Schwanz fühlen will, seinen Geruch riechen und seine aufgeworfenen weichen Lippen in meinem Mund haben will.

"Wir machen jetzt eine Halse und fahren hinter die Insel in den windleeren Teil, wo Briella mit dem Alten Muscheln fischt." ruft Toe und wirft sich gegen den Segelbaum. Das Boot schwingt herum, und mit schneller Fahrt rauscht das schwere Boot um die Inselspitze. Beide Boote fahren später gleichzeitig in den Hafen ein. Es gibt keine gemauerte Mole, nur ein Haufen Steine mit einem wackeligen Holzsteg.

Briella und Ali sind schon gelandet und laden zusammen mit dem Fischer die Beute in eine Kiste. Toe nimmt einen der seltsamen Fische mit Flügeln und großen Augen in die Hand und sagt nur:

"Kenne ich nicht!"

Briella, Ali und die Kinder gehen ins Hotel. Toe zögert noch am Steg und nestelt an den Tauen des Segelschiffes herum, um es zu befestigen.

"Na, kommst Du ?" frage ich. Er brummelt unverständlich und dreht sich eine Zigarette. Das Wasser steigt und ich bekomme nasse Füße.

"Wenn wir vor dem Wasser zum Hotel wollen, müssen wir jetzt los," sage ich. Es ist sonst niemand mehr da. Der junge Fischer ist weg, leichter Wind kräuselt das Wasser, Wolken ziehen vor die Sonne, das Licht wird fahl.

"Immer müssen wir machen, was Du sagst." Toe spuckt aus und zündet sich die dünn gedrehte Zigarette mit schiefen Lippen gegen den leichten Wind an. Noch immer hat er ein weißes Tuch um den Kopf gebunden, zum Schutz vor der Sonne auf dem Wasser. Ich stehe inzwischen bis zu den Knöcheln im Wasser und denke darüber nach, was es bedeutet haben mag, daß heute drei mal drei Krähen über meinen Kopf nach Norden gedreht flogen.

"Sag doch was Du Schwätzer!" schreit Toe gegen den Wind zu mir herrüber und kommt auf mich zu.

Ich kann nichts sagen. Sein Gesicht wird spitz und ganz weiß. Er zieht hastig an der Zigarette, deren Glut hell aufsprüht.

"Immer weißt Du alles besser, Blödmann, wann es zum Hotel geht, wann es Essen gibt, wie man Essen kocht. Immer müssen alle machen, was du sagst."

Toe ist plötzlich schnell nahe gekommen. Er hat ein Brett vom Boot in die Hand genommen und hebt es hoch gegen den bleigrauen Himmel.

"Nichts weißt Du, Pisser, beschissener Blödmann. Du Versager. Hast dein Kaffee verschissen und Dein Haus und den Garten. Aber immer flotte Sprüche parat zu allem."

Toe hebt das Brett höher, ich spüre, daß er mich bedroht. Sein Gesicht ist ganz anders, die Zigarette ist aus seinem Mund gefallen, er schreit aus Leibeskräften. Ich fange das niedersausende Brett ab und ziehe ihn daran zu mir her. Ich schaue ganz nah in sein böse wütendes Jungsgesicht. Seine Augen sind halb geschlossen, die eine Backe ist mir zugewendet, die Pupillen weit aufgerissen, er atmet flach und schnell. Er ist einen Augenblick lang still und bewegungslos, wie ich die Kraft seines Schlages umgedreht habe und gegen ihn wendete. Wir atmen beide stärker. Es ist kein Spaß mehr, es geht mit ihm durch.

Also gut, denke ich, dann ist es jetzt eben soweit, aus und vorbei. Es holt ihn eben seine beschissene Mutter, sein beschissener Vater, die ganze blöde Kindheit ein. Ich werde ruhig und umsichtig bleiben, bis er damit fertig ist, in mir seinen Vater totzuschlagen.

"Du Versager!" kreischt er. Seine Stimme preßt, vielleicht wie die seiner Mutter. Ich pariere sein körperliches Drängen. Er rauft mit mir im Wasser. Wir haben keinen guten Stand im schlüpfrigen Geröll des steinigen Strandes.

"Du Pfuscher, alles verpfuscht, Dein ganzes Leben nur dummes Zeug quatschen und Ausreden, nichts als Ausreden." - er spuckt mir ins Gesicht - "Du, Du

Versager, Du kommandierst immer nur rum, nichts darf ich machen, nichts, und dann verschwindest Du mit Einer, machst es mit der da. Das ganze Leben verpfuscht, Du Arschloch, Du Wichser, Schwätzer, nichts stimmt was Du sagst, Du redest dir immer alles zurecht. Du läßt einem keine Luft, Du Arschloch...."

Wir kämpfen miteinander, er treibt mich den glitschigen Strand entlang unter die Balustrade des Hotels. Wir umrangeln die Holzpfosten, an denen Krebse kleben, Wasser spritzt mir ins Gesicht. Toe haut sinnlos um sich, seine Stimme ist am Überschnappen. Ich achte darauf, nicht erwischt zu werden, seine Griffe an den Armen tun weh. Plötzlich steht er einen Moment still, es wackelt in ihm, die Nasenflügel zittern.

"Was willst Du denn eigentlich, was möchtest Du?" rufe ich und strecke die Arme aus. Er stürzt mir in die Armen und weint und schluchzt. Rotze verschmiert sein Gesicht. Ich halte ihn fest, er klammert sich an mich.

"Geh nicht weg," jammert er, "Laß mich nicht alleine." Er bringt es kaum heraus, die Worte stecken ihm wie ein Kloß im Hals. Er würgt und greift sich selber an die Kehle:

„ ...Ich liebe Dich doch, Du Arschloch..."

Wir stehen eng umklammert an einen Holzpfeiler der Hotelbalustrade gelehnt. Ich fühle seine zitternde, heiße Haut im Wasser an meinen Beinen. Die Stoffhosen sind zerrissen, das Hemd ist halb offen. Seine langen Haare hängen strähnig und naß auf seiner Brust. Ich packe ihn fest an den Schultern und werfe meinen Körper hart an den seinen, wie ein Mann der fickt. Er jammert und nimmt die Bewegung an und atmet dabei befreit auf.

"Ich gehe nicht weg, Lieber ...." keuche ich tonlos, "Warum denkst Du denn so was."

Ich kraule ihm die nassen Haare, mit der anderen Hand fasse ich in seine Hose. Obwohl ich atemlos bin, bin ich sofort wieder geil auf ihn. Ich fahre mit der anderen Hand seine Arsch-backen entlang, den starken Muskel seiner Oberschenkel hinauf. Ich bin total geil auf ihn.
"Jetzt?" frage ich.

Toe nickt, verschluckt sich, reißt mir mit einem Ruck die Hosenreste weg. Er ist hart mit seiner Hand, er hat noch den brutalen Griff vom Kampf, aber mein Schwanz freut sich über die Grobheit, weil Toe bereit ist. Er dreht mir seinen Arsch zu und schreit:

"Jetzt Du Arschloch, los mach schon, hau ihn rein, fick mich du Sau!"

Ich nehme ihn. Es ist das erste Mal überhaupt, daß er sich mir so bewußt hingibt und er läßt sich stoßen, hier in der Brandung unter dem Hotel an den morschen Pfosten gelehnt. Romanszenen von Genets *>Querele<* kommen mir in den verwilderten Sinn. Ich komme rein in ihn, das erste Mal ist er wirklich offen im Arsch, er dreht mir den Kopf zu, über die Schulter küssen wir uns. Ich schmecke das Blut seiner aufgesprungenen Lippe, von meiner Faust, meiner Stirn oder meinem Ellenbogen? Ich kann mich nicht erinnern. Sein Arsch ist weich, seine feinen Haare fühle ich an meinem Bauch. Die Haut seiner Leisten ist weich, wie die Schnauze eines Kaninchens.

Er weint stoßweise weiter.

"Tut Dir was weh?" flüstere ich ihm ins Ohr.

"Nein, nein, ich schäme mich."

"Schämen, wie...?" frage ich beim Stoßen, "Wie ? Du, sag'!."

"Weil Männer ficken wie Hunde ficken ist."

"Ich ficke Dich, weil ich Dich liebe, weil ich Dich begehre, weil ich..."

"Warte ..." Toe bäumt sich auf, es kommt etwas in ihm hoch, das ihn hin- und herwirft.

"Kämpfe nicht dagegen an, Toe ..." sage ich.

"Ich habe Angst ..." keucht er und dann würgt es ihn, aber es kommt nichts raus, weil er nichts im Magen hat. Wir stehen jetzt ganz still, mein Penis ist noch prall in ihm drin und ich fühle sein inneres Pulsieren wie eine Faust, die meinen Penis melkt. Über seinen ganzen Körper geht ein flimmerndes Zucken. Mit einer Hand halte ich seinen steifen Schwanz, der ebenso pulsiert.

Vielleicht hat ihn mein Samenerguß angekickt - er hat noch keinen, sein Penis ist gerade noch über dem Wasser, das langsam gestiegen ist, die Flut ist gekommen. Dann wird er plötzlich weich und konvulsivisch gespannt hart zugleich. Sein Same stürzt aus ihm heraus, spritzt weit übers Wasser und Toe seufzt. Durch seine analen Kontraktionen angeregt, komme ich noch einmal in ihm.

"Es ist gleich ..." seufzt er leise und hängt sich an mich. Mir ist nach Summen. Ich summe einen Ton, der gut zu dem lauten Meer und dem Wind paßt. Die Füße sind im Sandschlick eingesackt, ich empfinde sie wie Wurzeln und habe kitzlige Haarspitzen.

"Was ist gleich?" frage ich ihn summend.

"Es ist gleich, mit wem Du noch bist, wir sind
zusammen." Ich kriege ein heißes Gefühl in der Brust
und muß plötzlich schluchzen wie ein kleines Kind,
von Vati gedrückt, und ich fühle das wieder, bin wieder
zu Hause, Mutter ist vor ein paar Minuten gestorben
und mein Vati hält mich an seiner Brust. Ich fühle
wieder seine Haare und seinen Geruch, spüre seine
unrasierte Backe, Haut und Pulsschlag und nasses
Weinen und höre dieses: 'Es ist gleich, wir sind
zusammen,' wieder.

Jetzt bin ich es, der zittert.

"Was ist?" fragt Toe erstaunt, "Du weinst doch sonst
nie."

"Nö," sage ich, "Sonst nie, aber jetzt, wenn ich Deine
Stimme höre, wie die von meinem Vater, weißt Du ..."

"Mein Vater haßt mich." Toe ist ganz sachlich. Ich
glaube ihm das.

Wir sammeln die verdreckten Kleiderreste
zusammen und gehen zurück ins Hotel.

"Gott, was habt Ihr denn gemacht?" ruft Briella und
läßt geistesgegenwärtig Badewasser ein, reicht
Desinfektionsmittel, Pflaster und neue Hosen.

"Alles wegen Dir," frotzelt Toe sie an und zwinkert
mit den Augen zu mir.

"Er ist seiner Liebe begegnet" sage ich. Toe hört es
nicht mehr, er steht schon unter der Dusche.

"Und Du?" fragt Briella und ist ganz nah und
aufmerksam an meinem Gesicht, wach wie eine
Jägerin, "Wem bist du begegnet?"

"Einer Erinnerung" sage ich und bringe nichts weiter
davon heraus, weil mich so viele Bilder auf einmal
überfallen, plötzlich und mit einer zehrenden Flut

durchfahren, Bilder, wie mein Vater die Bleistifte spitzte am Abend, die Pinsel wusch vor seinem Tod, und mich nach dem Schäferjungen fragte, am Grab dessen Vaters. Bilder, wie wir beide auf dem Fährschiff bekifft Zeitreisen erfanden und uns mit dem Fahrstuhl verirrten, wie er mich im Bett fragte, wie es denn Männer miteinander machten im Bett und mich dabei anguckte wie ein Pennäler im Sommerhäuschen, Bilder in Bildern hinter Bildern, die er mit schnellem nassen Pinsel malte in feuchtes Papier, wo die aquarellierten Konturen, wie unter Tränen, zu bunten, phantastischen Höhlenbildern auf inneren Felsen farbig zerliefen.

Da wache ich wieder auf, es ist feucht auf meinem Gesicht. Briella blickt mich von oben an, Toe blickt mich von oben an, Ali blickt mich von oben an, Ringos Hundeschnauze schnüffelt an meinem Ohr. 'Ich liege wohl am Boden', denke ich und weiß nicht, wie ich dahin gekommen bin.

Diese Nacht schlafen wir alle zusammen auf zwei Matratzen am Boden, die Kinder und der Hund eng mit eingekuschelt. Ali seufzt die ganze Nacht noch im Schlaf, Briella liegt wie ein großes Muttertier mit gespreizten Armen und Beinen in der Mitte und wir darum herum wie junge Hunde zum Säugen.

"Morgen gehen wir nur baden am Strand und die Kinder buddeln im Sand" sage ich müde.

"Ok, ok" sagt Briella und macht mit der freien Hand den Joint aus. Die soften Wellen vom herben Rauchgeschmack plätschern uns in den Schlaf. Durch das offene Balkonfenster dringt das Rauschen des Meeres.

Am Morgen weiß ich nicht, ob ich geträumt habe oder wirklich den glubschäugigen jungen Kellner sah, wie er die Balkonfenster schloß und uns lange angeschaut hat, wie man ein Wunder anschaut. Wir waren alle nackt und ohne Zudecke.

Der Glubschäugige bringt uns das Frühstück ans Bett. Keiner von uns hatte es bestellt.

Schweigsam fahren wir auf der Teerstraße gen Süden. Es ist noch früh am Morgen. Der Zug nach Moknine, zu dem wir Ali und die Kinder hingebracht haben, ist ein altmodischer Bummelzug vom malerischen Kolonialbahnhof in Sfax aus, womit diese zurückfuhren zu ihrem Töpferdorf im Norden. Wir fahren in die entgegengesetzte Richtung.

Ringo sitzt im Fond und hält seine zusammengezogene Nase in den Fahrtwind. Das Verdeck ist offen, der Wind weht alles hoch, was im Auto herumliegt. Briella und Toe sitzen neben mir, vorne auf der Bank, eng zusammen. Wir haben beide unsere Hände im Schoß von Briella. Sie hat die Augen geschlossen und genießt die sanften Liebkosungen unserer Hände beim Fahren.

Wegen Schafherden auf der Straße muß ich anhalten und warten, bis der Schäfer die Tiere auf die andere Seite gebracht hat.

Wir hören nicht auf, in Briellas Schoß zu wühlen. Der Schäfer wirft einen irritierten Blick ins Auto, hat aber genug mit seinen Tieren zu tun. Briella tut so, als ob sie schläft. Der Schäfer ist ein vom Wetter gegerbter, älterer Mann in einer gestreiften, zerrissenen *Gandura* und barfuß. Er steht am Wagenfenster und in seinen Augen glüht die Sehnsucht nach dem Paradies. Ich halte noch mal an und schenke ihm drei

Filterzigaretten. Er bedankt sich umständlich. Das Paradies hat angehalten.

Toe bindet sich die Haare zusammen, seine langen Locken verfilzen im Wind. Ich denke an unseren Kampf im Wasser. Briella hat nichts zu allem gesagt, nicht mal gefragt, was los war. Ich weiß nicht, ob Toe ihr was erzählt hat, aber ich glaube nicht.

Rosaviolett huschen die Erdwellen und Sanddünen draußen vorbei. In schmalen Trockentälern sprießt spärliches Gras und macht einen zartgrünen Schimmer in die Schattenfalten der Landschaft. Die fernen Berge schimmern violett.

"Wir müssen in Gabes noch etwas einkaufen für Bou Achmar," sagt Toe und bohrt sich in der Nase. Ich nicke nur. Briella wird zunehmend feuchter unter unserer beider Bemühungen. Toe streichelt ihre Brust und beugt sich über ihren freigelegten Bauch und küßt ausgiebig die Haut unter der Brust. Briella seufzt und stöhnt genießerisch und reckt den Bauch vor.

Das Wiegen des alten Benz mit seinem langen Fahrgestell unterstützt sie, die Gerüche der vorbeiziehenden Landschaft ebenso, staubige Trockenheit und Mimosenduft und plötzliche, unglaublich süße Jasminfahnen unterstützen sie, dazwischen herbe Olivenmühlengestänke, die einem fast die Luft nehmen vor Intensität und Fremdheit, wechseln sich schlagartig ab.

Bei der Durchfahrt der Furten spritzt Wasser meterhoch am Auto vorbei und es riecht frisch und feucht in den schmalen Tälern voller *Ksab* und wildem Zuckerrohr.

"Macht weiter," flüstert sie. Sie hat die Augen jetzt offen und sieht alles. Ihr Atem geht rasch wie die vorbeiflitzenden Eukalyptusbäume mit ihren filigranen Schatten.

Briella lacht und kichert. Toe treibt sie mit beiden Händen schmusend und pressend immer näher zum Orgasmus. Das Polster ist bereits naß unter ihr, es ist naß an ihren Schenkeln, ihre Brustwarzen heben sich fest von der Brust ab. Ihre Stirn furcht sich, ihr Atem wird fest und pressend, Luft zischt zwischen ihren Zähnen hervor, sie hält ihre Energie im Körper und zieht sie mit jedem Atemzug höher in sich hinauf.

Wir sind auf einer Ebene angekommen, feiner Flugsand verdeckt den dunklen Asphalt, nur an den Telegrafenmasten, die tief im Sand stecken, erkenne ich noch die Straße. Eine Wagenspur führt unvermittelt nach rechts raus. Ich folge ihr instinktiv, ohne die Geschwindigkeit zu drosseln. Der Benz zischt mit prasselndem Sandgeräusch stiebend in die weglose Landschaft. Staubwolken hüllen uns ein. Briella schreit zu dem Geräusch auf:

"Ja ja, oh ja..." Wie Wellen durchläuft es ihren Körper. Mich steckt ihre Lust so an, daß ich mir zwischendurch in meine weite Stoffhose fasse, meinen Schwanz zu finden. Toe hat einen dunklen Fleck an seiner weißen Jeans über seinem Geschlecht.

"Weiter - weiter .." flüstert Briella.

Der Wagen verliert trotz Vollgas im Sand an Fahrt und schlingert. Ich benötige beide Hände zum Lenken. Plötzlich eine feste Erdfläche, ein kleiner Brunnen. Ich halte dort an. Briella prustet die Luft aus. Toe öffnet die Tür, ich auch. Die Musik aus dem Autoradio plärrt trunken dahin mit voller Lautstärke, Adamo: >Es geht eine Träne auf Reisen< in Französisch.

Wir liegen alle drei schwer atmend in den Lederpolstern und genießen die absolute Stille. Ich habe den Motor abgestellt.

"Spitze..." flüstert Toe andächtig mit geschlossenen Augen und nestelt an seinem Hosenschlitz und befreit seinen eingesperrten Penis aus der Hose. Er glänzt von Samen, die Eichelhaut bekommt winzige Falten vom Wind. Ringo ist aus dem Wagen gesprungen und rennt kläffend irgendeiner Tierspur nach ins Nichts davon.

"Ich komme mir vor wie Bonny und Clyde," sagt Briella und stemmt sich über den immer noch schmachtenden Toe ins Freie, "Wie mit zwei Liebesgangstern auf der Flucht."

"Auf der Flucht vor was?" frage ich beim Aussteigen.

"Ach nichts, eben auf der Flucht" sagt sie gelassen.

Wir schauen in den tiefen Brunnen, er hat Wasser. Ich hole einen Eimer und ein Seil, das ich immer im Kofferraum habe, und wir schöpfen Wasser.

"Wir sind weit genug von der Straße" sagt sie und zieht mir die weiten Hosen herunter und schiebt mir das Hemd über die Schultern. Meine Haare wehen im Wind.

"Stell Dich hin, ich dusche Dich" sagt sie. Ich stehe da mit erhobenen Armen. Briella schüttet einen um den anderen Eimer kühles Wasser über mich. Die ersten Wasserlachen hinterlassen eine Gänsehaut auf meinem Körper und die feinen Haare stellen sich auf. Ich schüttle mich wohlig.

"Er braucht unbedingt noch seine Abreibung" sagt Toe, der aus dem Auto steigt mit offener Hose. Sein Oberkörper ist frei, seine Muskeln spielen braun an der haarlosen Brust. Er hat eine Tube Badedas in der Hand und die beiden waschen und schäumen mich mit vier Händen und viel Schaum ein.

Ich vergesse die nahe Straße, mein Schwanz erbebt unter den spielerischen Händen von Toe, die ihn hin und her pendeln lassen. Briellas Hände kreisen schäumend und liebkosend von meinem Hals bis in die Arschfalte. Ich spritze meinen weißen Samen in den weißen Schaum.

"Komm, komm, komm" lockt Toe, meinen Penis zärtlich streichelnd. Ich werde weich in den Knien. Briella hält mich unter den Armen wie einen Ertrinkenden. Ich blicke über Toe's braune Haarlocken in die fernen Sanddünen. Es flimmert mir vor Augen. Toe's kräftige Abreibung ist an der Schmerzgrenze, ich winde mich. Briella flüstert mir ins Ohr:

"Wehr dich nicht, es kommt gleich erst richtig hoch." Ich nicke und schüttle mich. Ich weiß es und fürchte es, ich will es und erschrecke doch.

Toe steht jetzt ganz dicht vor mir, ich schmecke seinen Atem. Er schaut mir direkt in die Augen, ganz nah, ich kann sie nicht ganz scharf sehen. Seine Faust ist in meinem Arsch, die andere Hand hält meinen noch immer zuckenden Penis fest, da erschauere ich leicht von innen. Mir wird dunkel vor den Augen, es hebt mich und zuckt, tut im Herz stechend weh, geht vorbei - ich schluchze, es würgt mir im Hals, ich schlucke, hole Luft und ziehe das Gefühl in mir hoch, wie man Saft aufschlürft. Es macht mir ein Kribbeln im ganzen Körper. Briella hält mich noch immer, ich weiß nicht, ob viel oder wenig Zeit vergangen ist. 'Ich kann jetzt nicht Auto fahren', denke ich und sie lassen mich auf die Erde sinken.

Wieder verschwimmt etwas in mir. Ich zucke einfach weiter. Ich denke: 'So darf mich aber keiner sehen'. Toe gießt ganz langsam Wasser über mich. Ich kreische, fühle mein Zittern und genieße das Rieseln durch meinen ganzen Körper.

Briella hockt neben mir auf den Beinen und stubst meine Brust mit dem Finger an.

"Gelt, da schnaufst" lacht sie, und ich und Toe lachen mit. Wir liegen am Boden und lachen über den Witz mit der Maus und dem Elefanten.

"Jetzt müssen wir aber weiterfahren. Wir müssen noch was einkaufen," äfft Toe meine Stimme und Sprache nach und beginnt das Seil aufzuwickeln. „Der *Souk* schließt mittags und wir wollen nicht unnütz rumsitzen in Gabes".

Rote, gelbe, grüne Farben, bunt gestreifte Schirme, und kreuz und quer gespannte Marktplanen über den Ständen und Haufen von Waren bilden den offenen Marktplatz von Gabes. Gleisendes Mittagslicht, das in den Augen sticht, lastet über allem. Am Himmel stehen kleine, weiße Federwölkchen still - Kaiserwetter.

Wir kaufen von den schreienden und gestikulierenden Händlern Lebensmittel, Gemüse, Obst und Gewürze ein. Jeder Händler ist ein origineller Selbstdarsteller.

"Meinst Du nicht, daß wir zuviel haben?" fragt Briella.

"Für vier Tage brauchen wir schon was" antworte ich, denn es gibt in dem verlassenen Haus in Bou Achmar absolut nichts. Ich habe zwar den Schlüssel für den Munitionsturm mit, so nennt sich der eine, verschlossene Rundteil des Hauses, weil es ehemals ein befestigter Wachtposten der Franzosen an der

Wüstenstraße war. Den Schlüssel hat mir Ibn Daud gegeben mit der süffisanten Bemerkung:

"Damit ihr nicht meine Kamele erschreckt beim Gruppenfick im Freien. Im Keller findet ihr gutes Öl gelagert, alles andere müßt ihr kaufen."

Auch dieser kleine Oasengarten gehört ihm.

Toe verhandelt mit einem Hühnerhändler. Am Boden liegt ein Haufen Federvieh still im Schatten mit zusammengebundenen Beinen. Der Händler rüttelt an den Tieren, die aufgackern, zum Beweis, daß sie noch leben. Es geht um den Preis.

"Einmal sollten wir schon ein Huhn kochen" meint Briella und faßt den Hühnern sachlich unters Gefieder.

"Nimm die da, da ist wenigstens ein bißchen was dran, die anderen sind zu mager," sagt sie.

Toe handelt. Ich schleppe die beiden Säcke zum Auto. Träger bieten sich an, aber ich will meine Sachen lieber selber einladen. Wir haben alles und gehen noch ein bißchen zu dritt, Hand in Hand, in Hand, Briella in der Mitte, über den Markt.

"Die gucken alle so," sagt Briella und dreht sich um, "Sicher ungewöhnlich, eine Frau mit zwei Männern."

"Sie beneiden Dich," sage ich und drücke ihre Hand hinter ihrem Rücken, die auch Toe festhält.

"Ich glaube, sie beneiden eher Euch. Welcher Mann denkt hier schon an die Frauen, wenn er mitfühlt." Ich gebe ihr recht.

"Weiß nicht," nuschelt Toe und dreht sich hin und her. Wir betreten ein schmales dunkles Gewölbekaffee am Marktrand. Er sagt:

"Die Männer haben hier eher zwei Frauen, als noch einen Mann dazu. Ein zweiter Mann mit derselben Frau ... ach, das versteht Ihr nicht, das tut weh."

"Was weh?" fragt Briella.

"Misch Dich nicht ein," wehrt Toe ab, "Du bist eine Frau, davon verstehst Du nichts. Ich liebe Dich, Andro und ich verdränge Dich. Wenn ich eine Frau nicht alleine hab', bin ich kein richtiger Mann. So gucken die mich an, diese Männer, wie der da," und er deutet auf einen vor Stolz strotzenden Macho mit Muskeln und Zornesfalten auf der gefurchten Stirn, die Hände über der Brust verschränkt, einen Jasminstrauß zwischen den Zähnen, den er mal eben raus nimmt, um auf den Boden zu spucken. Am Boden neben ihm sitzen vier Frauen, vielleicht Töchter oder Verwandte, aber sie hocken da wie Hühner, und er spuckt über sie hinweg. Er würdigt Toe keines Blickes.

"Fühlst Du so?" fragt ihn Briella.

"Weiß nicht, was ich fühle" sagt er.

'Dicke Luft' denke ich. Wir trinken Tee aus kleinen Gläsern, bernsteinfarben und heiß.

"Würdest Du mit ihm tauschen wollen?" frage ich ihn. Toe schreit mir ins Gesicht:

"Blödmann, natürlich nicht!" er lacht auf und gibt dem handgedrechselten Holzstuhl einen Tritt, daß er vor die Tür fällt.

Wir schweigen und schauen auf den flirrenden Markt mit Eseln und Schafen und Frauen in ihren wehenden Tüchern. Die Gerüche umduften uns wie lebendige Berührungen an der Nase, mit jedem Atemzug was anderes, starkes oder noch stärkeres, aromatisches oder atemberau-bendes.

"Toe, Du und Andro, ich liebe Euch doch, ich bin
doch Eurer beider Frau, nicht? Also..."

"Ja, ja, Du steckst mit ihm doch unter einer Decke
..." Toe muß wieder lachen und sagt:

"Wie meine Mutter, ach Gott, ich sage die gleichen
Sachen wie meine Mutter, ...wenn Du schwul wirst,
kriegst Du keine Frau und bist der Arsch von den
anderen Männern."

Ich denke an unseren Kampf im Wasser auf der
Insel.

"Frauen sind nicht der Besitz der Männer" sagt
Briella. Dabei bindet sie sich das breite, selbstgewebte
Haarband fester um die Stirn, "Die Menschen sind frei
und keine Hühner, die ein Mann auf den Boden wirft
und besitzt."

Toe und ich schauen uns an. Seltsam, denke ich,
wenn ich sie das so sagen höre, kommt eine Art
Verbrüderungsgefühl mit ihm in mir hoch. Ich bin
derselben Ansicht wie sie, aber wenn sie so wie jetzt, so
selbstsicher wird und aufsteht in ihrer ganzen Größe
und sagt, daß sie niemandes Besitz ist, dann... Ich weiß
nicht weiter, es fühlt sich dann in mir
kameradschaftlich an, zum anderen Mann.

Ich frage mich, ob und wie es mich verletzt. Briella
ist weggegangen vom Tisch. Wir haben uns beide die
Frage nach ihrem Wohin oder Warum verkniffen.

"Siehst Du," sagt Toe und schlürft an seinem Tee,
"Sie geht einfach, wohin sie will."

"Ja," sage ich, "Du doch auch."

"Das ist was anderes" sagt er, aber wir wissen beide
nicht, was daran anders ist. Briella ist zwischen den
Markständen verschwunden. Toe und ich spielen eine

Runde Domino, zu der uns zwei Männer vom Nebentisch eingeladen haben. Einer der beiden Männer fragt mich auf französisch, ob Briella meine Frau sei. Ich antworte betont, daß wir zu dritt sind.

"Dann denkt er, daß sie eine Prostituierte ist, wetten?" sagt Toe und beginnt die Dominoreihe.

‚Denkt Toe das auch?' frage ich mich und weiß keine Antwort.

Das Spiel ist still, die Schiefersteine, mit den von Hand geschnittenen Punkten drauf, klappern auf dem Tisch. Ein kleiner Alter, mit roter Filzmütze, notiert auf einem Brettchen mit Kreide den Spielstand. Es ist keine einzige Frau im Kaffee, ausschließlich Männer, nur bei den Markständen gibt es Frauen, aber auch dort haben die Männer das Sagen. Es ist eine voll perfekte Machowelt, niemand muckt auf.

Ich denke an Würm, an mein Zuhause, an die Berliner Kommune, mein Leben. Dieser bizarre Anachronismus ist der Hintergrund, auf dem meine eigene polygam-bisexuelle, gleichbe-rechtigte Lebensweise kontrastiert wie Licht und Schatten der gleisenden Marktstände in der Sonne da draußen.

"Hier sind alle arabische Machos, im ganz traditionellen eigentlichen Sinne." sage ich zu Toe. Toe reagiert nicht.

"Heute abend sind wir schon bei den Berbern. In Bou Achmar ist alles anders, die Beduinen haben den Islam nicht ganz angenommen und ihre eigenen Traditionen behalten." Toe muß passen und hat schlechte Laune, weil er verliert. Er ist ein miserabler Verlierer.

"Trotzdem machen Frauen, was Männer sagen," sagt er trotzig.

"Das ist bei den Beduinen nicht so klar und bei den Tuareg, weiter im Süden, ganz und gar nicht, dort ist alles noch matriarchalisch."

"Da heiraten wohl die Frauen die Männer?" hämt Toe.

"Ja," sage ich ohne Häme, einmal im Jahr ist Heiratsmarkt, und da gehen die Frauen hin, die Männer auszusuchen und nicht umgekehrt, manchmal hunderte von Kilometern weit."

Wir haben verloren gegen die Dominocracks, sie spielen täglich ihr ganzes Leben lang.

Briella kommt zurück an den Tisch.

"Da, seht mal," sagt sie, "Ich habe Musk gefunden, riecht ganz toll, für Dich," sagt sie und schiebt mir das Zinkdöschen mit betäubend duftendem Parfümstein zu, "Und das da ist Antimon."

Sie geht zu Toe und nimmt aus einem Lederbeutelchen mit bunten Fransen ein Kupferstäbchen voll schwarzem Grafitpulver heraus und schminkt Toe's Augen wie mit einem Cayalstift.

"Das ist gegen die ägyptische Augenkrankheit, weil Du doch immer so leicht entzündete Augen hast."

Toe läßt sich beschenken und bemuttern. Ein kindlich triumphierender Zug ist um seine Nase. Ich verstehe den kleinen Macker in ihm gut, aber ich sehe auch kommendes Unheil.

Wir brechen auf, um noch vor Dunkelheit anzukommen.

"*Be sälem aleikum*" ruft uns die Männerrunde nach und *"bon route"*. Hundertzwanzig Kilometer Wüstenpiste warten auf uns.

Es ist die alte Wüstentraße, auf der schon Herodot, der älteste Griechische Geschichtsschreiber, zu den Atlantiden und den Amazonen reiste. Diese Straße führt einem langen Gebirgszug entlang, von der Insel Djerba aus gen Westen, in die Sahara auf einen großen Salzsee zu, dem *Shott el Djerid.*.

Es gibt schon lange keine Felder mehr. Die Erde ist steinig und schroff, Zwischen Geröll wachsen einzelne Halme und Pflanzen. Die Farben wechseln ständig. Kleine Dörfer, die im Nichts stehen und deren viereckige Hausumfriedungen wie gelbe Trutzburgen gegen den Sandwind kauern, sind die einzige Abwechslung. In der Ferne Kamelherden und Ziegenhirten.

Neben der Teerstraße, die leidlich in Ordnung ist und ein rasches Tempo zuläßt, rote Erdwege, auf denen Tiere und Karren ziehen. Kinder rufen uns zu, und schöne, halbwüchsige Jungs mit wirren Haaren und geilen Augen betteln gestenreich um Zigaretten, blau berockte Mädchen treiben mit einer Gerte Ziegen vor sich her.

Schroffe Trockentäler, Flußbetten, in denen feiner Staub aufwirbelt, aber kein Wasser fließt, zeugen von reißenden Bächen, die alle Jahre mal plötzlich anschwellen.

Briella liegt auf dem Rücksitz und ist eingeschlafen. Toe sitzt daneben geklemmt und spielt mit ihrer Brille. Ich sehe im Rückspiegel seine sehnigen, von Venen durchzogenen Hände spielen. Ich bin süchtig nach Sex, süchtig nach Zärtlichkeit, süchtig nach Ekstase.

Und der da, auf dem Rücksitz und sie, scheinen mir Quelle für beides, nur sie vertragen sich nicht. Irgend etwas an ihnen scheint zu widerstreiten, und ich weiß nicht genau was. Wir haben vier Tage vor uns in der winzigen Oase, *Bou Achmar.*

"Man weiß nie, ob sie noch da ist," hatte Ibn Daud gesagt, als er mir die Schlüssel mitgab, "Die Wüste ist unberechenbar und unstet, wie die Gunst der Knaben, ein flüchtiges Reh. Die Liebe der Frauen dagegen ist verläßlich. *Eh bien*, aber der herbe Durst nach den geilen Knabensäften und wilden Geschmäckern und eben ihre ungestüme Wut ist es, die ich immer noch suche, wie Du, mein Bruder." Ich fühlte mich von Ibn Daud durchschaut.

Der Wagen schwingt dahin. Es ist schön, die Kotflügel als Rundungen neben mir zu sehen, den gescheitelten Kühler und das goldene, im Wind flatternde Tao-Zeichen, womit ich den demontierten Mercedes-Stern ersetzt habe.

Der scharfe Fahrtwind läßt die Hitze nicht fühlen, aber es ist heiß. Wo ich die Hand länger ruhen lasse, ist anschließend ein nasser Fleck auf dem Stoff. Die Haut schwitzt ständig, das macht auch den Durst. Die Sonne kommt dem Horizont bedenklich nahe und ich halte an, um in der Karte zu lesen, wo die Erdpiste nach *Bou Achmar* hätte abgehen müssen.

"Warum hältst Du an?" Toe ist aus seinem Dösen hochgeschreckt.

"Ich habe mich verirrt. Wir sind irgendwie längst an *Bou Achmar* vorbei."

"Laß mich mal," sagt Toe und klettert nach vorne. Briella steigt aus und hockt sich an den Straßenrand zum Pinkeln. Toe fuchtelt mit der Karte herum, ich suche nach dem Kompaß. Es gab keinen Abzweig, wo ich mich hätte verirrt haben können. Der ungefähren

Kilometer-entfernung nach hätte ich eine Piste nach rechts nehmen müssen, die aber kam nie und kein Richtungsschild hatte sie angezeigt.

"Ich gehe auf die Berghöhe dort," zeige ich den beiden aus dem Fenster, "Und schaue mich um. Vielleicht ist die Piste einfach nur zugeweht worden. Von dort oben müßte man die Oase sehen können."

"Ich komme mit" sagt Briella.

Toe zündet sich eine Zigarette an und winkt uns, zu gehen. Er bleibt beim Auto. Wir gehen beide nebeneinander her. Sie in einem gestreiften, rotgelben Tuch, das sie wegen der Sonne über den Kopf gezogen hat, ich in einer weißen Pluderhose und offenem Hemd und einem weißen Turban auf dem Kopf. Die Erde ist steinhart und glatt gefegt vom Wind. Unterhalb des flachen Berges ist ein kleiner Palmengarten mit dürren Palmen, welche die letzte Trockenheit mehr schlecht als recht überlebt haben. Wir stapfen weiter.

"Ich will ein Kind von Dir," sagt Briella ohne irgend eine Einleitung im Gehen und schaut auf den Boden.

Ich gehe weiter und sie auch. Sie ist eine Frau, denke ich, und sie will ein Kind. Ich finde Kinder sowieso gut, ich lebe gern mit Kindern. Nur warum sagt sie das jetzt, und warum will sie eines von mir.

"Ich denke, es ist wichtig, daß Du weißt, daß ich von Dir und nicht von Toe ein Kind haben will."

Aha, darum sagt sie das jetzt. In mir fühlt sich etwas gewürdigt, wahrscheinlich plustert sich mein patriarchalischer Erbvater in mir auf und dreht sich im Licht hin und her, wie ein Gockel.

"Ich mach' Dir gern ein Kind," sage ich einfach. Und ich kann mir gut vorstellen, wie sie mit einem dicken

Bauch aussieht. Briella wirft kleine Steinchen in die Landschaft, die sie aufgesammelt hat.

"Nur jetzt noch nicht," sagt sie, "Mein Vater meint, daß ich nach der Krankheit mindestens ein Jahr warten müsse, um sicher zu sein, daß die Kinder keinen Schaden hätten wegen meiner Krankheit, aber sie würden sowieso einen kriegen, hat das alte Ekel gesagt."

"Wenn es soweit ist, mache ich Dir so viele Kinder wie Du willst," nicke ich ihr zu.

"Abgemacht" sagt sie, "Und egal, ob wir uns gerade vertragen oder nicht: Merke Dir, ich will sie von Dir. Wenn Du nicht willst, mußt du Dich später nicht um sie kümmern." Wir steigen weiter den Berg hoch.

"Meine Eltern kommen übrigens nächsten Monat," sagt sie und nun bleibe ich doch abrupt stehen.

"Wissen Deine Eltern, daß wir zu dritt sind?" frage ich sie.

"Nein, ich habe über solche Sachen nie mit ihnen gesprochen." Wir sind oben angekommen und ich kann *Bou Achmar* ganz leicht erkennen. Natürlich war ich vorbeigefahren, die Piste war vom Sand zugeweht, das Schild vielleicht versunken oder umgeworfen. Briella deutet voraus:

"Da geht noch eine andere Piste hin und trifft dort vorne auf die Straße, vielleicht ist diese nicht verweht."

Die kleine Oase liegt wie ein graugrüner Fleck in der Steinwüste. Den kleinen See mit Süßwasser davor kann man von hier oben aus gut sehen, auch daß der Quellfluß Wasser führt.

Wir nehmen die zweite Piste. Sie ist teilweise voll Sand und der Benz hat Mühe, mit Anlauf durchzukommen, ohne stecken zu bleiben. Ich habe keine Schaufeln oder Sandbleche dabei, ein Festsitzen hieße festsitzen. Toe kommentiert jede meiner Steuerungskünste mit Bemerkungen. Er ist nervös. Ahnt er was von dem Gespräch mit Briella? Ich habe nicht die Absicht, es ihm zu sagen. Ich will Frieden haben die Tage.

Wir rollen mit einer gehörigen Staubfahne vor die beiden Türme mit Haupthaus. Es sieht aus wie eine Burg mit gezackten Zinnen und eingefallenem Dach. Hinter dem Haus liegen die drei Terrassen Oasenfelder mit Olivenbäumen und Dattelpalmen zum Natursee hin, der in einem natürlichem Steinbecken liegt. Das Wasser rinnt glasklar über einen grün veralgten, flachen Felsen in den vielleicht zehn mal zwanzig Meter großen Teich. Kleine Bewässerungsgräben zweigen davon ab zu den winzigen Feldern mit Korn und Gemüse unter dem Schatten der rauschenden Palmen. Einige große, dürre Eukalyptusbäume zeugen von früheren, besseren Zeiten.

Wir schließen den Turm auf und bringen die Schilfmatten unter das Sonnendach, an dem viele Ziegel fehlen, das aber dennoch Schatten wirft auf die flache Steinterrasse aus weißen Kalksteinquadern, die jemand vor undenklichen Zeiten hier angelegt hatte. Es wirkt, als wären sie aus einem alten römischen Tempel gebrochen worden, ein hier üblicher Denkmalsraub. In dem offenen Raum installieren wir Kocher, Gasflasche und Küchengerät, hängen den Ledersack mit Wasser auf, und stellen die beiden Säcke mit Vorräten in die Ecken des Raumes.

Toe polstert das Bett. Briella sammelt Holz zum Feuer machen. Gas nimmt sie nicht gern. Es ist niemand da, aber die Spuren deuten daraufhin, daß gelegentlich wohl doch jemand hier war.

Tatsächlich lagert im Kellerraum Olivenöl in großen glasierten Tonkrügen und ein kleinerer Krug mit eingelegten, gewürzten schwarzen Oliven. Die Olivenbäume läßt Ibn Daud ernten und versorgen. Zur Erntezeit wohnt regelmäßig jemand hier, damit die Früchte nicht vorher gestohlen werden.

Die Nacht kommt rasch in der Wüste.

Wir schaffen es gerade noch rechtzeitig vor Dunkelheit, unser Bett mit Fellen und Tüchern auf den Matten einzurichten, und schon ist es dunkel. Wüstenhimmel sind dunkelblau und stehen hoch. In der unendlichen Höhe glitzern Lichtpunkte, die Sterne wie ein Spitzenklöppelwerk. Zum Sonnenuntergang haben wir einen Sänger gehört: die *Sure* von den Bienen. Wir haben aber niemanden entdecken können.

"Vielleicht," sage ich, "Lagern weiter draußen Hirten und einer betet eben so laut, daß wir es gerade noch hören können."

"Wer sollte da draußen sein?" fragt Briella und ich erkläre ihr die Art der Kamelhirten, die ihre Tiere manchmal bis zu fünfzig Kilometer weit auseinander weiden lassen und zum Abend durch Rufen, Singen oder Schnalzen zusammen bringen.

Im Wasser spiegelt sich die Nacht. Ich sitze noch an dem Terrassenabbruch und schaue in das dunkle Wasser.

Toe hat den Arm über das Gesicht geworfen und schläft. Briella sitzt still mit erhobenem Gesicht und schaut dem aufsteigenden Mond zu. Die Farbe des Mondes wird heller, je höher er steigt.

Ringo ist der erste, der einschläft und im Schlaf mit den Pfoten zuckt auf geträumter Jagd. Er hat, kaum daß wir ankamen, das ganze Revier abrennen und abpissen müssen in der abendlichen Schwüle.

Ich kuschle mich eng an den Rücken von Toe und schiebe meinen Arm zwischen seine Beine, meine Lippen streicheln seinen Nacken unter den Haaren. Briella sitz noch immer. Sie beobachtet Toe's Gesicht im Schlaf.

"Warum liebst Du solche unreifen Bengel?" fragt sie leise. Ich tue so, als ob ich nichts höre.

"Meine Mutter denkt, daß wir zwei heiraten, von Toe weiß Sie gar nichts."

Grillen zirpen in der schwülen Nacht, es ist noch nicht kühl geworden. Toe wälzt sich frei, es ist zu warm unter dem Tuch auf den Fellen. Briella zieht sich im Mondlicht aus. Sie macht das nicht provokant, aber es ist langsam und sehr bewußt. Sie weiß daß ich zusehe und nicht schlafe. Ich streiche etwas über Toe's Bauch, da federt sein immer bereiter Schwanz auch schon hoch. Toe schmatzt und seufzt, er schläft fest mit steifem Schwanz.

Das Mondlicht auf Briellas Haut macht einen matten Glanz auf ihre Brüste. Sie streicht die eine Brust und hockt sich dann einige Meter entfernt am Wasserrand hin und plätschert mit einer Hand im Wasser. Ihre blonden Haare fließen wie ein Fell über ihren Rücken. Sie ist eine starke Frau. Nicht dick, es ist kein Gramm Fett an ihr, aber sie hat Muskeln und Fleisch, Hände und Finger sind wie bei einem Jungen, der Rücken zeigt muskulöse Stränge. Sie war früher in einem Schwimmclub.

Toe streckt die Zehen wie ein Hund im Schlaf. Seine Eier ziehen sich langsam im Hoden hoch an die Leistenbeuge und sinken wieder herab, ein mähliches Spannen und Entspannen im Schlaf. Ich kitzle seine extrem empfindlichen Brustwarzen und stehe dann auf. Er rollt sich wie ein Baby zusammen, als ich aufstehe und zu Briella gehe.

Ich bin auch geil. Mein Penis steht schräg nach oben und pocht. Leichter Wind kommt auf, den ich zwischen den Beinen fühle. Briella macht sich das Gesicht naß. Sie kauert vor mir.

Alles ist Frau an ihr und alles Mann an mir. Trotzdem drängt mich gerade jetzt nichts. Jeder von uns fühlt sich selber und die Gegenwart des Anderen ist gut, sichernd und stützend.

Irgendwo östlich von uns blöken Kamele.

"Da sind noch andere, hörst Du?"

"Ja," sagt sie, und: " Haben die Kameltreiber denn auch Frauen dabei?"

"Nein," sage ich in den Wind, " Es sind die jüngeren Brüder oder Neffen, wenn sie unterwegs sind. Das gehört sich so. Die Jungen haben geschminkte Augen von Antimon und manchmal an Vollmondtagen tanzen sie für die Älteren eine Art Schleiertanz und machen den schwirrenden Frauenruf der Mädchen nach. Sie machen das so lange, bis die geilen Jungs über sie herfallen. Dabei dürfen sie sich wehren. An anderen Tagen müssen sie ihren Arsch einfach so hinhalten."

"Ist das keine Vergewaltigung?" fragt sie.

"Ich denke schon, daß es nicht jedem gefällt, in so einer strengen Hierarchie der Arsch des Älteren zu sein. Aber was ist hier nicht hierarchisch geordnet?

Später wird er selber einen Jungen suchen auf der Weide, wie der Ältere der ihn heute fickt, und der Jahre zuvor selber gefickt wurde."

"Das hat was von Gerechtigkeit," sagt sie und steht auf und kommt nah an meine rechte Seite. "Wenn wir auf der Rückfahrt sind, möchte ich, daß Du mir einen silbernen Armreif kaufst für den rechten Arm und Toe einen für meinen linken Arm. Ich will zeigen, daß ich Eure Frau bin."

"Das sieht dann jeder" sage ich.

"Ich will mich morgen mit Euch einen Tag lang vereinigen, ok?"

Weit in der Ferne spielt jemand eine Rohrflöte, es kommen nur Fetzen der Melodie an, der warme Wind trägt sie an uns vorbei. Die Vorstellung, endlich mit ihr und mit ihm vereinigt zu sein, macht mich ganz zittrig. Ja, das ist es, was ich will. Feuer und Wasser mischen, Gegensätze aufheben und ineinander überführen.

Ich sehe seinen Schwanz vor mir, wie ich ihn mit meiner Hand sanft aber bestimmt in ihre offene Möse schiebe und darin bewege. Allein die Vorstellung macht mich rasend geil im Kopf.

Sie ist zum Lager gegangen und hat sich zu Toe gelegt. Ich stehe noch da und denke: Wo bin ich dabei? Ich bin alles drum herum und dran und dabei bin ich das Bewegende. Ich denke zu fühlen, wie ihr Fleisch seinen Penis umlutscht wie ein großer Mund der Erde, mit Wassern der Furten und mit Gerüchen und sich mit dem weichen Boden verbindet.

Mir ist es egal, von welchem Samen sie fruchtbar wird, von seinem oder meinem. Same ist sowieso Millionenfach mal mehr da, als es braucht. Ihr Ei ist aber nur eines. Mich drängt es in Gedanken, in die beiden hinein, durch ihren oder seinen Arsch, egal, Schwanz an Schwanz neben ihr, in ihr zu sein...

Ich muß an mich halten, nicht zu ejakulieren. Ich will jetzt nicht. Ich will das aufheben für morgen, wenn wir einen Tag lang flicken werden.

Ich gehe etwas hin und her, mich abzulenken von meinen geilen Gedanken. Ringo ist aufgewacht und kommt mit mir. Sein Fell streift meine Beine. Der Mond ist inzwischen höher gewandert, es ist ganz hell geworden, die Erde erscheint silberweiß. Ringo schnüffelt an meiner Schwanzspitze, er leckt etwas mit ganz kurzer Zunge und setzt sich, seine schwarze, feuchte Schnauze in meiner linken Leistenbeuge. Ich lege eine Hand auf seinen Kopf und kraule ihn hinterm Ohr.

Es ist sehr intim zwischen uns, wenn ich ihn streichle und er starr wird vor Lust und Erstaunen. Tiere und Menschen sind einander nicht fremd. Mir fällt ein, daß Rüden oft zu dritt oder viert kopulieren, ohne Beißerei.

Später liegen wir Rücken an Rücken, Toe und ich und trotz flitzgeiler Schwänze sind wir Männer eingeschlafen, Ringos haariger Rücken liegt an unseren Füßen, die Schnauze hat er auf Briellas Bein gelegt, die spitzen Ohren spielen wach in der Nacht.

VIII SAHARA

Am Morgen sind wir früh wach. Die Sonne ist noch nicht heraus. Es ist angenehm kühl und das Licht noch nicht hart. Wir gehen zum See und waschen uns nackt. Ringo muß prustend den See durchschwimmen. Briella bringt Fladenbrot, Sardellen und feste Butter aus der Thermosdose zum Wasser. Toe schneidet sich die Zehennägel. Hoch über uns kreist ein schwarzer Raubvogel. Es ist Leben in der Oase.

"Heute will ich von Dir und von ihm geliebt werden, den ganzen Tag," sagt Briella zu Toe, der verstört aufschaut und das aufgebrochene Fladenbrot entgegennimmt.

"Bis zum Sonnenuntergang, hast Du verstanden, Lieber?" dabei kräuselt sie Toe's Scham-haare, der verlegen grinst und den Arsch wegdreht. Ich schaue ihr zu, wie sie sein Lustver-langen lockt und ihn bedrängt.

"Ich will noch das Stoffsegel vom Zelt aufspannen, hier über dem See, damit wir hier bleiben können," sage ich. Es gibt eine kleine Erdzunge am Wasser, auf der wir drei gerade Platz haben. Schatten von den Palmen gibt es hier den ganzen Tag.

Wir frühstücken. Briella kocht den Tee auf einem kleinen Holzkohlenofen mit Emaillekanne neben uns am Boden. Der Wind treibt die Glut knisternd an.

"Was ist wenn jemand kommt?" fragt der immer besorgte Toe.

"Ich glaube, hier gibt es nur den Kamelhirten draußen und der ist von Ibn Daud angestellt, und Ringo wird jeden Fremden verjagen" sage ich.

"Du weißt schon wieder alles," murrt Toe, der seine Einwände behalten will. Briella packt ihn an den Eiern und schaut ihm gerade in die Augen. Er ist erschrocken und läßt das Brot fallen.

"Hör zu, Junge: Ich will keine Unterbrechungen wegen nichts, verstehst Du? Und wenn der Kaiser von China käme, dann sieh zu, wie Du mit ihm fertig wirst. Ich aber will nicht unterbrochen werden, ok?"

"Ok, Sire" stottert Toe. Ich lache und bin froh über ihre Konsequenz.

Wir holen den Wassersack und binden ihn an den Palmenstamm. Das Wasser darin bleibt schön kühl, weil die feuchte Haut im Wind den Inhalt kühlt.

Brot und Oliven stehen bereit. Das Sonnensegel ist zwischen die Palmen gespannt und gerade groß genug, daß es einen zusätzlichen Schatten auf unser Lager macht.

Briella läßt sich von Toe mit Sonnenmilch die Haut eincremen.

"Ich will beten" sagt Briella und setzt uns beide neben sich, einen rechts und einen links. Toe macht ein seltsames Gesicht, aber er setzt sich.

"Legt eure Hände auf meine Schulter!" Wir rutschen zusammen und tun, wie sie uns sagt. Sie schließt die Augen und singt.

Ich verstehe kein Wort, aber die Stimme ist in Moll und getragen und es rührt mich sehr an, auch weil sie lange Pausen macht und die Refrains dann in der zweiten Stimme wiederholt.

"Was war das?" frage ich.

"Es ist ein Lied der Priesterin von Avalon, die sich für die Hochzeit mit dem Hirsch bereit macht."

"Aha" macht Toe, wir kennen es beide nicht. Sie küßt erst mich, dann ihn auf den Mund.

"Macht es wie Ihr wollt und wenn Ihr nicht mehr könnt, küßt mich weiter. Ich will vor Sonnenuntergang nicht aufhören damit, ja?" Toe nickt ergeben.

Toe und ich verständigen uns mit Zeichen. Reden erscheint mir zu profan, nach dem Gesang ist alles anders. Hoch über uns kreist ein Vogel. Ich denke an den ägyptischen Horusfalken. Briella steht zwischen uns und wir streicheln ihre Haut den Rücken herunter und den Bauch wieder herauf.

Ringo streunt in weiten Kreisen um unseren Platz herum und sichert mit spitzen Ohren.

"Wenn Du kommen mußt, unterbrich, bis es nicht mehr geht," flüstere ich ihm zu, als ich an seinem Ohr vorbeikomme.

Briella summt immer noch etwas von der Melodie, die mich an das Lied erinnert von den Wildgänsen, die durch die Nacht rauschen. Ich beuge mich vor und Briella legt ihren Oberkörper bäuchlings auf meinen Rücken, Toe steht hinter ihr mit durchgedrückten Beinen. Ich sehe seine Beine und die sehnigen Adern, die an seinen Schenkeln hervortreten. Briellas runde Beine reiben sich an seinen Muskeln, die Haare an seinen Beinen stellen sich auf, er wird geil.

Ich senke und drehe meinen Kopf, damit ich von unten zusehen kann. Er ist noch nicht in ihr drin, sein steifer Penis streift zwischen ihren Schenkeln und den Schamhaaren hin und her. Toe knetet ihre Arschbacken vor sich weich, wie einen Brotleib.

Briellas Haare fallen auf meinen Rücken. Sie singt immer noch. Ich schaukle sie sanft und streichle ihre Knöchel und die Waden von Toe

Ihre Füße, seine und ihre, stehen nebeneinander. Ich schaue die Zehen an und die Fußnägel. Ich finde Füße erotisch. Die Haut am Nagelbett, die wenigen Haare auf den Zehen, darin die blauen Venen wie ein Schmuck gesponnen. Sie drückt sich auf meinen Rücken, er dringt ein. Ich sehe es von unten. Mir steigt das Blut zu Kopf.

Aber er wartet, er rammelt nicht rein, nur die Eichel, seine beschnittene, schön geteilte Eichel, steckt zwischen ihren vollen Schamlippen. Beide warten. Ich wiege beide auf mir. Toe greift mit seinen nervigen Händen ihre Taille und bewegt ihren Körper etwas auf seinem Schwanz, immer noch ohne tief einzudringen. Briella seufzt und streichelt meine Lenden herab mit den Händen, bis zu meinen Arschbacken.

Wir werden alle drei ganz ruhig. Die Grillen zirpen los. Am Morgen waren sie still gewesen. Toe bewegt sich millimeterweise in sie hinein, immer in einer Geräuschpause der Grillen. Sonst ist nichts zu hören, außer ihrem Atem, dem tröpfelnden Wasser der Oase und dem sanften Schmatzen der Schamlippen um seine Eichel.

Ich muß mich nach einiger Zeit auf meine Knöchel abstützen, ihr Gewicht wird mir zu schwer. Sie hält mich fest, damit ich nicht weggehe und dreht sich auf meinem Rücken um. ich bleibe gebeugt stehen, mit ihrem Rücken auf meinem, ihre blonden, offenen Haare fallen mir seitlich neben das Gesicht. Toe nimmt ihre Beine auf seine Schultern und rammt seinen Schwanz tief in sie hinein und verharrt, sein Hände halten ihr Becken fest an sich gepreßt. Seine Knie beginnen zu zittern. Sie stöhnt etwas. Er zieht die Luft scharf ein. Ich vermute, daß er sich kontrolliert, um nicht abzuspritzen. Es ist doch erst der Anfang vom Anfang.

Briella gleitet mit einem Bein von seiner Schulter und schlingt es ihm um seine Hüfte. Toe fickt sie jetzt rhythmisch, und sie hält sich mit einer Hand in seinem Nacken, unter seinen wippenden, braunen Locken fest. Ich richte mich etwas auf, immer noch mit ihr auf meinem Rücken und fange seine Stoßbewegungen in sie federnd ab. Nach einiger Zeit gleitet auch ihr anderes Bein von seiner Schulter, ich richte mich mehr auf, und sie greift mit ihren Händen rückwärts meine Schultern, wobei ihr rechtes Bein an seinem herabrutscht und sie Halt findet am Boden. Toes lange Arme greifen um sie herum auf meinen Bauch, und er preßt mich beim Ficken an ihren Rücken. Ich fühle seine Stöße dumpf in meinem Bauch. Es ist als ob er uns beide fickt. Sie greift aufstöhnend mit beiden Armen nach seinem Kopf und kommt auf beide Füße zu stehen. Ich richte mich auf und drehe mich um und drücke meinen Bauch an ihren Rücken und fasse um sie herum auf seine Arschbacken, die ich fest in den

Händen halte und gebe seinen Stößen damit zusätzlichen Schwung.

Briella zuckt bereits inwendig. Er bleibt starr stehen, und sie bewegt sich zwischen uns wie ein Fisch hin und her. Toe stöhnt und geht langsam aus ihr heraus. Er tritt einen Schritt zurück, sein prall steifer Schwanz zittert mit blauroter Eichel, glasklar glitzern Tropfen aus der Harnröhre und fallen mit einem langen Faden zu Boden. Er nickt mir zu und kommt an meine Stelle. Ich drehe sie um und drücke ihren Oberkörper nach vorn und stelle mich hinter sie, wo er stand, genau in seine Fußspuren im Tuch, die sich in den Sand gedrückt haben.

Er kniet vor Briella und sie umschlingt seinen Nacken mit den Armen, ihre Gesichter liegen seitlich aneinander. Sie küssen sich mit offenen Lippen langsam und innig.

Ich mache es genauso sanft und langsam wie er. Toe umfaßt mit seinen Händen ihre Beine und streichelt sie von unten. Ich mache wenig Bewegungen und nach den Stößen lange Pausen. Sie ist bald an ihrem ersten Orgasmus, erreicht ihn auch leicht und hat bereits im Hin- und Herschwingen kurz darauf den nächsten. Sie richtet sich mit Toe auf und schlingt ein Bein um seine Hüfte. Ich gleite aus ihr heraus, Toe dreht sich um, und ich schiebe ihn an meiner Stelle in sie. Er ist jetzt weniger erregt als zuvor, deshalb geht es länger. So wie er steht, kann er nicht viel machen und sie auch nicht. Ich schlüpfe mit zwei Fingern der rechten Hand zu ihm in ihren Schoß. Das Eindringen löst bei ihr einen kleinen Orgasmus aus. Ich fühle seine Eichel in ihr, seinen genoppten Rand und den Beschneidungswulst. Es ist irre geil für mich, so bewußt beide in der Hand zu fühlen. Er fickt zugleich in meine Hand und in ihre Möse, die ich um meine Finger fühle wie eine nasse, reife offene Feige.

Ich stelle mich auf hinter ihr und schiebe statt der Finger meinen Penis zu seinem in ihren Schoß. Sie kommt sofort mehrmals. Briella schleckt und beißt Toe ins Ohr, ihr Atmen, Singen, Summen und Stöhnen wird ein einziges wogendes Gemisch. Sie ist ganz naß im Schoß, es läuft direkt heraus, näßt unsere Schwänze, Eier und Schamhaare gänzlich ein, die Schenkel herab.

Wir müssen uns noch dreimal abwechseln, weil ich mich kaum beherrschen kann. Das Gefühl macht den ganzen Körper wie elektrisch. Es ist wie auf einem Trip, denke ich. Die Haut wird ganz empfindlich. Allein ein herunter fallender, kleiner Ast macht Sensationen auf der Haut. An den Beinen schwitzen wir Männer beide kalt. Wir müssen uns eine Weile im Liegen vereinigen, die Beine tragen uns nicht mehr. Ich nehme beide auf mich und liege unter ihr, die sich mit den Beinen breit über mich setzt, mit ihrem heißroten Gesicht dicht zu meinem. Toe schiebt meinen steifen Schwanz von unten in ihre tropfende Öffnung, kniet sich hinter sie, und drängt sich von hinten dazu in ihre weit gespannte Möse, die unsere beiden Schwänze stramm umschlingt. Sein Schwanz ist dicker und länger als meiner, es weitet und dehnt sie stark. Er ist langsam und gibt brummende Töne der Unterstützung von sich. Sie atmet heftig. Er macht dieses Reinschieben noch viele Male weiter, bleibt immer eine Weile außerhalb von ihr und mir und stößt dann dazu.

‚Sie hat uns beide ganz angenommen‘, denke ich. Briella summt und spricht mit mir und ihm wie mit einem. ‚Vielleicht‘, denke ich, ‚sind wir ein doppelschwänziges Ungeheuer für sie, das sie umschlingt, bezwingt, besänftigt und auspreßt, wie eine süße Frucht.‘

Irgendwann bin ich eingeschlafen. Sicher hatte ich einen Samenerguß, das macht mich immer schläfrig. Mein Schwanz ist auch nicht mehr so steif. Sie wiegt und schiebt sich dafür auf Toe, der sie von hinten nimmt mit meinem weichen Penis noch drin.

Ich packe seine festen Oberschenkel, als er kurz vorm Ejakulieren ist und sage cool: "stop it, warte!", beide halten ein. Sie lacht und legt sich mit dem Bauch flach auf mich. Toe rutscht aus ihr heraus und starrt auf seinen wesentlich größeren Schwanz. Er hält ihn mit beiden Händen fest umschlossen und sagt laut:

"Stop, hey Mann, stop it." Er kommt wieder unter Kontrolle und steht auf.

"Ich geh' baden!" ruft er und wirft sich platschend in den See. Ich bleibe mit ihr vereinigt noch liegen. Wir rollen uns hin und her. Ihre Möse hält meinen halberigierten Penis angenehm fest.

"Ich muß Dir eine Geschichte erzählen" sagt sie plötzlich leise und macht mit den Fingerspitzen Kreise auf meiner Brust.

"Es war einmal eine Königin auf einer Insel, die hatte so viel Lust, daß keiner sie befriedigen konnte. Jeden Tag nahm sie Mädchen und Frauen zu sich ins Bett und ließ sich solange streicheln, bis sie dachte, daß sie verrückt würde.

Eines Tages, als sie vor Sehnsucht nach Befriedigung und ständigem Hunger, nicht mehr weiter wußte, ließ sie alle begattungsfähigen Männer zusammenrufen und antreten. Sie lagerte unter einem roten Zeltdach mit

Klingeln und Troddeln. Dienerinnen erfrischten sie und lagen zu ihren Füßen und unter ihr. Sie machte ihren Schoß auf, und ein Mann nach dem anderen drang in sie ein.

Das dauerte den ganzen Tag.

Und es war, als ob sie sich mit allem verschmelzen würde in einem weißen Meer von Samen. Weil sie so ins Innerste getroffen wurde, kam ihr Blut und vermischte sich mit dem Samen von sechshundert Männern. Und erst als alle gegangen waren und sie noch still da lag, ganz offen, ganz zerflossen, kamen Wellen aus ihrem Fleisch und schüttelten sie so stark, daß sie von vier Mädchen festgehalten werden mußte. Und es waren keine Schmerzen, weißt Du, es tut nicht weh, sondern es ist, wie wenn das Meer aufreißt und wieder in Dir zusammenstürzt und Du denkst, daß Du sterben müßtest. Aber Du stirbst nicht, Du tauchst daraus auf wie ein Fisch, wie eine Nixe aus der Gischt..."

Während sie redet, pulsieren Wellen in ihr und ich bewege mich rhythmisch dazu. Wir setzen uns auf und ich habe sie im Schoß. Sie wirft den Kopf in den Nacken und ihr Oberkörper wirbelt hin und her und sie schreit dazu:

"Halten! Halt mich fest, am Herzen halt mich!"

Ich kann sie halten, ohne daß ich sie aus dem Schoß verliere. Toe kommt zurück und schaut sie neugierig an, wie sie in meinem Schoß herumschlingert.

"Alles in Ordnung?" fragt er. Ich nicke nur und passe auf, sie nicht loszulassen.

Da fühle ich auf meinem wieder harten Geschlecht ihren inneren Schoß sich auf mich drücken, sie hält die

Luft an, drückt das Kinn auf die Brust und dann
kommt sie wieder. Dabei lacht und kichert, weint und
stammelt sie:
"Nicht, nicht raus, bleib' drin," und dabei krallt sie
ihre Fingernägel heftig in meinen Rücken, daß es
blutet.
Toe hat sich hinter sie gekniet und schaut sie
aufmerksam an. Er hat eine Frau noch nicht so
gesehen. Wir Männer sind geil, und ganz aufmerksam,
es ist nicht mehr schwer, sich zu kontrollieren, jetzt
nach vielleicht zehn `Anfechtungen´, die Gäule
loszulassen, sind sie beherrschbar.

Dafür fließt sie über.

"Komm Süßer," flüstert sie zu Toe und zieht ihn an
seinen langen Haaren zwischen uns. Sie greift seine
Hoden und den Penis und knetet ihn.

"Komm Du Dicker, bist doch noch ganz voll, alles
voll Samen da drin," und sie massiert ihm das
Geschlecht mit beiden Händen. Er kniet mit
zitterndem Rücken vor ihr.

,Warum sind Männer so schweigsam', frage ich mich
und weiß keine Antwort.

Ich blicke hoch in den Himmel, die Sonne ist schon
im Nachmittag. 'Wir machen wohl doch schon lange
rum', fällt mir ein. Der schwarze Vogel zieht weiter
nördlich und höher seine Kreise. Ich bin noch in ihr
drin, stecke wie eine Wurzel im Boden, die begossen
wird. Ich lege mich auf den Rücken, um auszuruhen
und suche nach dem Tonkrug mit Oliven.

Sie streichelt Toe's Schwanz noch immer, streicht
ihn hin und her wie eine Hexe, auf den Bauch und auf
die Schenkel. Ich höre Worte wie:

"Viel, viel und Du, und Du auch,..." als würde sie Küken zählen oder Kinder einer Schulklasse. Ich lasse meinem innerem Gefühl Raum. Plötzlich laufe ich aus. Ich weine einfach los, Tränen rinnen an meiner Backe herunter. Ich denke: 'Warum ist es nicht immer so, alles andere ist doch Quatsch.'

Briella steht auf und entläßt meinen Penis und zieht Toe zu sich hoch.

"Ich will jetzt tanzen Junge, kannst Du tanzen, ja?" Sie umschreitet ihn, er hält ihre Hände. Sie tropft und schimmert feucht am ganzen Körper. Ihre Bewegungen sind flüssig und gleitend. Er verneigt sich vor ihr wie zur Gavotte, mit aneinander gelegten Beinen, daß sein steifer Schwanz noch härter wird. Sie schreiten aufeinander zu und gehen aneinander vorbei, halten sich an den Händen, drehen und schreiten zurück. Dabei biegt sie sich rückwärts, weit bis zum Boden über seinem Arm, und er hält sie wie eine Davidskulptur von Michelangelo.

"Tu Deine Hand in mich!" befiehlt sie. Und so gehen sie beide, er mit seinen Fingern in ihrem Fleisch, sie an ihn gelehnt, zum Wasser und lassen sich eintauchen, bis sie prustend wieder hochkommen.

Ich liege und kaue Oliven. Sie schmecken mir das erste Mal auf Anhieb gut, so streng, so würzig. Mit der anderen Hand streiche ich meinen Schwanz glatt und schaue den beiden zu.

Mein silberner Schwanzring um Eier und Penis blitzt in der Sonne und hält eine mäßige Schwellung noch wohlig aufrecht.

Er legt sie über den Erdhügel. Beide haben die Beine im Wasser. Ranken von wilder Brunnenkresse umschlängelt seine Knie. Sie liegt vor ihm, genau vor seinem aufgerichteten pulsierendem Männerschwanz. Sie entwirrt einige Kresseschlingen, sieht ihn an und sagt:

"Komm." Da nimmt er sie und fickt sofort los, es ist als wäre etwas Gestautes in ihm am Aufbrechen. Er schreit dabei immer nur: "Du, Du, Du." Nichts sonst und sie läßt sich nehmen. Obwohl er schnell ist, ist nichts Hartes an ihm. Er atmend pfeifend, wischt sich durchs schweißnasse Gesicht. Es ist warm geworden über Mittag und er spuckt in hohem Bogen aus und sagt:

"Ok, ich komme" und macht weiter im selben Tempo. Ich stehe langsam auf und gehe zu ihnen. Er sieht mich kommen und sagt hart:

"Laß mich, jetzt will ich!"

Er sucht mit den Füßen Halt im Schlick, seine Lenden kämpfen, er sieht schwindlig aus. Plötzlich endet er abrupt, geht aus ihr heraus, mit der linken Hand schließt er ihre offene Spalte mit zwei Fingern der linken Hand, und mit der rechten Hand wichst er ganz langsam an seinem zitterndem Schaft. Er stellt sich genau über sie und sie sieht ihn genau an. Sie schaut ihm in die Augen, während er seinen Schwanz anstarrt und auf den heraus schleudernden Samen wartet. Nichts bewegt sich sonst, ich sehe nur das Wasser wackeln an seinen zitternden Wadenmuskeln.

Mit dem Samen, der herausfliegt wie ein weißer Vogel, wirft er den Kopf in den Nacken, die nassen Haare fliegen klatschend auf seinen Rücken zurück und er schreit:

"Geiiiiiil...." mit einem langgezogenem >i< in die
Landschaft. Seine Zuckungen sind so heftig, daß er
hin- und hertreten muß in dem aufglucksenden Wasser.

Toe kommt aus dem Wasser und läuft heftig mit
schlenkernden Armen hin und her und stammelt:

"Sau geil, oh Mann, oh Mann." Er läuft unter den
Palmen weiter, mit ganz breiten, festen Schritten wie
ein Mann, der über den Acker geht. Wir schauen ihm
beide nach.

Briella ist versonnen. Sie verreibt seinen Samen über
ihrer nackten Haut und auch über ihr Gesicht.

"Leck ab," sagt sie zu mir. Wir rutschen zum Lager
zurück, und ich schlecke ihre Haut und den Samen von
Toe ab. Toe kommt zurück. Mit einer Hand hält er
seinen noch immer steifen Schwanz, aus dem er mit
zwei Fingern die letzten Tropfen herauspreßt und von
seiner Hand ableckt.

"Ich muß Dich jetzt küssen," sagt er und legt sich
vor ihre Scham auf den Boden. Sie hockt über seinem
Gesicht und er leckt sie langsam. Ich lecke an ihrer
Haut.

Sie kichert und zwirbelt meine wenigen Brusthaare
an meiner flachen, dunklen Brustwarze zusammen. Ich
hocke mich vor ihn über sie. Mein Schwanz ist genau
vor ihrer Öffnung, die Toe unter mir leckt.

"Mach ihn rein," sage ich und Toe nimmt meinen
Penis zwischen seine Finger und lutscht ihn zuerst,
küßt dann ihren Eingang und schiebt mit seiner langen
Zunge, meinen Schwanz umspielend, mich in sie rein.
Toe's Zunge an meinen Eiern, an meinem Arsch, an
ihrer Scham ist ungemein erregend. Ich muß aufhören

mich zu bewegen, weil es mir sonst gleich kommt. Toe küßt mich dafür um so heftiger.

Ich fasse rückwärts an seinen Schwanz, drücke ihn und sage:

"Halt doch!"

Er läßt nicht locker, er will mich kommen lassen. Ich spüre seine energische Wut. 'Wie Ringo' denke ich.

Briella und ich küssen uns heftig. Die Zungen suchen und saugen sich aneinander fest, in meinem Rücken wird es heiß. Ich halte Toe's Schwanz fest. Er hat einen Finger in meinen Arsch gesteckt, ganz sanft und langsam. Er schleckt meine Eier und Peniswurzel kräftig in sie hinein. Da komme ich mit einem Ruck, ich muß aufstehen mit ihr darauf. Ich hebe ihr Becken auf meine Hüften und werfe sie wie wild auf meinen zuckenden Schwanz. Toe bleibt unter unseren Füßen liegen und schaut von unten zu. Sie drückt ihre Fersen in meinen Rücken und im Abspritzen sehe ich plötzlich ein fremdes Gesicht ganz nah, blaudunkel mit aufgerissenen Augen uns zusehen.

Ein junger hochgewachsener Mann in einem blauen, dünnen Gewand steht direkt vor uns. Ich spritze noch in ihr. Toe ist erschrocken aufgestanden, der Fremde ist nicht minder erschrock-en.

Wir starren uns beide mit bis in den Arsch offenen Augen an. Briellas Gesicht ist abgewendet, sie sieht den Fremden noch nicht.

Hinter ihm kommen saufende Kamelhälse um die Ecke des Sees. Der Fremde bewegt sich, seine Augen sind angenehm. Er nimmt einen Schritt Abstand. Briella hat immer noch nichts bemerkt. Toe hat Angst, seine Knie zittern.

Der Fremde wirft sein blaues Leinengewand ab und steht in seiner schwarzdunklen Gestalt mit langem spitzen Penis, wie eine Lanze in der Luft, da und lacht plötzlich heiter. Briella dreht sich um und sieht seinen in Reichweite befindlichen Penis. Der Fremde macht eine Verneigung. Briella berührt ihn leicht an seinem Geschlecht.

Toe ist ganz weiß im Gesicht, vom Hals her kommt ihm Röte hoch. Ich weiß, er wird gleich schreien oder unflätig laut werden. Sein Vater ist auch ein Choleriker.

Der Schwarze tanzt um uns herum und klatscht in die Hände. Irgendwie ist es richtig, was er macht. Toe kommt dicht zu uns her. Wir stehen Haut an Haut aneinander gedrängt. Toe's Angst hat seinen Schwanz nicht schrumpfen lassen. Der Fremde sieht auch zu erotisch aus, wie aus einem Film von Fellini entsprungen. Mit ihr noch auf den Hüften gehe ich in die Knie und sie bleibt mir im Schoß sitzen.

Er nestelt aus seinem Gewand etwas hervor, eine kleine Pfeife. Wir hocken uns im Kreis und rauchen Kif. Das verstehen wir alle. Wir sind alle vier nackt. Ringo kläfft weit entfernt hinter der verstreuten Kamelherde her.

Der Schwarze ist vielleicht neunzehn oder zwanzig Jahre alt. Wir ziehen nur wenig Rauch ein, und der Fremde deutet auf sich und wiederholt immer wieder: *"Kuhp"* und deutet auf seinen Penis und sagt: *"Khupi"*, das heißt kleiner Fuchs.

Ich bedeute, daß er nicht klein sei und sage das Wort für groß: *"Jesser"*. Er lacht und rollt sich vor Lachen auf die Seite. Wieder holt er etwas aus seinen Taschen. Eine dünne, geflochtene Schnur wie aus schwarzen

Rispen. `Elefantenhaar´, fällt mir ein. Kuhp faßt meinen Schwanz an und drückt gekonnt solange, bis er wieder steif ist, dann winkt er Toe heran und melkt ihn genauso. Kuhp bugsiert uns zum Hinlegen, so daß wir mit dem Arsch zueinander auf dem Rücken liegen, die Beine übereinander gegrätscht. Unsere Schwänze stehen parallel nebeneinander hoch und Kuhp bindet sie mit der Elefantenschnur fest an ihrer Basis zusammen.

Er spuckt dabei kräftig auf das Gebilde unserer beider Schwänze und fordert Briella auf, sich darauf zu setzen. Es ist toll, sie auf uns zu fühlen. Ich sehe sie von hinten, Toe von vorne, und Kuhp hüpft mit wippendem Schwanz vor ihr herum, nähert sich ihr und entzieht sich ihr, kichert und singt und wird zunehmend ausgelassener und geiler.

Er stellt sich über Toe und windet seinen Bauch und Penis vor Briella hin und her. Briella fickt uns beide. Wir sind von dem Tanzen und der Bizarrheit der Situation wie verzaubert. Kuhp schreit und flüstert Worte, die ich noch nie gehört habe. Er tanzt wild um uns herum und läßt seinen Penis in seiner Hand wie eine Peitsche kreisen. Wenn er bei Toe vorbeikommt, klatscht er ihm seitlich auf den Arsch mit einem Ausruf, wie man ein Kamel antreibt, mir zeigt er demostrativ seinen Anus, der wie eine lachsfarbene Rose gefaltet zwischen seinen festen Arschbacken liegt und hüpft weiter.

Briella streicht er übers Gesicht, küßt ihre Haare und beißt sie schnaubend in die Schulter. Briella hebt und senkt sich über uns, wir streicheln uns überall, ihre Möse entläßt Säfte und Schleim.

Die Elefantenschnur stranguliert meinen Penis, was aber nicht unangenehm ist, sondern eher anstachelt. Wir heben unsere Ärsche und ficken gemeinsam von unten gegen ihre Schoß. Anfangs geht es nicht, weil wir nicht zusammen stoßen, doch bald hat Toe meinen und ich seinen Rhythmus, und wir bedrängen Briella von unten.

Kuhp steht unvermittelt still mit breiten Beinen und rund nach vorn gebeugtem Rücken. Sein Mund ist seinem pfeilgeraden, langen Schwanz ganz nah. Er macht mit den Händen so kräftig ziehende Bewegungen, daß ich fürchte, er will sich den Schwanz ausreißen. Da hält er still und der Same spritzt ihm hoch in den geöffneten Mund, den er mit wulstigen, rot offenen Lippen trinkt und schluckt mit 'Ah' und 'Oh' Rufen.

Der Anblick ist so geil und erregend, daß wir alle drei gemeinsam kommen und zucken und lachen. Kuhp hüpft aufgeregt herum und springt dann kopfüber ins Wasser an einer tieferen Stelle, die wohl nur er kennt.

Briella legt sich auf Toe und ich richte mich auf und beuge mich über ihren Rücken. Wir atmen alle drei sehr schwer. Kuhp kommt singend aus dem Wasser. Er tut so, als ob er uns nicht sieht. Er nimmt sein blaues Gewand vom Boden auf, wirft es sich über und geht ohne einen Blick zurück, schlendernd seinen Kamelen nach, die den See entlang in südlicher Richtung verlassen haben.

Wir haben nicht gemerkt, daß die Sonne schon am Horizont steht. Briella steht auf und befreit unsere Schwänze von der schwarzen Schnur.

"Ich geh schwimmen" sagt sie und geht ins Wasser.
Toe richtet sich auf:

"Uff, ich dachte, der bringt uns um."

Ich habe keine Worte, ich kuschle mich an die weiße
Brust von Toe, knabbere ein bißchen an seinen
Brustwarzen, schlecke seine schweißtriefende
Achselhöhle aus und werde sofort wieder geil. Toe
bemerkt es und entschuldigt sich mit den Worten:

"Samen kommt wohl jetzt keiner mehr, aber das
Vögeln fängt wohl jetzt erst richtig an, was?" Ich finde
ihn das erste Mal witzig.

Als Briella aus dem Wasser kommt, findet sie uns
beide auf den Beinen, wir wichsen uns beide rasch und
heftig. Toe ruft:

"Los Mann, wer zu erst fertig ist, kriegt einen Kuß."
Briella muß hell auflachen.

Wir brauchen eine Weile, stehen ganz dicht
voreinander und schauen uns messend an. Es ist eine
Herausforderung: Der Junge lockt den Alten. Ich
brauche Atempausen, die Toe schamlos nutzt. Er
spuckt in beide Hände, weil er keine Vorhaut hat.
Briella hat eine dünne Gerte am Wasser gebrochen und
peitscht damit sanft unsere Schwänze an.

"Na los," sagt sie, "zeig's ihm," das wirkt: Toe
kommt, zuckt und hechelt, er hat einen heftigen
Orgasmus und muß in die Knie gehen, aus seiner
Eichel quillt dabei nur ein weißer Tropfen wie eine
Perle und bleibt dort stehen. Sein Anblick reißt mich
fort, ich zucke auch und schnattere mit den Lippen.
Sogar mein Arsch zuckt, aber es kommt nichts mehr
raus, nur etwas Feuchtigkeit.

Ich falle über Toe her und wir rangeln wie
Schuljungen, bis wir ins Wasser rollen.

Briella fängt an, zu kochen. Wir kommen beide aus dem Wasser mit dem Sonnenuntergang, der alles unvermittelt in ein gelbrotes Licht taucht und spiegelnd auf der Haut und in den Haaren liegt, naß glänzen unsere noch halbfetten Schwänze.

Weit in der Ferne singt Kuhp seine Lieder. Der Raubvogel sitzt jetzt still auf den verdorrten Ästen des Eukalyptusbaumes und zaust seine Schwanzfedern. Toe und ich, stehen neben-einander Schulter an Schulter gelehnt und schauen Briella zu, die mit aufgeblasenen Backen die Holzkohle anfacht.

"Na, zufrieden?" frage ich.

"Weil doch die Sonne gerade erst untergeht," ergänzt Toe und grinst. Briella wirft ihm eine schwarze Kohle ins Gesicht, die einen dünnen Strich auf seiner Backe hinterläßt. Wir setzen uns zu ihr und umarmen uns zu dritt, um das kleine Kohlefeuerchen herum.

"Ja," höre ich von ihr.

Mehrfach in der Nacht wachen wir auf und stecken uns wieder ineinander, ohne zu vögeln. Das singende Gefühl bleibt auf der ganzen Haut, wie feiner elektrisierender Sand. Wir vögeln im Traum weiter. Ich verliere die Realität, mal sehe ich die beiden und spüre ihre Bewegungen, dann bin ich es wieder selber, mal in ihr, mal in ihm. Mein Hals ist trocken. Wir trinken Wasser aus dem aufgehängten Ziegenbalg. Es schmeckt harzig herb, aber es paßt gut zu der salzigen Haut und dem fischigen Geschmack nach Samen und Saft, der überall ist.

Meine Nase riecht alles. Ich verstehe meinen Hund, wenn er wie trunken die Schnauze aus dem Autofenster hält und sich berauscht an den Gerüchen.

Gegen Morgen hat Briella ein Feuer angemacht. Es graut gelb über den Bergzügen. Sie hockt nackt am Feuer und hält ihren Schoß mit einer Hand von vorn und mit der anderen Hand von hinten umschlungen. Ihr Kopf liegt auf ihrer linken Schulter. Sie wiegt sich leicht und schaukelt vor und zurück.

Ich fühle, sie ist ein Ei, ein weiches, gepolstertes großes, geiles Ei, innen warm und flüssig. Ich komme aus Toe's Armen und Beinen hervor und hocke mich neben sie. Sie nickt nur, wie sie mich sieht. Wir schauen in den fahlen Morgen, der sich zartgelb im Wasser der Oase spiegelt, am Himmel hängen noch die letzten Sterne.

Ringo kommt mit einer toten Springmaus in der Schnauze an und legt sie vor uns ab. Er wedelt mit dem Schwanz und schaut mich stolz an. Ich muß ihn loben. Er packt die Maus und wirft sie in der Schnauze hin und her, dann legt er sie neben dem schlafenden Toe ab.

Später frühstücken wir. Wir bleiben auf dem Schattenplatz unter dem Stoffsegel. Wozu aufstehen? Wir räkeln uns zusammen wieder hin und schlafen erschöpft weiter.

So verbringen wir den ganzen Tag.

Es gibt keine orgiastischen Höhepunkte mehr. Wir sind high, es ist alles oben, die Stimmung, die Schwänze, die Brüste, die Launen, den ganzen Tag über, ganz gleich was wir machen. Dazwischen nicken wir immer wieder ein. Nur zum Scheißen stehe ich auf und gehe weiter weg und mache ein Loch im Sand, das ich hinter mir mit den Füßen zuscharre

Niemand kommt vorbei. Nur der Raubvogel zieht seine hohen Kreise. Im heißen Mittagslicht hänge ich uns weiße *Jubbas* über die Schultern. Wir essen Oliven, Sardellen, Brot und Butter, kauen Mandeln zum Tee und spucken die schwarzen Kerne der Wassermelone in die Gegend.

Ich wußte nicht, daß man einen ganzen Tag und Nacht lang so bleiben kann. Alles andere wird unwirklich und bedeutungslos, woher, wohin und wozu bedeutungslos.

Nachmittags gehe ich ein paar Schritte. Ringo springt freudig auf, endlich geht wer los und er will mit.

Wir gehen nicht weit, gerade auf einen Steinsims hinauf, von wo ich die Senke hinter der Oase überblicken kann. Ich hocke mich nieder und schaue. Kamele grasen dort in einer weit auseinander gezogenen Kette, als ferne, dunkle Punkte in der Landschaft. Heißer Wind weht mir unter die Jubba und unter den Schwanz. Ich erschauere. Alles, was ich anschaue, ist geil, bei jedem Gedanken richtet sich mein Glied auf, jede Berührung läßt mich erschauern, jeder Windhauch macht mir ein knisterndes Gefühl auf der Haut und im Gehirn, irgendwo da draußen ist der schwarze Kuhp ein dünner, geiler Schatten in der Landschaft.

Meine Gedanken sind glasklar, und im Kopf habe ich eine euphorische Stimmung. Ich schaue zurück auf das verfallene Gebäude und die beiden auf dem Platz unter dem Segel das weiß leuchtet. Von hier oben sieht es so aus, als spielten sie Fangen. Toe nimmt sie auf die Schultern und rennt mit ihr ins Wasser. Sie japsen im Wasser herum, einer scheint den anderen untertauchen zu wollen.

Ich bleibe sitzen, will so sitzen bleiben in dem heißen Wind, der mich umschmeichelt wie eine rauhe Hand. Ich hoffe, daß niemand zufällig vorbeikommt. Es ist günstig, daß der Weg versandet ist und das Wegschild fehlt.

Ich würde gern hier leben wollen, Briella und Toe dabei haben und Tiere und die kleinen Felder, wie die meinen, metergroße Quadrate mit saftgrünem Klee, im Schatten der Palmen. Das Haus müßte umgebaut und repariert werden, rundweg erneuert ..., meine Gedanken verselbstständigen sich. Ich hatte Ibn Daud schon gefragt, ob ich die Oase mieten oder pachten könne, aber er hatte abgewinkt:

"Oasengärten gehören den Einheimischen," hat er erklärt. Er habe zwar das nominelle Recht auf das Land, aber damit könne er nichts machen, außer es bewirtschaften lassen.

Mir kommen Gedanken, wie wir weiter leben werden, wir drei. Ich lasse die Gedanken kommen und wieder gehen. Briella hat sich in den Familien des Dorfes, wo wir wohnen, gut eingelebt. Hier gibt es niemanden, es wäre eine Einsiedelei hier. Und für andere Tiere als Kamele und Ziegen eindeutig zu wenig Futter. Toe könnte die Semesterferien über herkommen. Wenn er immer eines dazu schwänzte, würde er genügend Zeit haben, die Hälfte des Jahres hier zu sein. Wir würden Kinder machen und ich würde in einer eigenen Weberei im Hof Naturdecken weben und sie einmal im Jahr in Amsterdam verkaufen.

Briella hat ihre Spindel mitgenommen und spindelt Wolle im Schatten der Hausmauer. Toe schlachtet das Huhn und rupft es gleich nach dem Ausbluten, das einen blutroten Fleck im Sand hinterläßt. Wir sammeln die Federn in ein Papier, damit sie nicht überall herumfliegen.

Bald kocht ein Eintopf auf dem schwankenden Feuer, das Briella mit gesammelten Ästen entfacht hat: Kartoffeln, Möhren, Kürbis und Peperoni mit Huhn.

Wir schweigen alle drei, nur wenige Worte fallen.

Ich fotografiere ein bißchen. Toe's Hände, wie er das Huhn rupft, über seinem nackten Schwanz, das Messer am Boden, befleckt. Briella, die im Schatten hingekauert spindelt, an der Hausmauer unter dem filigranen Schatten der Eukalyptusbäume. Die Rinde der Bäume ist wie eine moderne Skulptur, rotgelb aufgerissen, wie blühendes Sandpapier. Alles was ich berühre, fühlt sich samten an,' wie ein einziger großer Samtschwanz unter Bäumen', denke ich.

Der Geschmack von Samen hat sich in meinem Mund mit der Bitternis des herben Tees und der Süße halbreifer Mandelkerne vermischt, die ich kaue.

"Es ist alles wie deine Möse innen rum," sage ich später zu Briella. Sie lacht mit den Mundwinkeln und läßt die Spindel drillen.

"Für Euch," sagt sie, "Für Euch ist es so, ich spinne." Ich hebe ein wenig Sand hoch und lasse ihn im Wind mit einer kleinen, hellen Fahne wieder zu Boden wehen.

"Fühlst Du die Luft und die Erde nicht?" frage ich.

"Doch," sagt sie, "Ich bin die Erde. Ich bin der Sand. Ich bin alles, was Du fühlst."

Ich schaue sie an im Schatten, sie ist dort wie mit den Steinen, der Erde und dem Sand verwachsen, wie eine große, hingeworfene lebendige Wurzel.

"Ich fühle Eure Schritte in meinem Bauch, wenn Du hin und hergehst sind die Worte und Deine Schritte in meinem Bauch, wie Deine Gedanken auch."

"Ich möchte immer so leben und so fühlen" sage ich.

"Nein," sagt sie nach einer Weile und hält den Faden an, "Irgendwann geht Toe, wie dieser lange Schwarze gestern." Ich erschrecke etwas, aber ich weiß es auch selber und ich kauere mich neben sie, sie fährt fort:

"Jungs kommen und gehen wie Hunde, wie Koyoten, man kann sie nicht festhalten. Schau da auf den kleinen Wind..."

Vor uns am Boden entsteht eine Windhose, vielleicht armgroß, nicht mehr, dreht sich hin und her, wendet sich und wird länger und huscht mit einem Mal fort über das Wasser weg, mit ein paar wirbelnden Blättern und Papierfetzen dabei,

"So kommen sie und schütteln Dich, Du aber bleibst, während sie gehen."

Ich will ihr nicht zustimmen und sie spürt das. Ich stehe auf und recke mich. Mein schulterlanges Haar flattert im Wind. Ich will es waschen gehen, es ist voll Schweiß und Staub.

"In meiner Tasche sind die Shampoosteine aus Gabes," ruft sie mir zu, "Nimm die, die machen das Haar weich für die Wüste."

Am Abend hocken wir um den Topf und schlürfen Suppe.

Toe kahlauert: "Du kochst wie meine Mutter."

"Morgen koche ich Dich!" gibt Briella zurück.

Diese Nacht schlafen wir durch.

Am Morgen, die Sonne ist schon hoch, habe ich Kopfschmerzen vom zu langen Schlafen. Wir finden

den Topf umgeworfen und die Huhnreste geklaut von irgend einem Tier.

Es ist unser letzter Tag, den morgigen zähle ich nicht mit, da wir noch vor der Mittagshitze einpacken und abfahren müssen.

Briella hat vorgeschlagen, was zu nehmen. Toe hat Angst, willigt aber dann ein, als er hört, daß es Mescalin ist.

"Trips nehme ich keine!" sagt er kategorisch wie seine Mutter, die ein schlechtes Putzmittel ablehnt.

"Kennst Du das Zeug?" fragt sie, denn sie nimmt lieber Pflanzen statt Chemie.

"Es ist kein chemisches," sage ich, "Ich kenne es, ich habe es schon mit meinem Vater genommen, es ist ganz soft und sehr optisch." Wir schweigen eine Weile.

"Wenn es kein chemisches ist, dürfen wir jetzt nichts essen" sagt Briella sachkundig.

"Warum?" fragt Toe.

"Weil Du sonst alles rauskotzt!" erkläre ich ihm.

"Wir nehmen nur etwas zu trinken mit und gehen dort auf die Berghöhe. Dort haben wir die Verabredung mit Mescal." sage ich und zeige in südliche Richtung.

Wir machen uns fertig. Ringo binde ich am Auto fest, damit er nicht mitkommt und auf unsere Sachen aufpaßt. Er winselt und will mit. Undeutlich ist ein Fußweg in die Berge zu erkennen.

"Sicher gehen die Kamele hier runter" sagt Briella. "Und die Kamelhirten auch" sage ich. Wir lachen.

Es ist windig. Toe trägt den frisch aufgefüllten Wassersack auf dem Rücken. Das Wasser gluckert in dem Ziegenbalg und die nasse Tierhaut faßt sich geil an, wie ein großer Tierhoden.

Ich habe einen Wanderstock mit genommen, was angenehm ist, denn der letzte Teil des Weges ist voll Schotter und Geröll. Eine Stunde später stehen wir oben im Wind, wo wir einen weiten Blick nach Süden in den endlosen, welligen Sand haben.

"Grand erg occidental," sage ich und breite die Arme aus. Wellen um Wellen von Sand ziehen sich in die Unendlichkeit, nur unterbrochen von kleinen dunklen Punkten, Grüppchen von zwei, drei graugrünen Sträuchern jeweils um eine feuchte Stelle herum, wie viele grüne Lebenstrichter in der Landschaft.

Wir kauern uns wegen dem Wind an den Felsen. Es ist ein langes Felsband, das wie ein Weg über den Bergrücken hinzieht. Tief hinter uns liegt die kleine Oase, ein kleiner grüner Trichter, mit einem silbernen flachen Auge, dem See, in der Landschaft, kaum noch ist das Hausdach rot zu sehen. Der Vogel ist mitgekommen und kreist jetzt über der weiten Ebene vor uns schwankend fast auf gleicher Höhe.

"Man weiß nie, was Mescalito mit einem macht," sage ich zu Toe, "Wenn Du was wissen willst, dann frage ihn, die Antwort kommt bestimmt, irgendwie."

Briella raucht noch eine von Toe's selbstgedrehten Drumzigaretten und bindet sich die Haare auf. Toe ist nervös.

"Was soll ich denn wen fragen? Da ist doch niemand."

"Wer weiß," unke ich, "Vielleicht sehen wir ihn nur nicht, weil uns seine Gegenwart beunruhigt, wie der Gedanke an den Tod, der auch immer da ist."

"Wir passen aufeinander auf, gelt?" sagt Briella und schaut jeden von uns an, wir nicken.

Dann nehme ich die trockenen Pflanzenknollen aus meinem Turban, wo ich sie eingebunden hatte und gebe jedem zwei.

"Du mußt sie kauen wie Kautabak."

Es dauert lang, bis wir die harten Fasern zerkaut haben. Die Reste spucken wir aus. Lange geschieht nichts, wir hocken da und warten, der Blick verliert sich gen Süden über die Sandwellen ins Unendliche. Ich denke: ‚Wir sitzen hier wie Mexikaner am Boden, fehlt nur noch der breitkrempige Hut und der Poncho‘. Wie ich das so denke, nach einer mir unbestimmbaren Zeit, ist in meinem Gesichtsfleisch ein Ziehen, das mir die Haut vom Schädel ziehen will. Ich denke daß der Wind hier doch unmöglich so stark sein kann, und da sehe ich einen Hut und einen Poncho am Boden sitzen als vierte dunkle Gestalt, ohne Gesicht und Körper. Ich stehe auf wie in Zeitlupe. Ich glaubte, es sei schnell, aber es ist langsam und gehe darauf zu. Der Mann verschwindet und läßt nur einen Schatten am Boden zurück. Die Wirkung hat begonnen. Jetzt fällt mir noch ein, meinen Blick auf die Ferne zu richten.

Ich suche Briella und Toe, sie sind nicht zu sehen. ‚Jeder ist sowieso auf seinem eigenen Trip‘, denke ich und schaue wieder auf den Boden. Das Steinband, auf dem wir eben noch saßen, ist plötzlich zu einer graugrünen Wiese mit hartem Gras geworden. Mitten darin ein Weg, der mich einlädt zu gehen. Ich gehe los. Das Schreiten ist wie ein Federn und ich fühle, daß ich abheben könnte bei jedem Schritt. So gehe ich sonst nicht, fällt mir ein.

Um alle Konturen herum liegt ein leuchtender Saum. Überhaupt sind die Farben glühend, als würden sie von innen beleuchtet. Ich denke: ‚So sieht wohl immer alles aus, nur sehen wir das sonst nicht so.'

Ich suche den Mann im Poncho. Ich weiß nicht, wie weit ich inzwischen ging. In der Ferne sehe ich gezackte Lehmburgen, von der Höhe, wo ich mich befinde, windet sich ein weites, flaches Tal, mit einem langen, silbernen Flußband darin, in eine unendliche Weite.

Da bekomme ich einen eisigen Schreck. Mir fällt ein, daß es hier nirgends einen großen Fluß geben kann.

Ich muß woanders sein!

Meine Angst macht mir Angst, das Herz geht mir plötzlich schnell und ich krampfe die Hände zusammen und hocke mich auf die Knie. Erstaunlicherweise denke ich nicht darüber nach, wo ich bin, sondern fürchte mich, daß das, wo ich war, verloren sei. Der Gedanke an eine Fatamorgana hilft mir. Mit einem Mal läßt die Angst nach. Der Satz, 'es ist doch egal, wo ich bin, Hauptsache ich bin genau in der Mitte von dort, wo ich bin', entsteht fast wörtlich in meinen Gedanken.

Irgendwo in dieser Landschaft muß die Mitte sein. Auf dem Boden leuchtet plötzlich eine Zelluloidpuppe ohne Arme, aber mit Beinen und mit einem strahlend blauen Auge, das mich anblickt, aus welchem Winkel ich auch hinschaue. Welches Kind mag seine Puppe hier vergessen haben. Mir fällt der Song ein: >On the way bak home<, und ich habe ein ganz und gar heimeliges Gefühl, wie endlich von einer ewig langen Reise zurücksein.

Ich richte mich ganz auf die Zehenspitzen auf und breite die Arme aus und atme tief und tiefer durch.

"Ja, zu Hause." Rufe ich und höre das Echo meiner eigenen Stimme verzerrt. Ein Schatten fällt vor meine Füße, ich schaue hoch und sehe den Raubvogel über mir kreisen, die Flußlandschaft ist verschwunden.

Toe steht plötzlich neben mir. Sein Gesicht ist groß und offen. Ich sehe ihn wie durch Wasser, ein bißchen verschwommen, aus seinen Augen scheinen Blitze zu kommen. Er fragt, mit für mich zu lauter Stimme:

"Müssen wir schon nach Hause?" Ich sage:

"Nein, wir sind zu Hause."

Er schaut sich um und sein Gesicht verändert sich. Er nimmt die Hände an die Brust und schreitet, wie ein Marienbild, mit seinen langen lockigen Haaren andächtig davon. In der Landschaft vor ihm liegen feine Strahlenbahnen, leuchtend wie Sonnenfinger in der Luft. Später begegne ich Briella. Sie hockt am Boden und atmet. Ihre Hände sind in den Himmel gestreckt, sie ringt die Finger wie um einen Stock, und ihr Gesicht ist sehr angespannt. Sie hat dabei grimmige Falten auf der Stirn.

"Ich gebäre," sagt sie. Ich schaue sie an und fühle ihren Körper. Es scheint alles normal.

"Warte," sagt sie, "Die Wehe kommt gleich." Und da knurrt es auch schon in ihr und ihr Unterleib macht Bewegungen. Es dauert einige Atemzüge, die mir unendlich erscheinen, bis sie wieder entspannter ist.

"Es will was raus da unten," sagt sie. Ich mache ihren Wickelrock auf und fühle ihre Vagina.

"Es ist alles ganz normal" sage ich ihr.

"Mein Leib ist schon in Ordnung," sagt sie und spuckt aus, "Nur im Astralleib ist noch was, das raus muß." Da holt sie tief Luft und ich drücke ihr das Kinn ein bißchen tiefer, damit der Preßdruck, den sie mit der Atmung macht, nicht so in den Kopf geht. Das geht eine Weile so. Ich zeige ihr meine Uhr, wo der Sekundenzeiger sich einfach nicht bewegen will, aber mehr als dreißig Sekunden war der Spasmus nicht.

"Ich mach' das alleine" sagt sie und winkt mir zu, "Ich muß die Krankheitsreste nur noch rausmachen, dann ist es vorbei." Ich lasse sie allein und gehe weiter. Dort wo sie sitzt wickeln sich die Strahlen der Landschaft zu einem Kokon auf. Toe rennt mit ausgebreiteten Armen auf einem kleinen Plateau herum, als wolle er fliegen. Er lacht und kichert dabei. Ich denke an den griechischen Iraks.

"Frag' ihn was Du wissen willst" rufe ich ihm zu und kann mir nicht vorstellen, daß er das über die große Entfernung hört, aber er stoppt und schreit zurück:

"Hat er mir schon gesagt. Alles ok, ich weiß jetzt, was ich machen muß."

Viel später, die Sonne taucht rötend in die vielfarbigen Schichten des Horizonts, sitzen wir eng beieinander und starren in die wie flüssige Lava glimmende Sonnenscheibe.

Die Wirkung hat nachgelassen, nur unsere Augen, die wir miteinander vergleichen, sind noch sehr groß, weit und offen, wie Fenster, und es ist ein energetisches Flirren um die Augen. Wir haben alle Klänge und Stimmen gehört, die keiner von uns gemacht hat.

"Es war wie anfangs wie in einem Konzert, wenn die Instrumente gestimmt werden" sagt Toe und ich sehe förmlich den kleinen Orchestergraben des Coburger Stadttheaters vor mir.

"Warst Du mal in Coburg im Theater?" frage ich ihn.

"Ja," sagt er erstaunt, "An das dachte ich gerade, Penthesilea – Achilles tot in ihren Armen."

Wir nicken wie alte Affen auf dem Affenfelsen über uralte Affenweisheiten.

"Bist Du mit deiner Geburt fertig?" frage ich Briella. Sie nickt wichtig und zeigt auf ihren Körper:

"Da, und da, und da war was ganz Dunkles, das ich weggemacht habe, einfach ausgeschissen und ausgepreßt. Jetzt ist es weg."

Wir schauen weiter der Sonne zu. Ich bin gewiß, daß wir bis zum völligen Untergang warten werden.

"Ich war woanders," sage ich, "Nicht hier, ich weiß aber auch nicht wo, aber es war auch zu Hause. Nicht das Zuhause jetzt, das ist bei Euch hier."

"Ich war über den Häusern einer großen Stadt," flüstert Toe, "Es kann Berlin sein, weiß nicht recht, aber da war keine Mauer, ich habe alles wie von oben gesehen."

Er sagt nichts weiter, ich frage nicht. Jeder ist bei sich.

Als der Sonnenrand den Horizont berührt, wechseln alle Farben spontan. Wir stehen alle drei auf. Briella streckt die Hände zur Sonne aus und wendet sie in den Strahlen, die uns wie mit goldenen Lanzen treffen, hin und her, als würde sie sich waschen. Toe steht auf einem Bein, das andere mit dem Fuß an den gegenüberliegenden Innenschenkel gestützt, wie ein Saharahirte und legt die Arme in den Nacken und reckt die Brust in die Strahlen. Ich stehe breitbeinig da und hebe die Hände ganz hoch und lasse die Lichtstrahlen an meinen Armen herunterlaufen auf meine Brust, wie einen flüssigen, goldenen Staub.

Briella singt wieder ihr Lied. Eine ziehende, unendliche Melancholie will mich fortziehen. In der Melancholie liegt eine Gewißheit vom Unbestand der Dinge und der Relativität ihrer Dauer. Und ich mache meinen Frieden mit beidem.

Wir umarmen uns noch einmal zu dritt, ganz eng, ganz dicht, jeder Zentimeter jedes Körpers sucht Haftung am Anderen. Ich weine krampflos und fühle das Naß der Tränen und fühle daß dies das letzte Mal so nahtloser Einigkeit ist, die uns zusammenhält. Und ich bin uferlos glücklich, ganz in den Moment gebettet, zwischen ihr und ihm, zwischen Vater und Mutter, zwischen Bruder und Schwester und allem, wie ein Samenkeim unter dem Herzmantel des Mutterstoffes geborgen.

Wir stolpern im Dunkeln zurück. Ringo kommt uns schweifwedelnd entgegen, er hat sich losgerissen uns zu suchen.

Am anderen Tag fahren wir ab, verlassen das kurzzeitiges Paradies, das verborgen an jedem Weg wartet, wie hier neben der alten Herodotstraße zum Salzsee *El Djerid*.

Wild rüttelt der Wind am Auto. Ich kann den Benz streckenweise kaum auf der Fahrbahn halten. Zudem sind die Fahrbahnränder versandet wie von feinem weißen Pulverschnee. Anfangs joke ich, daß das eben die Wüste sei, aber nach einer Stunde derart heftigem Rütteln werde ich unsicher.

"Wir sollten zurückfahren" sagt Toe, wie nicht anders zu erwarten. Nur wohin zurück? In jede Richtung ist es gleich weit und ungewiß, ob es dort weniger Wind hat. Der Himmel ist schwefelgelb, düster und verhangen, die Sonne schon seit Stunden nicht zu sehen. Über die Fahrbahn flirren Ästchen, Blätter, dürres Gras und manchmal große, trockene Pflanzenkugeln wie Igel. Alles fließt wie Wasser in dieselbe nordwestliche Richtung.

"Wenn das Kreuz im Süden steht, und der Wind nach Osten weht, der Hirte nicht mehr weiter geht," memoriere ich eine Kameltreiberweisheit schreiend gegen den knatternden und prasselnden Wind. Wir haben uns Mundtücher vors Gesicht gezogen. Ich kann wegen zunehmend schlechter Sicht nur noch langsam fahren. Die Scheibenwaschanlage ist dauernd an. Gut, daß ich Reservewasser dafür habe. Käfer klatschen an die Windschutzscheibe und hinterlassen schmierige Spuren. Heuschrecken, die gleich dutzendweise aufs Auto knallen, hören sich an wie Gewehrschüsse.

"Wie weit müssen wir denn noch fahren?" fragt Briella und versucht durch die verschmierte Windschutzscheibe die Gegend zu erkennen. Ich antworte:

"Vielleicht noch zwanzig Kilometer, mehr nicht, dann müßte Douz, eine kleine Oasenstadt kommen. Da gibt es ummauerte Höfe und ein altes Hotel, das ehemals eine Kaserne der Franzosen war."

"Der Sandsturm kann gefährlich werden!" orakelt Toe.

"Du hast doch noch keinen erlebt," wiegele ich ab, bin aber innerlich zunehmend beunruhigt. Der feine

Staub fliegt überall herum, alles schmeckt nach trockenem roten Staub. Hinter der Sitzbank bläst eine ständige Staubfontäne hoch, wahrscheinlich hat der Wagenboden ein Loch darunter. Toe verstopft die Ritzen mit Stoffteilen, aber der Staub dringt dennoch weiter vor.

Der Wagen macht vielleicht noch vierzig Stundenkilometer bei Vollgas. Mir tränen die Augen und Husten quält uns. Wir trinken unser letztes Wasser langsam auf. Es ist schwülheiß wie nie. Unter der dünnen Kleidung sind wir klatschnaß.

Ringo liegt ganz unten auf den Boden gedrückt und hat seine Schnauze unter seinem behaarten Schwanz in den Arsch gesteckt und läßt die Zunge heraushängen.

Nach einiger Zeit kommt mir die Erkenntnis:

"Das ist der *Samum*" rufe ich erstickt unter den Tüchern.

"Was?" schreit Toe.

"Samum!" brülle ich, "Das ist ein heißer Wüstenwind, der einmal im Jahr in Richtung Mittelmeer bläst und dort dann in Süditalien Schirokko genannt wird. Ein anderer Teil bläst westlich und heißt dort, wenn er übers Meer zu den Kanaren kommt, Levante. Man sagt, daß die Leute in diesem Wind verrückt werden, wenn sie keine Höhle oder Haus finden."

Briella und Toe nicken beide. Unvermittelt ist es ganz dunkel auf der linken Himmelsseite. Der Motor macht bedenkliche Geräusche und erstirbt fast, ich muß in den niederen Gängen bleiben, der Sand hat den Luftfilter verstopft. Plötzlich prasselt und platscht es. Regen fällt vom Himmel aus einer pechschwarzen Wolkenwand, die sich links, schräg zu unserer

Fahrtrichtung von dem Gebirgsrand herunterwälzt auf
uns zu. Wo zuvor Staub ins Wageninnere puderte,
quillt jetzt Wasser. Innerhalb von Minuten ist die
Straße verschwunden. Wir befinden uns in einem
hundert Meter weiten See bis zu den Rädern im
Wasser.

Ich fahre weiter, die Straßenkante ist durch
aufgerichtete Steine noch zu erkennen. In der
Ferne sehen wir Häuser.
"Douz!" schreit Toe durch das Tuch, das er immer
noch anhat.

Ich muß anhalten. Vor uns stehen Eselkarren bereits
metertief im Wasser und ein Lastwagen ist von der
Fahrbahn abgekommen und liegt schräg im Wasser.
Die Fahrer halten uns an.

"Dangereux, trop dangereux!" rufen sie uns zu und
meinen, wir sollten nicht weiterfahren.

"Toe, Du steigst aus und gehst zu Fuß vor dem Auto
her. Barfuß spürst Du die Teerstraße genau, falls sie
verschwindet, winke. Tritt hin und her, um zu fühlen,
ob sie aufgerissen ist, wo ich den Karren ausweichen
muß, " sage ich, "Wir können hier in der Ebene nicht
stehen bleiben, es regnet noch weiter und dann spült es
das ganze Auto mit weg."

Toe denkt nicht weiter nach. Er zieht sich die Hosen
aus und das Hemd und schreitet mit seinen langen
Beinen im kurzen Männerslip nackt vor uns her. Der
Regen endet metergenau vor den ersten Häusern.

Die Kinder auf der anderen Seite johlen und winken
von den ersten Häusern herüber.

Es geht gut. Hinter uns kommt einer der Karren mit,
sein Kutscher hat Mut gefaßt mit uns. Wir fahren in

den Ort ein mit einer Kette johlender Kinder hinter uns her.

"Käwäsch, käwäsch?" wohin, wohin, schreien die Kinder.

"Zum *Bordj Hafajed,*" ruft Toe. Wir machen das Verdeck wieder auf. Die Straßen sind rechts und links mit Sandbergen voll. Kinder, Männer und Frauen schaufeln den Sand in Körbe und säubern die Wege. Sie tragen den Sand vor den Ort, auf die windabgewendte Seite. 'Hier muß schon länger Sandwind wehen' denke ich.

"Das Bordj ist voll" sagt uns der Mann am Tor.

Es gibt kein anderes Hotel oder Gasthaus in Douz. Das neue Neckermannhotel ist seit einem Jahr geschlossen, ein anderes ist im Bau, aber nicht fertig, die Arbeiten ruhen. Ich verhandle mit dem Chef des Hauses vom *Bordj Hafajed:*

"Wir haben ein Zelt und könnten uns neben den Pool unter die Eukalyptusbäume stellen. Da stören wir keinen, draußen ist zu viel Sand, der *Samum,* sie verstehen..."

Der Mann versteht nur zu gut. "Ich bezahle auch ganz normal, als hätten wir einen Bungalow gemietet und sie brauchen es nicht abzurechnen."

Das Letztere gibt den Ausschlag, wir dürfen bleiben.

"Fissa fissa, tiktim bäbäk. El samum, harriet jessir m'zob, schweiir schweiir Sidi."

Der Mann fordert uns in Arabisch auf, das Zelt rasch aufzustellen, denn der Samum kommt überhaupt erst noch richtig mit viel Regen und Sand, was uns gefährlich werden kann.

Im Zelt sind wir tatsächlich sandgeschützter als in den Häusern mit ihren schlecht schließenden Türen.

Ich habe das Wüstenzelt schon so genäht mit übergeklappten Klettverschlüssen und einem doppelten Eingangsschlitz. Die Zeltwände vergraben wir tief in der Erde. Der Zeltrand ist weit über die Kante geschnitten und läßt das Wasser in einen rasch ausgehobenen Graben ablaufen. Unser großes Rundzelt steht malerisch weiß in der ehemaligen Wüstenbefestigung neben dem Swimmingpool, als sei der Sultan zu Besuch gekommen.

Wir schaffen es gerade noch, mit Hilfe zweier Jungs aus dem Hotel, unsere Sachen im Zelt unterzubringen, auch das Auto kann ich in einer Wellblechgarage, wo ehemals Wüstenpanzer standen, unterstellen und die Tür verschließen, da prasselt auch schon der sintflutartige Regen erneut los. Die Wolkenwand ist mit Sturm und Blitz und Donner zurückgenommen und brüllt apokalyptisch über dem Wüstenstädtchen.

Wir hocken zu fünft mit den zwei kleinen Jungs um die Firststange und halten sie fest, denn der *Samum* reißt bedenklich an der Verspannung und drückt die eine Seite des Zeltes tief herunter.

"Berühr' die Zeltwand nicht!" rufe ich Toe zu, der seine Hand dagegen stützen will. "Wenn du den Stoff berührst regnet es durch, er ist nicht imprägniert."

Die beiden sechs- oder achtjährigen Jungen hocken beide tief gekauert mit Briella am Boden auf den Schaffellen und starren Briella ins Gesicht und in die langen blonden Haare, die sie mit der freien Hand bürstet. Ihre dunklen Gesichter sind tiefbraun und die Haare glatt, lang und schwarz ohne Krüllocken, wie sonst der Araber.

"Das sind keine Araber" sagt Toe, der die beiden ebenfalls belustigt beobachtet. Sie bemerken unsere Blicke nicht vor Faszination, einer fremden blonden Frau so nah zu sein. Einer faßt sich ungeniert unter das kurze Hemd, sein einziges Bekleidungsstück, und krault seinen kleinen, steif gewordenen Penis. Er hat noch keine Haare am Geschlecht und lacht dabei und spuckt, zwischen Reden und Radebrechen mit Briella, den knirschenden Staubsand auf den Boden. Sie schubsen sich an und machen uns klar, daß sie Briellas Haare anfassen wollen. Sie gibt ihnen die Bürste und hält die Zeltstange mit beiden Händen fest, die in einer erneuten Sturmböe erzittert und schwankt. Der eine Junge ist aufgestanden und kämmt andächtig ihre blonden Strähnen. Sein vorstehender Pimmel wölbt das Hemd keck nach vorn.

"Jetzt verstehe ich, daß in der Wüste mehr Menschen ertrunken sind als verdurstet," sagt Toe.

"Ich habe es auch für einen Witz gehalten bis zum ersten Sturzregen, wo selbst ein Omnibus stecken blieb, vor ein paar Jahren," erzähle ich ihm.

Die Jungs wollen alles wissen. Woher wir kommen, wer mit wem verheiratet ist, wer wie gut im Bett ist, ob wir Kinder haben, ob wir jede Nacht ficken, ob wir Männer miteinander auch ficken, ob die Frau dabei ist, wenn wir Männer ficken, ob die Frau eine Prostituierte ist und wie groß Toe's Schwanz ist. Und zur Bekräftigung, daß er es ernst meint, hebt der Junge sein Hemd und reckt uns seinen vielleicht zehn Zentimeter großen Kinderpenis entgegen. Er geht auf Toe zu und klopft ihm kameradschaftlich auf die Hose, worunter sich Toe's Schwanz bedenklich wölbt:

"Zeig, zeig ihn!" ruft er auf Arabisch und knöpft, da Toe untätig bleibt, dessen Hose ungeduldig auf. Die Kinder wissen genau, daß jetzt niemand kommen kann bei diesem Sturm. Es ist ihr sturmgeschützter Freiraum, einmal im Jahr.

Der andere Junge lacht hell auf, als Toe's Schwanz, den er absichtlich wie eine Peitsche herrausschnellen läßt, dem Neugierigen fast ins Gesicht schlägt.

Andächtiges Schweigen der glubschäugigen Jungs. Der Ältere prüft mit zwei Fingern vorsichtig und taktvoll die Härte von Toe's erigiertem Penis.

"*Safim,*" sagen sie andächtig: Er ist ganz weiß. Der Kleinere bürstet Briellas Haare weiter und erklärt ihr:

"Mein Bruder hat bald auch so einen großen Schwanz, dann darf er Dich auch ficken, ok?"

Wir lachen alle drei herzlich, als ich das übersetze.

Der Regen läßt nach, die Jungen huschen durch den Zeltausgang davon.

"Die sind ja drauf," schnauft Toe und hält seinen harten Schwanz noch immer in der Hand.

"Wir gehen was essen ins *Bordj,*" lenke ich ab und Toe packt seinen Schwanz wieder an seinen Platz zurück.

Die Hotelküche ist einfach, es gibt nur ein Essen: *Poschisch* und *Luchia* mit Hammelstücken in öliger Soße, Kichererbsen und Spinat. Wir ordern Fladenbrot und Oliven dazu, brechen das Brot und essen mit der Hand. Es sind die beiden Jungs die das Essen servieren. Sie gehören zum Haus. Toe erntet vertraulich anerkennende Blicke von den Jungs.

Die Herberge ist tatsächlich voll. Wie sich herausstellt, mit Leuten, die wie wir hängen geblieben sind. Das Wetter geht schon eine Woche so. An Weiterfahren ist nicht zu denken.

"Das sind ja nur Männer." stellt Briella nach einer Weile erstaunt fest. Und tatsächlich kommt auch die weitere Stunde keine Frau dazu.

Wie die Gespräche ergeben, ist es eine Gruppe von Holländern aus Amsterdam. Die Situation, daß wir auf unbestimmte Zeit zusammen bleiben, läßt uns sofort zu ihnen gehören. Unter den Holländern sind auch zwei ältere Männer, von denen einer Deutsch spricht. Harp, wie er sich vorstellt, kommt an unseren Tisch und macht den Übersetzer für die Anderen, über das Woher und Wohin und Wozu.

"Dat sint alles holländische Jungsmannen," stellt er vor und berichtet, daß sie mit zwei Landrovern und offenem Verdeck von der Insel Djerba aus hier seien. Die beiden Älteren sind die Fahrer. Harp wendet sich an Briella, nachdem er erfahren hat, daß wir zu dritt zusammen sind:

"Und Deine zwei Mannen, wat machen die zusammen?" Briella schaut sich in der Runde von zwanzig Männern um. Ich fühle, daß sie zögert. Sie schaut lange herum. Inzwischen wurde die Frage auch übersetzt und neugierige Jungmänneraugen richten sich auf sie. Einige verstehen ein bißchen Deutsch.

"Es sind nicht meine zwei Männer, ich bin ihre Frau," Kichern und Getuschel bei den Holländern. Die zwei Araberjungs kuscheln sich beschützend an Briella.

"Ich bin auch schwul," sage ich und nehme Toe demonstrativ in den Arm. Lachen und anerkennende Bemerkungen. Toe hat sich innerlich gesträubt, solche zur Schaustellungen mag er nicht.

"Wir sind alles Schwulen aus Amsterdam, die meisten kennen sich," erklärt Harp, als wäre er besonders stolz, mir eine Attraktion im Zirkus vorstellen zu dürfen. Die Stimmung unter den Holländern lockert sich. Sie trinken Rotwein, den schweren Tunesischen Rotwein der Westküste von *Mornag*. 'Direkt von den Feldern neben unserem Dorf' denke ich.

"Wenn wir büschen laut heute nacht, nicht stören lassen, bitte," sagt Harp zu Briella gewendet, "Die Herren werden nicht sie belästigen." Wir lachen alle befreit.

Es gibt Zitronensorbet als Nachtisch, eine Eisspeise im Glas mit Pistazien. Die Holländer sind wirklich anders. Manche küssen sich oder umarmen sich ganz ungeniert. In der Ecke steht ein Paar, beides hoch aufgeschossene Männer in langen Lederhosen mit nackten Oberkörpern und langen Haaren. Sie sind eng umschlungen und kneten sich gegenseitig die Eier und Schwänze durch das Leder der Hosen, die seitlich geschnürt sind. Die steifen Geschlechtsteile sind deutlich unter dem Leder zu sehen. Es ist eine geile Knutscherei. Die anderen sehen es oder auch nicht, trinken und lachen dabei. Es macht den Eindruck einer ausgelassenen Fußballerrunde. Der Jüngste ist vielleicht achtzehn, blond mit blauen Augen und rundem Gesicht und Sommersprossen, ein Flame, wie Harp bemerkt.

Wir schauen gebannt zu. Briella beobachtet die Männer, Toe beäugt sie, ich betrachte ihr Gehabe. Als einer der Lederhosenmänner sich löst und zur Toilette geht, folge ich ihm. Er bemerkt das sofort, Schwulenlatein des Cruising!

Er hat eine Tätowierung am Arm, die den ganzen Oberkörper umschlingt, eine schöne Dornenranke mit Rosen und Stacheln, die ins Fleisch drücken und Blutstropfen hervorquellen lassen. Das Bild macht mich an.

Der Toilettenraum ist eng, bietet gerade Platz genug für zwei Männer nebeneinander. Der Lederhosenmann ist barfuß. Er steht mit druchgedrücktem Becken an der Pisswand, deren Rinne direkt ins Freie läuft, und pisst mit kräftigem Strahl an die Wand. Als ich auch pisse, tritt er zurück, soweit der enge Raum es zuläßt und lenkt seinen goldenen Pissstrahl schräg auf die Wand, mir zu. Ich drehe mich ebenfalls etwas und kann ihn jetzt gut sehen. Er hat einen schön geformten, leicht gebogenen Schwanz mit einer glatten, prall herzförmigen Eichel. Er hält seinen Penis elegant und wirft mit dem Urin gebogene Strahlen an die Wand.

'Eigentlich ist Pissen geil,' denke ich und mir fallen meine Jungsspiele von früher ein. In der Toilette in der Schule und im Schwimmbad. Das hier aber ist ein großer schöner Männerschwanz mit einem festen Strahl aus der rosavioletten Eichel.

Ich drücke auf meine Blase, damit mein Wasserstrahl stärker wird und lasse ihn aufspritzend sich mit dem seinen kreuzen. Wir lachen beide. Der Holländer spielt gekonnt mit seinem Schwanz, er richtet ihn demonstrativ auf und läßt ihn dann baumelnd fallen. Er ist stolz auf seinen zwei handbreit langen Schwanz. Die Tätowierung an seinem Oberkörper verzieht sich auf der Haut, bei jeder seiner Bewegungen und wirkt auf den Muskeln wie lebendig. Meine Augen sind zu Schlitzen geworden. Ich schaue ihm fasziniert zu. Licht aus der Küche fällt in einem schmalen Streif auf ihn. Er öffnet die keilförmigen Vorderklappe seiner Hose ganz und schaukelt das Becken, so daß die Lederklappe und Schwanz zusammen hin und her schlenkern. Ich schaue fasziniert zu, mit selber vor Erregung steifem Schwanz. Mir zittern die Knie. Ich denke, daß jemand reinkommen könnte. Aber ich denke auch: 'Wer außer den anderen Männern könnte denn kommen,' und ‚würden sie nicht auch zuschauen?'

Der Lederhosenmann faßt seinen Penis jetzt mit beiden Händen und reckt sich auf die sehnigen Zehenspitzen und beugt sich weit nach vorn. Die schwarzen, zu einem Zopf geflochtenen Haare fallen nach vorn und er nimmt vorgebeugt seinen Schwanz mit rot und weit vorgeschürzten Lippen in den Mund.

Ich kannte bereits Bilder von Männern und Jungs auf Pornos, die ihren Schwanz in den Mund nehmen konnten, aber das hier war elegant und es war nur für mich bestimmt. Er richtet sich wieder auf und blickt mich voll an. 'Natürlich bewundere ich ihn,' denke ich.

"*Behir jessir hassan krars, jä-luti,*" sage ich auf Arabisch, was soviel heißt wie: Mein Gott, was für ein schöner Hengstschwanz, der deine.

Ein gellendes Kinderlachen echot hinter meinem Rücken, und ich sehe die zwei lachenden Gesichter der beiden Jungs hoch über uns an einem schmalen Spalt zur Küche hängen, wie Figuren im Puppentheater. Vermutlich beobachten sie die Holländer schon länger von dort oben, wenn diese aufs Klo gehen.

"Hey Mann," sagt der Holländer, als er an mir vorbeigeht und dabei sein festes Geschlecht in die Schlitze der Lederhose schnürt und mit langen Blicken hinausgeht. Ich gehe wieder zurück an unseren Tisch.

Es gibt fünf Bungalows im Hotel. 'Alle die Männer müssen in den fünf Räumen schlafen' denke ich und weiß nicht, wie sie das mit den Betten machen.

Toe ist sauer, als ich zurückkomme."Wir gehen ins Zelt, los," kommandiert er. Briella zögert. Aber auch wir sind müde, und von den Gesprächen verstehen wir nichts. Ich habe das Gefühl daß Toe so viele Männer bedrohlich findet.

"Du findest die ja bloß blöd, weil sie vielleicht größere und schönere Pimmel haben als Du," bringt Briella das auf den Punkt. Toe schweigt grimmig.

Wir liegen im Zelt und schlafen nicht. Briella liegt in der Mitte. Draußen hören wir viele Geräusche. Männerstimmen, Kinderlachen, Hühnergackern, Eselschreie, Kameltröten, Geschirr- und Töpfeklappern. Wir versuchen zu schlafen. Jedenfalls versucht Toe zu schlafen. Mit den Ohren sind wir draußen und hören überall hin.

Bald hören wir es plätschern. Da sind welche und springen ins Wasser des Pools. Gesprächsfetzen sind ganz nah bei uns, neben der Zeltwand. Wir verstehen kein Wort oder wenn es doch so scheint, ist es nur ein ähnliches Wort, das uns täuscht.

Das Getuschel und die intimen Geräusche, atemloses Küssen und heftig zischendes Ausatmen, lassen in mir einen ganzen Film vorgestellter Bilder ablaufen. Überall dazwischen sehe ich das Gesicht des Holländers in der Lederhose.

Toe stöhnt ärgerlich. Briella faßt unter seine Decke und schlägt sie zurück.

"Ach," ruft sie, "Geil wie die Sau, aber ärgerlich auf die Männer da draußen." Toe's steifer Schwanz wackelt in der Luft wie die Firststange im Wind.

"Wenn Ihr schon nichts miteinander macht, ihr Arschlöcher, dann mach ich es eben Euch!" sagt Briella und greift zu unseren Penissen. Wir liegen rechts und links neben ihr und sie masturbiert uns synchron. Toe kichert wie ein Schuljunge. Briella lacht auch. Es ist rasch soweit, daß Toe seinen weißen Springbrunnen entläßt und sich aufschnaufend auf die Seite rollt zum Schlafen. Briella bemerkt mein Zögern und hält inne, wir schauen uns an.

Es ist spärliches Licht im Zelt, das durch die Zeltwände scheint vom Hotel her, wo ein Scheinwerfer auf unser spitzes Rundzelt strahlt.

"Du bist schwanzgeil, stimmt's?" fragt sie. Ich nicke, einerseits erregt, aber auch etwas beklommen und unsicher.

"Komm, wir gehen raus schwimmen," flüstere ich, um Toe nicht zu wecken. Wir warten noch etwas und kriechen dann leise vors Zelt.

Ein Streiflicht über unser Zeltdach fällt ins Wasser. Undeutlich sind Männergestalten zu sehen. Einige liegen auf den warmen Ziegelkacheln der Beckenumfassung. Der Swimmingpool ist nicht quadratisch, sondern gebogen um die alten Bäume herum gebaut, die ihre Zweige bis ins Wasser hängen lassen.

Briella ist wie ich nackt. Wir haben uns vom Zelt ins Wasser gleiten lassen. Nach einiger Zeit sehen wir, daß die anderen auch alle nackt sind. Es ist erregend zu rätseln, wer was mit wem, wie macht. Das Hotelpersonal hat sich offenbar diskret zurückgezogen, einheimischen Gästen ist der Zuritt zu Hotelpools sowieso fast nie gestattet. Briella taucht ab und schwimmt in die hintere, tiefere Ecke. Ich kann nicht so gut tauchen.

Überall vermute ich den Mann mit der Lederhose, es ist aber nichts genaues zu erkennen.

Am Polente ist flaches Wasser für Kinder. Das Wasser ist warm wie in der Badewanne, von Erfrischung keine Spur. Sieben oder acht Männer liegen oder hocken zu einer Traube in dem flachen Wasser und flüstern, kichern, schnaufen, ficken, wichsen, röcheln, stöhnen und lachen durcheinander. Es ist männergeil, erregend und diffus, fast wie in einem schwulen darkroom. Da es so halböffentlich ist und die Männer zudem Holländer sind, fällt es mir leichter Briella in diese Swulenscene mit zu nehmen.

Briella ist untergetaucht, ich sehe ihr Gesicht knapp über dem Wasser. Ein Lichtreflex bricht sich und beleuchtet zuckend die Ärsche, Schwänze, Hände, Füße und Münder der Männer schemenhaft und unstet. Ich robbe zu Briella hin. Sie bedeutet mir mit dem Finger, zu schweigen.

Ich habe noch nie eine größere Männergruppe lebend ficken sehen. Es ist sehr harmonisch, wie ein Tier mit tausend Füßen und Händen, das sich räkelt und aalt in der Wonne. Briella hat groß geöffnete Augen. Wir sind Gesicht an Gesicht in die Ecke des Pools zurückgezogen. In der Mitte wird jemand von vier Männern gehalten. Ich denke spontan: ‚Daß ist die 'Lederhose'. Schemenhaft sehe ich überall Schwänze und Haarschöpfe, Arme und Finger. Der Mann, den sie tragen, wird von einem anderen Mann stehend gefickt. Er steht ganz ruhig da, bis zu den Knien im Wasser, und an den Bewegungen erkenne ich ihn: Natürlich ist er das, die Tätowierung verrät ihn! Die Sieben sind alle miteinander vereinigt, im Anus oder dem Mund. Ihr Stöhnen und Summen, Platschen und Klatschen auf der nackten Haut, mit der flachen Hand geschlagen, zu kurzen, erstickten Lustgeräuschen und das wellende Atmen, werden zu einem einzigen Ton. Sie kommen mehr und mehr zu einem gemeinsamen Rhythmus, die sieben Ärsche und Hüften. Briella hält mich unter Wasser eng umschlungen, ihr ganzer Körper vibriert. Ihre Augen hängen wie die meinen, gebannt im Dunkeln an dem Lustklumpen aus Leibern. Ich denke: ‚Hoffentlich stört jetzt keiner‘.

Briella faßt meinen Schwanz unter Wasser an und drückt ihn fest. Ihr Druck ist ein Reflex zu dem Geschehen, das wir beobachten. Ich bin ganz Auge und ihre Körpernähe, ihre Zärtlichkeit, ihr Atem, ihre Haut im Wasser tun mir gut. Wir wagen kaum zu atmen.

'Ich will jetzt nicht entdeckt werden', denke ich inbrünstig.

Der in der Mitte wirft sich hoch, zuckt und schreit, er hat seinen Orgasmus. Die Anderen gehen aus ihren Vereinigungen raus, richten sich auf und stimulieren sich im Stehen weiter. Es kommt zu einer rhythmischen Welle wichsender, klatschender und japsender Hände und Schwänze. Der Mann in der Mitte steht jetzt mit hochgereckten Händen und weit gespreizten Fingern, wie in Siegerpose eines Gladiators da. Er hat immer noch einen steifen, hochgereckten Schwanz aus dem es tropft. Die Männer darumherum spritzen ihn an mit ihrem Saft. Ins Gesicht, auf den Bauch, auf die Brust, auf den Rücken, und sie verreiben massierend ihren glitschigen Mannsaft auf seiner Haut. Ich sehe die Tätowierung am Oberkörper, sehe seinen aufgerissenen Mund, seine schleckenden Lippen und die in den Nacken und Haare verwühlten Hände und Finger.

"Good, so good, oh God, so good, so much good," sind die spärlichen Wortfetzen, die uns erreichen im Schatten des Pools.

Der heiße Wind streicht über uns. Im Pool unter dem warmen Wasser ist es am angenehmsten. Briella liegt halb unter mir. Sie faßt meinen Schwanz an und drückt ihn zärtlich, wie ein kameradschaftlicher Händedruck.

"Tu ihn rein bei mir," flüstert sie und zieht mich näher, "Laß mich nicht jetzt leer sein, bitte." Ich fühle sie, mein Körper versteht ihr Gefühl, und ich schiebe mich langsam, aber entschieden in ihre Scham.

Der Männerhaufen sinkt einige Meter neben uns unter Wasser. Sie haben uns nicht bemerkt oder wollten uns nicht bemerken. Ihre Töne und heftiges Atmen vermischen sich mit den Tönen der Nacht und mit den verhallenden Rufen des letzten Gebetsrufers von der Moschee. Ganz still hängen wir ineinander im Wasser, Briella und ich. Ihr Kinn zittert etwas. Sie weint. Ihre Möse hält mich fest, ihre Arme halten mich fest, ihre Tränen halten mich fest.

Alle sind ganz still plötzlich. Nur der Wind macht Geräusche: Zischeln, Flüstern, Flirren und Plätschern, er kräuselt die Wasseroberfläche mit kleinen, spitz plätschernden Wellen.

"*Schfieg*," flüstert eine kleine Stimme an unserem Ohr und: "*Äsmah...,*" was Hallo heißt und zu dem Geflüster schiebt sich eine kleine Jungenhand mit klebrigem *Lokhum* vor Briellas weinendes Gesicht. Das Gesicht des älteren der beiden Jungen kommt aus dem Schatten der Backsteinmauer der Poolumfassung hervor.

"*Schfieg*," sagt er: Iß oder guten Appetit. Er muß die ganze Zeit da gelegen haben. Ich küsse Briella und seine kleinen Finger schieben das klebrige Süßbonbon zwischen unsere Zungen.

"*Psst, m'wesch meratte*," was bedeutet: Nicht verraten.

Briella lacht und wir pressen uns ineinander, küssen uns mit dem *Lokum* und die kleine Jungenhand streichelt über Briellas nasse Augen und Haare. Sie zittert im Wasser. Ich penetriere sie so tief und so sanft wie möglich. Der Junge flüstert immer wieder mit erschreckter Stimme:

"*Mesch hassin, mesch hassin*": 'Nicht weinen' oder 'nicht traurig' sein.

Die Männer stehen auf, jeder wieder er selber. Sie dehnen die Arme, werfen die Haare in den Nacken, wischen das Wasser von der Haut. Einer springt mit einem langgezogenem Schrei ins Becken. Der Tätowierte hängt an dem herunter hängenden Ast des Eukalyptusbaumes und schwingt wie Tarzan juchzend daran herum. Sie haben uns immer noch nicht gesehen. Ich bin fest vereinigt mit Briellas Fleisch. Mein Gefühl ist hin- und hergerissen, nicht entdeckt zu werden und doch dabei sein zu wollen.

In meinem Schwanz wird es zunehmend heiß. Es kitzelt brennend tief in mir drin. Ich will kommen, will rammen, will will... Briella spürt in ihrem Schoß mein pulsierendes Dicker-werden und ihre Möse reagiert mit Kontraktionen. Ich hole Luft, tief Luft und stehe mit einem Schwung auf, Briellas Beine fallen um mein Becken, nur unsere Schultern sind über Wasser. Ich stehe mit ihr im Wasser und ficke sie.

Der kleine Junge ist aufgesprungen und rennt platschend mit nackten Füßen davon. Ich stoße zwei mal zu und komme heiß in sie. Eine Männerstimme sagt entfernt anerkennend:

"Schau, die auch, lecker was?"

Wir stehen noch eine Weile so, ich mit zitternden Knien vor meinem so öffentlichen Orgasmus. Ringo kommt und stürzt sich kläffend ins Wasser. Wir flüchten durch schnelles Abtauchen vor ihm, der uns ungestüm retten will.

Die Männer spielen mit dem Hund im Wasser. Wir gehen zum Zelt. Briella nimmt ein Tuch und knotet es sich um die Hüfte, ich bleibe nackt. Es ist inzwischen gänzlich dunkel. Ich vermute, der Junge hat das Licht, das auf das Zelt fiel, ausgemacht. Es ist mondlos dunkel in der Nacht, die wegen Wind und Wolken verhangen ist.

Männerhände kommen vorbei, tasten mich sanft am Arm, tasten um die Taille des Bizepses, und um die Hüfte und oberhalb am Knie. Ich höre Worte wie: "Schau, hey" oder "what a dick", wie sie meinen Schwanz anfassen.

Es fühlt sich sanft und schön an, erotisch und absolut geil; es läßt meine Stolzlust innerlich anschwellen.

Es ist zu dunkel, jemanden zu erkennen. Ich bilde mir immer wieder ein, der Lederhosenmann sei es oder der kleine Blonde mit den verträumten Augen, den ich kurz gesehen hatte bei der Gruppe im Wasser.

Briella steht hautnah neben mir, die Männer fassen nicht sie an. Ich habe das Gefühl von Angenommensein, Anerkennung und Lob, das mich die Brust hoch tragen läßt. Ich fasse Briella fester an, Die Männer sind wieder weg, mit nackten Füßen auf den noch warmen Kacheln, ihr Flüstern, ihre barfüßigen Tritte, ihr Schweiß und Manngeruch verweht. Wir setzen uns auf die Treppen am Pool. Sie kauert sich neben mich und flüstert, an meinen Hals gedrückt, stockend:

"Ich habe Männer noch nie so gesehen. So zart und weich, so geballte Katzenkraft und ohne Klauen. Gar nicht mackerhaft. Ich dachte, Männer sind viel brutaler. Frauen sind nicht so zueinander, schon gar nicht in einem Gruppenfick."

Alles in mir nickt Zustimmung. Auch ich empfinde das so.

"Das war so zusammen, so gleichberechtigt," sagt sie, "So fair in ihrer Lust. Normale Hetero-macker sind nie so. Sogar der kleine Junge, der sich neben uns am Boden hingestreckt und sich einen runtergeholt hat, war in ihrem Fickgefühl mit eingeschlossen."

"Woran hast Du gemerkt, daß er masturbierte?" frage ich sie erstaunt.

"Hast du nicht das Lokum gerochen?" flüstert sie, "Er hielt uns die Süßigkeit mit der linken Hand hin, sein

Kopf und sein Körper haben gewackelt unter dem Ansturm seiner rechten Hand."

Jetzt, wo sie es sagt, erklärt sich auch die pubertär gebrochene Rauheit seiner Stimme und das eilige Verschwinden danach.

Wir kauern an der Treppe. Ringo schüttelt sein nasses Fell aus und legt sich neben uns auf die immer noch heißen Steinfliesen. Wir horchen in die Nacht. Im Zelt schnarcht Toe. Der im Wind ziehende Sand macht ein Geräusch wie feiner Regen.

"Toe ist nicht schwul?" fragt Briella. Ich nicke.

"Dir fehlt seine öffentliche Anerkennung, nicht?" Ich nicke wieder, mit einem zunehmenden Würgen im Hals.

"Er wird sie Dir nie geben. Er liebt Dich vielleicht, aber er wird es nicht zugeben, schon gar nicht öffentlich." Ich nicke wieder und mir laufen Tränen salzig über die Backen.

"Ich weiß das," stocke ich, "Aber ..." und sie ergänzt: "Toe hat einen göttlichen Schwanz und ist immer geil."

Wir schweigen beide. Ringo seufzt wie ein Mensch, das erheitert. Nur die Geräusche des Windes, zu Toe's Schnarchen und die übrigen ferneren Geräusche der Holländer in ihren Bungalows schwingen in dem schwüldichten Nachtdunkel. Das Sandrascheln nimmt zu.

Plötzlich ein leises Knistern. Ich erschrecke und denke an Schlangen, die es hier geben könnte, vor allem bei Regen und Wind. Aber es ist nur unser Junge von vorhin mit einem Tablett klingelnder Teegläser, die er uns hinhält. In einer Tonschale glimmt Holzkohle und verströmt Brandgeruch und ein wenig Licht. Ich sehe die Augen des Jungen, seinen Nacken, in dem die schwarzen Haare sich schlängeln. Er hat die sanfte Aufdringlichkeit eines hungrigen Wolfs-jungen. Ich frage ihn nach seinem Namen, weil ich nicht immer 'Olet', Junge, sagen will.

"Raffel," sagt er und es hört sich eigenartig an. Ich frage noch mal nach, aber es bleibt dabei: Raffel. Ich frage ihn, wie sein Vater heißt:

„ Raffel," sagt er wieder, und er schmiegt sich mit seinem Jungenkörper an meine und Briellas Beine und drückt sein Gesicht und seine Locken an mein Knie. Die Lippen streifen über meine und ihre Haut. Ich erschauere mit einem angenehm familiären Gefühl von Vertrautheit und Kindheit.

"*Änne bou allemani*" sagt er und küßt meine Beine zu den Füßen hinunter. Das heißt: Mein Vater ist Deutscher.

"*Ännti kellem bou, Raphael?*" frage ich und er nickt heftig und preßt sich an meine Füße.

"Sein Vater heißt Raphael," übersetze ich wieder. Mit einer Hand streichelt Raffel seinen Schwanz, mit der anderen Hand meine Füße, ganz zärtlich, wie wenn mich Ringos Hundezunge leckt.

"*Bou okot fi dare?*" Ich frage ihn ob sein Vater zu Hause ist.

"*Lä.*" Er schüttelt energisch den Kopf, "*Lä, bou fi allemanie.*" Der Vater ist in Deutschland.

"*Umuk fi hassin, sob bil sob muk.*"

"Was sagt er?" fragt Briella. Ich hole tief Luft, weil mir das Gefühl und die Bilder alle durcheinander schwimmen. Die traurige Jungenzärtlichkeit und die

verzweifelte Anbiederung an mich Deutschen, ihm ein
Vater zu sein, lassen mein Herz fast zerreißen.

"Nein, nein, sein Vater ist nicht zu Hause, er kennt
ihn nicht. Sein Vater ist weit weg in Deutschland. Die
Mutter ist traurig und weint viel, sagt er."

Wir nehmen ihn mit ins Zelt. Er willigt hüpfend ein.
Briella und ich kuscheln ihn eng an uns. Wir können
uns nicht zudecken, es ist zu heiß. Ringo liegt vor dem
Zelteingang, den wir offen lassen. Im Schlaf drückt
sich Raffel eng an uns. Ich lasse ihm seinen Namen so
wie er ihn ausspricht .

Es ist tröstlich, ihn zu kuscheln. Dennoch weine ich
mich tränenlos in den Schlaf mit ihm, weil irgendwo,
weit weg, irgend ein sohnloser deutscher Hippi
vermutlich nichts weiß von dieser glühenden
Gefühlshingabe des Jungen, der sich ihn, einen Mann
und eine Identität wünscht.

Toe schnarcht. Wir sind alle vier gänzlich nackt.
Sand rieselt in der Nacht fein zwischen unsere
schlafenden Körper. Der Wind nimmt immer mehr zu.
Gegen morgen schließe ich die Zeltöffnung und mache
alles dicht. Der *Samum* tobt draußen erneut wie ein
Dämon. Es ist nicht auszumachen, ob es noch Nacht
ist oder schon Tag. Toe schläft immer noch fest. Raffel
ist verschwunden, irgendwann in der Nacht, zurück zu
seinem Haus.

In dem Gegensatz dieser beiden, Toe und Raffel, des
einen kindlicher Hingabe und des anderen böser
Verweigerung, verstehe ich, daß es Zeit wird, daß Toe
geht, seinen eigenen Weg geht, ohne mich. Raffel war
einen heißen Samumabend lang glücklich, Toe ist nicht
glücklich.

Feiner Sand dringt immer weiter durch allen Ritzen ein, 'Wie die Zeit, die vergeht' denke ich und werde müde.

Den ganzen anderen Tag bleibt es drückend heiß. Der Wind trocknet alles aus. Die Schleimhäute sind gereizt. Der einzig mögliche Aufenthaltsort ist das trübe, warme Wasser des Swimmingpools. Briella hat ein nasses Handtuch auf dem Kopf und liest im Wasser, Toe zeichnet und flucht, weil seine Kohlestifte naß werden. Ringo steht mit den Beinen im Wasser und läßt die Zunge raushängen, lang und rosafeucht. Die Holländer sind träge und schlafen.

Ich erinnere mich an einen Wüstenwind, als mich meine Schwester besucht hatte und es nicht gut gewesen war zu schlafen an diesen Tagen. Auch von den Einheimischen ist den Tag über keiner zu sehen. Jeder verkriecht sich in einen dunklen Raum und schließt alle Fenster und Türen.

Toe würdigt die Holländer, wo er einen trifft, keines Blickes. Er ist in sich gezogen und raucht grimmig die krummen, selbstgedrehten Zigaretten. An solchen Tagen legen sich die Kamele in den Windschatten einer Senke, schließen die Augen und Ohren und Nüstern und warten ab, manchmal drei, vier Tage lang. Hier machen es die Menschen auch so. Am Tag erstirbt das Leben auf das Notwendigste. Erst am Abend, wenn die Hitze nachläßt, kommen alle wieder aus ihren Höhlen. Nicht mal nach Essen ist uns zu mute, es sind 52 ° C auf dem Thermometer.

Kurz vor Sonnenaufgang kommt Raffel und bringt uns eine Plastiktüte klebriger Datteln zum Essen. Er bleibt aber nicht und sagt, daß heute abend Markt sei.

"Ich will heute abend zum Markt gehen." Briella schaut uns beide dabei an. Toe schweigt, ich sage: "Wir kommen mit."

"Ich weiß nicht, ob ich mitkomme," protestiert Toe. Als es dann zu dunkeln beginnt, gehen wir aber doch zu dritt los. Der Marktplatz von Douz ist ein quadratischer Platz, der von flachen Gebäuden umstanden ist, mit zwei Toren, eines führt hinein, eines hinaus. Die Händler haben die Waren mit Tüchern abgedeckt. Es ist wenig los.

Unter den Gemüsehändlern treffen wir Raffel mit seiner Mutter. Sie hat einen kleinen Haufen ledriger Granatäpfel im Schoß. Raffel ist sehr aufgeregt und schubst seine Mutter ständig an. Schließlich knotet sie aus einem rotbraunen Tuch zwei silberne Armreifen hervor und hält sie uns zum Kaufen hin. Es sind alte Stücke, vielleicht ihre eigenen Mitgiftreifen.

"Wow," schreit Briella und nimmt sie in die Hand. "Das sind sie, so habe ich sie mir vorgestellt." Sie strahlt vor Überraschung und hält die breiten Silberringe mit Verzierungen auf der flachen Hand zu uns hoch.

"Wer von Euch schenkt mir welchen?" Ich bin von der 'Zufälligkeit' der Situation überwältigt, es ist für mich keine, eher wie ein Schicksalszeichen. Toe wendet den Blick ab und ist ver-schlossen.

"Es ist mir egal, wählt Ihr aus," fordert uns Briella noch mal auf. Toe platzt los:

"Ich kann das nicht mehr hören, dieses: Es ist mir egal. Hier, nimm den da und fertig." Er greift ohne hinzusehen nach einem Reif und hält ihn ihr vors Gesicht. Ich nehme den anderen und bin ganz ruhig.

"Und diesen da, den nimm von mir," sage ich. „Die Frau hat Dir ihre Hochzeitsreifen verkauft, also trage sie auch als solche von uns."

Ich stecke ihr den Reif mit den schönen Berbermustern an den rechten Arm. Toe macht es rasch von der anderen Seite genauso.

Raffels Mutter schaut aufmerksam zu. Ich gebe ihr das Geld ohne zu handeln. Sie nickt und nimmt es ohne zu zählen. Es ist mehr, als sie dafür je erwartet hat. Raffel ist stolz, für sich und seine Mutter ein so gutes Geschäft eingefädelt zu haben. Der Blick von Raffels Mutter ist zwiespältig, sie schaut schräg an Toe vorbei zu Boden.

Wer weiß? Hatte jener Deutsche vielleicht lange Haare wie Toe oder eine Brille oder trug er Jeans wie Toe? Raffel sonnt sich in unserer Mitte und ruft allen seinen Freunden zu, daß wir seine Freunde seien.

Wir schlendern noch eine Weile im Kreis herum unter den Arkaden der Umbauungen. In jeder Tür ein kleines Geschäft mit Gewürzen, Töpfen, Gläsern oder Stoffen. Einer macht Schuhe aus Kamelleder, einer Wasserbälge, einer schmiedet Vorhängeschlösser aus Messing und feilt die Schlüssel dazu von Hand. Schneider und Friseure, Barbiere und Bäcker, in der Ecke des Platzes ein roter Hackklotz zum Schlachten, eine Traube Männer davor, die um den Kauf einer Ziege verhandeln.

Der Schlachter bindet die Ziege an einen schütteren Granatapfelbaum und schneidet ihr den Hals auf und läßt das Blut herauslaufen. Toe sagt: "Eklig," und geht weg. Briella geht ganz dicht heran. Die Ziege knickt in den Vorderbeinen ein, der Schlachter hält ihren Kopf hoch und läßt sie sanft auf den Boden. Die Männer beten eine Koransure, und setzen ihre Mützen dabei ab.

Das Blut läuft aus und der Schlachter erhebt das Gesicht zum dunklen Himmel, dreht die ausgestreckten Handflächen nach oben und deklamiert ein Gebet, daß alles Fleisch, das wir essen, Fleisch Gottes sei und, daß wir Gott danken sollten dafür, daß er sich uns hingibt zum Essen. Die Umstehenden murmeln gemeinsam: *„Alla hu akbar,"* und setzen ihre Mützen wieder auf.

Danach beginnt die rasche und geschickte Zerlegarbeit. Der Schlachter hängt die Hinterbeine der schwarzen Ziege in das Geäst eines kleinen Baumes. Hellrotes Blut tropft noch ein bißchen aus dem glatten Halsschnitt heraus. Mit einem einfachen Messer öffnet er die Bauchdecke. Die wohlgeformten Därme, Leber und Magen kommen verschiedenfarbig und glänzend zum Vorschein. Des Schlachters Hände sind geübt und kunstvoll. Er legt die Teile, die er trennt und zusammenreiht, rasch auf ein Brett am Boden. Mit einem Hackbeil zerlegt er danach die Vorderbeine und großen Schenkelteile und den Rücken. Den Kopf des Tieres legt er abgetrennt, mit den Augen nach oben, vor den Schlachtblock als Zeichen seines Handwerks und als Beweis für das ordnungsgemäße Schächten.

Die Männer nehmen ihre erhandelten Fleischstücke und Teile, die Hufe oder das Fell dazu, an sich und bekommen es in Zeitungspapier gewickelt. Jeder bezahlt einem Mann, der den Preis ausgehandelt hatte, seinen Anteil, dieser gibt davon dem Schlachter seinen

Lohn. Der Mann, der das Geld gesammelt hat, beugt sich daraufhin zur Seite, zu einem vielleicht achtjährigen Mädchen, das mit einem Korb Gemüse im Arm dabeisteht, und er gibt ihr das Geld für die Ziege.

"Ihre Ziege ist da gerade geschlachtet worden!" sagt Briella bestürzt und schaut das Kind aufmerksam an. Das Mädchen hat offene Augen. Es wirkt angerührt im Gefühl, aber nicht traurig. An der Hand hält sie einen kleinen Jungen, der gerade laufen kann, vielleicht zehn oder zwölf Monate alt, mit nichts an als einem goldenen Amulett gegen böse Geister um den Hals. Sie knotet das Geld in ihren Rocksaum, nimmt den schweren Korb auf und geht los mit dem Jungen, der auf seinen kleinen, runden Babyfüßen mit wackelndem Arsch hinterher rennt.

Briella dreht die Armreifen am Handgelenk und schluckt schwer.

"Was fühlt die jetzt, die Ihre Ziege verkauft hat?" Ich weiß ihr nichts zu antworten.

Toe läuft weit vor uns voraus, er kann kein Blut sehen. Wir holen ihn erst am *Bordj* wieder ein.

Unser Koch war sicher auch auf dem Markt gewesen, denn es gibt Hammelfleisch.

"Gott sei Dank keine Ziege" sagt Briella.

Wir sind die Ersten am Tisch. Toe nörgelt über die Tischkante, die Stühle, über die Luft und die Unsauberkeit. Ich bin tief in Gedanken über die selbstreinigenden Mechanismen des öffentlichen Schlachtens. ‚Das hält die Mordlust der Konsumenten im Zaum,‘ denke ich.

"Wenn diese Holländer wieder die ganze Nacht rummachen, dann..." Toe verschluckt sein 'dann'. Wir schauen ihn neugierig an.

"Was dann?" frage ich. Toe stockt verlegen.

"Ach nichts, Du Arsch!" lenkt er ab.

"Komm, komm Du," bohrt Briella weiter, "Was paßt Dir denn an denen nicht? Du hast doch sowieso fest geschlafen heute Nacht oder nicht?"

"Ja, aber ihr seid rausgegangen!" blafft er zurück.

"Und warum bist Du nicht mitgekommen?" kontere ich zurück und spüre in ihm einen stiernackigen Bock. Ich sehe seinen Vater mit gesenktem Nacken vor mir seine Angestellten im Amt zusammenscheißen.

"Du hättest doch mitkommen können" sagt Briella.

"Ich? Wieso ich?" empört er sich mit hochrotem Kopf und haut auf den Tisch, daß die Gläser wackeln, "... Ich bin doch nicht schwul wie die da."

Es bleibt still im Raum. Die Ersten kommen und setzen sich neben uns. Ich bin sauer. Toe ist so sau eitel, daß er sich freut, gegrüßt zu werden und so verstockt böse, daß er das Gesicht dabei zukneift, um ihnen nicht seine Freude zu zeigen. Raffel bringt die Getränke und räumt die Teller weg. Sein spitzbübisches Augenzwinkern will uns aufmuntern. Wie jedes Kind erträgt er geknickte Eltern nicht. Ich rede Arabisch mit ihm. Sein Arabisch ist schlecht, wer weiß, ob er überhaupt zur Schule geht. Ich frage ihn nicht danach. Ich bekomme heraus, daß sein Vater ein Deutscher aus Calw ist, der in dem Neckermannhotel, das jetzt geschlossen hat, als Fremdenführer gearbeitet hat und daß seine Mutter nichts weiter weiß von ihm als seinen Vornamen. Die Hotelleitung hat geschwiegen und keine Adresse genannt, nicht mal ein Foto haben sie der bettelnden Mutter gegeben.

Vielleicht ist das aber auch gut so, denke ich weiter. So bleibt der Vater aus Deutschland ein Mysterium für den Jungen. Für ihn ist er stark und groß, mit einem Schwanz wie Toe, hart und unbesiegbar, wie Bruce Lee, ein Held in den Kinderkämpfen und ein Held im Bett bei den Frauen, hat Geld und kann Kunststücke.

Ich sage ihm, daß die Männer in Calw alle große Kämpfer seien und in Schwaben berühmt für ihren Mut. Ich spüre, daß ihn das glücklich macht.

"Was erzählst Du da von Calw?" fragt Toe argwöhnisch, denn es ist seine Kreisstadt, aus der er selber kommt.

"Sein Vater kommt aus Calw und da habe ich ihm gesagt, daß ich die Männer aus Calw toll finde."

"Ach, nee," frostet Toe. Briella schaut mich an und kratzt sich hinterm Ohr.

"Du magst so kleine Jungen, was?"

"Ja, ja," sage ich, "Ich habe selber einen, den ich aber nicht kenne. Zwar nicht in Calw, aber in Heidelberg und der ist jetzt," ich rechne nach, "Ja, der muß jetzt vierzehn Jahre alt sein."

Toe widerspricht: "Du hast nie gesagt, daß Du ein Kind hast."

"Nein, wozu auch? Ich habe es ja nicht, die Mutter hat es. Sie wollte nicht, daß er mich kennenlernt. Er sollte keinen Vater haben, sie wollte ganz allein ein Kind, ohne Vater, und das habe ich ihr gemacht."

Wir schweigen eine Weile. Die Holländer werden wieder zunehmend lauter mit Bier und Wein.

"Hattest Du nie Sehnsucht nach ihm, ihn mal zu sehen?" fragt Briella.

"Was ist mal?" antworte ich und bekomme ein schweres Gefühl in der Brust. "Ich kenne ein Foto von ihm, wie er vier ist und seinen Namen: Thea heißt er."

Ich denke darüber nach, ob die Mutter von unserem Sohn damit wirklich gut tat, wie sie es tat, aber ich kann es nicht entscheiden. Mein Gefühl für mein Kind hängt im Raum in der Luft, zwischen den Männern und Raffel, der geschäftig herumrennt mit Gläsern, Besteck und Tellern und auch keinen Vater hat, aber ein volles Leben.

Erst gegen Mitternacht wird die Hitze weniger und der Wind legt sich auch. Dafür kommen scharenweise irgendwelche Stechmücken und fallen über alles her und stechen alles was sie stechen können. Harp, der Holländer, bringt uns eine Sprühbüchse Autan an den Tisch, an dem wir noch immer sitzen. Wir sprühen uns gänzlich ein, um nicht zerstochen zu werden. Wegen der Mücken bleiben die Holländer diese Nacht in ihren Bungalows. Ich sitze mit Briella bis zum Hals wieder im Wasser, ein mit Autan getränktes Tuch auf dem Kopf. Toe sitzt immer noch im Eßraum und trinkt und raucht. Er macht auch marrokanischen Kif in die dünnen Zigaretten.

"Ist er allein?" fragt Briella

"Nein, er quatscht mit Harp." Wir schweigen lange.

Später kommen Harp und zwei andere Männer und schleifen Toe ins Zelt.

"Büschen viel zu viel Wein getrunken dat Jong," ruft mir Harp ins Wasser zu, "Keine Sorgen, schläft gut jetzt" Sie verabschieden sich und verschwinden.

"Die Männer hätten ihn doch zu sich nehmen und vernaschen können" sinniert Briella.

"Ach, ein besoffener Mann ist langweilig, weißt du?"

Erst als uns die Augen zufallen, gehen wir auch ins Zelt. Toe schläft schwer in einer Dunstwolke aus Alkohol und Rauch. Ringo hat sich schon vors Zelt gelegt. Ich kuschle mich in Briellas Arm. Irgendwas ist mit mir los. Meine Bauchdecke zuckt unkontrollierbar, mein Atem geht stoßweise, mir ist zum Weinen, mit einem Kloß im Hals. Es ist, als ob sich etwas zusammenballt. Aber ich kann nicht genau sagen was. Briella hält mich eben nur fest, das ist gut. Wir wissen nicht, wie es weiter gehen wird mit uns drei.

IX TRENNUNG

Am anderen Tag ist alles vorbei.

Kein Wind mehr, die ausgetrocknete Hitze ist wie weggeblasen. Ein klarer Himmel blaut. Die Leute sagen, daß es zu Ende sei, der Wind wehe immer nur eine bestimmte Zeit aus dieser Richtung und habe jetzt gedreht und sei jetzt eingeschlafen bis nächstes Jahr.

Wir packen das Zelt ein. Die Holländer sind schon am Morgen aufgebrochen. Ich stehe noch in der Hotelgarage und habe den Zylinderkopf des Motors geöffnet, den Luftfilter gereinigt und alles Öl herausgespült. Der Filtertopf war halb voll mit feinem Sand, kein freies Öl mehr vorhanden, und auch in die Ventile und den Motor war schon Sand eingedrungen. Wäre ich noch einige Zeit weitergefahren, hätte ich den Motor ruiniert.

Ich bin ölverschmiert und überall schwarz. Das Auswaschen des Ölfilters macht mir viel Arbeit. Toe und Briella kommen bereits mit dem zusammengelegten Zelt. Raffel schleppt schweres

Gepäck. Ich will mich noch warm baden, nachdem der Zylinderdeckel wieder drauf geschraubt ist.

Der Abschied von Raffel fällt mir schwer, obwohl ich es ihm leicht mache. Das Öl will nicht recht von der Haut abgehen. Ich hocke in der Dusche und Raffel schrubbt mit einem alten Frottierhandtuch und Waschpulver die Ölreste von meiner Haut. Wir reden nichts. Nur die gelegentlichen Berührungen, die wie zufällig und nicht zum Waschen nötig sind, zeigen eine zärtliche Nähe.

Es heißt, daß wir den *Schott* nach dem Regen nicht durchfahren könnten auf dem einzigen Dammweg nach Tozeur, aber ich fahre dennoch los. Ich kenne den Weg unter verschiedenen Bedingungen, und keine der bisherigen Voraussagen hatte gestimmt. So auch diese nicht. Wider Erwarten ist kein Stück des Weges überflutet oder weggespült.

Wir fahren durch eine horizontlose Landschaft. Himmel und Erde treffen und mischen sich ohne Grenze. Alles ist von derselben rosenfarbenen Seidenglut schillernder Sandfarbe, die sich zum Himmel hin konturlos aufklärt zu einem weißstrahlenden Blau hoch über uns.

Toe schweigt die ganze Fahrt. Er ist zu keinem Gespräch zu bewegen, antwortet einsilbig, ist aber dennoch nicht aggressiv wie sonst.

Am Wegesrand glitzern Tausende von Salzrosen, zu Rosenformen erstarrte Salzkristalle in riesigen Formen und Rosetten. Mit der untergehenden Sonne erreichen wir Tozeur, die letzte Oasenstadt mit Bahnanschluß vor der endlosen Sahara.

Ich halte vor dem kleinen Hotel Splendid, dessen Chef ich kenne. Wir waren an der Bahnstation vorbeigekommen und Toe hatte gefragt, wann ein Zug losfahre. In einer Stunde hatte es geheißen.

Wir sind beim Auspacken. Da packt Toe unvermittelt seine Tasche und sagt:

"Tschüs, ich fahre nach Hause." Briella und ich, wir stehen vor dem Hotel neben dem geöffneten Auto, und Toe steht da, mit der Ledertasche über die Schulter geworfen und mit einem weinerlich verzerrten Gesicht und grinst ein bisschen dazu. Er hat Turnschuhe an, weiße Jeans und ein weites Hemd, das er vor dem Bauch zusammengeknotet hat.

"Ihr seid allein besser miteinander aufgehoben. Das wird nichts mehr mit mir," sagt er und geht ein paar unsichere Schritte rückwärts.

Ich lasse meinen Sack fallen und gehe zu ihm. Ich fasse ihn an und schaue genau in seine blauen Augen.

"Toe." Mehr kann ich nicht sagen.

Briella hockt sich auf den Beifahrersitz und schaut uns Männern zu.

"Laß mich" sagt er. Ich sage:

"Ich liebe Dich doch." Er sagt:

"Seit sie bei Dir ist, leide ich nur." Ich zucke hilflos die Schultern, kann keine anderen Worte finden als: "Du wolltest doch immer eine Frau." Er sagt:

"Sie ist nur Deine Frau. In allem was wir tun und machen. Und ich bin Dir hinterher gelaufen wie ein kleiner Hund." Ich sage:

"Meine Liebe wird mit Dir gehen, wohin Du auch gehst."

"Quatsch nicht," sagt er und winkt unbeholfen Briella zu: "Er ist Dein Mann, Ihr seid ein gutes Paar. Ich will allein sein eine Weile."

Briella ist aufgestanden und näher gekommen. Wir nehmen Toe in die Mitte. Briella summt eine Melodie ihrer keltischen Lieder. Sie streicht durch seine offenen Lockenhaare. Ich schiebe einen Arm vor ihn und halte ihn am Schwanz fest, umarmt miteinander. So stehen wir drei auf der Straße in der Abendsonne vor dem Hotel.

Irgendwo hupt jemand. Ich fühle seinen Willen zu gehen. Ich küsse ihn auf den Mund und weine dabei. Er läßt es geschehen.

"Wenn Du mich brauchst, werde ich für Dich da sein." sage ich tonlos. Ein kleines Taxi hupt uns an.

"Gare, gare?" ruft der Fahrer aus dem hochgeklappten Fenster.

Toe reißt sich los, stürzt sich in das Taxi und wirft die Tür zu. Aus dem offenen Fenster ruft er uns zu:

"Ich fahre im Haus vorbei, nehme meine Sachen und bin übermorgen auf dem Schiff nach Palermo."

Der Taxifahrer gibt Gas und hinterläßt eine kleine Staubwolke, die Briella und mich einhüllt. Wir stehen immer noch vor dem Hotel. Wir bewegen uns beide langsam, wie in Zeitlupe. Es macht keinen Sinn ihm nachzufahren, ihn aufhalten zu wollen, zu was?

Wir bringen unsere Sachen in das Balkonzimmer des Hotels mit Sonnenläden vor dem Fenster und einem Spiegelfrisiertisch aus Mahagoni mit gedrechselten Füßen.

Wir gehen etwas essen ins Restaurant *'Le petit prince'*. Es schmeckt nicht. An den Wänden hängen Bilder von Saint Exupery und Auszüge aus seinem Buch 'Der kleine Prinz'. Der kleine Prinz ist gegangen, auf einen anderen Stern.

Wir gehen schlafen, obwohl wir nicht müde sind. Ich liege auf dem französischen Doppelbett mit grüner Überdecke und sehe mich in dem schräggestellten Toilettenspiegel mit herunter baumelnden Beinen liegen. Meine nackten Beine hängen über der Bettkante. Briella holt öfter Luft, um was zu sagen, aber es kommt nichts aus ihrem Mund. Ringo hockt zu meinen Füßen und schleckt mir die Zehen.

Wir kuscheln uns wortlos ineinander, aber ich schlafe die Nacht nicht. Sie bietet ihren Körper an, daß ich mich in sie reinlege, aber etwas Erstarrtes ist in mir, das zu erstarren begann mit dem langgezogenen schrillen Pfiff der Wüsteneisenbahn, die Toe mit fortnahm in den Norden an die Küste, weit übers Meer. Am anderen Tag sage ich zu ihr:

"Ich will nach Matmata, ich muß dahin."

"Warum?" fragt sie nur und schaut mich sanft an, wie einen Irren, den man schonend ausfragt.

"Ich will in die Erde!" sage ich nur.

Wir fahren noch mittags los und erreichen Matmata am Abend. Matmata ist eine Höhlenstadt. Unzählige Trichter in der löshaltigen Erde, in deren runde Wände die Ureinwohner Räume, Katakomben, Höhlen und meterhohe Gewölbe gegraben haben, als Fluchtburgen vor den Invasoren, die alle Jahrhunderte immer mal wieder auftauchten. Zwei der Höhlenfestungen sind zu einem Hotel ausgestattet worden, das 'Sidi dris' und das 'Marhalla'. Wir bekommen Platz im Marhalla. Ich krieche sofort in eine der weiß gekalkten Höhlen und lege mich auf die Schaffelle am Boden.

Erde überall um mich und über mir. Ich bin wie in den Schoß der Mutter Erde geschlüpft. Hier schlafe ich ein.

Ich schlafe mit wilden Träumen bis zum nächsten Morgen. Ich träume von bluttriefenden Fratzen, die mich jagen, die ich jage. Ich selber habe Reißzähne und beiße um mich. Plötzlich Krieg, gelber Himmel über mir. Ich renne auf eine schräge Ebene zu, niemand den ich kenne, nur namenlose Leute neben mir. Hinter mir ist das jaulende Schwirren von Flugzeugpropellern im Sturzflug. Ich stürze mich auf einen gedachten Punkt voraus am Himmel zu und durchstoße den gespannten Schein des Himmels und bin plötzlich schwerelos frei.

Ich wache schweißgebadet auf, Kindheitsgefühle und -ängste aus dem Krieg kommen mir wieder hoch. Hier in der Erde bin ich sicher. Briella kuschelt mich ein, Ringos Rücken drückt sich an mich.

Mit vier Jahren habe ich brennende Großstädte erlebt, in nasse Decken gewickelt Flucht durch einstürzende Wohnhäuser, brennende Leute die sich grässlich schreiend aus Flammen umlohten Fensteröffnungen auf die Straße stürzten, ein runder Taubenschlag, aus dem brennende Vögel krächzend aufflatterten, glühende Federn rieselten zu Boden und auf mein Gesicht, neben einer Lokomotive auf der Flucht, die aus den Gleisen gerutscht ist und klopfend faucht, Schutz in der Böschung des Bahndammes gekauert suchen, an den Bauch meiner Mutter gepresst, über uns das Röhren von Tieffliegern, die brummend näher kommen und ihre knatternden Maschinengewehrgeschosse Erde aufspritzend knapp neben uns setzten, bis sie den Druckbehälter der stampfenden Lokomotive sprengten, der lohend auseinander barst und alles in einen heißweißen Nebel hüllte. Verbrühte Leute sterben schreiend. Naßlehmige Erdwege mitten in irgend einer Ruinenstadt mit Bombentrichtern worin weißliches Chlorgas spiegelte, mit totveräzten Leibern und Leichenteilen verstreut, auf dem Arm meiner schwangeren Mutter eine schräge Treppe hinab, die zu einem plötzlich dumpfen Schlag auseinanderbrach und mich mit meiner Mutter neben einer schräg zusammenrutschenden Mauerwand zu Boden warf. Das verzerrte Gesicht meines Vaters über mir und meiner Mutter, die zwischen den Trümmern und Holzsplittern der Treppe eine Totgeburt hervorbrachte in einer Lache von Blut, Asche und Schutt; es war ein winziges Mädchen.

Diese Gefühlsbilder rollen hastig durch meinen Bauch, mein Herz und meinen Arsch, keines wiederholt sich, ich atme immer noch flach und schnell, meine Fingerspitzen kribbeln. Das letzte Bild bleibt ruhig, ein schwarzer amerikanischer Soldat mit breitem Gesicht, der mich an sich drückt in einem feuchtkalten Schützengraben voll Herbstlaub und ein Kaugummi in den Mund schiebt mit seinen großen, rosafarbenen Fingernägeln.

Ich versuche mit Briella Liebe zu machen. Die Morgendämmerung ist dafür für mich die schönste Zeit, aber es geht nicht. Ich küsse und streichle sie. Alle meine Zärtlichkeit kommt zugleich mit einer unendlichen Traurigkeit hervor. Mein Herz ist wie eine fleischige Wunde, mit der ich sie liebe. Ich dringe in sie ein und verliere Lust und Gefühl und Erektion. Wir versuchen es geduldig weiter. Aber es wird nichts. Briella sagt:

„Laß es jetzt, warte." Ich nicke gehorsam und beklommen.

Wir gehen frühstücken im Hofrund, in dem noch Schatten liegt. Deshalb sind die Höhlen so tief gegraben, die Kühle bleibt hier den ganzen Tag.

Wir steigen beide auf den Trichterrand der Höhle und schauen in die Landschaft.

"Da hinten," sage ich und zeige in südliche Richtung, "Dahinten ist der Berg, der kein Berg ist, sondern eine ehemalige Berberstadt mit Befestigung und zur Römerzeit uneinnehmbare Bastion." Briella schaut angestrengt nach Süden.

"Dort," sage ich und deute in die Luft, "Es ist wie eine riesige Löwensphinx in der Landschaft, siehst Du, der Kopf vorne, die Tatzen unten." Ich deute mit dem Finger die Konturen in die flirrende Luft.

"Ja, richtig." Briella erkennt das Felsengebilde.

"Woher weißt Du das?" fragt sie mich.

"Ich war da mal oben für ein Ritual," antworte ich. Briella fragt:

"Mit Toe?"

"Ja," sage ich.

Ibrahim, ein alter Kamelhändler mit Glatze und listigen Augen, einem fuchshaften Lächeln und nur noch zwei Goldzähnen im Mund und einem weißen Rundkäppi auf dem Kopf, begrüßt mich. Wir kennen uns.

"Willst Du wieder ein Kamel haben?" fragt er mich.

"Ja, bitte, gib mir zwei, und wenn Du uns in die winzige Oase der Widerstandskämpfer begleitest, gebe ich Dir diese Armbanduhr, die ich Dir dafür mitgebracht habe."

Ibrahim's Augen haben schon ja gesagt.

"Ich komme sofort" sagt er und verschwindet.

"Was für Widerstandskämpfer?" will Briella wissen.

"Gegen die Franzosen. Die Tunesier fanden in alten Stellungen der Nubier und Berber Unterschlupf, auch hier. Die Bergfestung besaß Felsenhöhlen, aus denen heraus sie anfliegende Suchflugzeuge abschießen konnten. Ibrahim war im französischen Gefängnis und von dort wurde er im zweiten Weltkrieg als Französischer Soldat nach Deutschland, in den letzten Kriegstagen an die Front geschickt und schließlich kam er noch in deutsche Kriegsgefangenschaft." Briella schaut mich erstaunt an:

"So genau kennst Du ihn?"

"Ja, er hat eine Kriegsgefangenennummer auf der Brust tätowiert, die ihm die SS-Soldaten in Pforzheim grob eingeritzt haben."

"Die Geschichte endet nie," sagt Briella verblüfft.

"Es ist nicht Geschichte, es ist Karma," sage ich.

Weit vor uns zieht sich das Sandbett der Wüste hin, mit kleinen dunklen Trichtern und langgezogenen Felsenriffen, die den fließenden Sandmassen Wehr bieten. Ibrahim kommt mit drei Kamelen. Auf einem sitzt er. Die anderen haben bunte Decken und Troddeln am Sattel. Ich hole meine Reitgerte, die ich für mein kleines Kamel geschnitten hatte und noch ein weiteres Tuch für Kopf und Mund. Der Hotelchef gibt uns einen vollen Wassersack mit und ein Einwegglas mit gerösteter Körnerpaste.

"Wegzehrung!" ruft er uns zu.

Die Tiere legen sich auf den Boden. Mein Kamel nimmt mich sofort auf, Briellas braucht Zurufe von Ibrahim. Wir sitzen auf, und die Tiere erheben sich behend und treten mit weichen Pfoten, ohne Hufe, den schmalen Saumpfad auf den fernen Bergrücken zu. Es ist heiß und die unzähligen Grillen machen einen pausenlosen Lärm.

"Nach der Kriegsgefangenschaft hatte sich Ibrahim in dieser winzigen Oase, wohin wir jetzt reiten, versteckt," erzähle ich weiter. Ibrahim sitzt wie ein Heerführer im Sattel, bedeckt die Augen mit seiner knotigen Hand und sucht in der Ferne das Nahe.

"Warum willst Du gerade jetzt dahin, Andro?" Briella ist nach einer Stunde schaukelnden Ritts müde geworden.

"Dort ist das verlassene *Marabout* meines Sufimeisters" sage ich, will ihr aber nichts weiter darüber erzählen. Sie fragt nicht weiter nach. Ibrahim blickt dazwischen immer mal wieder nach uns zurück. Seine vorspringenden Augen blitzen vor Unternehmungslust. Er ist zwar schon über siebzig Jahre alt, so genau weiß er das selber nicht, aber lebenslustig wie ein kleiner Junge.

"Sag mal, starrt der mich irgendwie an?" fragt Briella nach einer weiteren Stunde.

"Ich denke ja," sage ich zu ihr, "Ich kenne ihn als pausenlosen Sexisten. Normalerweise hockt er in seiner Andenkenbude vor dem Höhlenhotel und wichst sich unablässig einen unter der Ladentheke. Und er hat einen sehr langen Schwanz, fast so lang wie ein Maulesel."

Briella starrt mich an: "Du machst Witze."

"Nein," sage ich, " Er ist so. Das hat ihm auch das Leben gerettet in der Gefangenschaft. Er hatte was, was keiner der griesgrämigen Bewacher hatte, pausenlose Lust, Lust auf alles, auch auf den fettbäuchigen Gefreiten mit Plattfüßen, den hat er auch gefickt bis es dem endlich mal kam. Oder seinen Maulesel. Mit dem trieb er es voriges Jahr, als ich hier mit meinem Vater war. Und dabei hat er gelacht, sich die Mütze vom Kopf gerissen und sich zusammen mit dem Tier stimuliert. Mein Vater hat ihn dabei gezeichnet."

"Aber ein Maulesel kann doch gar nicht..." wendet Briella ein, sie hält das Ganze für Jägerlatein.

"Maulesel und Pferde stehen einfach so da, wenn sie geil sind und lassen ihren langen Penis ausfahren und wippen damit, bis es ihnen von selber kommt und schreien dabei vor Vergnügen, ihr langer Penis klatscht dann wollüstig an die Bauchdecke."

"Schreit Ibrahim auch?"

"Ja," sage ich und deute nach vorne mit dem Zeigefinger auf das schaukelnde Kamel. Ibrahim sitzt gekrümmt im Sattel und macht eindeutige Bewegungen unter seinem Burnus. Er wiehert wie ein Pferd, spuckt zur Seite aus und ruft:

"*Hatt, hatt, hatt!*"

"Wenn man ihn fragt, ob er es auch ohne Burnus tut, läßt er Dich alles sehen, aber weil Du eine Frau bist, hält er sich zurück.," Briella lacht auf:

"So jemand würde bei uns eingesperrt!"

"Ach, hier auch," sage ich, "Nur hier draußen in der Wüste nicht, da gelten andere Gesetze. Das ist wie auf dem Meer. Die Beduinen sagen auch Meer zur Wüste und Schiff zum Kamel."

Wir erreichen ein kleines, schluchtiges Tal mit winzigen Wassergräben und kleinen Steinfeldern. Etwa zehn Palmen und fünf Olivenbäume, das ist alles und eine Höhle am Ende der Schlucht. Wir steigen ab.

Die Sonne glüht schon tiefrot in der sengenden Wüste mit ihren braunroten Narben, Pocken und Silhouetten. Ibrahim verneigt sich und läßt uns allein.

"Warum geht er einfach so?" fragt Briella.

"Er will nicht stören. Oben am Bergrand ist das *Marabout*, ein kleines Steinhaus mit Umfriedung, da wird er schlafen nachdem er sich vollgekifft hat mit Gras. Da, neben der Quelle, wächst auch eine Pflanze."

Ich zeige auf eine einzelne, hellgrüne, schöne Hanfpflanze die neben dem kleinen Wasserbecken wächst, in welchem ein dünnes, klares Wasser sprudelt, das nach drei, vier Metern wieder versickert.

Wir setzen uns zusammen auf das Fell. Ich schiebe meinen Burnus auf und nehme Briella auf meine Schenkel.

"Ich will mich mit Dir jetzt vereinigen, Frau." sage ich. Sie nickt und setzt sich auf mich. Ich singe ein indisches Mantra und wir bleiben still sitzen, bis die Nacht kommt. Ich fühle einen Schmerz in mir und ich fühle auch Lust in mir. Briella fragt nichts. Ich könnte auch nicht reden. Ich habe auch keinen Hunger.

In meinen Gedanken formen sich Absichten: Wir werden zusammen den Hof ausbauen, die Tiere vermehren. Das Korn muß bald eingebracht werden, die Ernte wartet und in wenigen Tagen kommen meine vierzig Schafe zurück, die ich einem Hüter auf Weidetrieb mitgegeben hatte.

Später in der Nacht wackelt mein Körper, mir wird schwindlig, ich habe Angst, aber mein Schwanz bleibt dick genug, in ihr drin zu bleiben. Ich will nicht raus.

Schmerz oder Kummer, Leid oder Jammer - es sind alles nur Illusionen, Anhaftungen an die Welt. Wirklich ist nur, womit ich vereinigt bin und das ist diese Frau, die fraglos mit mir in die Wüste gekommen ist, die meinen eitlen Jungen gefickt hat und sich hat von ihm ficken lassen, die ihren Leib für mich geöffnet hat und mein Herz kennt, wenn es brennt vor Verlangen und nicht darüber zerbricht, daß es nicht immer wegen ihr brennt.

Spät gegen morgen, das Gelb kommt über den schartigen Horizont gekrochen, bewege ich mich wieder mehr. Sie ist auf meinen Schultern eingeschlafen und lächelt mich verlegen an. Wir lösen uns voneinander und gehen steifbeinig ein bisschen hin und her, bis die Beine sich wieder beleben. Ich zucke manchmal noch plötzlich, allein beim Anflug von irgendeinem Gedanken.

"Danke Frau, daß Du mich gehalten hast," sage ich trocken zu ihr. Sie schüttelt den Kopf:

"Ich glaube, es warst Du, der mich hielt."

Ibrahim kommt und bricht uns dünnes Fladenbrot zu dem Wasser und der Körnerpaste, die seltsam süß und trocken schmeckt. Ibrahim schaut Briella sehr eigenartig an mit seinen Anissträußchen an der Kappe. Er stimuliert sich nicht mehr unter seinem Gewand, sondern sitzt da und kratzt sich unter der Mütze die Glatze. Wir kauen das trockene Brot und trinken Wasser.

"Ich will noch heute abfahren," sage ich zu ihr. Sie schaut mich an und sagt:

"Dann sind wir aber erst spät zu Hause, es ist weit, mehr als dreihundert Kilometer."

"Gut, fahren wir morgen früh, dann sind wir noch vor Sonnenuntergang zu Hause."

Sie nickt. Ibrahim nickt auch und holt die Kamele, wir reiten schweigsam zurück.

In den Höhlenwänden des Hotels zeige ich ihr Einritzungen und Reliefs früherer Bewohner.

"Unter dem Putz sind noch viel ältere Geschichten. Die Ausgräber haben vier bis fünf Schichten gefunden, die älteste mit nubischen Zeichen."

Nach dem Essen sitzen wir in dem großen Hallenrund mit einer Feuerstelle.

"Sicher eine Versammlungshalle," sagt sie und blickt sich um. Aber es ist niemand da. Nur das Echo und wir beide allein an einem kleinen Tisch und den flackernden Schatten an der Wand.

"Wir sind hier nicht allein," sage ich, "Um uns herum sind sie alle, alle die Deine Gedanken fesseln, sitzen um Dich herum wie flackernde Schatten." Sie schaut mich irritiert an.

"Dort sitzt Deine Mutter," ich deute rechts neben sie, " Dort sitzt Dein Vater und da Dein Bruder und," ich schaue hinter sie in den zitternden Leerraum zwischen ihr und den Schatten an der Wand, "Dort stehen zwei junge Männer, die ich nicht kenne, Schulter an Schulter und da, da hockt Toe, und seine Mutter ist dort..." ich breche hilflos ab, denn da sind keine Körper, da sind nur meine Gedanken und Erinnerungen, meine Sehnsüchte, meine Wünsche, Vatergefühle, Söhne und Jungs, meine Schwester, wie sie klein war und eine unendliche Kette von Formationen, die ich vielleicht alle einmal war, mir fiebert.

Briella ist aufgestanden und fordert mich auf, aufzustehen:

"Komm, komm raus ins Mondlicht, komm!" Wir treten in den Hofrund, über uns liegt ausgebreitet der glitzernde Sternenteppich. Ich schaue hoch und fühle Weite.

"Du findest Toe wieder," sagt sie mütterlich, "Irgendwann kommt er zurück, und solange bin ich Deine Frau, abgemacht?"

"Abgemacht," sage ich.

Unsere Rückfahrt ist sehr schweigsam. Ich denke viel nach. Es kommen mir Erinnerungen, wie ich Toe kennengelernt habe. Die Gefühle von damals kommen mit hoch. Mir kommen Tränen, die ich nicht zeigen will, wenn ich an Orten vorbeifahre, wo ich mit Toe gewesen war. Ein Kaffee, das ich öfter besucht hatte und wo ich die meisten Briefe von unterwegs an ihn schrieb, meide ich. Ich will da jetzt nicht Halt machen.

Mir fällt ein, daß Toe von Anfang unserer Beziehung an immer daran herumgemäkelt hatte, daß er keine Frau bekäme. Ich habe immer auch Frauen geliebt, mit Frauen gelebt und gearbeitet. Es kam mir nie in den Sinn, wegen meinem Schwulsein könnte ich keine Frau bekommen. Genau das aber war Toe's Gedankenwelt und vielleicht auch nur ein vorgeschobener Einwand seine versteckte Männerliebe zu bemänteln. Wenn wir zurückkommen ins Haus, wird er bestimmt längst weg sein.

"Weißt Du wo er in Berlin wohnt? fragt mich Briella und ich erzähle ihr von der Wohnung, die ich ihm angemietet habe in Berlin. In einer Art Kommune nahe der Mauer, dort gab es noch große Fabriketagen mit

Wohnerlaubnis, die ich mit meinem ehemaligen Mitunternehmer dort eingerichtet und ausgebaut hatte mit Platz für zwanzig Leute. Heute leben dort zehn Erwachsene und drei Kinder.

"Wo sollte er schon hingehen in Berlin? Sein Vater gibt ihm kein Geld. Er bekommt Bafög und hat seinen Vater auf Unterhalt verklagt."

Als wir ankommen ist er tatsächlich nicht mehr da. Der Nachbar berichtet, wie er gegangen ist. Er bringt mir die Schafe, die er gehütet hatte und einen großen Eimer voll Eier, die die Hühner inzwischen gelegt haben.

Toe hat sich von allen im Dorf verabschiedet. Seine Kleider und Zeichnungen sind weg. Was mich am meisten trifft ist, daß er das Ölbild von dem Berg in der Wüste, der wie eine Sphinx aussieht, mitgenommen hat. Auf diesem Berg habe ich mein erstes Tantraritual gemacht. Gleichzeitig habe ich aber auch ein tröstliches Gefühl, daß er es überhaupt mitgenommen hat und es ihm offensichtlich etwas bedeutet.

"Das Bild hat er damals nach dem Ritual gemalt, auf einem auf dem Markt erstandenem Sperrholzbrett," versuche ich Briella etwas von meinen wehen Gefühlen von Verlassensein und Wehmut zu erklären. Ich habe das Gefühl, einen Menschen verloren zu haben, wie vielleicht eine Frau ein Kind verliert.

Wir machen uns keine Vorwürfe. Wir gehen taktvoll miteinander um, Briella und ich. Dieses taktvolle Umgehen wird zum Dauerzustand der nächsten Tage.

Wir arbeiten gut zusammen. Ich mache Käse und Salami, koche Bouillonbrühe ein. Briella knüpft Teppich und webt mit selbstgesponnener Wolle. Wir haben an drei Tagen unsere Schafe geschoren und die

Wolle gewaschen und gebleicht. Die Arbeit geht uns gut von der Hand, wir arbeiten bis in die Nacht hinein. Dann fallen wir auf die Schaffelle und schlafen ein.

Das Korn muß vom Feld, es ist schon längst reif. Ich gehe mit einer Sichel das Korn mähen. Es ist brütend heiß. Ich komme nur sehr langsam voran und mein Rücken streikt nach wenigen Stunden, das macht müde.

Briella ist nicht so müde. Wir machen keinen Sex mehr. Wir haben es mehrfach versucht, aber das Ergebnis war immer das gleiche, ich komme fast sofort, wenn ich in sie eindringe. Mein Körper verweigert den Sex mit ihr. Ich schwitze kalten Schweiß und habe kalte Füße. Briella macht mir Fußmassagen. Sie sammelt Bilsenkraut auf den Dächern der Nachbarhäuser, wo es gelb blüht und mit seinen gezackten, haarigen Fleischblättern wie Unkraut wirkt. Wir essen Bilsenkrautsalat und rauchen die kleinen grauen Samenkapseln in einer kleinen Messingpfeife. Das macht tatsächlich ein eigenartig knisterndes Gefühl und Leichtigkeit.

"Die Hexen müssen sich wohl so gefühlt haben," ruft Briella und breitet theatralisch die Arme zum Flug aus. Es hilft meinem Schwanz aber nicht auf. Ich bleibe desinteressiert und kalt.

Als ihre Eltern kommen, bin ich am Ende. Das Korn ist geschnitten, die Garben liegen im Hof. Mein Rücken schmerzt, nachts will mir nicht einmal das sonst immer vergönnte Masturbieren gelingen. Ich höre mittendrin auf, ohne besondere Lust und ohne besonderen Frust.

Briella raucht viel in diesen Tagen. Vielleicht liegt das auch daran, daß ihre Hanfpflanzen, die wir außerhalb des Dorfes angelegt hatten, jetzt reif sind und die trockenen Blätter einen schönen Geruch haben und reichlich vorhanden sind. Ich rauche nicht davon.

Heute nachmittag fährt sie alleine nach Nabeul, wo ihre Eltern in einem Touristenhotel auf sie warten. Ich finde Eltern, die ihre Kinder nicht in dem Haus besuchen, in dem sie leben, respektlos. Briellas Mutter trifft sich alleine mit ihr. Der Vater hat eine Rundreise angetreten. Mutter und Tochter sind allein.

Ich habe mir vorgenommen, heute in Ibn Dauds großen Olivengarten zu fahren. So kann es nicht weitergehen, ich brauche ein Retreat.

Olivenhaine sind nicht romantisch. Früher dachte ich in der Schule beim Lateinunterricht, daß ein Hain so etwas wie ein englischer Park oder eine ästhetische Gartenanlage sei. In Wirklichkeit ist es ein rotbrauner Acker mit harter Krume, wenig Gras und kreisrunden Wassermulden, um die oft verkrüppelten, zweistämmigen uralten Olivenbäume herum, die zum Teil noch die Römerzeit erlebten.

Romantisch ist nichts in den Hainen, die Brunnen, die geschlungenen Wege auf der gelben Erde, die grünen Blättchen an jungen Pflanzen oder uralten Ästen als einzige Zier, an den knorrig verdrehten Ästen. Romantisch ist das winzige Doppelhaus mit Strohhaube auf dem Dach, die kleine Hütte des Olivenbauern und der Kaktushaag, hinter dem die Familie scheißen geht, und magere Hühner herumpicken.

Citra, der Olivenbauer mit rotem Filzkäppi und graublauer, geknöpfter Jacke, bewirtet mich mit allem, was seine Lehmmauern bergen. Er bewirtet mich auch mit dem, was sie nicht haben und es sich bei den Nachbarn ausborgen. Alia, seine Frau, rupft ein Huhn, das sie gerade gefangen hat, es wird Harissa, eine rote, scharfe Paste aus Peperoni gemacht fürs Essen.

Wir sitzen vor dem Haus auf einer kleinen Anhöhe und sehen die langen, gleichmäßigen Reihen der Olivenbäume sich wie ein Schachbrettmuster in die Landschaft hinwellen. Alles ist gleich, von nichts unterbrochen, seit Jahrhunderten schon das gleiche Bild.

Citra zählt seine Kinder auf und die Frau mit ihrer Schwester und ihrer Tante mit Namen und Alter, die auch im Haus leben. Der Bauer ist so alt wie ich, gute Dreißig und hat schon acht Kinder. Er zeigt mir, wie er mit zwei alten Weinflaschen und Zuckerwasser darin Wespen einfängt, die seine Kinder belästigen.

Er fragt mich, wie es mir gehe. Ich kann nicht antworten. Hier fragt immer jeder jeden, wie es ihm geht und gibt die Antwort schon gleich mit dazu: "*Lä bääs,*" was soviel heißt wie, ausgezeichnet. Mir geht es nicht *lä bääs*. Citra bemerkt das:

"Ungläubige und Christen sind dunkle Seelen," sagt er. Er denkt, daß es ihm gut gehe, weil er an Allah glaubt und ist traurig, daß ich nicht an Allah glaube, es mir daher auch nicht gut gehen kann.

Ich kann ihm nicht erzählen, was mit mir los ist. Und dennoch erzählt es sich alles von allein. Die Fragen, auf die ich antworten kann, kommen pünktlich.

Wie geht es Toe, wo ist er? Wie geht es der Frau? Habt ihr ein Kind?, warum nicht?, und so weiter. Die Fragen sind harmlos und naiv, aber Citra lauscht schon sein Leben lang auf das Wachsen der Olivenbäume, er lauscht auch auf meine Worte und meine Stimmungen, meinen Tonfall mein Zögern, mein Stirnrunzeln und mein Wegblicken.

"Du bleibst heute nacht hier!" entscheidet Citra wie ein Richter, der sein Urteil fällt. Er ruft seiner Frau und den Kindern zu, daß ich bleibe.

"Du kannst im *Marabout* schlafen, dort ist Platz und Du hast einen Brunnen. Es ist dort alles Notwendige, was Du brauchst, im *Marabout*. Nimm aber noch eine Decke mit."

Citra und ich sitzen nebeneinander auf der kleinen Bank an der Lehmmauer. Vor ihm stehen zwei seiner Kinder, lächelnde schöne Gesichter, die mich anstrahlen und wie ein Weltwunde betrachten, ebenso faszinierend wie mein alter, Chrom blitzender Mercedes. Citra legt eine Hand auf den Kopf Habibs, seines ältesten Sohnes.

"Er kann schon richtig zupacken wie ein Mann, Herr, und mit der Flinte trifft er einen Vogel im Flug. Seine Mutter hat von ihm geträumt, bevor er kam, daß eine weiße Turteltaube ihr auf dem Kopf gesessen hat und ihr sagte, daß sie stolz sein könne auf Habibi. Und Herr, er ist der prächtigste meiner Söhne geworden, gebaut wie ein Olivenbaum. Alles gerade und fest an ihm, und sein Herz ist für jeden offen."

Ich bin ganz gerührt und schlucke Tränen im Hals herunter. Ein Vater, der auf seinen Sohn stolz ist und dessen Anerkennung sich in seiner Hand ausdrückt, mit der er auf das Haar des Sohnes faßt und mit der er den muskulösen Arm, seines vielleicht sechzehnjährigen Jungen, umspannt und wie er ihm über den Bauch und über die Schenkel greift und ans Knie klopft.

"Von uns Männern hat er den schönsten Schwanz," sagt er und schaut seinem Sohn in die Augen, „Die Frauen werden ihn alle begehren."

Ich bin gar nicht erstaunt über die direkte Art dieses Mannes, auf dem Land hört die Verklemmtheit der zivilisierten Moral auf.

Alia kommt mit der ersten Suppe und setzt sich neben ihren Mann mit einem Fladenbrot dazu. Auch sie hat gehört, was Citra ihren den Sohn gesagt hat. Es scheint so selbstverständlich gewesen zu sein wie Tag und Nacht. Citra führt mir den Zweitjüngsten vor, Taleb, rauft ihm ein bisschen in den Haaren, lacht dabei und preist mir seinen Hintern an, wie ein besonders weiches Sitzkissen.

"Nimm Dir heute abend einen oder beide mit unter die Schafdecke, suche Dir aus, wen Du nehmen willst."

Ich nehme Habib und Taleb, meine Augen hatten sich schon entschieden. Citra schickt die beiden ins *Marabout*. Es ist ein einzelnstehendes kleines, weißes Haus mit Kuppeldach und viereckigem Erdrand darum und einer kleinen Fahne auf dem Dach. Sie nehmen eine Wolldecke und Kissen mit und einen Eimer mit Seil für den Brunnen.

Später sitzen wir Männer beim Essen um die Emailleschüssel voll *Kuskus* herum und die Frauen sitzen hinter uns und schauen zu. Auf dem Berg *Kuskus* balanciert das gekochte Huhn, darum herum liegen gebratene Gemüsestücke und eine scharfe Soße ist über alles gegossen.

Wir essen zuerst das Brot und dann gräbt jeder mit der Hand ein kleines Loch in den Berg *Kuskus*, seine Eßmulde. Citra zerteil das Huhn und legt für die Frauen etwas zur Seite. Wir trinken einen roten Landwein aus einem Tonkrug dazu. Nach dem Essen nimmt Citra seine Söhne noch mal neben sich, drückt sie und schickt uns dann zu gehen.

Wir gehen nebeneinander her, ich in der Mitte. In dem weißen *Marabout* mit dem spitzen Kuppeldach brennt Licht. Ich bin aufgeregt und unsicher mit den Beiden, die mir gut gefallen. Vor allem Habibs schöne, starke Hände mit den ausgeprägten Fingerkuppen und den Nagelbetten, die wie graviert erscheinen, fesseln meinen Blick. Ich habe jetzt zwei Wochen keinen schönen Sex mehr gehabt.

Wir steigen über das kniehohe Mäuerchen , welches das *Marabout* vor Feinden schützen soll und setzen uns auf den Lehmboden im Haus. Es ist alles aus Erde und Lehm gemacht und gemörtelt, das Bett, der Alkoven, ein Regal, eine Nische, ein Tisch. Durch einen Streifenvorhang ehemals weißen Stoffs sehe ich den Sonnenuntergang am Saum der endlosen Olivenhaine.

Habib steht vor dem *Marabout* und pisst in weitem Strahl über das Mäuerchen, innerhalb der Umfriedung darf man nicht urinieren, der Boden gilt als heilig.

"Hier drin darf man nicht pissen und scheißen," erklärt mir Taleb mit wichtigem Gesicht, in dessen Winkeln der Schelm lauert, "Aber männerficken darf man. Frauen dürfen nämlich nicht herein."

Habibs Schwanz ist wirklich schön, er spielt mit seinem Glied beim Pissen und dem Wasserstrahl, der glitzernd vor der untergehenden Sonne einen weiten Bogen macht zur Erde und aufreizend plätschert. Sein

'Schweif' ist doppelt so lang, wie seine Hände breit sind, und er hat große Hände.

Die Anspannung der letzten Tage ist von mir abgefallen, wie ich mit den Beiden zu Fuß hierher ging. Mein Glied ist hart und steif geworden unter meinem weißem Gewand, allein wie ich der Männlichkeit Habibs zuschaue und den Nacken Talebs betrachte, der unter seinem grünen Stoffhut seiden glänzt.

Das Lampenlicht mischt sich mit der untergehenden Sonne zu einem seltsamen Glanz. Taleb hat mich beobachtet, wie ich Habib zuschaue und mir selber dabei unter das Gewand fasse, meinen Schwanz zu spüren.

"Wie oft machst Du das...?" fragt mich Taleb und macht mit der Faust die Masturbations-bewegung.

"Hundertmal am Tag," zischle ich und ziehe ihn am Ohr.

"Mein Bruder hat gesagt, ich müßte meinen Schwanz jeden Tag drei mal langziehen, damit er so groß wie seiner wird, stimmt das?"

"Ja," sage ich und, "Hast Du das heute schon gemacht?"

"Nö," meint er und faßt sich in seine seitlich gebundene Hose, "Kannst Du doch ziehen." fordert er mich auf und legt sich rittlings über den Alkovenrand zurück. Die kindlichen Albernheiten befreien mich. Jede Geste, jedes Wort, jedes Grinsen, jeder verstohlene und lüsterne Blick nimmt mir die verknoteten und traurigen Gedanken. Habib kommt herein mit einer Pflanze in der Hand und zeigt mir auf seiner Handfläche den dunklen Honig, den Blütenpollen.

"*Takrouri*," sagt er und schabt mit seinem Taschenmesser die Harzpartikel zusammen und knetet sie zu einem kleinen Bällchen.

"Hier am *Marabout* wachsen alle Machtpflanzen," sagt er und hält mir das Kügelchen zwischen Zeigefinger und Daumen entgegen.

"Später," sage ich und nehme das Kügelchen und stecke es ein. Taleb hat sich die Hosen vorne aufgebunden. Die Hosenbeine fallen weit herunter und er zieht seinen noch nicht steifen Penis lang.

"Ich sage ihm, er muß jeden Tag üben," frotzelt Habib, "Aber sein Prinz wird einfach nicht länger, versuch Du mal."

Ich muß mal und gehe raus vor das Mäuerchen. Als ich zurückkomme, nehmen mich die beiden in die Mitte. Sie sind beide gleich groß, nur ihre Schwänze sind unterschiedlich.

"Mach die Augen zu," sagt Taleb, "Wir essen Dich jetzt." Von da an knutschen, lecken, knabbern, beißen und schlecken sich die beiden rosa Mäuler an mir von Kopf bis Fuß hinunter. Ich hatte ganz vergessen, was Geilheit ist, vor lauter Feldarbeit und Frauenfrust. Mein Körper ist wie ein ausgetrocknetes Flußbett. Zu Beginn habe ich wie immer Magendrücken, so als wolle ich abhauen. Je mehr aber Habibs fester Griff meinen Schwanz immer wieder drückt, verschwindet der dumpfe Druck. Wir stehen nackt voreinander und lassen die steifen Schwänze an die Schenkel des Anderen, schlagen wie Gerten.

Mit Toe war es zuletzt nie mehr so spielerisch gewesen. Der Sex war zur ernsthaften Sache geworden und er hatte immer öfter ein verkniffenes Gesicht dabei. Ganz anders diese beiden Lümmel.

Wir messen die Kraft der Ständer, indem wir mit der Hand den aufgerichteten Penis bis auf den Schenkel runter drücken und ihn dann nach oben schnellen lassen, wessen Schwanz am höchsten kommt, der hat gewonnen. Taleb und Habib küssen mich weiter ab, sie werden heftiger in ihrem Schlecken und Beißen. Ich empfinde das als sehr angenehm, es tut nicht weh. 'Ich bin kein Frauenheld und ich bin kein Ehemann,' denke ich irgendwie zerknirscht.

Habib hat mich auf die kleine Schwelle gestellt und kniet vor mir und küßt meinen Schwanz. Er schließt die dicken kirschfarbenen Lippen um meine Eichel und kaut meinen Penis wie eine frische Feige. Ich bekomme Kniezittern. Taleb geht ums Haus und kommt ebenfalls mit einer schwarzen Handfläche zurück. Er schabt das Harz auf der Hand zusammen. Wir rauchen ein Kügelchen davon. Taleb ist sofort sehr ausgelassen. Er schubst und knufft seinen Bruder dauernd. Habib hat mich wieder auf den Alkoven gehoben und saugt erneut meinen Penis. Taleb stellt sich daneben und schiebt seinen Pimmel dazu in Habibs Mund.

Wir warten alle drei und halten uns zurück. Der Orgasmus soll noch nicht kommen. Ich will weiter spielen können. Die beiden Jungen sind unversehens neben mir und heben mich aus und werfen mich aufs Kreuz. Ich liege am Boden und sie kommen über mich wie junge Tiere, lecken, knurren, beißen, küssen und saugen.

Ich bin ganz versunken, ihnen zuzusehen. Habib merkt sofort, wenn ich zu zucken beginne und quetscht mir mit Daumen und Zeigefinger die Harnröhre ab, tief hinter den Hoden. Es hört auf mir zu kommen, wir können weitermachen. Taleb gießt sich etwas Olivenöl aus einem Tonkrug in die Hand und wichst seinen schmalen Penis rasch zum Abspritzen innerhalb von vier, fünf Atemzügen. Ich trinke seinen Samen, er hat es ganz dicht vor meinem Gesicht gemacht. Ich rieche das Olivenöl, es ist Jungfernöl, abgeschöpft aus einem Wasserbottich. Ich zittere inwendig. Das war es, was mir gefehlt hatte. Nicht diese beiden Jungen, sondern die Jungmännerlust, den Mann und den Jungen an Toe. Beides war mir abhanden gekommen. Jetzt, wo ich hier auf der Erde liege unter der weißen kleinen Kuppel und die vier geilen Hände und zwei Münder mich immer näher an meinen Orgasmus bringen, spüre ich es wieder deutlich.

"Zu Hause, endlich zu Hause." Flüstere ich und meine, daß mein Gefühl zu Hause bei mir angekommen ist, wieder in mich eingekehrt ist. Alles ist gut jetzt, ich werde glatt und rund inwendig, wie eine Hefeteigkugel, die gut aufgegangen ist. Ich fühle mich wie unter Brüdern oder Mitschülern, die ich damals, als ich zwölf Jahre alt war, mit in unseren Wald auf einen großen Stein genommen hatte zum Wettwichsen und Weitpinkeln. Ich fühle, daß ich mit Briella alleine nicht leben kann. Jede Geste, jedes Zucken, jeder kleine Gedanke bei den jungen Mannskerlen zeigt mir, daß mich deren körperliche Elektrizität belebt. Talebs Füße sind wie von Botticellis Heiligenbildern. Meine Zunge drängt sich in ihre Zehenzwischenräume. Taleb lacht schrill. Ich höre das schwirrende Girren gern. Ich kitzle ihn absichtlich weiter. Habib hat sich neben mich gelegt und Taleb folgt auf die andere Seite. Sie fassen mich beide am Schwanz an und küssen mich beide auf den Mund und ihre Füße spielen mit meinen Füßen. So kommt mein Samen aus mir, tief aus der inneren Blase. Er springt hoch über die Hände des Jungen, die nicht aufhören. Ich will mich befreien, aber sie jagen meinen Orgasmus weiter. Es schmerzt ein wenig, ein kleines Ziehen in der Harnröhre, aber meine Lust ist immer noch da. 'Jetzt wird es länger dauern', denke ich und schon kommt der Same erneut, dick und fest in beängstigender Menge hervorgequollen.

"Du hast lange nicht gemilcht, stimmt's?" fragt mich Taleb und testet die Klebkraft meines Spermas zwischen seinen Fingern.

"Stimmt," sage ich.

"Wenn der Same alt wird, wird er dick und schließlich versteinert er zu Klumpen," doziert Habib seine Halbweisheiten. Aber mein Same ist tatsächlich dicker als sonst.

"Es gibt Männer, " erzähle ich den Jungen, "Die geben ihren Samen nur einmal für ein Kind und danach nie mehr." Taleb und Habib schauen mich verständnislos an. Ich lache und drücke ihre Köpfe, mit dem krülligen Haar zusammen.

"Jedenfalls kann ich noch Lust haben," stelle ich fest. Ich atme wieder durch. Es hatte mich bedrückt, so abgetrennt von meinem Lustgefühl zu sein. Ich kann aber keinen Gedanken formen, wie ich die beiden Jungen und Briella zusammenbringen könnte. Außerdem, fällt mir ein, ist die Mutter da, da geht sowieso nichts mit ihr und anderen.

Ich nehme mir vor, dieses *Marabout* öfter zu besuchen. Und ich nehme mir vor, Toe zu schreiben.

Swimmingpoolplätschern, Chlorwassergeruch, sterile Plastikatmosphäre.

Mit meinen beiden Jungs aus dem Olivengarten wäre ich hier nicht reingekommen, hier haben nur Touristen Zutritt.

Jetzt sitze ich in Nabeul in einem feinen Hotel dem feinen Vater Briellas gegenüber. Ich wollte ihn nicht ohne eine Konfrontation mit mir entkommen lassen, zurück in seine biedere Heilwelt gewöhnlicher Ansichten. So bin ich ungefragt in das Hotel gekommen und jetzt sitzen wir bei einem Glas Martini mit Eis im geraden Stuhl uns gerade gegenüber.

Ich bin mir nicht sicher, ob es überhaupt etwas zu sagen gibt zu diesem Mann, der doch der Vater von Briella ist. Dabei ist er Arzt und Naturarzt und beschäftigt sich mit Makrobiotik und Akupunktur. Aber alles an ihm ist so unerotisch. Fast als hätte er jeden Anschein von Sex oder Lust, Erotik und Gefühl abgeputzt und sterilisiert im Laufe seiner zweiundfünfzig Jahre.

Wir reden mäßig über Briellas Krankheit, die Prognosen und ob sie Kinder haben dürfte. Die Erörterung dreht sich wie um eine fremde Person.

"Dabei ist es ja gut, daß sie jetzt hier ist. In der Praxis bei mit könnte sie ja jetzt sowieso nicht arbeiten bei ihrer Krankheit!" sagt er und ich verstehe, daß seine Tochter seine Sprech-stundenhilfe war und sonst nichts. Was für ein Gegensatz, vorgestern der Vater mit seinen Söhnen und hier der Vater mit seiner Tochter. Allein deshalb ist es gut, daß sie hier bei mir ist, denke ich, weil sie jetzt für ihn nicht mehr zu gebrauchen ist, subtiler Kindesmißbrauch der Eltern.

"Habt Ihr gut zusammen gearbeitet, Du und Deine Tochter?" frage ich ihn und will was erkennen in seinen Augen oder seinem Mund. Doch es bleibt alles unter perfekter Kontrolle an ihm, kaum daß die Mundwinkel ein bisschen kippen, wie er sagt:

"Natürlich, Gabi kennt sich da aus."

Mir ist ungemütlich in meinem arabischen Gewand. Mein Penis schläft bei dieser Unterhaltung ein. Nicht einmal einen einzigen ansehnlichen jungen Mann gibt es hier unter dieser Ansammlung spießiger Insolvenzen und fetter Haut, deren Schweiß talgig riecht zum Chloroform des Pools und dem patentierten Niveabadeölduft. Mein Blick irrt haltlos herum zwischen den gelangweilten Fleischbergen mit falschen Brillanten an geschmückten Faltenhälsen und den Plattfußindianern, an deren Seite unweigerlich ebensolche Kinder altklug hängen wie Parasitengewächse.

Ganz schöne Hände hat er ja, der Papa, aber das reißt mich nicht vom Hocker. Ob er damit Mutter nächtens beglückt oder womit beglückt er sie sonst?

"Sie reitet viel," sagt er und berichtet von ihrem letzten Sturz vom Pferd. Er zeigt nur medizinische Anteilnahme an ihrem Körper. Von ihr weiß ich längst, daß ihr Hengst ihr wahrer Geliebter ist und nicht der Mann, doch wer ist seine Geliebte? Die Unterhaltung schleppt sich über meinen Status dahin, ob ich nun Heilpraktiker werden sollte oder nicht, Kaffeehausbesitzer zu sein, haben sie glatt überhört und das Familiengrundstück mit Villa, Garten, Wald und Jagdpacht ist verkauft, also uninteressant für spekulative Gedanken.

"Ich wollte ein Naturheilzentrum in Bad Alb eröffnen," sagt er und der gekränkte Ton ist nicht zu überhören, die Tochter Gabi hätte mit von der Medizinerpartie sein sollen und war es nicht.

Ein kleiner, unsagbar schlanker Araberjunge in Livree und Lackschuhen bringt neu gemixte Drinks, das Eis klirrt in den Glasbechern, der Junge in der Hoteluniform wirkt fast künstlich. Ich habe keine Lust auf ein Heilzentrum. Mein Großvater hatte wenig entfernt von Bad Alb ein Naturheilsanatorium gehabt, in dem ich meine Kindheit verbrachte. Nein, nicht schon wieder das, denke ich, Patienten, Krankheiten und Therapien und die endlosen moribunden Gespräche darüber.

"Sie hätte Fußmassagen machen können in der Praxis...," denkt er laut und ich..., was könnte ich machen?

"Mich interessiert Tantra," sage ich patzig und, „Schon mal was davon gehört?" ich hoffe daß ihn das still macht. Ich will nichts mit ihm machen müssen, ich bin frei, ich bin ich.

Briellas Mutter ist irgendwie anders. Sie kommt gerade in engen schwarzen Hosen und schmalem Dress mit Reitgerte vom Pferd.

"Gäule," sagt sie, "Gäule zum Ackern sind das. Damit kann man nicht reiten, mein schöner Weißer da ist einfach stehen geblieben dort." Nervös und etwas ärgerlich wippt die schlanke Frau auf den Füßen.

"Ach, hallo Andreas, geht's Gabi gut?" erkennt sie mich. Ich weiß nicht, wie ich endlich dieses Gabi wegbringe, überhört habe ich es oft, ich sage:

"Sie heißt Briella und nicht Gabi."

"Ach ja," sagt die Mutter, "Gabi hat immer so schräge Ideen. Gestern kam sie barfuß in die Empfangshalle, ich mußte ihr Schuhe von mir geben."

Ich versuche von der Gegend und von den Menschen zu erzählen. Meine Worte kommen gut heraus, beide hören mir den Drink lang gesammelt zu, vielleicht zählen sie ja auch die Worte ab, bis ich zu Ende bin und die Höflichkeit ihnen jetzt eine Lücke bietet, etwas dazwischen zu sagen, was ihnen passt.

"Aber mit zwei Männern kann doch eine Frau nicht leben, nicht wahr, so was bringt alles durcheinander," sagt die Mutter und der Vater fügt sogleich hinzu:

"Und zu Hause dürfte das Keiner wissen." Ich hebe mein arabisches Hemd hoch, mache meine langen Haare auf, fasse nach Mutters Reitgerte, ein schönes Lederrohrstück und frage:

"Wo steht der Gaul?"

"Da drüben. Ich habe einen halben Tag bezahlt. Wenn Du was mit ihm anfangen kannst..."

"Mal sehen," sage ich im Weggehen, "Wer wen fickt, er mich oder ich ihn."

"Witzig!" kommentiert der Vater. Mutter greift zum nächsten Drink aus der schmalen Hand des kleinen Hotelboys, der devot lächelt, wie ein trauriger Sarottimohr.

Ich weiß, daß ich braune Haut habe. Ich weiß, daß ich muskulös und schlank bin, ich weiß, daß mein Körper besonders in dieser Umgebung geil aussieht. Ich gehe mit wehenden Haaren extra langsam an den Liegestühlen vorbei, remple vorsätzlich Sonnenschirme und werfe eine Cola um und sage extracool, "Shit" und *Merde*. Aber es sind nur abgestorbene Blicke, die mir folgen und mich einsaugen wie ein schwüles Medikament zum Wegwerfgebrauch.

Kein schöner Mann, keine schöne Frau dabei. Dafür steht das Pferd da und wiehert mich an.

Ich weiß, daß sie mir jetzt nachschaut. Sie weiß nicht, daß ich nicht reiten kann, daß ich überhaupt keine Reiterfahrung habe. Ich schaue dem Pferd in die Augen, es ist wie ein Junge von hier. Ich rede arabisch mit dem Pferd, kuschle den Hengst, fasse ihm unter den Bauch. Er läßt es geschehen. Ich drücke meine Schulter an seine muskulöse Arschbacke und schubbere mich an ihm, wie ein Pferd.

Ich will ihn besteigen und fasse ihn an seinem Halsstrick, ich werde ihn reiten, das weiß ich. "*Hassan*," flüstere ich, "*behir Hassan*", schönes Pferd.. Der Hengst äugt mit dem Weiß seiner Augäpfel zu mir. Ich gebe ihm die Zuckerstückchen, die ich vom Tisch mitgenommen hatte. Er kaut sie knirschend. Sein eingerollter Pferdepenis entfaltet sich. Ich streichle weiter an der kurzhaarigen sanften Bauchdecke nahe an seinen Hoden. Der Hengst scharrt mit dem Huf und fährt seinen schwarzen Penis ganz aus, läßt ihn hängen und wippt mit der rosafarbenen Spitze, die er hochwölben kann und schüttelt den Hals voller weißer Haare, in die zwei rote Bändel eingeflochten sind. Ich mache den Strick ab, er hat kein Maulgeschirr, und schwinge mich drauf. Der Hengst trabt los, und ohne weitere Bemühungen jagen wir zusammen im Galopp über den Strand, daß das seichte Badewasser aufspritzt. Ich habe keine Mühe, auf dem Rücken zu bleiben, das Pferd nimmt mich einfach mit. Meine knappe Badehose ohne Hinterteil klemmt meinen Penis fest auf den Ledersattel, genau vor seinen Knauf. Ich spüre den Druck geil und hart an meinem Schwanz und mein Penis füllt sich. Ich hebe eine Hand und treibe den Hengst mit der Gerte und 'Hott, hott, hott!' Rufen an. Ich bleibe dabei voll geil, kein Gedanke an Sturz oder Fall irritiert mich.

Das Pferd macht keine wilden Sachen, sondern ist eben nur schnell mit mir, bis wir weit außer Sicht sind. Dort, an einer blühenden Agave mit ihrem gelben, hohen Doldenstamm bleibt der Hengst stehen und wartet, daß ich absteige. Ein Junge kommt barfuß auf uns zu. Er verkauft gesalzene gekochte Saubohnen aus einem Blecheimer mit Deckel. Das kaufen nur Einheimische.

"*Fuuuuuuul*!" schreit er und ich kaufe ihm eine Handvoll ab und kaue die braune, ledrige Schale ab und spucke sie dem Jungen knapp vor seine großen Zehen in den Sand, genau zwischen seine beiden Füße. Er lacht, ich lache auch. Ich gebe dem Pferd auch welche, die es kaut.

Ich nehme den Gaul am Strick und gehe zu Fuß den Strand zurück durch die Sonnengäste auf dem Strandgrill und binde ihn wieder an den Zaun am Hotel.

"Er ist eben schon ein richtiger Araber" mümmelt Vater zu mir. Mutter dreht ihre Ringe und sagt gar nichts.

"Wollt ihr mal bei uns schlafen und essen im Dorf, wir könnten aufs Feld gehen und in die Weberei, wo ich die Wolldecken webe." Beide schauen in die Luft und sind ablehnend, sagen aber nichts.

"Wo ist denn Dein, äh ich meine Freund, also der junge Mann, ist der auch da?" fragt er und schlägt die

Beine übereinander, als müßte er eine aufkommende Unziemlichkeit in seinen Gliedern verdecken.

"Wir schlafen natürlich alle zusammen, wie im Haus meiner Familie," sage ich und verschweige, daß Toe gerade weg ist. Beide schütteln unmerklich den Kopf.

"Wir fahren übermorgen, da paßt es nicht," sagt sie und es hört sich an, wie die Fehlfarbe eines Kostümstoffes zum Schuhwerk.

"Na dann, laßt's Euch gut gehen," verabschiede ich mich und drehe mir noch auf ihrem Tisch einen Joint von unseren Hanfpflanzen, wobei ich die Krümel extra unordentlich liegen lasse und zünde mir die dünne Zigarette im Mundwinkel an, wie Paul Belmondo, raffe mein Hemd und gehe zu meinem Auto. .An der Rezeption frage ich noch mal nach, weshalb denn keine Araber das Hotel betreten dürften, wo sie doch selber welche seinen. Aber sie tun so, als verstünden sie das Arabisch, das ich spreche, nicht und antworten mir in schlechtem Französisch, daß es eben so die Regel sei.

"La regle, ce la plus grande merd,e tout le monde, au revoir, vos merdes."

Sie schauen mir nach. Ich springe ins Auto, ohne die Tür zu öffnen, das Verdeck ist offen und ich lasse den Motor laut werden und im Autorecorder, drehe ich laut auf: >'There is a house of the rising sun.<

Briella ist nicht zu Hause. Ich fahre durch die Gegend ohne Eile einen Holperweg entlang der niederen Bergkette, einige Kilometer von der Küste entfernt. Es ist ein schöner Blick aufs Meer, Weinberge, Olivenhaine, Viereckfelder, am Wegesrand wächst Datura mit weißen Trichterblüten nickend im Wind.

Ich weiß nicht, wie es weitergehen wird. Ich mache Halt in einem winzigen Dorf mit einem einzigen Kaffeehaus. Dort schreibe ich eine Postkarte an Toe. Ich male sie voll, mir fehlen die Worte. Ich kritzle Männerkörper und Blumen, Pferde und Kamele und Schafe durcheinander und die Worte, Lieber, Geliebter und *'Pardonnez moi'* schreibe ich versteckt zwischen die Striche.

Ich weine beim Schreiben und habe ein gutes Gefühl, als ich auf dem winzigen Postamt eine Briefmarke erstehe und die Karte frankiere.

"Par el alemani sidi." Nach Berlin ein Gruß, ob er es versteht, es verzeiht?

Ich sitze auf dem Stein vor meinem Haus und schaue die staubige Straße hinunter zum Strand. Der Schatten der kleinen Blätter zeichnet ein filigranes Muster in den gelben Boden, worüber Windstöße Staub und Blätter fegen. Die Nachbarin vom Nebenhaus steht auf dem Dach und hängt Wäsche in den Wind; zerrissene Hemden, die auf dem Rücken mit groben Stichen quer geflickt sind, wie ein geborstenes Segel.

"Deine Frau ist aufs Feld gefahren mit dem Eselkarren von meinem Mann," ruft sie mir zu, als müsse sie die Frau für mich entschuldigen.

"Ist gut," gebe ich zurück und die Frau kämpft wieder mit den weiß gebleichten Hemden ihres Mannes und ihrer Söhne im Wind. Hemden sind eine kulturell noch neue Errungenschaft und Ausweis einer gewissen Fortschrittlichkeit. Die ursprünglichen Ganduren und Überwurf-hemden aus dem herben Leinen haben ein halbes Leben lang hergehalten, die modernen

Plastikstoffe zerfallen unter dem wütenden Ansturm heftig waschender Frauenfäuste und dem harten Stein, auf den sie geschlagen werden. Die Risse kommen daher und nicht von Raufereien, wie ich anfangs dachte.

Ringo kommt mir bellend entgegen. Hinter der Wegbiegung höre ich den Karren auf dem Sandboden knirschen und das leise Quietschen der ungeschmierten Achse. Jungmänner-stimmen, Kichern und ein halbes Lachen eilen dem Eselgefährt voraus. Briella sitzt vorn und kutschiert mit einer Gerte den drögen Esel. Sie hat ein rotgelbes Tuch umgeschlungen und hinter ihr auf dem Karren fünf junge Männer in weißen, verwaschenen Hemden und blaßblau zerrissenen Jeans. Briella winkt mir zu und pfeift, ich winke zurück. 'Eine geile Wagenladung voll dicker Männerschwänze in enge Jeans geklemmt, die an die Schenkel drücken, hat sie da, die starke Frau', denke ich und es ist Bewunderung in mir, wie sie das hier alles managt und in Schach hält.

Fatei, der jüngste Bruder von Habib hat das größte schlechte Gewissen, eine steile Falte zwischen den dichten Augenbrauen zeigt es mir an. Er springt vom Wagen auf mich zu und sprudelt einen lückenlosen Rapport ihrer Unternehmung auf mich herunter, wo sie waren, wann sie wo waren, wen sie getroffen haben, was sie gemacht haben und daß alles anständig verlaufen sei, Allah sei Dank.

Briella und ich, wir müssen beide lachen.

"Wie war Vater?" fragt sie mich vom Karrenbock herunter.

"Ein gelangweilter und gekränkter Entertainer, der seiner geliebten Tochter nachtrauert und seine Frau dabei versauern läßt."

Briella nickt und steigt ab, sie verabschiedet sich von den Jungs, die vielleicht zwölf bis fünfzehn Jahre alt sind und ihre Männlichkeit durch kräftiges Ausspucken und Räuspern und Hosenschlitzrücken ausweisen.

Der Jüngste krächzt mit pubertär heißer Stimme: "Grandios" und geht an unsere Hausecke und pißt die Mauer an mit wippendem Schwanz, wie ein Hunderüde. Und da kommt auch schon Ringo, der diese Hausmauer ebenfalls ständig anpißt und pißt drüber mit hoch erhobener Hundepfote, wir lachen alle über die Situationskomik.

"Ich habe Linsen geerntet, der ganze Karren ist voll. Wir laden noch ab, dann mach ich einen Tee und wir gehen aufs Dach baden," sagt sie.

"Ich mache schon mal ein Feuer für den Badebottich, bis ihr abgeladen habt," sage ich und gehe den Lehmofen anheizen.

Das Bad auf dem Dach ist herrlich. Am Abendhimmel streifen rauchfarbene Wolken, der Abendstern steht leuchtend am hellen Himmel. Die große Blechschüssel mit ihrem blinkend verzinkten Innenraum ist voll heißem Wasser und wir waschen uns mit einem großen, selber gefischten Schwamm gegenseitig ab.

Es ist etwas ganz Friedliches zwischen uns, wie Geschwister auf einem fremden Stern.

"Weißt Du," sagt sie, "Ich habe das Gefühl, für Dich bestimmt zu sein. Das war von Anfang an so und ist bis heute geblieben. Nur das mit dem Toe, das habe ich nicht erkannt, ich habe es einfach übersehen und, naja, mir war das plötzlich so, als würde mir ein zweiter Mann vorgesetzt wie eine Zwangsaufgabe, friß Vogel oder stirb, verstehst Du?"

Ich nicke. Sie fährt mit Waschen und Reden fort.

"Anfangs habe ich nicht bemerkt, daß ein Problem für mich darin lag, daß ich ihn nie gewählt hatte, sondern vorgesetzt bekam. Ich hatte nie die Gelegenheit, meinen freien Willen zu äußern, durch Deine Zuneigung zu ihm war eben alles schon so. Ihr wart wie ein Ehepaar, wo ich den Gatten mitheiraten mußte.

Und Toe ist so anders als Du, ihn hätte ich nie gewählt, vermutlich hätte ich ihn übersehen. Daher kam das alles. Und ich habe ihn das auch spüren lassen. Weißt Du, ich habe alles gern gemacht, auch mit Lust, aber meine Seele hat immer deutlich getrennt zwischen ihm und Dir. Sie hat mich ein wirklich geiles Gefühl zu ihm nicht fühlen lassen, weil ich das mit Dir haben wollte. So kam das, und das hat er gemerkt. Deshalb ist sein Ego und sein Mackerstolz so aufgeblüht wie eine Sumpfdotterblume, mit spitzen, giftigen Dornen, an denen wir uns verletzt haben. Beweisen konnte er mir nichts, weil ich mich ihm ja nicht verweigert habe, wegen Dir und eben das hat ihn böse gemacht, und er konnte Dir nicht beweisen, daß er fühlte, wie ich ihn innerlich ablehnte..."

Es ist die erste längere Rede Briellas seit Toe fortgegangen war. Ich fühle, daß sie recht hat, in einem Aspekt. Dennoch ist etwas in mir, das einwendet und fragt, was es denn für einen Unterschied mach, ob jemand vorher gefragt wird oder scheinbar freiwillig wählt, in Wahrheit aber gewählt ist oder vom Schicksal bestimmt, was macht die Seele denn dann? Wie gehen wir alle überhaupt mit dieser Selbstbestimmung um, wie gestalten wir unser Selbst im karmischen Lauf?

"Ich weiß heute," sagt sie weiter, "Du hast immer, bei jeder Gelegenheit, auch an Toe gedacht und mich daran erinnert. Manchmal war ich richtig sauer deswegen, ich konnte ihn nicht übersehen gehabt haben, das weiß ich jetzt, und trotzdem kann ich mein Gefühl dazu nicht mehr ändern."

Ich wasche sie und streichle mit dem Schwamm und dem Seifenschaum ihren Körper. Ihre Brustwarzen stehen erregt hoch, sie hat den Arm um meinen Nacken gelegt und lehnt den Kopf an meine Schulter.

"Wie hättest Du gefühlt, Lieber, wenn ich Dir plötzlich einen anderen Mann, den Du nicht kanntest und nicht gewählt hast, vorgesetzt hätte und verlangt, daß Du ihn liebst, wie mich?"

Einen Augenblick lang schweige ich erstaunt ob der Logik und denke darüber nach, welche Gefühle ich hätte haben können.

"Ich weiß wirklich nicht, Briella, aber mach es doch. Wähle irgendeinen aus und setze ihn mir vor, dann werde ich ja schon sehen, was ich fühle und wie das geht. Ich bin dazu bereit."

Etwas in mir macht mich schwindlig. Vor meinem inneren Auge sehe ich die jungen Männer des Dorfes vor mir. Wen könnte sie mir vorsetzen, daß es mich abschreckte?

"Meinst Du das ehrlich?" fragt sie und schaut mir in die Augen wobei sie mich an den Schultern festhält.

"Ja," sage ich, "Ich meine es ehrlich, ich will das wirklich erfahren, wovon Du redest."

Es entsteht eine lange Stille. Der Abendwind kommt vom Meer, es riecht nach Fisch und Mimosen. Im Dorf brandet das Abendgeschnatter er Familien auf. Jetzt essen alle und gleich wird das *Murub* vom *Minarett* gesungen werden, denke ich.

Im Geiste ziehe ich allen jungen Männern, die ich kenne, die Hosen aus. Wen würde sie wohl nehmen, den Pubertären, der die Hausecke anpisste oder den Frechen mit der Narbe an der Stirn, der beim Kartenspiel immer betrügt und seine Unschuld wild beteuert? Ich versuche mir vorzustellen, mit welchem Schwanz ich nicht könnte, welcher Mann mich ekeln würde oder vor welchem ich Angst hätte.

Je mehr ich mir das vorzustellen suche, um so unklarer wird alles, ich habe plötzlich die Erkenntnis, daß es nicht auf solche Äußerlichkeiten ankäme. Gewiß sind Männerschwänze unterschiedlich, und ich habe auch schon welche gesehen, die ich nicht in die Hand nehmen würde wollen. Manche Männer kenne ich ja nackt, mir fallen auch ältere ein, würde es dann eine Hürde für mich sein, einen älteren Mann mit im Bett zu haben? Mir fällt Sir Henry ein, der Siebzigjährige, mit dem ich auf diesem Dach hier oben Lust hatte, geil war, geküßt und umarmt im gleichen Abendwind. Sein Mund war schmal, die Küsse hart, weil er so selten geküßt hatte in seinem Leben. Mir fällt der Mann im Hafenpissoir ein in La Goulette, dessen starker harter Körper und wilde Grobheit mich dennoch nicht in die Flucht schlugen. Es waren ganz andere Dinge, die mich ängstigen würden, Eifersucht, Haß, Neid und Asexualität, aber ich kann nicht alles denken, mein Verstand kann mit Formeln oder Worten hypothetisieren und abstrahieren, mein Gehirn wird wie blind dabei.

"Na gut," sagt sie bestimmt in den inzwischen dunklen Nachthimmel, "Wozu lange herum-denken. Was wäre, wenn Fathei heute abend im Bett läge?"

"Wir werden es sehen" sage ich und horche in mich hinein auf ein Echo, einen Aufschrei oder einen Einwand. Ich weiß nicht was ich fühlen werde.

"Wir werden sehen, ob er überhaupt mitmacht," wende ich ein.

Fathei hat nichts einzuwenden. Sein feiner Oberlippenbart zuckt etwas, als Briella ihm den Donovanhut vom Kopf nimmt. Sie setzt ihn zwischen uns auf die Bettkante und knöpft ihm die Hose auf.

"Du bist jetzt unser dritter Mann, ja?" Fathei nickt und schluckt schwer. Er weiß wohl, was auf ihn zukommt, denn er kannte mein Leben schon ein bisschen und auch Toe. Ich zögere inwendig etwas, aber es ist auch eine brüderliche Zustimmung zu diesem jungen Mann, dem jetzt die Hosen ausgezogen werden, dessen Brust freigelegt wird, dessen Schwanz und Eier in unsere Hand kommen.

Ich weiß, daß er sie bewundert, das macht es mir leicht, das ist der Türöffner für mein Gefühl. Wir sind rasch beide zusammen in ihr. Sein Körper ist warm und vertraut, er liefert sich uns willig aus, läßt uns bestimmen. Später schaut Briella zu, wie ich ihn nehme, seinen Arsch weichknete und küsse, bis er offen ist für mich. Briella setzt sogar ihre Briella auf und dreht den Docht der Petroleumlampe, unter dem weißen Milchglasschirm höher. Sie legt sich vor uns beide, um uns in die Augen zu sehen.

Gewiß will sie jetzt was sehen, denke ich. Sie streicht Fathei über die Stirn und den schweißnassen Rücken. Er kämpft nicht gegen mein Eindringen an, sondern gegen das Ungewöhnliche, die Angst, entdeckt zu werden oder zu laut zu werden. Er will schreien, aber verschluckt es. Briella faßt unter seinen Bauch und schiebt ein Kissen unter. Sie nimmt seinen harten Schwanz in die Hand.

"Komm Vögelchen" flüstert sie in seine kurz geschorenen, schwarzen Krüllhaare, "Komm komm, komm raus." Dabei knabbert sie mit den Lippen seine Augenbrauen.

"*Asfor*" stöhnt er unter mir und seine Lenden zucken. ‚Asfor heißt Vogel‘, denke ich und komme selber tief in ihm durch die konvulsivischen Wellen in seinem Inneren erregt.

"Kann sich eigentlich jeder Mann hier vögeln lassen," fragt sie später, als wir längst im Hof sitzen und noch etwas *Kuskus* essen, das die Nachbarin uns durch die Tür anbot.

"Nein," sage ich, " die arabischen Männer haben panische Angst vor dem Geficktwerden, aber sie ficken leidenschaftlich gern Ärsche."

"Dann hast Du Angst gehabt?" fragt sie Fathei und hebt seine Kinnlade höher, damit sie ihn besser sehen kann. Fathei schüttelt den Kopf und sagt mit niedergeschlagenen   Augen: "Er ist jetzt mein älterer Bruder, das ist alles." Und kaut den *Kuskus* weiter. Dann nimmt er ein besonders scharfes *Filfil* und steckt es ihr in den Mund.

"Iß *Filfil*, das gibt Dir die Antwort," lacht er über ihren Husten, bei dem scharfen Geschmack der Peperoni.

"Du gehst heute nicht nach Hause schlafen," sage ich zu ihm und das macht ihm ein sorgenvolles Gesicht und zu Briella:

"Wir müssen der Sache Hand und Fuß geben, wenn wir mit ihm zusammen sind, sonst verliert er seinen Boden im Dorf. Aber heimlich kann es auch nicht sein, sonst verliert er sein Gefühl."

Briella nickt und kratzt sich am Ohr. Fathei kuschelt sich tief unter die Decke, als könnte ihn jemand sehen.

Briella und ich sind noch lange wach. Wir decken den Schlafenden wieder auf und streicheln ihn gemeinsam. Er ist wie ein gefangener Hase, den Briella von der Jagd mitgebracht hat. Seine dunkle Haut ist samten und hat im Nachtlicht einen seidigen Schimmer. Die langen schwarzen Wimpern der Augen machen einen seidigen Saum.

"Du fühlst keine Eifersucht, wenn er mich besitzt?" fragt mich Briella in die Nacht.

"Nein," antworte ich ehrlich, "Ich fühle Dein Gefühl, wie Du gefickt wirst." Sie lacht ganz wenig, sonst ist es still geworden über den Höfen.

Eine Woche sanften Sex, Schmusen und Arbeiten. Fathei weiß, wie man die Linsen aus den Hülsen schlägt, wie man die Oliven erntet mit einem großen Tuch unter dem Baum, aber von der Liebe weiß er gar nichts. Er ist ein spielerischer Kater, der mit einem Glucksen zu jeder Vereinigung und Erregung bereit ist mit glimmenden Augen. Er ist in dem Alter, wo es immer geht, eigentlich ohne Ende, die Pausen sind unmerklich. Sein Schwanz wird nicht mehr ganz klein. Auch nicht, wenn er mit einem Stock auf den vielen Fangarmen eines harpunierten Tintenfisches herumklopft, wippt dabei sein Geschlecht mit den schwingenden Armen und muskulösen Schenkeln auf und ab.

Briella wird träge und lasziv. Sie schaukelt in der Hängematte und schaut uns zu, wie wir das eingebrachte Korn dreschen, immer im Kreis mit dem selbstgemachten Dreschflegel.

In den Pausen, wenn wir mit Singen und Dreschen aufhören und der Schweiß über unsere Haut in glitzernden Bahnen rinnt, ruft sie uns unter das Dach und läßt sich im Stehen nehmen von mir und ihm, angelehnt an den Türpfeiler. Ihr Körper genießt die Problemlosigkeit und Fülle. Nachts weckt sie uns wieder auf. Nach jedem Orgasmus wird sie sanfter, wie eine Katze unter den Tausenden Klammerbissen ihrer zwei Kater im Nacken.

Meine Sexualität blüht unter dem Einfluß des Jungen wieder auf. Ich war in den Wochen nach Toe's Abfahrt fast abstinent geworden. Briella spindelt Wolle im Stehen.

"Fathei ist jetzt fünf Tage nicht zu Hause gewesen" sage ich.

"Ja und," fragt Briella, "Wohnt er denn jetzt nicht bei uns?"

"Sie fragen im Dorf bereits, wo er ist" sage ich. "Der Eierhändler heute morgen, der unsere überzähligen Eier aufkauft, hat es mir gesagt."

"Wir müßten ihm eine Ausbildung ermöglichen," denkt Briella nach. Wir reden mit Fathei darüber, er will Mechaniker für Bootsmotoren werden. Dabei denkt er, später ein Fischerboot zu kaufen. Ich frage, was ein Fischerboot kostet und denke daran, eines für die ganze Familie zu erwerben. Zusammen mit Fathei

treffen wir abends im Kaffee Habib, seinen älteren
Bruder. Wir reden über das Boot und die Ausbildung.
Habib ist der Chef der Familie und der Scheich des
Dorfes. Die Sache mit der Ausbildung ist bald
beschlossen.

Die anderen jungen Männer necken Fathei versteckt.
Es sind witzige Tiervergleiche, von denen sie hoffen,
daß ich sie nicht verstehe. Die lautesten Schreier
müssen selbst am lautesten über ihre Witze lachen.

"Der Fathei hat seit acht Tagen nicht mehr
geschlafen, deswegen kann er sich nicht mehr
hinsetzen..." Das meint, sein acht Tage lang steifer
Schwanz ist zu steif in der Hose. Moussad lacht nicht,
er schüttet dem Frechsten ein Glas Wasser ins Gesicht
und hält ihm eine Standpauke.

"Mein Italiener," schreit er, " Hätte Dir den Hals
umgedreht und die Nase in den Arsch gesteckt, wenn
Du so über mich geredet hättest damals, als ich in dem
Haus war und seine Frau geliebt habe. Du verstehst
eben gar nichts, du Küken, das seinen Schnabel noch
in kein Loch gesteckt hat, aber kräht wie ein alter
Hahn, dem der Kamm schwillt und blau wird vor
Neid. Die Frau Deines Freundes ist ein Kleinod in der
Hand Fatimas, das Dir Glück bringt, wenn Du Dein
Herz in eine weiße Taube verwandelst und ihr
schenkst."

Mussad ist erschöpft von seiner echauffierten Rede
und klammert sich am Tresen des Kaffeehauses fest.
Er reißt sich die Mütze vom Kopf und wirft sie zur
Bekräftigung auf den Boden.

"Nie wieder werde ich eine Mütze tragen, wenn ich
nicht die Wahrheit sage" ruft er. Die Mütze ist noch

neu. Mein Vater hat sie ihm geschenkt vor einem Jahr, als dieser ihn mit seiner gefleckten Kuh gemalt hatte.

Wir trinken heißen, süßen Tee mit geschälten Mandeln darin. Habib lädt Mussad zu einem Glas ein und sagt in die Runde:

"Mussad ist eine ehrliche Haut. Bis vor drei Jahren hat er auf seinen Italiener und dessen Frau gewartet, er ist nie fremd gegangen und hat das Haus, bis heute gepflegt, so gut er konnte, aber nach dem Krieg konnte kein Italiener mehr ins Land kommen. Sie haben ihn einfach nicht rein gelassen. Nicht wahr, Mussad, so war es doch?" Mussad schluchzt und schlürft den Tee. Das ganze Dorf kennt seine unglückliche Geschichte.

"Aber ist das ein Unglück?" frage ich in die Runde.

"Nein!" sagen alle mit beherztem Kopfschütteln, aber keiner hätte mit Mussad tauschen mögen.

"Morgen lasse ich ihm das Dach von seinem Haus machen" sage ich und gebe Mussad zur Bekräftigung die Hand. Er strahlt über das ganze Greisengesicht, Tränen stehen in seinen alten Augen, seine Stimme ist zittrig:

"Dann kann mein Italiener kommen, wenn jetzt das Dach wieder fertig wird" und setzt sich. Jemand reicht ihm den Schlauch der Wasserpfeife, er nimmt ein paar Züge und wischt sich den Schweiß ab.

"Das ist sehr generös von Dir, daß Du Mussad das schenkst" sagt einer, den ich nicht sehen kann, "Er lebt von den Almosen des Dorfes, seit der Italiener weggezogen ist, seine Familie hat ihn verstoßen, zu der kann er nicht zurück."

"War er schon immer ein bisschen verwirrt im Kopf?" frage ich in die Runde.

"Nein," sagt Habib, "Als ich klein war, hatte er immer schöne Sachen an und er fuhr Fahrrad, ein italienisches Fabrikat. Er hat immer gelesen, denn er kann lesen und schreiben und vor allem kann er italienisch.

Wenn der Italiener in das Haus unten am Meer kam, dann blieb Mussad dort mit ihm und seiner Frau. Als der Krieg zu Ende war und der Italiener nicht mehr kam, hat Mussad in seinem Herz beschlossen, solange zu warten bis er kommt. Darüber ist sein armer Kopf verwirrt worden, so daß er heute kaum rechnen kann und oft die Worte verwechselt beim Reden. Er ist aus seinem gutem Herzen hilfsbereit, so hat er alle Sachen mit der Zeit verschenkt, auch sein grünes, italienisches Fahrrad."

Mir drängen sich Parallelen auf und auch, daß sie das jetzt im Kaffee erzählen, weil Fathei bei uns im Hause ist. Ich beschließe mit Fathei und Briella wegzufahren nach Tunis. Fathei war noch nie in Tunis.

Briella ist träumerisch. Ihr fehlt etwas von ihrem sonstigem Biß, die Absicht, nach Tunis zu fahren, belebt sie.

"Ich möchte in einem blauen Kleid tanzen gehen mit Euch beiden," sagt sie und schließt die Augen.

"Ich weiß nicht, ob Fathei überhaupt tanzen kann" wende ich vorsichtig ein, um einen beginn-enden Traum nicht auf falsche Voraussetzungen zu gründen.

"Macht nichts, er kann mich ja halten, wenn ich mich hin- und herdrehe" sagt sie und macht fünf Walzerschritte.

"Kannst Du Walzer tanzen?" fragt sie mich und berührt meine dünne Stoffhose am Schenkel.

"Ja," sage ich und halte ihre Hand hoch, "Ich hatte Tanzunterricht in Standard- und Lateinamerikanischen Tänzen gehabt, lieber tanze ich aber Tango."

"Nein," sagt sie und wird feucht zwischen den Schenkeln, die sie mit der Hand prüft, "Walzer, tat, ta, tat, tam, ta, tat, in einem fließenden blauen Kleid in Deinem Arm gehalten und ohnmächtig werden fast..." Sie verdreht die Augen, Fathei guckt besorgt.

"Es ist nichts," sage ich zu ihm, "Nur mußt Du Walzer tanzen lernen, das ist alles. Sie will mit uns Walzer tanzen in Tunis."

Fathei nimmt seinen Hut und geht mit wichtigem Gesicht.

Am anderen Tag bin ich unterwegs mit ihm nach Sfax, der nächstgelegenen größeren Stadt mit Geschäften. Ich will Stoff kaufen.

Ich wandere mit Fathei durch die Sackgassen voller Menschen und Gestank, Gerüchen und Musik zu Prophetengeschrei von den Moscheen.

"Georgett du soi en bleu, s'il vous plait" höre ich mich sagen. In jedem Geschäft aber das Gleiche, niemand weiß, was ich will. Fathei bleibt in jedem Musikladen stehen und sucht nach einer Musikkassette mit Walzermusik.

Wir haben nichts anderes zu besorgen. Mittags machen wir erschöpft Pause im runden Restaurant am Bahnhof, wo die Züge in den Süden abgehen. Ich denke an die Fahrt mit Toe und Briella in den Süden. Später habe ich Glück, ich sehe eine ältere Frau in einem cremefarbenen Rock aus Georgette.

"Excusez-moi. Madame, mais vous avez exactement le tissu que je cherche; a ou vous avez achete ce lui la?" Sie ist erstaunt und zeigt mir einen Laden

"Ich bin Jüdin, müssen Sie wissen, und die Juden haben es gut bei Habib Bourgiba, wir durften unsere Buchhandlung behalten, dort drüben ist sie. Suchen Sie ein Buch? Wir haben auch richtige Literatur, Andre Gide und wissen Sie, eine schöne Ausgabe St. Exupery, das Ganze Werk, nur es kauft kaum jemand Bücher, wer hat daran heute schon Interesse."

"Ich" sage ich beherzt, "Wenn sie mir verraten, wo ich Seidengerorgette kaufen kann, dann kaufe ich auch Bücher. Haben sie Arthur Rimbaud, *'la saisson en enfer'*?"

"Oui, oui," Madame wird rot im Gesicht. Wir eilen in den Souk zurück zu einem kleinen Schneider, den ich nie gefragt hätte und er hat blauen Georgette.

"Mabrouk Sidi." Ich bin glücklich, es ist exakt der blaue Seidengeorgette, den ich suche: Blau mit verlaufsblauen Farben und echte Seide.

"Ist es für eine Frau?" fragt die alte Dame. Ich nicke.

"Es ist für unsere Frau, weil wir in Tunis heiraten." sagt Fathei stolz.

"Der Meter kostet ein Vermögen" sagt der Händler und erhebt sich, einen Kaffee zu bestellen, wie es sich gehört bei einem richtigen Handel."

"Mach es nicht zu teuer, Didi" flüstert die alte Dame, "Es sind meine Freunde aus Paris, und wann bekommen wir Juden mal Besuch, was?"

Sie setzt sich zum Kaffee. Fathei bleibt trotzig an der Tür stehen, mit verschränkten Armen.

"Alle Juden nehmen zu hohe Preise, das weiß man doch." sagt er und spuckt im hohen Bogen auf die Straße, die sonnendurchglüht und furztrocken seine Spucke aufnimmt.

"Wieviel würdest du einem alten Nazi aus
Deutschland abnehmen, wenn er ein Meterchen kaufen
wollte, was?" fragt die alte Dame schlau und putzt sich
die Nase.

"Ich habe diesen Stoff seit fünf Jahren hier liegen,
der ganze Ballen ist noch so gut wie neu," sagt der
Händler und tätschelt das vorne fleckig gewordenen
Seidengewebe andächtig, wie einen teuren Hengst.

"Also guter Mann", fange ich das schwere Geschäft
an, "Wieviel würdest Du einem Ungläubigen dafür
abnehmen?"

"Nun," schluckt der Händler, "Einem Ungläubigen,
ach, ich denke, daß kein Ungläubiger außer Dir in mein
Geschäft kommt, also ich weiß nicht, was ich ihm
abnehmen würde, aber Dir nehme hundert Dinar pro
Meter ab und das ist noch so billig, daß ich kaum was
daran verdienen werde."

Wir alle sind schockiert. Die alte Dame hebt ihr
Fläschchen an die Nase, Fathei spuckt drei mal aus, ich
erhebe mich empört und sage:

"Ungeheuer, einfach ungeheuer, der Preis ist zu
hoch, und die Farben gefallen mir sowieso nicht, durch
den Stoff kann man ja hindurchschauen, so dünn ist er,
was soll man denn daraus nähen können..."

"Georgette ist dünn, junger Mann" erregt sich der
Händler, "Und der Preis ist nur ganz wenig über dem
Preis von Paris, wo ich ihn selber gekauft habe
damals."

Es geht noch hin und her, wir müssen drei mal das
Geschäft verlassen und wieder betreten, bis wir uns
schließlich auf 23 Dinar pro Meter einigen können, was
dem Preis für echten Seidenstoff ungefähr entspricht.

"Und jetzt zu ihnen Madame," sage ich und wir gehen in das Buchgeschäft der alten Dame. Sie ist ganz glücklich und holt alle möglichen literarischen Leckerbissen hervor, die sie finden kann. Ich nehme das *'bateau ivre'* und rezitiere Rimbaud. Madame lauscht entzückt der vulgären Literatur ...'Verloren in den Strömen Afrikas treibe ich dahin'..., sie auch, eine gestrandete verlorene Seele. Ihr verstorbener Mann, ein Jude aus Berlin, Schöneberg, Bülowstraße 64, Buchhandlung am Dennewitzplatz, Gläserklirren, Kristallnacht, Flucht nach Frankreich zu ihrer Tante aufs Land, nach Besancon, kleiner Laden in der Resistance, von den Deutschen eingeholt, erneute eilige Flucht mit einem schwankenden Boot nachts übers Mittelmeer nach Tunis. Ein jüdischer Händler bringt sie unter hier in Sfax, am Ende der französischen Welt, die der Mann aus Berlin nicht versteht, sie handelt mit Widerstandsliteratur aus Paris, Klaus Manns Essays und all die anderen, deren sich jeder Deutsche schämt, weil sie das Nest verlassen hatten, anstatt anständig gefallen zu sein im Krieg und jetzt in der Fremde den Hals umdrehten.

Madame weint nach ihrem phragmentarischen Lebensabriß. Ich lade sie ein zu einem Kaffee in mein Lieblingsrestaurant, erzähle ihr aus Deutschland, deklamiere, rezitiere, imitiere Kinskis Effekte Villon vorzutragen im Sportpalast, hinter den Wänden, die mein Vater mit Putzgemälden verziert hatte vor dem Krieg, und die heute nur dürftig übertüncht hinter der neuen Vita Berlins lauern.

"Ich schenke Ihnen die Gide-Ausgabe in 12 Bänden, nehmen Sie sie, Sie haben das im Herz, ich fühle das, diese Art der Liebe, die mit Rosensträußen schlägt und zugleich küßt, wie Rimbaud seinen Verlaine in Stuttgart."

Madame ringt nach Luft, ich fürchte um ihr Herz, aber es schlägt noch, sie ist nur erregt, womöglich auch im Schoß.

"Wenn Sie nach München kommen sollten, bitte grüßen Sie mir einen alten Buchhändler-kollegen in der Kunstbuchhandlung am Dom von mir. Er war seinerzeit in Berlin geblieben bis zum Ende."

Ich stutze:

"Sie kennen Sir Henry Sörensen?"

Sie nickt heftig mit dem alten Kopf und wird wieder weinerlich und greift nach der dünnen Perlenkette am Faltenhals.

"Meine Schwester, eine Opernsängerin, die ihre Stimme damals nach ihrer Heirat mit Henry verloren hatte, ist mit ihm zusammen geblieben, obwohl er einen anderen Mann liebte, den sie dann auch nahm, geradeso wie Sie, junger Mann. Die Welt, wissen Sie, ist so furchtbar klein, und sie schrumpft mit jedem Lebensjahr ein wenig weiter zusammen, bis wir im Tod alles in einem Punkt zusammen haben."

Ich bestelle einen Pastis, Madame trinkt auch einen, Fathei hat schon getrunken und wackelt bedenklich mit dem Kopf, er kennt kaum Alkohol.

Ich weiß nicht, ob ich ihr sagen soll, daß ihr Sir Henry voriges Jahr gestorben ist im selben Jahr wie mein Vater, und daß Sir Henry vor zwei Jahren noch mit mir hier in diesem Kaffee saß, es hätte ihr zu weh getan, ihn nicht getroffen zu haben, so schweige ich.

"Zum Schluß verraten Sie mir eins, junger Mann, für wen ist dieser berauschende Berg Georgette bestimmt, wer ist diese Glückliche?"

"Sie ist Mitte zwanzig, hat blonde Haare, einen ausgeprägt praktischen Sinn in allen Dingen und sie liebt meinen Geliebten und mich. Sie kommt aus Karlsruhe und ist das erste Mal in Afrika."

"Die Glückliche," haucht Madame, "Und wer heiratet jetzt wen?"

"Keinen," sage ich, "Dieser junge Araberbengel weiß es nicht anders auszudrücken mit seinen siebzehn Jahren, aber wir beide werden am Sonntag im Hotel Meridien, an der Avenue Habib Bourgiba, im zwanzigsten Stock oben mit ihr Walzer tanzen und sie wird von einem Arm in den anderen fallen, bis sie umfällt."

"Ohh," haucht Madame ekstatisch und droht vom Stuhl zu fallen.

"Endlich jemand mit Mut zur Liebe, *à votre fortune mes amis!*" und Madame erhebt sich und winkt noch mal von der anderen Straßenseite herüber.

"Die Alte ist verrückt" konstatiert Fathei peinlich berührt.

"Nein," sage ich, "Sie ist glücklich, was alten Leuten selten geschieht."

Wir sitzen noch eine Weile, bis der Laufbursche aus dem Buchladen gerannt kommt mit den sorgfältig verpackten zwölf Bänden Gide, mit eine Grußkarte obenauf in arabisch und einer silbernen Hand *Fatimas* am Band baumeln.

"Ich muß pissen," sagt Fathei und wir gehen um die Ecke in eine schmale Gasse. Neben einer *Hamam* ist ein Pissoir und ein Waschbecken für die Gläubigen.

"Die alte Moschee ist schon lange geschlossen, heute gehen nur noch junge Leute hin, die dort drüben in den Puff gehen" flüstert Fathei mir erregt zu, als wir beide an der Kachelwand stehen und unsere Schwänze zum Pissen rausholen. Sein Glied vibriert vor Erregung

"Warst du schon mal hier" frage ich ihn.

"Na klar, hier waren alle aus unserem Dorf schon mal. Sogar Kinder kommen her, wer einen hochkriegt und Geld hat, darf auch rein."

"Was kostet es denn?" will ich wissen.

"Einen bis zwei *Dinar*, je nach Frau," sagt Fathei.

"Und, hat es dir Lust gemacht?"

"Lust?" fragt Fathei ungläubig und schüttelt den Kopf, "*Läh, läh*, Lust nicht, aber es war saumäßig geil und aufregend." Wir pissen an die Kacheln, es kommen andere die sich ungeniert ausziehen und ihre Schwänze waschen oder im Stehen an die Wand pissen.

"Hier treffen sich auch Pferde" flüstert Fathei. Ich verstehe nicht.

"Pferde?" frage ich.

"Naja," meint er noch leiser, "Schwule eben." Wir schauen uns ein bisschen um, aber es ist nicht aufregend, keine männliche Schönheiten zu sehen wie manchmal in der *Hamam*.

Fathei trägt das Stoffpaket eng an sich gedrückt. Wir gehen durch die Frauengasse. Eine schmale Tür neben der anderen. Die Türen sind wie Stalltüren halbiert und manche oben geöffnet. Man kann in den kleinen Raum schauen. Drinnen stehen die Prostituierten, maniküren sich, kämmen sich die Haare, knallen mit den

Gummibändern ihre Bh's und wackeln mit dem Fleisch ihrer prächtigen Schenkel, die sie mit spitzen Pumps bestückt auf den Tisch stellen, damit jeder die Fleischespracht auch sehen kann.

Vor der Tür wachen Omas und Opas, die heißen Minztee verkaufen und Graszigaretten und den Preis aushandeln. Babys schreien, auf der Straße tollen kopulierende Hunde.

"Nummer 16 da, das ist die, bei der wir alle waren aus unserem Dorf, eine ganz Junge," flüstert Fadheit und klammert sich an den Stoff, als müsse er sich daran festhalten, um nicht von dem Magnetismus der Nummer 16 fortgezogen zu werden.

Die Tür ist geschlossen.

"Sie ist nicht da" sage ich und will weiter.

"Quatsch," flüstert Fathei, "Sie läßt gerade vögeln. Komm, mal sehen wen aus dem Dorf sie dran hat." Er huscht nahe an die Tür, und da befindet sich ein Schlüsselguckloch, durch das man ins Innere schauen kann.

"Jaja," schreit Fathei unbeherrscht auf, "Rachet, der Lange." Ich erinnere mich undeutlich an den heißen Pubertären, der mit Briella auf dem Karren saß. Ein zahnloser Alter kommt und zieht Fathei von der Tür weg.

"Wenn Du bezahlen willst, kannst Du weiterschauen, wenn nicht, geh' Deiner Wege." Fathei schüttelt den Kopf und wir gehen weiter. Er hält mich beim Gehen am kleinen Finger, ein Zeichen der Freundschaft.

Im Auto, kaum daß wir auf der dämmrigen Landstraße sind, reißt er sich die Hosen auf und holt seinen feuchten Schwanz heraus.

"Fahr mal hundert," haucht er und dreht das Radio
auf, aus dem eine sonore Frauenstimme düster gurgelt
von arabischer Liebe und Lust. Ich trete aufs Gas, der
Benz rauscht los , mehr als hundert, und Fathei wichst
sich jaulend, wie ein geiler Hund, zwei, drei
Samenergüsse aus dem steil hochstehendem Glied und
stöhnt die Refrains der Sängerin mit: *"El hobb en shar, en
shar, en shar,"* - die Liebe verbrennt.

Danach kuschelt er sich in das Stoffpaket und
flüstert Briellas Namen auf arabisch, *Brella,* vor sich
hin, was soviel wie Eselin bedeutet, und schläft ein.
Seine noch offene *Siruel* ist mit weißem Samen
bespritzt, auch der Volant des Autos glänzt bis an die
Windschutzscheibe.

Draußen huschen die aufgereihten Eukalyptusbäume
dahin, der Lichtkegel des Scheinwerfers hüpft auf und
ab und scheucht Schafe und Hunde von der Straße,
träge richten sich Schläfer von der Straßenkante auf.
Ich mache das Radio aus und fahre langsamer. Auf
Jungshirne wirkt Geschwindigkeit erregend, ich
genieße im langsamen Schnurren des schweren Benz
die Fahrt und träume von dem blauen Kleid, das ich
nähen werde; unter dem Busen gerafft, glatt zu den
Ärmeln und in weitem Bogen zum Fuß, bodenlang,
entwerfe ich es in Gedanken.

Eine Woche später in Tunis.

Fathei ist ganz still vor Ehrfurcht gegenüber den
weißen Tischen, den Kellnern, den Fahrstühlen und
der Aussicht aus dem neunzehnten Stockwerk.

"Dort," deute ich aus dem Fenster, "Ist Hannibal aufgebrochen mit seinen Elefanten aus Karthago, um Rom zu erobern." Fathei schaut nur mit glänzenden Augen Briella an, die in ihrem Berg von blauem Seidengeorgette Schlagsahne ißt, Steak verschlingt, Wein trinkt und getrüffelte Pastete kostet.

"Es ist einfach alles köstlich" stöhnt sie.

Ich verbessere: kostbar, weil ich es nur teuer, aber nicht gut finde, wie in all diesen bornierten Hotelketten, wo die Sterne zu Unrecht an der Tür hängen. Ich sage aber nichts. Wir sind noch ganz im Gefühl von dem Film den wir eben gesehen haben: >Die Sonne bringt es an den Tag< Romy Schneider mit Alain Delon und einem anderen Mann in einer intellektuell verzwickten Liebesgeschichte zu dritt, die mit einem ungeklärten Mord mysteriös endet. Fathei hat noch nie ein Großbildkino erlebt, er war völlig im Kino aufgegangen, vom Sitz gesprungen, hat gerufen und geweint und sich in unsere Arme geflüchtet. Da der Film auf Französisch war, hat er fast alles verstehen können.

Die Kapelle fängt an zu spielen, einige Scheine haben den gewünschten Walzer bestellt.

Briella schwebt über die Tanzfläche in meinem Arm. Niemand sonst wagt zu tanzen, Walzer kann keiner hier. Fathei steht bereit und fängt die herumwirbelnde Briella auf und dreht sie zurück zu mir. Er hat bei seiner Schwägerin einige Tanzschritte gelernt, so daß es aussieht, als tanze er.

Briella sieht aus wie ein blau blühender Schmetterling.

"Farhaschaton azul" rufe ich ihr zu, blauer Schmetterling, und sie kichert.

Wir haben ein Paar passender Pumps aufgetrieben im Bazar, gebrauchte, von denen ich hoffe, daß sie den Tanz überstehen, zu mehr müssen sie nicht halten.

"Mehr, mehr, mehr" schreit Briella in den Raum der Kapelle zu, wir tanzen fast eine Stunde lang alles Mögliche. Fathei ist schweißnaß, ich bin außer Atem. Briella hat glänzende Augen.

"Ich weiß nicht, warum mich das so anmacht, ich kann Kleider eigentlich nicht ausstehen, aber das da ist einfach berauschend...." Sie hebt die Arme und schaut in die schillernden Blautöne, die an ihren Armen herabflattern.

"Es gibt aber doch gar keine blauen Schmetterlinge" sagt Fathei streng zu mir. Wir sind im Taxi zu unserem Hotel unterwegs, das ein Dreibettzimmer für uns hat.

"Doch," sage ich, "In Amerika am Amazonas gibt es handtellergroße, schillernd blaue Schmetterlinge, geradeso wie das Kleid." Wir sind alle drei betrunken.

Die Nacht ist wild. Fathei hört nicht auf, Briella zu vögeln, er ist ein rolliger Kater, beißt sie und kichert und fällt vor Trunkenheit um. Wir lachen und albern mit Sex herum bis zum Morgen und schlafen in den Kleidern ein, Briella noch in ihren blauen Wolken.

Ich lasse am Morgen heißes Wasser in die Badewanne und bade allein. Ich grüble darüber nach, welche Zukunft das mit unserem 'Kind' Fathei haben wird. Ich muß mit Briella darüber reden.

Beim Frühstück erzählt Fathei, wie nebenbei, daß er nach Menzel Bourgiba muß, einer Stadt im Norden und daß ich ihn da jetzt hinfahren könnte.

"Was ist denn in Menzel Bourgiba?" fragt Briella.

"Meine Bootsmotorenschule" sagt er nüchtern. "Am Montag muß ich dort anfangen, das hat meine Familie so beschlossen. Wenn ihr wollt, könnt Ihr mich ja jetzt zusammen hinbringen."

Wir sind beide betreten und überrascht. Er merkt das:

"Ich habe Euch nichts davon gesagt, um Euch nicht zu enttäuschen. Ihr sollt nicht traurig sein." Ich finde keine Worte. Menzel Bourgiba ist dreihundert Kilometer von uns entfernt, wie soll da ein Zusammenleben möglich sein?

"Am Wochenende kann ich ja kommen" sagt er kleinlaut.

"Scheiße!" flucht Briella.

"Das hat die Familie fein eingefädelt, und so schnell, daß wir gar nichts mehr machen können."

"Wenn ich nicht hingehe, muß ich zum Militär" sagt Fathei.

Das beendet alle Diskussion. Wir fahren ihn hin. Unterwegs fragt er mich nach dem Fischerboot, das ich kaufen wollte. Ich sage, daß ich das hätte kaufen wollen, damit er einen Job und einen Beruf bei uns im Dorf habe, daß es aber keinen Sinn mache, seiner Familie oder seinen Onkeln, die sowieso Fischer sind, ein neues Boot zu kaufen, wenn er gar nicht da ist.

"Das wird Habib nicht gefallen," orakelt er.

Der Weg ist an Kilometern kurz, aber lang für unser Gefühl. Die Schule ist wie eine Kaserne, lang gestreckte Wellblechbaracken. Ein Wassertank auf Stelzen, mit Glasscherben bewehrte Mauern, Torwachen und Ausweiskontrolle.

"Könntest Du denn da Gäste empfangen, wenn wir kommen?" frage ich ihn. Er schüttelt den Kopf: "Es ist ein Internat, da dürfen keine Fremden rein."

Wir schauen ihm nach, wie er mit seiner kleinen blauen Tasche in der Hand hinter dem Eisentor verschwindet. Es kam so plötzlich und ist gleichzeitig so logisch, denke ich. Wir waren es, die nicht nachgedacht hatten, daher nehmen sie uns die Entscheidung einfach aus der Hand.

"Ich will auf dem Rückweg noch mal nach Sidi Bou Said," sagt Briella, "Weißt Du, wo wir angekommen sind damals." Ich nicke und fahre zurück. Sie hat immer noch das blaue Kleid an. Aber der Schmetterling hat die Flügel geschlossen.

Sidi Bou Said.

Wir besuchen die römischen Bäder, die Mosaiken des Antoniusbades. Karthago war eine Weltstadt, die auch nach der Vernichtung durch die Römer kulturelles Zentrum blieb. Sidi Bou Said ist der andalusische Überrest der Zeit, als der Deutsche Kaiser Römischer Nation über die zerfallenen Reste des Römischen Imperiums herrschte.

Wir suchen ein Hotel mit schönen Terrassen. Es sind lauter junge Männer hier und ein französisches Filmteam um Cadinot. Ein pittoresk behüteter Mann belästigt uns. Er stellt sich vor als Fernandez und ich erkenne ihn wieder. Es ist der Gitarrenspieler, der uns schon einmal bei unserer Ankunft auf den Treppen des oberen Cafés traf.

Ich höre nicht zu, ich bin in Gedanken bei Fathei, Toe und Briella. Ich denke darüber nach, daß mein Großvater 1918 hier hatte sitzen wollen, um von hier aus nach Timbuktu aufzubrechen mit einer einjährigen Kamelkarawane. Neben mir gestikuliert, mit einem schwarzen Poncho malerisch drapiert, der hakennasige Fernandez und gibt sich als Kulissengestalter des französischen Filmteams aus, das um uns herum auf den Terrassen arbeitet. Er hat zwei abgefaulte Zähne, einen stechenden Blick und weiß in allem Bescheid, hat schon alle Berufe gemacht, alles erlebt, alle Drogen gekostet, geheiratet, geschieden, Kinder und Fremdenlegion, eigentlich Spanier sei er, sagt er.

Briella lauscht seinen Beteuerungen interessiert. Er spricht ein flüssiges Französisch, das erleichtert das Gerede. Ich möchte seine aufgeblasenen Übertreibungen bloßstellen, aber er weicht geschickt allen Fangfragen aus. Eben versichert er, daß er eine Galerie besitze. Ich hake ein:

"Wo ist die Galerie in Tunis? Ich möchte eine Ausstellung dort machen mit den Bildern meines Vaters, der diese voriges Jahr in Tunis gemalt hat."

"Oh oui, oui, phantastique, eh bien mon ami, mais le meme galerie est fermez, parceque la politique, vous comprenez bien, de cete Party Neodestourien de Bourgiba," er senkt verschwörerisch die Stimme und gestikuliert dunkel, *"...on press tout, rien ne vas plus, mais je vous assure...."* Ich höre längst nicht mehr zu, stattdessen nimmt sich Briella der schwülstigen Schwaden vernebelter politischer Verdächtigungen an.

Wir werden das Ekel nicht los. Zu allem gibt er seinen Senf, zum Essen, wozu er sich selbstredend einladen läßt, zum Auto, das nicht dass Neueste sei, zur Kommunalpolitik, die korrupt, zum Faschismus Italiens, der leider unbedeutend wäre und Franco sei eigentlich ein Segen für Spanien, nur sei er eben alt, er wisse nicht mehr zu führen, das sei alles.

"Franco ist ein verdammter Faschist, wie Hitler und es ist eine Schande, daß er noch geduldet wird," ich fange an mich aufzuregen.

"Laß doch," sagt Briella. Ich bin sauer.

Wir fahren in mein Lieblingscafé, das Café de Paris. Natürlich ist es auch sein Lieblingscafé. Er trinkt unseren Kaffee und mosert über die Qualität und die Bedienung.

"Wir müssen bald los," sage ich.

"Oh nein, meine Freunde, nicht, nicht, ihr seid meine Gäste. Ihr müßt unbedingt mein Atelier besuchen, ich bin Künstler, ich habe hundert Plastiken für den letzten nordafrikanischen Helden gemacht. Du bist doch aus einer Künstlerfamilie, *éh bien*, also, du mußt Dir das anschauen, ich brauche Deine sachkundige Kritik. Es ist gerade auf Eurem Weg, wenn Ihr nach Sousse fahrt, kommt ihr sowieso in Hamam Lif vorbei. Mein Haus steht Euch jederzeit offen, Ihr könnt dort schlafen und baden, was Ihr wollt."

"Ich will jetzt fahren," sage ich. Briella drängt:

"Wenn es am Weg liegt, können wir doch seine Plastiken anschauen."

Ich gebe nach und denke, `es wird schnell gehen´. Es geht aber nicht schnell. Erst muß er noch tausend Freunde besuchen und sich Geld leihen für ein paar Früchte für unseren Besuch in seinem Haus. Dann endlich steigen wir aus in Hamam Lif am Ende einer schäbigen Gasse. Fernandez schreitet uns wankend voraus mit Paletot und großem Hut.

Dann eine blau gestrichene Tür vor uns und eine enge Treppen hinauf zum Dach.

"Ich habe mein Atelier auf dem Dach, wisst Ihr, das ganze Haus gehörte mir, alles verkauft, nur mein Heiligtum, meine Plastiken, meine Kunst, Ihr versteht..."

Wir sind nach dem dritten Stock eines düsteren Treppenhauses mit morschen Stufen auf einem Dach angelangt. Zement ummauert ein vier mal fünf Meter messender Bretterverschlag auf dem Dach, aus windschiefen Bohlen zusammengenagelt, mit Dachpappe nachgedeckt, das ist das Atelier, eine Wassertonne steht in der Ecke.

"Mein Reich!" schreit er und zeigt um sich, als gehörten ihm alle Dachzinnen von Hamam Lif.

"Wenn ich erst den Filmauftrag beendet habe, lasse ich hier alles renovieren, mit Glasdach und Schattenrollos, Ihr versteht schon...."

Wir sitzen auf einem schmierigen, ehemaligen Gobelinbettüberwurf auf einem dünstendem Bettgestell. Häßliche Gipsklumpen, die weder abstrakt noch realisitisch, kitschigen Dillatantismus ausstrahlen, stehen überall herum. Mir ist es peinlich, ich weiß nicht was ich sagen soll. Fernandez entkorkt eine Flasche roten *Kadarka* und prostet uns aus schartigen Gläsern zu. Briella lacht und sagt:

"Que boheme, mon ami."

Fernandez fühlt sich geschmeichelt.

"Du sagst nichts zu meinen Skulpturen, sind sie nicht wunderbar.."

"Es ist Gips," sage ich patzig. "Mach was aus Stein, dann zeige es mir."

Wir kommen einfach nicht los von diesem klebrigen Kerl. Er erklärt uns spanische Kultur, klampft auf der gesprungenen Laute andalusische Akkorde und gurgelt dazu kehlig "*Kurazooon*". Er kippt uns ständig ein, ich quäle mich, nicht besoffen zu werden, ich will noch Auto fahren und als er gerade für Briella den Mond runterholen will, für sie seine Geliebte, er alles, aber auch alles auf der Welt zu tun bereit sei .... werde ich sauer und sage:

"Zuerst mußt Du mal Deine Hosen waschen und flicken, bevor Du den Mond holen kannst, nicht war, *la lune, c'est une dame honore, oui?*" Er stürzt los, eine andere Hose anzuziehen, die er beim Nachbarn ausleihen will. Ich nutze die Gelegenheit, ziehe Briella vom Gobelinbett und die düstere Treppe hinunter rasch ins Auto. Wir fahren eiligst davon.

Es ist helle Mondnacht, Vollmond. Die Straße nach Nebeul zweigt ab, die Landschaft wird sanft und abwechslungsreich.

"Hast Du gemerkt, wie er den Griff am Arm hart macht, wenn er redet und die Stirn kraust und die Augäpfel rollt?" frage ich Briella.

"Ja, wie bei einem Verrückten," sagt sie, "Ein psychopathischer Künstler." Wir schweigen eine Weile.

"Er sagt, daß seine Frau gestorben sei in Madrid," sagt Briella. Ich antworte abfällig:

"Ich glaube nichts, er hatte wohl nie eine Frau, eher eine Prostituierte im Puff von Saragossa." Briella lacht.

"Ich glaube, er würde einen Mord begehen für eine Frau," sagt sie und kraust die Stirn. Ich weiß nicht, ob ihr das gefällt oder ob es sie erschreckt.

"Er verspricht alles und es stimmt nichts, vergiß ihn, es ist Zeitverschwendung, solche Leute kosten nur Dein Geld und Du hast nicht mal Spaß daran."

"Du bist arrogant."

"Nein, realistisch."

Wir schweigen länger. In Sousse ist noch ein Restaurant offen im Hotel Medina. Wir gehen essen.

Es tut gut, was Warmes in den Bauch zu bekommen. Die Grillen im Gehirn verschwinden. Der Himmel ist strahlend klarblau mit Kugelmond, als wir weiterfahren. Im Autoradio singt Adamo *"Je sais.."*. Briella liegt auf meinen Knien und blickt durchs geöffnete Dach in den Sternenhimmel.

"Fathei war wie eine Feder, die der Wind vor mir hertrug," sagt sie und knabbert am Federkiel einer Feder, die sie in Menzel Bourgiba aufgelesen hatte.

"Wir müssen ihn wieder loslassen," sage ich etwas traurig, einen eben gewonnen Freund wie durch einen Todesfall plötzlich verloren zu haben.

"Unter Männern ist das wohl anders, Du hast ihn annehmen können wie Dein anderes Selbst."

"Wäre er eine Frau gewesen, würdest Du ihn als Schwester gesehen haben können?" frage ich.

Briella prustet: "Quatsch, so kannst Du das nicht vergleichen."

Wir schweigen weiter. Adamo singt immer noch.

"Eine Frau kann einer anderen Frau kein Kind machen, verstehst Du nicht?" sagt Briella und richtet sich abrupt auf und schneuzt sich geräuschvoll die Nase. Es ist so hell draußen, daß man sogar die Farben der Pflanzen erkennen kann.

"Ich will ein Kind, verstehst Du nicht, ein Kind von Dir und nicht von jemand anderem, auch wenn Du diesen magst und jedesmal, wenn ich mit einem anderen Mann zusammen bin, könnte es ein Kind sein, will ich daß es sein könnte..."

"Auch mit diesem verrückten Fernandez?" frage ich.
Briella ist beleidigt und schweigt.

"Entschuldige," sage ich.

"Männer werden nicht schwanger," sagt sie und lacht, "Oder doch?"

"Ich kenne einen Roman, Herbstzeitlose oder so, da bekommt ein junger Mann ein Kind in der Lunge, aber das ist wohl Schundliteratur."

Briellas Kopf wirbelt plötzlich zur Seite, sie ruft laut:

"Halt mal, halt an." Ich halte, sie öffnet die Tür und ist draußen mit raschen Schritten hundert Meter zurück über einen Acker gelaufen.

Ich zünde mir eine Zigarette an. Der schmale Rauchfaden zieht aus dem Fenster, ich schließe das Dach. Ich liebe Kinder, mir ist ganz kloßig im Hals, denn ich möchte mit ihr Kinder haben, nur nicht jetzt, und ich möchte sie so haben, daß es egal ist, ob sie von mir oder von meinem Geliebten schwanger ist, aber eben von ihr. Ich will ihr Kind annehmen. Ob eine Frau das überhaupt versteht?

Sie kommt mit einer grünen Pflanze in der Hand zurück. Es hängt noch Erde an der Wurzel. Sie ist erregt.

"Los, mach den Kofferraum auf, tu sie schnell rein, es soll keiner sehen," ich gehorche.

"Es ist eine Machtpflanze, ich habe sie im Vorbeifahren grün auf dem Feld leuchten sehen mit ihren weißen Blüten, sie hat mich gerufen."

"Die Macht setzt ihre Zeichen selber," sage ich. Briella nickt.

"Ich habe bisher noch nie eine Machtpflanze selber gesehen," sagt sie, "Diese ist jetzt meine." Ich nicke, habe aber ein beklemmendes Gefühl dabei.

"Machtpflanzen können Dich versklaven," sage ich zu ihr und fahre fort, "Ich liebe meine Freiheit mehr als ihre Macht."

"Hast Du über das Kind nachgedacht?" fragt sie. Ich biete ihr eine Zigarette aus dem Silberetui meines Großvaters an.

"Ja," sage ich klar. "Ich will ein Kind von Dir. Ich will daß Du eins machst und das nehme ich mit meinem Herzen an, und wenn es von meinem Liebsten ein Kind ist, nehme ich es auch von Herzen an, da es Dein Kind ist, das Du mit ihm, den ich liebe, gemacht hast."

"Du hast im Moment keinen Geliebten."

"Stimmt." sage ich.

Wir kommen an Moknine vorbei, die Töpferöfen glühen in der Nacht mit kleinen schwarzen Rauchfahnen.

"Du mußt sowieso noch ungefähr ein Jahr warten, bevor Du schwanger werden darfst." sage ich diplomatisch.

"Ja, Scheiße!" sagt sie und schlägt die Schenkel übereinander und wirft die Haare zurück.

"Der Typ, der mir das angehängt hatte, war auch so eine blöde Sau, immer besoffen, und erst als er selber schon wieder clean war, hat er es mir gestanden und ich hatte nichts gemerkt gehabt. Aber die größten Töne gespuckt über Gott und die Welt hat er, wenn er voll war."

"Warum warst du denn überhaupt mit ihm zusammen?" frage ich nach.

"Ich weiß nicht, ich habe oft darüber nachgedacht, aber ich weiß es einfach nicht."

Wir kommen im Dorf an und gehen schlafen mit der Machtpflanze am Bett.

Den anderen Tag ist Briella mit der Pflanze beschäftigt. Ich gehe jagen, ich will ein Machttier fangen.

Ich fange nichts. Als ich zurückkomme, hängen die sauber geschnittenen Äste der Pflanze aufgereiht auf einer Leine im Hof zum Trocknen.

Den ganzen Tag schweigen wir. In der Nacht schläft sie auf dem Dach und will alleine sein wegen der Pflanze, mir ist es recht.

Sonntag. Klopfen an der Tür. Ich schaue vom Dach, wo ich gerade Feigen zum trocknen auf den Dachrand lege.

"Fathei!" rufe ich in den Hof. Briella macht schon auf. Ich springe die Stufen herunter. Mein Herz hüpft, wir liegen uns in den Armen und schluchzen. Fathei hat die Haare ganz kurz geschoren und eine scharfe Kerbe kess am Scheitel rasiert. Er hält einen grauen Täuberich in der Hand.

"Für Euch da, ich habe ihn eben auf dem Friedhof gefangen, einfach so im Flug, er kam direkt in meine Hand. Mach einen Käfig für mein Herz, das ich bei Euch lasse, wenn ich wieder nach Menzel Bourgiba gehe, damit Ihr immer an mich denkt."

"Ich mache einen großen Käfig" sage ich, "Damit er auch herumfliegen kann."

Dann gehen wir zu Boden und ziehen uns aus, und wie Ertrinkende und stürmen wir in die Vereinigung unserer Geschlechter.

Briella widmet sich ganz der Pflanze.

"Paß auf, daß die Pflanze Dich nicht beherrscht" sage ich sachlich. Aber sie ärgert sich und gibt zurück:

"Ich weiß allein ganz gut, was ich tue." Ich sage nichts, aber denke, daß gerade das bereits ein Anzeichen dafür ist.

"Ich will herauskriegen, was mit mir los ist, verstehst du nicht?" fragt sie.

"Wir sitzen beide beim Lichtschein einer offenen Flamme auf dem Dach und rauchen die trockene Trichterblüten der Pflanze.

"Das verstehe ich sehr gut, nur weiß ich nicht, ob Du es so herausbekommen wirst."

"Wieso nicht? Machtpflanzen sind genau das Richtige."

"Das haben die Indianer auch geglaubt, aber die Feuerbüchsen und Macheten der Konquistadoren waren treffsicherer als die Ausweichschritte der Indios."

"So kann es jedenfalls nicht weitergehen," sagt sie und bläst den beizenden Rauch mit spitzen Lippen zur Seite. Die Wirkung der Pflanze ist wohltuend weitend in der Lunge.

"Früher haben sie das in Asthmazigaretten getan. Mein Großvater hat das seinen Patienten zu Rauchen gegeben," erzähle ich.

"Ich will mit der Wurzel reisen," sagt sie in die Nacht.

"Wann kochst du die Wurzel aus?" frage ich, weil ich nicht dabei sein will, ich will daß sie das allein macht.

"Morgen nacht ist der Mond dafür richtig," sagt sie bestimmt.

"Heute ist ein Brief von meiner Schwester aus Berlin gekommen," erzähle ich beiläufig, aber sie hört weg, irgendwohin in die dunkle Nacht. Ich sage nichts weiter, erzähle nicht, daß meine Schwester schreibt, daß Toe seit Wochen die Wohnung, die er von mir übernommen hatte, nicht mehr verlassen hat und auch nicht öffnet. An der Akademie hat sie seine Bilder angeschaut im Atelier, da sind wilde Szenen von Polizeiuniformen, Demonstrationen mit nackten Frauen, alles sehr düster, Atomgegnerdemos, Vietnamdemos, Hausbesetzungen.

Fathei kommt vielleicht Sonntag vorbei, wenn er die Eltern und die Familie besucht, für eine Nacht oder für eine Stunde.

Am andern Tag nehme ich den Maulesel vom Nachbarn gegenüber, mit einem Holzsattel und Strohsack darauf. Ich reite in den Kalksteinbruch, den ich vor Jahren hatte kaufen wollen, um eine Investition im Dorf zu machen. Ein einziger Arbeiter ist dort. Der Steinbruch ist träumerisch und strahlt Vergangenheit aus, wie eine Mondlandschaft abgetragener Kalkschichten und Gruben, in denen teilweise Wasser steht. Der Zuweg ist eine harte, hohe Kalkrampe mit tiefen Radspuren gegraben seit den Römern, die ab der Jahrtausendwende dort Kalkstein gebrochen hatten für ihr Kolosseum in El Djem. Den Arbeiter hatte ich zwei Jahre lang bezahlt, damit er nach römischen Fundstücken suche. Am Steinbruch haben wir aber nichts gefunden, nur einen verschütteten Zugang zu einem unterirdischen Schacht, der wohl bis an die Küste gereicht haben mag, wo bei Ebbe schemenhaft eine alte Hafenmole zu erkennen ist.

Heute arbeitet der Mann hier selbständig. Er grüßt von weitem. Das Werkzeug hatte ich ihm geschenkt, Überreste meiner Grabungsunternehmung.

"Wie geht das Geschäft?" frage ich.

"*Lä bäs, Sidi lä bäs,* ausgezeichnet, ich kann gar nicht so viel Steine hauen, wie die Leute bestellen." Früher haben sie hier nur rohen Stein gesprengt mit Dynamit, das war nichts wert, obwohl es schöner, gleichmäßig weißer Kalkstein ist.

Ich habe dem Mann gezeigt, wie er mit einem Eisenwinkel und Hammer und Meißel Fenster- und Türsimssteine hauen kann, um diese einzeln zu verkaufen.

"Die Leute sagen, ich soll heiraten, weil ich jetzt so viel Geld verdiene und ein Steinhaus bauen könnte," sagt er.

"Tu es nicht," rate ich ihm, "Bau Dir hier draußen einen schönen Raum neben dem alten Brunnen, der Acker gehört mir, Du kannst ihn haben. Hier draußen ist alles, was Du brauchst. Mussad dort hinten verkauft Dir Milch, der Bäcker ist um die Ecke, das erste Haus im Hof im Dorf, und Deinen *Kuskus* kannst Du Dir selber kochen. Du hast Deine Ruhe, wenn Du eine Weinrebe am Haus pflanzt, hast Du Schatten und Du brauchst nur so viel Steine zu klopfen wie Du willst."

Der Mann schaut mich nachdenklich an. Er ist weder alt noch jung, weder schön noch häßlich, alles an ihm ist langweilig, die Hände grob, er kann nicht rechnen noch schreiben, manchmal betrügen sie ihn beim Verkauf. Wie soll eine Frau Achtung vor so einem haben.

Vielleicht hat er meine Gedanken erraten.

"Es war alles gut, was Du gesagt hast. Ich habe
aufgehört, Karten zu spielen, mein Bein ist gesund
geworden, ich habe eine Arbeit, die einträglich ist und
kann jede Woche ins Bad gehen. Meine Hände sind
wieder ganz, da schau, aber eine Frau will vielleicht
einen jungen Mann haben, nicht wahr?" Ich nicke und
kann ihm nichts weiter erklären.

"Ich mache Dir eine Bauzeichnung, dann kannst Du
Dein Haus selber bauen, aus den Steinen, die hier
sind." Er nickt und bedankt sich.

"Da unten am Strand," ruft er mir nach, "Da habe
ich eine Platte mit bunten Steinen gefunden. Wenn Du
sie ansehen willst, komme ich mit."

Er läuft neben dem Esel her, der langsam zockelt. Es
ist tatsächlich ein Stück altes Mosaik. Wir stochern
vorsichtig im Sand herum.

"Zeige es niemanden," sage ich. "Ich werde es die
nächsten Tage frei legen und sichern, dann können es
auch andere anschauen."

Als ich zurück komme, ist sie fertig mit der Pflanze.
Ein weißer Auszug steht in einem Glas auf dem
Fensterbrett, zum Absetzen.

"Die Töpfer aus Moknine haben uns eingeladen zur
Beschneidung ihres Jüngsten. Wollen wir hingehen?"

"Ich war noch nie bei einer Beschneidung," sage ich,
"Eine gute Gelegenheit bei den Moknienern."

"Ja," sagt sie, "Dann lasse ich mir die Füße
tätowieren. Das machen die Frauen bei solchen
Gelegenheiten untereinander."

Bei den Töpfern ist Highlife.
Alle sind da; neben der Verwandtschaft das halbe
Dorf. Die Mutter thront mit dem Jüngsten auf einem

Sitz unter einem roten Baldachin im Hof. Die Gruppen sind streng getrennt nach Geschlecht, nur Babys dürfen bei den Müttern bleiben.

In der Küche und allen Hinterräumen kochen zwanzig Frauen für die Gäste. Dicke Därme werden gefüllt und abgebunden, riesige blinkende Schüsseln, man rechnet mit der Beköstigung von ca. zweihundert Gästen. Die übrigen Frauen, unter denen Briella unkenntlich untertaucht, wie ein Fisch im Schwarm, mit gleichen Farben der Tücher, färben sich die Haare, tauschen Neuigkeiten aus und tätowieren sich die Beine und die Arme, manche mit Henna, manche mit Nadel und Asche.

Hellrothaarige, uralte Frauen sind die Ratgeberinnen, die Alchemistinnen, die in dickbäuchigen Flaschen mit primitivem Kühlwedel Stärkungstränke oder Abtreibungsmittel brauen, je nach Sachlage.

Die Männer trinken und kauen herbe Blätter, die den Gaumen beizen zu Trockenfisch, der gesalzen im Mund eine Explosion macht. Der Dattelschnaps ist weich und verführt zum Trinken. Im Hof tanzt ein älterer, dicker Mann Bauchtanz und jongliert mit Flaschen zum Gelächter der Kinder.

Alles ist Gaudi für den kleinen großäugigen Machmoud, der eine rote Mütze aufhat und stolz den goldblinkenden Hochzeitsschmuck der Mutter an der Stirn trägt.

Die Mutter strahlt Erfüllung aus. Söhne sind der Gipfel ihrer Existenzberechtigung und ihre Zukunftssicherung. Töchter machen arm, weil die Brauteltern die Hochzeit ausrichten müssen und nicht selten den Bräutigam mit einer hohen Mitgift kaufen müssen. Machmoud ist etwa vier Jahre alt und sich seiner Königsrolle bewußt. Heute darf er sich alles wünschen.

Im Hinterzimmer hocken die Männer, die über Gott und die Politik reden. Einer ist der *Tabib,* mit dem Rasiermesser des Friseurs und einem kleinen Fischknorpel, dessen Öffnung gerade groß genug ist, die Vorhaut des Kindes durchzuziehen. In einer verzierten Aluminiumbüchse hat er weißes Aschepuder, das er auf die kleine Wunde streuen wird nach dem schnellen Schnitt, der den Frauen einen kurzen Schrei entlockt, denn sie hören es am Schrei des Knaben. Sie können es nur von fern sehen, durch die geöffnete Tür. Ab jetzt ist er Mann unter Männern.

Nach dem Schnitt, die kleine Vorhaut wird eingesalzen und aufgehoben in einem Glas, setzen sie den überraschten Jungen auf ein geschmücktes Pferd und er muß allein zum *Marabout* des Dorfheiligen reiten, dort drei mal an die Tür schlagen und wieder selber zurückkommen. Das Pferd kennt den Weg, der Junge ist stolz.

Ich frage, ob er Schmerzen hat. Alle verneinen, auch er schüttelt den Kopf, sie hätten selber nichts gemerkt damals. Und ohne Betäubung – naja, einige Schluck Dattelschnaps hatten wohl geholfen, aber am meisten wohl die allgemeine Festlichkeit, deren Mittelpunkt sie waren.

Hinter dem Haus wächst massenhaft Datura. Ich frage, ob jemand die Pflanze kennt. Die Männer verneinen. Ich frage Briella zwischendurch, wo ich ihr was zurufen kann, ob die Frauen sie kennen. Briella nickt heftig, sie reden gerade darüber. Ein Mann erzählt, daß sein Schaf, daß diese Pflanze gefressen hatte, daran gestorben sei. Er hat sie ausgerissen, aber sie wuchs immer wieder nach.

So also wird man hier zum Mann. Alles dreht sich um den Schwanz und niemand spricht das aus. Gegen Abend locke ich die Reden darüber heraus: Wozu denn die Beschneidung überhaupt gut sei. Niemand denkt darüber nach, es scheint eine religiöse Angelegenheit zu sein. Ich frage, warum Mohammed denn das verlange, aber zu meiner Überraschung belehrt mich der Schriftgelehrte, daß gar nicht Mohammed das verlangt, sondern der Judengott Jehova. Warum also um alles in der Welt ...?

Aber da ist sie dann endlich, die Geschichte von Abraham. Der *Muezzin* rückt zu mir auf und ist angetan von meiner Kenntnis. Ich frage ihn Sachen, die er mit keinem diskutiert. Er kann gut Französisch, das macht es leichter für mich und ihn.

Also: Alle Araber sind Kindeskinder dieses einen Sohnes, den Abraham mit eben nicht Rebekka, seiner Frau hatte, sondern mit deren Magd. Abraham war nicht beschnitten, aber nachdem der Herr einen Engel geschickt hatte und dieser bei Abraham weilte für eine Nacht, wurde diesem verheißen, daß die Nachkommenschaft Abrahams unzählig sein werde, wie die Sterne am Himmel. Und Abraham ließ daraufhin alle Männer beschneiden.

"Also hatte ihn der Engel des Herrn beschnitten?" frage ich provokant. Der religiöse Herr wird rot, daran hatte er nicht gedacht, daß die Unfruchtbarkeit des heiligen Urvaters an so einer profanen Verhinderung hätte gelegen haben können. Damit nicht genug, ich bohre weiter: Die vielfachen Kinder Abrahams gehörten doch alle später zum auserwählten Volk der Juden und wozu dann die Beschneidung der Araber, Sem oder Samuel, der Urvater der Araber, verstoßen von Rebekka und ihresgleichen, in eine Steinhütte auf dem Feld -die heutige Kaaba-, war ohne Beschneidung gezeugt worden, und wie hat dann der Same Abrahams in die Frau kommen können oder war Abrahm gar nicht der leibliche Vater?

"Still, um Gottes Willen, rede nicht weiter, Ungläubiger..." Allgemein fällt man mir ins Wort. Ich betone, daß es an der sexuellen Vereinigung liegt, daß der Schwanz der Jungen beschnitten wird, irgendeinen besonderen Glaubensinhalt kann die abgeschnittene Vorhaut doch nicht haben, und ich hebe das Präputium im Glas demonstrativ ans Licht.

"Die Christen beschneiden ihre Kinder ja auch, vor allem in Amerika, so müßten doch die ungeliebten Amis also Gläubige sein, wenn das Wegschneiden eine religiöse Sache ist."

Man schüttelt den Kopf, aber die Diskussion ist angeheizt. Die abgetrennte Vorhaut ist also ein Mittel zu besserem, mehr und fruchtbarerem Sex.Die Männer werden weinseelig und sind fast dabei, ihr männliches Stück herauszuholen und zu vergleichen, denn ich rede von den oft falschen Beschneidungsformen und erzähle, wie Toe im Krankenhaus in Wildbad beschnitten wurde. Alle lauschen der detaillierten Genitalhistorie eines, den sie kannten.

Einer meint, die Beschneidung verhindere Homosexualität. Man lacht allgemein. Ich frage, ob die Männer Erfahrung mit Männern hätten, sie haben es alle, aber jeder sagt, daß sei kein Sex, das sei was anderes. Fast alle praktizieren den Analverkehr mit ihren Frauen, als Verhütungs-mittel und als Luststeigerung.

Nachts im Gästebett des Töpfers, das sein zukünftiges Ehebett werden wird, frage ich Briella flüsternd aus:

"Worüber reden denn Frauen bei so einem Fest?"

"Nur über Schwänze," sagt sie amüsiert.

"Nicht über Religion?" Briella lacht:

"Ach, ist das nichts religiöses?"

"Für Männer wohl schon, ich hatte Mühe mit ihnen das Thema zu präzisieren."

"Die meisten Frauen sind abgetörnt, kaum ein Mann kann Liebe machen, sie ficken alle nur wie in ein Mauseloch. Lust haben die wenigsten Frauen, die Männer rammeln anfangs, wenn sie jung sind, fünf sechs Mal die Nacht los, das war's dann aber auch. Geküßt wird nur im Kino oder Fernsehen. Daher die so tieftraurigen Lieder der Frauengesänge."

"Du bist ganz in Watte gewickelt" sage ich plötzlich, wie ich sie anfasse.

"Ja, wegen der Hennazeichnungen, sie müssen noch trocknen."

Am anderen Tag sieht sie verrückt aus. Das blonde Haar ist orangerot geworden und leuchtet weit, Handgelenke, Hand- und Fußrücken und Beine sind mit einem filigranen Muster gefärbt.

"Heute tanzen die Frauen, da müssen alle Männer aus dem Haus."

Die Frauen zeigen untereinander allen Schmuck und alle Garderobe an diesem Abend. Es ist sehr lustig, aber gänzlich unerotisch. Briella bestätigt das abends, als wir nach Hause fahren.

"Ich will morgen meine Reise machen, hilfst Du mir
dabei?"

Ich sage zu. Über dem Abendhimmel kreisen
Krähen.

"Bleib´ mal stehen," sagt sie, "Ich will sehen, wo sie
hinfliegen."

Wirklich kreisen drei Krähen über uns und ziehen
enge Kreise, um plötzlich mit einem wilden Schrei
nach Süden ab zu drehen und zu verschwinden.

"Hast Du gesehen?" frage ich erschrocken, "Nach
Süden!"

"Ja," sagt sie knapp. "Ich muß noch eine Eidechse
fangen".

"Versuch es am Steinbruch, dort sind viele, am
besten nimmst Du einen Käscher mit, sonst brichst Du
ihnen den Schwanz ab, wenn Du sie greifen willst."

"Muß ich ihr unbedingt den Mund zunähen?" Ich
schüttle den Kopf:

"Du mußt gar nichts, nur von allem die
Konsequenzen tragen, die ich nicht weiß und Du auch
nicht."

Sie nickt.

X ALLEIN

Abends gehen wir in mein Gartenhäuschen, ein kleines, mit Blättern gedecktes Sonnendach auf meinem Feld neben dem Ziehbrunnen. Sie hat den weißen Sud der Machtpflanze schon getrunken und muß sich jetzt noch die Stirn einreiben mit der Salbe und die Eidechse freilassen.

"Bleib´ bitte die ganze Zeit bei mir," sagt sie, "Auch wenn ich Dich wegschicken sollte, okay?"

"Okay" sage ich. "Die Krähen sind nach Süden geflogen, also setze dich Richtung Süden."

Briella schüttelt den Kopf:

"Ich will aber übers Meer gehen, also setze ich mich nicht mit dem Rücken zum Meer, sondern nach Norden."

Sie muß sich beeilen, die Pflanze beginnt schon zu wirken. Sie setzt sich und flüstert der Eidechse ihren Wunsch zu und läßt sie frei. Ich kann nicht verstehen, was sie ihr sagt. Sie reibt sich die Salbe auf die Stirn.

Es ist eine sternklare Nacht. Nach einer Weile wird sie ganz bewegungslos. Ich überprüfe ihren Atem, er geht ganz langsam. Sie ist wie erstarrt. Es scheint, daß sie mich nicht bemerkt.

Manchmal spricht sie mit einer seltsam pfeifenden Stimme, aber ich kann nicht sehen, daß sie den Mund bewegt. Sie macht es wohl wie ein Bauchredner. Es wirkt, als würde sie mit einem Kind oder einem Baby sprechen. Manche Erwachsenen reden so mit Tieren. Ich verstehe nichts von dem Gesagten. Plötzlich zieht sie sich aus. Sie legt die Kleider ganz ordentlich zusammen und spricht mit Jemandem, der nicht da ist. Sie setzt sich auf einen Baumstumpf neben der Hütte mit eng zusammen gelegten Knien.

Sie nickt mit dem Kopf. Plötzlich faßt sie sich an die Brust und weint. Sie nimmt die Kleider und wirft sie in den Brunnen. Danach setzt sie sich mit ganz geradem Rücken unter das Blätterdach und singt. Dabei legt sie die Arme vor die Brust, als würde sie ein Kind stillen.

Mir gefällt es nicht, daß sie ihre Sachen in den Brunnen geworfen hat. Ich suche einen Ast und fische die Sachen wieder aus dem Wasser, wringe sie aus und lege sie zum Trocknen auf das Blätterdach.

Eine unendliche Zeit vergeht, in der sie immer wieder die Arme an die Brust hebt und singt. Dann wird sie plötzlich starr und fällt zur Seite. Ich gehe hin und fühle ihren Puls, er ist in Ordnung. Ich drehe sie etwas auf die Seite, für den Fall, das sie erbrechen muß. Irgendwie ist sie sehr weit von sich weg.

Gegen morgen werde ich unruhig, ihr Körper liegt immer noch so da. Ich leuchte mit einer kleinen Lampe in ihre Augen, ihre Pupillen sind klein und sie zeigt wenig Augenreflexe auf meine Taschenlampe, sonst aber atmet sie gut und der Puls ist zwar langsam, aber ebenfalls gut, ihr Körper ist mäßig warm.

Ein schwarzer Hund sitzt plötzlich auf dem Ackerrain gegenüber und schaut mich klug an, wie ein Fuchs. Er beobachtet jede Bewegung, die ich mache. Ich denke, ,das ist ihr Tod.'

Er sitzt zu ihrer Linken und rührt sich nicht. Ich hole das Brunnenseil und den Eimer und damit ziehe ich kaltes Wasser hoch. Ich gieße es ihr über den Kopf. Ich will nicht, daß der Hund sie länger so wehrlos ansieht, er schaut sie an, als würde er sie verschlinge wollen. Ich gieße mehrere Eimer über sie, das kalte Wasser belebt sie langsam. Plötzlich sieht sie mich und sieht den Hund. Wie mit einem Blitzstrahl springt sie auf die Beine und schreit den Hund aus Leibeskräften an. Sie flucht auf Pfälzisch, wie eine Marktfrau.

"Hau ab du Sauköter, verpiß Dich, los verschwinde!" Sie spuckt aus und wirft etwas Imaginäres nach ihm. Da dreht sich der Hund langsam um und verschwindet, lautlos wie ein Schatten hinter dem Erdwall der Feldbegrenzung.

Briella schwankt etwas und sucht am Boden herum. Ich stehe jetzt dicht bei ihr und schaue ebenfalls auf den Boden. Dort ist nichts. Ruckartig dreht sie sich zu mir um und fragt:

"Da war nichts am Boden, nicht wahr?"

"Nein, ich habe nichts gesehen."

"Ich hatte sie hier hingelegt, genau hier."

"Was denn?" frage ich.

"Die zwei kleinen Kinder," sagt sie und dreht mit dem Fuß jeden Halm um.

"Es wird hell," sage ich, "Du mußt die Eidechse wiederfinden.

"Ja, das muß ich." Sie nimmt ihre nassen Sachen, zieht aber nichts davon an. Ich gebe ihre mein Kopftuch, das sie sich um die Hüfte bindet.

"Der Hund wollte nicht gehen, wie mein Tod dort." Sie zeigt unbestimmt in die Richtung des Hundes.

"Hast du gesehen, wie ich durch' Wasser bin nach Karlsruhe?"

"Nein," sage ich, "Ich bin Dir nicht gefolgt, ich war hiergeblieben, da habe ich nur Deine hiesige Blase der Wahrnehmung beobachten können. Als Du innerlich wie mit einem Schlag weg warst, weiß ich nicht, wie Du weggingst, und wo Du hingingst, es war an deinem Körper nichts zu bemerken."

"Ich war im Gärtchen im Elsaß und dann im Fischbachtal in einem Häuschen. Da waren zwei Kinder, ich habe mit ihnen geredet, obwohl sie ganz, ganz klein waren. Aber es macht gar keinen Sinn, was ich geredet habe, es war Babysprache, vorher aber glaubte ich zu wissen, was es war."

Sie sucht mit der ersten Dämmerung nach der Eidechse.

"Wenn Du sie bald findest, kannst Du sie leichter fangen, es ist noch kalt und Eidechsen sind dann weniger beweglich." Briella setzt sich in den schütteren Futterklee, der hier von der letzten Aussaat noch übrig blieb. Unter ihrer linken Hand ist plötzlich die Eidechse.

"Schnell, gib das Stoffsäckchen, sie ist ganz allein unter meine Hand gegangen." Ich reiche es ihr. Sie tut das Tier hinein. Wir gehen zum zwanzig Meter weit entfernten Strand. Ich bade nackt in den sanften Wellen. Briella sitzt im Sand und spricht mit der Eidechse im Säckchen, das sie ein wenig geöffnet hält.

Auf dem Heimweg berichtet Briella von dem Echsengespräch.

"Die Eidechse hat mir nur gesagt, ich solle aufpassen, nicht in einen Stall zu geraten, denn der würde sich über mir schließen und dann käme ich sehr lange nicht mehr heraus."

„Wie hat sie denn gesprochen mit zugenähtem Mund?" frage ich.

„Ja, komisch, es war wie eine kleine Kinderstimme in meinem Ohr."

Wir nehmen den Weg zurück über den Kalksteinbruch.

Plötzlich liegt am Wegrand eine Zelluloidpuppe mit einem leuchtend blauen Augen. Briella zuckt zurück und klammert sich an mich. Das Säckchen fällt zu Boden, die Eidechse schlüpft heraus und unter die Puppe, die sich dadurch etwas bewegt. Briella schreit auf und dreht den Kopf weg, an meine Brust. Am Morgenhimmel sind streifig graue Wolken, die das Licht der Sonnenscheibe filtern.

"Es ist nur eine alte Puppe" beruhige ich sie. Briella schüttelt den Kopf:

"Jaja, aber Du hast nicht gesehen, wie es in der Puppe drin aussah." Sie ekelt sich und würgt.

"Ich kann das gar nicht beschreiben, wie ein Wunde von Würmern zerfressen, die sich bewegen."

Sie schüttelt sich immer noch. Wir gehen weiter, die Wolkenstreifen erzeugen lange gelbe Lichtfinger über der Landschaft. Der Kalksteinbruch wird plastisch und lebendig, ich sehe lauter Römer mit Karren hin- und hereilen, aber es sind nur Schatten.

Noch drei Tage lang traut sich Briella nicht aus dem Haus. Sie macht Hausarbeiten und flickt ihre Sachen. Einmal hat sie das blaue Kleid anprobiert und auf einen Bügel in den Durchgang gehängt.

"Ich will es nicht mehr haben," sagt sie zu mir. Etwas davon verstehe ich und auch wieder nicht.

Ich benutzte die Tage, um eine große Voliere aus Holzstäbchen für den wilden Täuberich von Fathei zu bauen. Es ist wie ein japanisches Häuschen geworden, weil ich Ksabrohr dazu genommen habe.

Das Dach ist fertig und der Käfig hängt mitten im Hof. Kurz vor Sonnenuntergang ruft der Holztäuberich nach seiner Taube, ein eigenartig glucksender Ruf, den eben nur Holztauben machen.

Wir hängen beide an dem Vogel, der sich langsam an uns gewöhnt hat. Beim Futter geben streicheln wir ihn. Die Haut unter den feinen Halsfedern ist zart und fein. Der Täuberich schließt dabei genießerisch die Augen.

"Wie es kommt, daß ein Tier sich manchmal einfach so fangen läßt?" sinnt Briella nach.

„Der Vogel ist wie Fatheis Herz, einsam und eingesperrt und doch so nah," sage ich und habe ein wehmütiges Gefühl im Herzen.

"Dort lasse ich sie wieder frei," sagt Briella.

Freitag, der dreizehnte. Ich komme aus der Weberei zurück, die ich gemietet habe und dort Wolldecken nach eigenen Mustern webe.

Auf dem Weg sehe ich lauter gelbe Bilsenkrautrispen von den Dächern ragen. ‚Hexenkraut‘, denke ich, und drei mal begegnet mir der schwarze Hund. Ich werfe einen Stein nach ihm. Ich habe ein ungutes Gefühl und wünschte mir Ringo an die Seite.

Ich komme ins Haus, da ist eine fremde Stimme und ein stresssiger Geruch.

Fernandez sitzt auf meinem Bett mit einer bernsteinfarbenen Zigarettenspitze zwischen den abgefaulten Vorderzähnen und streut Asche ins Bett.

Briella kommt mir entgegen. Im Zimmer steht ihr Reisekoffer gepackt. Das blaue Kleid hängt im Durchgang und weht. Ich verstehe sofort alles.

"Fernandez und ich haben beschlossen, daß ich zu ihm ziehe, bis er seinen Pass bekommen hat und dann reisen wir nach Madrid."

"Das kommt alles so schnell," sage ich wie mechanisch.

"Sie ist die wunderbarste Frau auf der Welt, ich werde ihr die ganze Welt zu Füßen legen, ich habe einen Auftrag bekommen in Madrid, ich verdiene Millionen."

Fernandez drückt die Zigarette in einem Trinkglas aus, es zischt.

"Wie bist Du überhaupt hergekommen," wundere ich mich über Fernandez, der herumstolziert und meine Bilder an den Wänden mustert. Er hat fleckige Hosen an und ist unrasiert, eine kleine Hinterkopfglatze und Haarspliss in den wirren Kräuselhaaren. ‚Unter den Fingernägeln ist ein Rand‘, denke ich ärgerlich. Er will die Urkundenbulle von meinem Großvater aufmachen. Ich will das nicht und sage:

"Nimm Deine Finger weg." Er dreht sich erschrocken um:

"Je fait rien, rien de tout, mon ami."

"Ich habe ihm telegrafiert über das Postamt, daß er mich hier rausholt. Ich wäre alleine nicht weggekommen von Dir. Mutter hat am Telefon auch gesagt, daß jetzt alles gut wird, wenn ich nur einen Mann habe, der mich alleine will. Fernandez hatte eben lange kein Glück gehabt als Künstler, aber jetzt wird alles anders werden. Papa wird sich um einen Auftrag in Deutschland für ihn kümmern. Wenn wir in Spanien sind, wollen sie dort vorbeikommen." Ich unterbreche sie:

"Ist das dein Ernst, Du willst gehen?" frage ich sachlich und ohne Kränkung.

"Ja," sagt sie.

"Du hättest jederzeit gehen können."

"Ich hab doch kein Geld gehabt."

"Mein Geld war auch das Deine, es lag immer etwas in der Schublade."

"Ich brauche jetzt noch etwas."

"Natürlich," sage ich und gebe ihr dreihundert Dinar. Fernandez will sie einstecken, ich gehe dazwischen.

"Das ist ihr Geld, verstanden!" Er fährt zurück und beteuert wild seine Unschuld, jemals das Geld für sich beansprucht zu haben.

"Hast Du alles gepackt?" frage ich kalt und denke trostlos: ‚Wieder jemand, der geht‘.

"Es läßt Dich wohl ganz kalt, daß ich gehe, wie?" fragt sie hinter dem Fenster. Ich bin wie betäubt in den Hof gegangen an den Vogelkäfig. Ich kann nichts sagen. Mein Gefühl rudert wie ein Ertrinkender mit Luftblasen im Wasser. Ich war schon einmal ertrunken, als Kind. Mein Körper weiß wie das ist, auf und ab, drehen und tauchen, graublaue Perlen, große und kleine, Enge im Hals...

Ich öffne den Käfig, der Täuberich kommt in meine Hand, er denkt, ich gebe ihm was zu fressen. Ich sage: *"El asfor el kelbek"*, der Vogel ist mein Herz, "Hast Du das vergessen?" Sie schaut aus dem Fenster. Ich nehme mein Klappjagdmesser, das ich immer in der Tasche habe, halte den Hals des Vogels fest und schneide ihm den Hals hinter den Ohren ab. Das Blut spritzt an die weiße Hofwand.

"Que brut," gurgelt Fernandez und fingert sich eine Zigarette in die Spitze. Ich werfe den noch warmen, blutigen Federkörper des Vogels mitten in ihr Gesicht am Fenster und schreie:

"Das da ist mein Gefühl." Ich pfeife nach dem Hund, der mich sofort nervös umtänzelt und den abgeschnittenen Vogelkopf beschnuppert, der am Boden liegt. Briella wischt sich über die weiße Bluse. Ihr Gesicht ist weiß, meines auch.

Ich gehe aus dem Haus, den Erdweg mit Eukalyptusbäumen hinunter zum Meer, an mein Feld und den Ziehbrunnen. Ich ziehe alle Kleider aus vor der Brunnenumfassung und lege sie zusammen. Die Streichhölzer und die kleine Rohrflöte von Fathei, das Jagdmesser, an dem noch Blut und kleine Flaumfedern kleben, lege ich daneben. Dann zünde ich die Kleider an und steige in das Oval des gemauerten Brunnens und lege mich nackt auf den sonnenwarmen, trockenen Beckenboden.

Ringo winselt, geht aber nicht weg. Ich liege ganz still wie eine Leiche. Ich will wenig atmen. Nur ganz still sein und in mich horchen.

Mit dem Kopf in die Ecke des Brunnenrandes gedrückt, höre ich Rauschen. Ich habe das früher schon herausgefunden, daß ich da Dinge hören kann und in meiner Phantasie fremde Sachen erlebe und fremde Gefühlszustände empfinde.

Die glosenden Kleider stinken. Ich höre Stimmen und hoffe, daß sie mich nicht finden, aber es sind Stimmen in meinem Kopf, im Rauschen des Brunnenechos.

"Ich fahre nach Berlin," flüstere ich, "In drei Monaten und drei Tagen werde ich dort sein." Im Rauschen bilde ich mir ein, Toe's Stimme zu hören. Nach einer unbestimmten Dauer höre ich ein Auto den Erdweg entlang holpern. ‚Sie fährt noch mal am Feld vorbei mit diesem Mann,‘ denke ich und drücke mich noch etwas tiefer in den Brunnen.

Später, als es dunkel ist, gehe ich nach Hause. Ich denke, `es macht nichts, wenn man mich so sieht, es ist sowieso alles aus.´ Ich weiß nicht ob mich irgendjemand je gesehen hat.

Ich bleibe im Haus und gehe nur wenig zum Einkaufen raus. Natürlich werde ich gefragt. Alle haben sie abfahren gesehen mit dem Mann im Taxi, eine Kinderschar war schreiend hinterher gelaufen.

Ich verstecke mich im Haus. Mein Schwanz ist dauernd ganz klein, ich habe keine Lust mehr.

Es klopft.

Ich mache nicht auf.

Ich habe keine Lust auf Leute und auf Fragen worauf ich keine Antwort weiß.

Sicher wieder jemand aus dem Dorf, dem ich nicht erklären kann, warum sie weggegangen ist. Ich kann auch ihre Anteilnahme nicht ertragen. Sie haben ganz andere Gründe, eine Frau, die ihren Mann verläßt zu verurteilen. Sie können nicht verstehen, daß sie nicht glücklich war, weil Glücklichsein für eine Frau hier nicht zählt. Deshalb kann ich ihnen nicht recht geben. Noch weniger kann ich die Frauengesichter ertragen, mit ihrer geheuchelten Empörung. Sie projizieren ihre eigene Frustration als Haß auf jene, die aus ihrer Frustration heraustrat.

Sie können nicht sehen, daß Briella nicht weiß, wohin sie tritt und wenn, dann würde die gesammelte Schadenfreude dieser geknechteten Frauenseelen sie hämisch treffen wie ein Wasserfall aus Spott.

Es klopft weiter, eine rauchige Jungmännerstimme ruft:

"Asma Sidi Andro, hell bäbe minfadlek."

Offenbar jemand Junges, der nicht Französisch kann. 'Er kommt vom Lande', denke ich und gehe nachsehen.

Ich bin nachlässig, nicht gekleidet, hänge mir nur das Leintuch um, zum Barbier war ich seit Tagen nicht gegangen. Ich weiß, daß ich nicht gut aussehe, es ist mir egal. Es erwartet sowieso jeder im Dorf, daß es mir so geht.

"Ja," sage ich und lasse die Tür nur einen Spalt offen, grelle Sonne strahlt herein und macht die Schatten um mich schwärzer.

"Alla hu akbar," grüßt ein schlaksiger junger Mann. Ich kann seine Augen nicht sehen, er hat einen verwaschenen, grünen Stoffhut mit breiter Krempe auf. Ich sehe breite, aufgeworfene Wulstlippen mit einem eckigen Schwung zur Seite, blitzend weiße Zähne mit Rillen an den Schneidezähnen.

"Hallo," sage ich überrascht und lasse meinen Blick
an dem braunen, muskulösen Körper heruntergleiten.
Sein Oberkörper ist nackt und er hat einen Stoffsack
über die Schulter geworfen, am Hosenbund, der mit
einer gedrehten Schnur zusammengehalten ist, baumelt
eine Wildente mit blauen Federwinkeln. In der Hand
trägt er an Schnüren verpackt einen Tonkrug mit
Deckel. Er ist barfuß.

"Mich schickt Ibn Daud. Ich komme aus der Oase
Fraud im Süden. Der Herr," er meint mich, "War
schon einmal dort, vor einem Jahr mit seinem Vater
damals, ich bin Mabrouk."

"Mabrouk, ja!" Ich erinnere mich, damals mit
meinem Vater, kurz vor dessen Tod. Mein Vater hatte
dort Schafe gezeichnet und ein streunendes Kamel und
da war ein Junge bei den Schafen gewesen, richtig.
Mein Vater hatte mich gefragt, was der große
Zementblock mitten unter den Olivenbäumen
bedeutete, auf dem wir saßen und rauchten. Ich habe
ihm gesagt, daß es ein Grab sei von einem Mann, das
sähe man an dem aufgestellten Stein an der Stirnseite.

Der Junge war nahe herangekommen und hatte uns
zugesehen. Mein Vater hat ihn skizziert und gefragt,
wer da begraben liege. Ich hatte übersetzt:

"Mein Vater," hatte der Junge damals erklärt.

Mein Vater gab ihm daraufhin eine Zigarette,
"Obwohl der sicher noch zu jung fürs Rauchen ist,"
hatte mein Vater dazu gemeint und ihm eine ovale
Orientzigarette, seine Lieblingsmarke, gereicht.

"Du bist Mabrouk von der Oase hinter El Djem,
richtig?" frage ich.

"*Ai ai, Sidi*" sagt er und ich lasse ihn ein. Er wirft zuerst sein Bündel durch die Tür und holt dann den Krug herein.

"*Sidouna fi jardim sadikun.*" Oliven hat er mitgebracht. Wir schauen unter den Deckel. Große dicke, grüne Oliven in Minzlake mit Gewürzen.

"Ich habe mein Bett mitgebracht," sagt Mabrouk im Hausflur und klopft auf seinen Stoffsack.

"Und das da," er hält mir die geschossene Wildente mit beiden Händen entgegen, "Ist von meinem Bruder. Er hat sie für Dich geholt mit seiner alten Flinte. Ich kann sie gleich kochen, wenn Du willst Herr, ja?"

Ich bin überrumpelt und zögere. Er spürt das und setzt sich unter den bunt bemalten, hölzernen Garderobenständer auf die Bodenkacheln und wartet. Er nimmt den grünen Hut ab und lehnt dabei an der verblichen, rosafarbenen Kalkwand und spielt mit der Krempe seines Hutes. Seine schwarzen Krüllhaare sind kurz geschoren. ,Er war wohl eben noch beim Dorffriseur', denke ich, und ,Sicher hat ihm Ibn Daud das Geld dazu gegeben und die über acht Stunden lange Busfahrt bezahlt.'

Ich bin unschlüssig. Alles an diesem jungen Mabrouk nimmt mich für ihn ein. Ich möchte ihm um den Hals fallen, ihn an meinem Bauch verstecken, seine Zehen zählen... Aber es ist noch alles zu frisch in mir, das Blut von dem Täuberich leuchtet noch rot auf der Kalkwand des Hofes. Ich weiß nicht, was ich denken soll.

"Ein Mann allein im Haus wird verrückt oder weise, hat Ibn Daud gesagt und mich hergeschickt mit Oliven und Brot. Das Brot ist dort im Sack, es ist *Chobs,* von Mutter gebacken, aus Hirsemehl."

Ich muß lachen und weinen zugleich. Es ist wie ein glühender Pfeil, der mich ins Herz trifft. Mabrouk sitzt mit ausgestreckten Beinen auf dem Boden und wackelt mit den Füßen. ‚Ibn Daud hält mich also noch nicht für weise,‘ denke ich und sage:

"Ok, du kannst bleiben, Mabrouk." Er steht sofort auf und geht zielsicher in die Küche, als wäre er hier zu Hause.

"Was machst Du?" rufe ich und ziehe mir eine frische Jubba an, mit Stickereien am Ausschnitt und den Manschetten.

"Ich mache sauber und wasche Deine Wäsche und dann koche ich die Ente. Hast du *Kuskus* und *Harissa* im Haus?"

Mabrouk hat nicht viel zu tun, ich bin kein nachlässiger Junggeselle im Haus, er kann bald die Ente machen. Er sitzt auf einem Holzschemel und rupft die Federn der Ente aus in einen Blecheimer am Boden. Die Hosenbeine seiner ausgefransten, dünnen Stoffhose sind so weit, daß ich seine glänzenden Eier und das halberigierte große Glied sehen kann.

Er ist geil, alles an ihm ist geil. Ich weiß nicht, wie alt er ist. Ich will es jetzt auch nicht wissen. Ich frage nichts, ich lasse ihn machen.

Um den Hals trägt er wie ein Schmuckstück ein blinkendes Kugellager, das an einer dünnen Schnur hängt. Das Innenlager schwingt in den Kugeln sirrend hin und her, wenn er sich bewegt.

"Ißt du sie scharf in Öl gebraten oder soll ich sie kochen?" fragt er.

"Mach sie, wie Du sie gerne ißt." Ich liege dabei in der Hängematte und schaue ihm zu. Ich beobachte jede Muskelregung unter seiner Haut. Die leichte Gänsehaut um die hellen Brustwarzen mit ihrem scharfvioletten Hof darum, die feinen Nackenhaare, die nicht rasiert sind, und den rosafarbenen Fingernägel an den Händen, mit der so viel helleren Innenfläche als an den Fußsohlen.

Ibn Daud hat ihn ausgesucht, aber ob er ihn auch dafür bezahlt, daß er jetzt hier ist und den Witwer tröstet? Das ist nicht unüblich, aber zumeist kommt der frühere Jugendfreund eines Mannes ins Haus und macht das in so einem Fall. Ich habe gerade keinen.

"Was machst du in der Oase?" frage ich ihn.

"Schafe hüten, und wenn die Zeit für die Ernte ist, dann haben wir alle zu tun."

Aus seinem Stoffsack holt er ein großes Tuch und ein altes T-Shirt hervor, das um einen Blechteller gewickelt drei dicke runde Feigen schützt. Er stellt sie in den Schatten und besprengt sie mit Wasser.

"Wo ist Dein Bett?" fragt er mit seinem Tuch in der Hand. Ich deute auf die Felle in der Ecke in meinem Raum mit dem Siddhartafoto von Will Mc.Bridge an der Wand. Mabrouk gleicht dem jungen Mann auf dem Foto, wie aus dem Bild getreten steht er da mit seinen dünnen Tuchhosen.

Er wirft das Tuch auf die Felle und legt sich mit übereinander geschlagenen Schenkeln in die Ecke. Er hat bei allem den Hut aufbehalten und sieht jetzt aus, als ob er schläft.

"Schläfst du?" frage ich.

"Ich warte, bis die Ente weich ist." Er wackelt mit den Füßen und presst die Oberschenkel fest aneinander. Sein großer Schwanz füllt prall die fadenscheinige Stoffhose.

Ich bin ganz still und warte. Ich lasse ihn machen. Sonst ergreife immer ich die Initiative, jetzt nicht. ‚Vielleicht geht es Frauen oft so,‘ denke ich, `wenn es paßt, nehmen was geschieht und wenn es nicht paßt, keine Schuld haben.‘ Nicht gewollt zu haben, befreit von jeder Verpflichtung und ist auch eine Art von befreitem Gefühl.

Die dichten Wimpern säumen schwarz seine Augen wie die Tüllspitzen eines Dessous. Nichts an ihm schläft. Die noch schlanken Beine sind wenig behaart, das Sonnenlicht glänzt als Fingerstreif leuchtend darauf. Er ist wie ein brauner Panther, der leicht mit der Schwanzspitze im Staub wedelt und döst bei voller Aufmerksamkeit. Hin und wieder schiebt er den prallen Schwanz in der Hose etwas zur Seite, was ihn noch strammer macht, und er läßt die Hand mit baumelnden Fingern über dem Stoff hängen, kaum daß die Fingerkuppen über die glatte Wölbung streichen.

Wir essen. Ich habe einen runden Holztisch in den Hof gestellt. Die Ente liegt in einer dunkelbraunen, scharfen Soße, wir haben einen Tonkrug voll frischen Wein von der Nachbarin, den sie uns über das Dach an einer Schnur herunterließ.

"*Schrob, schrob*" hatte sie dazu gerufen, trinkt Wein.

Mabrouk hat die Hose zum Essen ausgezogen, sie hängt jetzt frisch gewaschen über uns am Sonnensegel und läßt gelegentlich Wassertropfen auf meinen Rücken fallen.

"Ich war plötzlich naß geworden," hatte er nach dem Nickerchen gesagt und schelmisch gelacht und ungeniert die feuchte Hose von seinem prallen Glied geschält und sich, begutachtend wo alles naß war, hin und hergedreht.

"Wasch' sie aus, wir essen nackt," hatte ich ihm geraten und er hielt verlegen die Arme vor die Brust und wusch die Hose am Brunnen aus.

Wir wühlen mit den Fingern und Händen im Essen, schälen die krosse Haut vom Fleisch und ballen das gelbe Kuskus in der Hand zum Kloß. Der kühle Rotwein schmeckt gut zu dem Jägeressen. Ich habe das Fladenbrot im Lehmofen noch mal aufgeröstet, so daß es knackt beim Bruch.

Mabrouk ist beschnitten, seine Eichel liegt violettrund frei auf seinem Schenkel. Wenn Bratensaft darauf tropft, wischt er ihn mit dem Finger ab, den er dann genießerisch abschleckt.

"*Ham du Ilah*" sagt er und meint, das Fleisch sei wie Allahs Fleisch. Wessen Fleisch ist wie das Fleisch Gottes? Ich denke alles Fleisch ist göttlich, geil und heilig.

Ringo wartet schwanzwedelnd hinter Mabrouk, den er wohl als den Freigiebigeren von uns angesehen hat und bekommt die abgenagten Knochen über die Schulter zugeworfen. Wenn Mabrouk zu lange an einem Knochen saugt, er beißt die Knochen krachend an und saugt auch das Mark aus, dann stubst ihn Ringo mit seiner feuchtschwarzen Hundenase am Arm. Mabrouk lacht und wirft ihm ein Stück Fleisch zu.

"*El kälbon kellem larabia.*" 'Der Hund spricht Arabisch' meint er und schüttelt den Kopf. Der Wein löst seine Zunge.

Nach dem Essen duscht sich Mabrouk und wäscht auch ausgiebig seine Eichel, die Fußsohlen und die Zehen. Ich wasche mich auch. Wir legen uns auf die Felle. Neben dem Bett steht der Aluminiumteller mit Feigen.

"Nachtisch!" grinst Mabrouk und fällt mir in den Arm, als ich sie essen will.

"Noch nicht jetzt, sie sind noch nicht zubereitet," sagt er und legt die dicke grüne Frucht wieder auf den Teller.

"Mach das Tuch vor die Tür," sagt er und hält mir sein Bettuch entgegen, "Die Nachbarn gucken vom Dach rein." Ich hänge es über die Schnur in der Tür, die wir offen lassen. Es ist noch warm, Schweiß perlt auf seinem Nacken.

"Stell dich an die Wand," sagt Mabrouk und dirigiert mich gerade vor das Siddhartafoto. Ich stütze mich mit den Händen an die Wand. Er macht eine Zigarette an und bläst den heißen Rauch genießerisch aus, er kann nicht Lunge rauchen. Dann hockt er sich zwischen meine Beine und pustet den warmen Rauch mir unter die Eier, um den Penis herum mit feinem Strahl auf die Haut. Es macht ein erregendes, prickelndes Gefühl.

"Woher hast du so einen prächtigen Pferdeschwanz?" frage ich ihn leise. Er lacht:

"Vielleicht von Ibn Daud, der hat einen noch größeren. Mein Vater hatte einen sehr kleinen Pint und meine Brüder auch. Es redet aber niemand in der Familie weiter darüber."

Er streichelt meine Eier wie er den Steiß der
gerupften Ente gestreichelt hat, ob noch Federkiele
daran seien.

„Ich zeige meinen Schwanz ja auch nicht jedem,
daher weiß es keiner, nur Du," sagt er und drückt seine
wulstigen Lippen um meine Eichel, dabei quillt Rauch
aus den offenen Nasenlöchern. Es ist ungemein
zärtlich und geil.

Nach einer Weile, ich bin schon ziemlich erregt, steht
er auf und ich kann sein langes Glied, sehen, das er
steil an den Bauch hochwippen kann wie ein Pferd.
Um die Peniswurzel herum hat er das silberne
Kugellager gelegt wie einen Schmuckring. Mit zwei
Fingern schnippt er daran und die Lagerung surrt sanft.
Wir lachen beide.

"Gut geschmiert, was? Wir machen jetzt reife Feigen
ficken, ja?" sagt er und nimmt eine der großen Früchte
in die Hand.

"Ich nehme die Feige zwischen die Schenkel, ohne
sie zu zerdrücken, dann rammst du die Feige." Dabei
kichert Mabrouk erregt mit steilem Schwanz, an dem
schon ein silberner Lusttropfen baumelt. Er klemmt
sich seinen langen Schwanz unter und die Feige davor
und lehnt sich an den Türpfosten.

"Los jetzt Mann, fick meine süße Feige," sagt er und
zieht mich mit der freien Hand auf sich zu. Ich
versuche es, aber mein Glied ist weicher als die
Feigenhaut. Wir kichern beide wie kleine Jungs beim
ersten Doktorspiel im Garten.

"Das geht, das geht," sagt er, nimmt die Feige aus
seinen Schenkeln und läßt seinen Schwanz nach vorne
schnappen. Er packt sein Glied fest mit der Faust um

den Schaft, dreht surrend am Kugellager, daß die Eichel blau anschwillt und die feinen Venen um sein Glied wie ein filigranes Geäst aufblühen, um seinen harten Penis und befiehlt mir:

"Nimm die Feige und hau´ sie auf meinen Schwanz, los!" Ich drücke die Frucht auf seine zitternde Männlichkeit. Die Haut der Frucht hält stand, obwohl ich drücke.

"Du mußt sie draufhauen, wie auf einen harten Knochen." Ich haue die Feige auf seinen zitternden Pfahl, er hält fest und die Haut platzt und entläßt klebrige Ströme süßen Feigensaftes.

"Womm," stöhnt Mabrouk auf und windet sich erschauernd.

"Mach weiter ficken, fick die Feige ganz durch." Ich drücke die Frucht hin und her. Mabrouk schüttelt ärgerlich den Nacken, macht die Schultern steif und packt mit beiden Händen breitbeinig die Frucht, die auf seiner Schwanzspitze steckt und pfählt mit einem Aufschrei seinen Penis durch und drückt die Frucht an seinen Eiern herunter.

"Jetzt halt sie fest" sagt er und wippt mit seinem festen Arsch aufgerichtet auf die Zehenspitzen in der Frucht hin und her, daß der Saft herausspritzt, zusammen mit seinem weißen Samen. Er wiehert dabei laut wie ein Pferd und hopst auf den Füßen herum wie ein Kind.

"Jetzt mußt du sie essen," sagt er und reicht mir die zerfetzte Frucht, deren rosenfarbenes, weiches Fruchtfleisch heraushängt und aus der grünen Lederschale tropft.

"Das ist auch Allahs Fleisch," sagt er überzeugt. Ich beiße in das von herbem Samenduft getränkte

Fruchtfleisch. Es sind wirklich köstliche Feigen. Dabei spritze ich zitternd ab unter den knetenden Fingern Mabrouks, der im Augenblick, als ich zubiß, mein Glied ergriff und blitzschnell melkte wie eine Kamelzitze.

"*Halua halib en karmusa,*" flüstert er und lutscht mit seinen dicken Lippen und seiner weichen, riesigen Zunge rund um meine zuckende Eichel herum meinen Saft ab.

"Süße Feigenmilch," wiederhole ich. Das kannte ich noch nicht, Feigen ficken.

Er presst seinen Zeigefinger eng um meine Peniswurzel, das unterbricht den Samenfluß und nimmt rasch eine zweite Feige und sagt:

"Und jetzt du, Herr, sei hart wie Olivenholz!" Tatsächlich knetet er mein Glied so geschickt, daß die Eichel extrem hart wird und haut mir unter dem Ruf: "*Fathei fatheia*" die zweite Feige auf mein stoßbereites Glied. Fathei heißt auch Tordurchbrechen oder Erobern. Er drückt die Frucht herunter, daß mein Penis steil abgewinkelt wird, was ein heftig heißes Gefühl in meiner Prostata macht und dann wirft sich der muskulöse Junge mir entgegen und die Frucht wird zerteilt. Ich zittere am ganzen Körper, Mabrouk hat sich hingesetzt unter mir und leckt die Frucht aus.

"Und ich dachte schon, ich kriege nichts zu essen" sagt er scherzend und haut mit dem Handrücken spielerisch an mein noch tropfendes Glied. Ich setze mich neben ihn und schlecke den über seine Schulter und seiner Brust herunter laufenden Fruchtsaft ab. Auch der Bauch und die noch wenigen Schamhaare Mabrouks sind klebrig. Ich schlecke alles ab, was seine

Geilheit erneuert. Er hat kleine, feste Eier gegenüber der zweifachen Handlänge seines Schwanzes. Ich drehe seine Arschbacken herum und schlecke auch dort alles ab. Er kichert, aber weicht nicht aus. Er wischt mit den Resten der Frucht zwischen seinen Eiern und um den Anus herum, damit ich auch dort alles ablecke.

"Wenn ich Dir nicht mehr schmecke, Herr, dann sag es mir, solange aber bin ich Dein Brunnen, Deine Schüssel und Dein Bett." Es klingt wie eine klassische Heiratsformel. Ich reagiere nicht.

"Ja, *Effendi*?"

"Ja", sage ich und fasse es als ein Geschenk des Himmels auf und frage nichts weiter.

Mabrouk verläßt das Haus nicht. Ich kaufe ein, gehe aufs Feld und fahre in die Stadt. Nur nach Tunis fährt er mit.

"Hier kennt mich keiner," meint er, als ich ihn danach frage, warum er nicht aus dem Haus geht. Ich denke nicht weiter darüber nach.

Mabrouk ist immer geil, immer weich, immer zärtlich, egal, was er gerade macht. Er redet nicht viel. Beim Arbeiten singt er und bei allem, sogar beim Vögeln, behält er seinen grünen Hut auf. In den Wochen werden seine Locken länger. Er fragt nicht nach der Frau oder nach Fathei. Vielleicht weiß er gar nichts von ihnen. Der kluge Ibn Daud wird nichts gesagt haben.

Eines Tages, nach sieben Wochen, ist er plötzlich nicht mehr da. Auch seine Sachen fehlen, bis auf das blinkende Kugellager, das an einer Schnur am Brunnen hängt. Im Dorf weiß keiner was, niemand kennt ihn. Kein Zettel im Haus, er kann wohl auch nicht schreiben. Die Nachbarin hat nichts gesehen. Ich fahre zu Ibn Daud.

"Ich wollte schon zu Dir kommen, aber jetzt bist Du ja da. So ist es auch gut. Ich mußte Mabrouk nach Tripolis schicken."

"Warum das denn?" frage ich konsterniert.

"Er kam mit dem Dorfpolizisten von Euch an. Er war nicht gemeldet im Dorf, das war alles, aber ein flagranter Fehler. Du hättest ihn unbedingt anmelden müssen."

"Wieso das?" frage ich nach.

"Hier hat niemand freies Wohnrecht. Man kann nicht einfach ohne Erlaubnis in eine andere Gemeinde ziehen. Wenn jemand aus deinem Dorf ihn aufgenommen hätte..."

"Ich habe ihn doch aufgenommen."

"Ha, Du Ungläubiger, Du kennst Dich wohl noch immer nicht im byzantinischen Recht aus."

"Ich bin ein ordentlicher Bürger dieses Dorfes mit allen byzantinischen Recht drum herum."

"Jeder weiß, woher du kommst, auch wenn Du vom Minarett Deine Abendsure singst und den Koran auswendig kannst. Du hast keine Familienwurzeln im Dorf, also kannst Du nur durch ordentliche Heirat oder Kinder und so fort, dazu werden, aber einen Gast aus einem anderen Dorf... Dumm, ich hätte daran denken müssen."

"Und jetzt?" frage ich.

"Ich habe ihn dem Polizisten einfach abgenommen und gesagt, daß er zu meinen Ländereien gehört und dort entlaufen sei und ich froh wäre, ihn wieder zurückzuhaben."

"Also kann er wieder zu mir kommen."

"Oh nein, sie haben ihn registriert, was er vorher nicht war, dazu war er eine Nacht im Gefängnis, bis ich kam und ihn ausgelöst habe. Ein Freund von mir fuhr gerade nach Tripolis, da habe ich ihn mitgegeben. Er wird dort Bäcker lernen oder er muß nächstes Jahr zum Militär und das will ich nicht. Was glaubst du, was sie dort aus ihm machen werden bei seinem Schwanz?" Ich nicke.

"Wann kommt er wieder?"

"Vorerst hat er keine Papiere, erst wenn ich ihm welche machen lasse und runter schicke nach Tripolis mit jemandem, kann er wieder zurückkommen."

‚Das kann dauern‘, denke ich bestürzt.

"Deine Witwerzeit ist um, mein Lieber," frotzelt Ibn Daud."Ich könnte ihn besuchen," sage ich, "In einem halben Tag bin ich mit dem Auto unten in Tripolis."

"Ich weiß, aber ich kenne seine Adresse nicht, mein Gewährsmann sagt so etwas nicht, viel zu riskant. Immerhin haben sie ihn schwarz über die Grenze bringen müssen bei Nacht."

‚Der Herr hat's gegeben und der Herr hat's genommen‘, denke ich und setze mich. Ibn Daud reicht Oliven in Minzsoße.

"Alle aus meinem Garten und es wachsen jedes Jahr neue nach, vergiß das nicht, mein Freund."

Ich habe ihm ein Geschenk mitgebracht, eine Zeichnung, die mein Vater in der Hamam gemacht hatte und zufällig ist da auch Ibn Daud mit drauf, ich reiche sie ihm. Er rollt sie auf und schreit los:

"Das bin ja ich und Achmed und Serdok und Hassan und das da, den kenne ich nicht den Bauch, bestimmt aus einem Nachbardorf oder auf der Durchreise. Ich werde es rahmen lassen und in meinem Schlafzimmer aufhängen."

Eine Postkarte meiner Schwester kommt. Toe war bei ihr gewesen. Sie haben geredet und sie hat ihm meine Briefe gegeben, die ich zuletzt an ihre Adresse geschickt hatte, weil er nie geantwortet hat. Sie schreibt, daß sie ein Künstlerfest zusammen machen wollen, mit anderen Künstlern zusammen, in ihrer Künstlerfabrik in Moabit. Sie weiß, daß ich auf ein Lebenszeichen von ihm warte. Ich telefoniere noch am selben Abend von dem zimmergroßen Postamt im Dorf aus. Der Beamte hat mir aufgeschlossen, obwohl schon geschlossen war. Alle im Dorf sind um mich bemüht. Wie um Mussad, denke ich bedrückt und doch irgendwie wohlig.

Das Telefon hängt an der Wand, ein Hörer am Stock, den man ans Ohr drückt, wie ein Stethoskop und die Sprechmuschel mit einer Schiebeschiene, zum in die Mundhöhe rücken. Die Verbindung wird mit einer Kurbel von Hand hergestellt. Der Beamte schreit in die schwarze Bakalitmuschel, weil es doch so weit weg ist, besonders laut.

Es dauert vier Fehlverbindungen lang, bis endlich meine Schwester dran ist. Ich sage, saß ich in Kürze komme, zu Weihnachten auf jeden Fall da sei, ob wir alle zusammen was machen könnten. Ich will verhindern, daß Toe ausgerechnet dann zu seinen Eltern in den Schwarzwald fährt. Sie sagt zu und fragt natürlich nach Briella. Ich erzähle, daß sie weg ist und ich nicht weiß wo, sie soll nach Spanien gegangen sein mit einem verqueren Künstler aus Hamam Lif. Wir machen aus, daß ich mich wieder melden werde, wenn ich ein Flugticket habe. Die Verbindung bricht mitten im Wort ab und kostet ein Vermögen.

Ich spüre neue Energie und Tatendrang in mir.

"Ab morgen arbeite ich wieder in der Weberei" sage ich zu dem alten Weber, dessen alte Weberei ich aufgemöbelt hatte und der an seiner geöffneten Tür stehen geblieben war. Ich habe noch viel zu tun, bevor ich für längere Zeit wegfahren kann. Zuerst muß ich die Kuh verkaufen oder verpachten, die letzte Gerstenernte einbringen, die Schafe scheren und die Wolle waschen und weggeben zum Spinnen, dann kann ich für ein Jahr die Schafe einem Schäfer mitgeben, der mit großen Herden zieht, für einen Anteil an den Jungschafen als Lohn.

Das Haus muß ich vom Dach her auch noch abdichten. Wenn der Winterregen kommt, regnet es sonst rein und ich will dreißig große Decken mitnehmen nach Deutschland zum Verkaufen und aus Moknine will ich extra angefertigte kleine Nachbildungen römischer Vasen mitnehmen. Ein volles Programm steht mir bevor.

An den Sonntagen kommt Fathei vorbei und wir kuscheln uns eng zusammen wie verlassene Kinder. Regelmäßig schaut jemand von den Nachbarn vorbei. So auch mein Nachbar gegenüber, der aufgeregt an die Tür klopft. Seine schwangere Frau müsse sofort ins Krankenhaus, das Kind komme. Ich nehme die Autoschlüssel und wir stützen die bereits kreisende Frau zum Auto, das ich auf dem Friedhof geparkt habe. Die Frau hat ein großes weißes Tuch um sich geschlungen, der Mann kommt nicht mit, das ist Frauensache.

Wir kommen nicht weit, die Preßwehen setzen nach wenigen Kilometern ein. Ich fahre auf einen Feldweg, der Benz nimmt die Bodenwellen knirschend hin. Ich hole die Frau aus dem Auto, in dem es zu eng und zu heiß ist für eine Entbindung.

Im Kofferraum habe ich eine Strohmatte, die hole ich raus und eine neue *Dachlila*, eine dicke Wolldecke aus meiner Weberei. Ich mache im Schatten eines Orangenbaumes Platz mit der Matte und der Decke, da ist es auch schon so weit. Die Frau hockt von mir gehalten auf den Fersen und beginnt zu pressen. Ich habe keine Ahnung mit Menschen, nur mit Tieren. In den Pausen lehnt sie sich an mich. Es ist ihr angenehm, daß ich kein Mann aus dem Dorf bin.

"Ach, Du bist es" sagt sie und dann presst sie wieder. Ich ziehe die Frau zurück und lehne sie wieder an den dünnen Stamm des Orangenbaumes. So kann ich sie jetzt von vorne unterstützen, sich zu öffnen, die Fruchtblase ist silbern zu sehen wie bei einem Kälbchen.

"Hast du schon Kinder?" frage ich sie in einer Pause. Sie nickt und macht mit der Hand das Zeichen für fünf. Ich presse meine Finger auf ihren Damm, damit er nicht reißt und sage laut:

"Los jetzt, weiter!" Mit dem Zeigefinger der anderen Hand dehne ich die gespannten Schamlippen um den glänzenden Kopf herum.

Das Kind kommt mit der zerplatzenden Fruchtblase heraus wie ein schlankes, braunes Brot. Die Frau weint und lacht und ruft immer wieder:

"Jä lu tif" - mein Gott.

Es ist ein Junge, der sofort anfängt zu schreien. Meine Angst, daß ich nichts Richtiges zu tun wüßte, falls er nicht schreit, ist überflüssig gewesen. Ich drücke ihr das Kind an die Brust, die sie aufmacht. Die zitternden Händchen fingern auf ihrer Haut herum. Die Nabelschnur pulsiert noch. Ich weiß, daß noch was rauskommen muß.

Mit meinem Jagdmesser trenne ich die Nabelschnur über dem kleinen Bauch des Jungen durch und mache einen Knoten. Die Frau will aufstehen. Ich drücke sie wieder runter und zupfe an der Nabelschnur, damit sie versteht, daß der Mutterkuchen noch drin ist.

"Hospital" flüstert sie. Ich schüttle den Kopf. Nach ein paar Minuten knurrt ihr Leib erneut und zittert und kurz darauf flutscht die blutige Plazenta heraus. Ich schaue sie genau an, manchmal bleibt was drin.

Der Frau ist es nicht peinlich, sie weint, das Kind nuckelt etwas hilflos an einer ihrer großen Brüste. Ich nehme die Plazenta und vergrabe sie mit einem breiten Holzstock, der an der Gartentormauer stand, in der lockeren Sanderde. Dann mache ich das Auto auf und sie kriecht auf den Vordersitz. Ich verstaue die Sachen im Kofferraum und hänge ihr das blutverschmierte nasse Tuch über die Schultern.

"Ich fahre Dich jetzt zum Hospital, damit sie alles nachschauen." Die Frau nickt und streichelt das kleine Köpfchen, das schwarzkrüllig verklebte Haare hat.

"Ich kann nicht zurück ins Dorf."

"Wieso?" frage ich erstaunt.

"Mein Mann ist sterilisiert, schon seit drei Jahren. Wir wollten keine Kinder mehr, fünf sind genug." Ich kenne den Nachbarn, ein schmaler, kleiner Mann, der immer freundlich ist. Die Frau ist vielleicht fünfunddreißig, der Mann fünfzig.

"Es ist von Sirubal, meinem ältesten Sohn, darum kann ich nicht zurück."

"Macht ihr manchmal noch Sex, Du und dein Mann?" frage ich, sie nickt.

"Dann ist es kein Problem," sage ich bestimmt, "Du schickst Deinen Mann zu mir und dem *Scheich* und ich kann das erklären. Manchmal klappt eine Sterilisierung nämlich nicht, das kann niemand beweisen." Sie wird ganz hellhörig. Ich muß alles mehrmals sagen, mein Arabisch ist zu dürftig.

"Nur Sirubal mußt Du sofort mit Jemandem verheiraten," sie nickt.

Im Hospital müssen wir nicht lange warten, nach drei Stunden sind wir schon wieder auf der Landstraße zurück ins Dorf.

Als wir zurückkommen, macht Sirubal ängstlich das Hoftor auf für uns. Ich kann die Frau verstehen, Sirubal ist ein Prachtkerl. ‚Seltsam bei dem schmalen Vater,‘ denke ich und schaue auf die starken Beine und das vorquellende Geschlecht Sirubals. Die Frau schaut ihn nicht an, wie sie rasch ins Haus geht. Ich bin froh, daß sie wieder zu Hause ist.

Habib kommt mir mit Post entgegen. Ich erkläre kurz die Sachlage mit Sirubal und wir sind uns einig, das so zu drehen. Habib hält einmal im Monat Aufklärungsunterricht mit einer Ärztin der Partei zusammen, das wird sich geschickt machen lassen.

Ich öffne einen zusammengefalteten Brief auf Zeilenpapier, ohne Umschlag, auf dem eine Briefmarke als Verschluß klebt. Das Papier ist fleckig und geknittert. Es ist Briellas Schrift. Ich lese: 'Hol mich hier raus, wenn nötig mit Polizei. Ich bin auf dem Dach, in dem Haus von Fernandez eingesperrt. Sei vorsichtig, der Mann ist verrückt und dreht leicht durch. Kaufe ein Flugticket und bringe mich sofort außer Landes. Du mußt noch meinen zweiten Paß haben, damit ich ausreisen kann, meinen hat er vernichtet. Beeil Dich, ich halte nicht mehr lange durch. Brie.'

Habib ist sofort reisefertig, wir holen den Dorfpolizisten ab und fahren nach Hamam Lif. Ich schildere etwas die Verhältnisse an dem Haus von Fernandez. Wir beschließen, noch jemanden von dort mitzunehmen, falls es Schwierigkeiten mit ihm gibt. Wir holen einen Parteimann ab, der zivil mitkommt, aber bei der Polizei arbeitet.

Es geht alles rasch und nüchtern zu. Der Dachausgang des Treppenhauses ist verrammelt und verschlossen. Habib tritt ihn ein und wir stehen auf dem Dach mit dem Bretterverschlag. Briella ist nicht zu sehen. Habib ruft: "Fernandez".

"Hier!" Briellas Stimme ist aus dem Verschlag zu hören. Der Polizist bricht das einfache Vorhängeschloß mit einem herumliegenden Stuhlbein auf. Briella sieht krank aus. Sie ist schwach und etwas blaß. Sie hat an den Armen und im Gesicht alte Verletzungen und blaue Flecken. Sie nimmt ihre kleine Stofftasche auf und sagt gehetzt:

"Los, raus hier, schnell weg, bevor er kommt, er zündet sonst alles an oder schießt um sich, er hat eine Waffe."

Wir sind schon im Treppenhaus. Auf der Straße lärmt jemand um mein Auto herum. Nachbarn hindern den gestikulierenden Fernandez daran, die Scheinwerfer des Autos einzutreten. Wie er den Polizisten sieht, türmt er. Der Polizist ruft: "Stehen bleiben!", aber er schießt nicht. Fernandez entkommt über eine vergitterte Müllhalde.

Ich starte den Benz und wir fahren nach Tunis zurück, wo ich Stunden zuvor ein Flugticket gekauft habe. In zwei Stunden geht der Flug. Die Botschaft sagte, es wird wegen dem zweiten Paß ohne Einreisestempel kein Problem geben, Die Eltern Briellas wollen sie in Frankfurt abholen mit dem Auto.

Vor dem Abflug sitzen wir noch eine halbe Stunde in dem Restaurant des neuen Flughafens Karthago. Habib läßt uns allein, der Polizist rückt etwas ab und hört weg.

"Wie konntest Du nur mit diesem Mann...?" frage ich.

Briella trinkt eine heiße Schokolade mit Schlagsahne, sie ist in den drei Monaten schmal geworden im Gesicht und fahrig, ihre Augen irren unstet umher.

"Das verstehst du nicht. Er wollte der einzige Mann für mich sein, das war's. Dann ist er bald brutal geworden, immer besoffen und auf was drauf. Sex war sowieso kaum welcher, es ging ihm nur einer ab, wenn er mich schlug mit dem Riemen mit Schnalle dran, bis ich blutete, und bettelte und dann, ramm boing, von hinten in den Arsch, wie in einen Hackklotz, dann schlechtes Gewissen und Krokodilstränen und die Pistole an die eigene Schläfe: 'Ich schlechtes Untier'."

"Wie hat er Dich denn einfach so einsperren können, warum bist du nicht weg, Du hattest doch Geld." Briella stochert mit dem Finger in der Sahne.

"Gib mir eine Zigarette, bitte," sagt sie, wir rauchen.

"Das weiß ich nicht," antwortet sie. "Er wollte mir ein Kind machen, ach nein, zehn Kinder und mich mitnehmen nach Madrid. Meinen Paß habe ich ihm deshalb gegeben, weil wir heiraten wollten, ganz groß, Braut in Weiß ..."

Briella wird fahl im Gesicht, sie muß sich erbrechen, die Schlagsahne bekommt ihr nicht. Sie zieht den Rock etwas hoch, ich sehe ihre verunstalteten Schenkel.

"Immer wenn er mich gefickt hat, hat er da seine Zigaretten ausgedrückt." Mir wird schlecht.

"Hat er sich je gewaschen, das habe ich mich gleich beim ersten Mal gefragt?"

"Nein, er hat jeden *Millim* versoffen."

"Warum bist Du geblieben, warum?"

"Verrückt wie er war..., ich war für ihn die Einzige, er hätte jeden Nebenbuhler erwürgt, verstehst du?"

Ich ahne nur. Ich ahne, daß ich die Männer neben mir statt zu hassen, liebte und ihr das Bestätigung gegeben hätte.

"Ins Dorf kannst Du nicht zurück, sie würden Dich steinigen, wie gute Araber," sie nickt.

"Ich kann nicht mehr zu Dir, jetzt nicht mehr, und dann ist da immer noch Toe, hast Du ihn geholt?"

"Nein, noch nicht" antworte ich.

"Und Fathei, was macht er?"

"Er hat inzwischen eine Freundin in Tunis," sie nickt.

„Gelt Du bist mir jetzt bös‘?“

"Nein," sage ich, "Fahr‘ nach Hause, laß‘ Dich aufpäppeln und Weihnachten, wenn ich komme, sehen wir uns mit Toe zusammen."

Die Ansage plärrt, daß dies der letzte Aufruf sei.

"Vielleicht ist es das letzte Mal, daß ich eine Chance habe zum Leben," sagt sie und steht auf, "Weißt du noch, der Hund?"

"Du hast damals die Wurzel mitgenommen, stimmt's?" frage ich im Aufstehen.

"Ja, er hat sie mir weggenommen. Ich weiß nicht wozu."

"Hier," sage ich noch vor der Schranke rasch und reiche ihr eine übriggebliebene, winzige Flaumfeder des Täuberichs, die damals an meinem Messer gehangen hatte, "Wenn Du nicht schreiben kannst, schick mir die Feder," rufe ich ihr hinter der Schranke nach, aber sie geht schleppend, mit hängenden Schultern davon und dreht sich nicht mehr um.

Ich habe das Gefühl, auf der ganzen Linie versagt zu haben.

"Das kommt davon, wenn eine Frau den Mann verläßt" doziert Habib patriarchalisch. Ich sage leise:

"Das kommt davon, wenn ein Mensch keinen Mut hat, das Richtige zu tun und aus Feigheit in den Tod rennt." Ich habe Deutsch geredet, die Männer verstehen mich nicht. Sie reden pausenlos über den Fall, der wohl doch einmalig in ihrem Dorf ist.

Auf der Rückfahrt mache ich das Fenster auf, das Dach ist offen, der warme Fahrtwind zaust mich wie eine kräftige Hand in den Haaren.

Warum sind unsere Gefühle nur so verwirrt wie meine Haare?

Weihnachten in Berlin.

Ich sitze in Berlin bei meiner Schwester im Atelier, ein eiserner Kanonenofen heizt den riesigen ehemaligen Fabrikraum. Toe ist an mich gekuschelt und läßt sich verwöhnen. Kein herbes Wort, er ist zahm wie eine verschreckte Katze. Meine Schwester fragt nach Briella und bietet sich an, dort anzurufen, weil die Eltern, kaum daß sie meine Stimme hörten, den Hörer wieder auflegten. Ich weiß nicht einmal, ob Briella noch bei ihnen ist.

"Wir fahren hin und holen sie dort einfach raus," schlägt Toe vor.

Dann gibt es doch Telefonkontakte, aber das Gespräch mit ihr ist wie mit einer kranken Person, es wirkt alles fremd und steril an ihr. Ich frage, ob sie Medikamente nehme, sie sagt ja. Das erklärt etwas, aber ein dumpfes Gefühl bleibt.

Nachts schlinge ich mich in Toe's Schenkel und halte seinen Schwanz fest bis morgens. Wir lachen beide, als wir aufwachen und bemerken, daß wir keinen Zentimeter auseinander gerückt sind im Schlaf.

Er will nichts wissen von den anderen Männern, nur über sie.

"Warum hast Du nicht Vater-Mutter-Kind mit ihr gespielt, das wollte sie doch." Ich bin wie vor den Kopf geschlagen.

"Glaubst Du?"

"Natürlich, so hat sie es mir gesagt beim letzten Gespräch in Douz, danach bin ich gegangen."

"Ich bin kein Vater-Mutter-Kind - Mann, ich bin ich und ich liebe Schwänze, und Männer sind für mich genauso interessant wie Frauen, da verbietet sich so ein dusseliges Papaspiel."

Toe nickt nur.

Wie verabreden mit meiner Schwester und ihrem Freund eine Saharadurchquerung mit dem Auto.

"Falls Briella wieder fit ist, kann sie ja mitkommen" schlägt sie vor.

Wir treffen Vorbereitungen für die Reise. Da wir mehrere Länder durchfahren müssen, erfordert das eine längere Vorbereitung mit den Visa und den Autos. Meine Schwester scheint ganz froh zu sein, daß Briellas Telefonkontakte immer seltener werden.

Drei Monate später.

Wir sind startklar für die Sahara. Wie ausgemacht fahre ich mit Toe nach Tunesien voraus, und meine Schwester mit ihrem Freund kommen ein Woche später. Ich werde die Woche noch brauchen, um das Haus und die restlichen Reisevorbereitungen erledigen zu können.

Toe schlägt vor, bei Briella vorbeizuschauen. Von unterwegs rufe ich an. Sie weiß nicht, ob sie uns sehen will. Sie sagt, es gehe ihr immer noch sehr schlecht, psychisch. Auf den wiederholten Vorschlag, mit auf die Saharatour zu kommen, hellt sich ihre Stimmung auf, mit einem mal ist sie Feuer und Flamme. Nein, sie wird sofort alles packen in wenigen Stunden, da wird die Leitung unterbrochen. Es ist, als ob ihr jemand die Verbindung unterbrochen hat.

Wir beschließen dennoch, zu ihr zu fahren.

"Notfalls braucht sie nur einen Paß," sagt Toe, er kennt solche Familienzwiste gut.

Acht Stunden später sind wir bei ihr in der Wohnung ihrer Eltern. Briella macht einen verträumt schläfrigen Eindruck.

Wir sitzen auf dem Besuchersofa, aufgereiht wie zum Verhör. Der Vater sitzt uns am kristallenen Rauchtisch gegenüber, die Mutter steht hinter ihm. Briellas Bruder und dessen Freundin sitzen entfernt, wie zur Einsatzreserve. Ich sage ruhig, mit Blick auf Briella:

"Es war ausgemacht, daß wir zusammen drei Monate durch Afrika fahren, um uns wieder zusammen zu finden. Die Eskapade mit dem Araber ist vergessen. Wir drei sind eine Gemeinschaft und Briella ist erwachsen genug, zu wissen, was sie tut. Die Kosten der Reise übernehme ich, die Reise wird ihr guttun, die Wüste hat schon ganz andere Wunden geheilt." Ich komme nicht weiter, Papa setzt seine Brille auf und betrachtet seine gefeilten Fingernägel.

"Sie wird nicht fahren. Diese ganze leidige Affäre mit Euch beiden hat Gabi ganz aus der Bahn geworfen. Sie ist krank und psychisch instabil. So gesehen ist sie nicht erwachsen, sondern eher wie ein Kind und ich verbiete, daß sie fährt. Ich habe ihren Paß eingeschlossen, ihr braucht also nicht an eine romantische Entführung zu denken."

Mutter nickt dazu. Briella macht einen teilnahmslosen Eindruck, als ginge sie das Ganze gar nichts an. Toe will aufspringen, ich halte ihn fest, der Bruder ist auch schon aufgestanden, es soll keine tätliche Auseinandersetzung geben. Der Vater räuspert sich:

"Ich bitte Euch beide jetzt unverzüglich zu gehen und uns hier auch nicht weiter mit Telefonanrufen zu belästigen. Meine Tochter braucht Ruhe, Ruhe und nochmals Ruhe und außerdem wird sie jetzt ihre Heilpraktikerprüfung nachholen und bei mir in der Praxis assistieren."

Ich habe verstanden und schaue dem alten Fuchs in die Augen:

"Sicher, sie haben das Hausrecht und ohne Frage werden wir gehen. Mir ist auch klar, daß eine Anzeige bei der Polizei wegen der Freiheitsberaubung Ihrer erwachsenen Tochter gegen Sie als Arzt sinnlos wäre, da Sie sich immer als behandelnder Arzt ausgeben können und damit rechtfertigen, ihr Tranquilizer zu geben, die sie willenlos machen, wie hier jetzt. Ich möchte trotzdem noch einmal Briella fragen," und drehe mich zu ihr um. Mutter springt ihr zur Seite und hält ihr die Hand und giftet mit schmalen Lippen zu mir:

"Sie wird nicht noch einmal in Eure schwulen Hände fallen. Nicht wahr, meine Liebe, sag es ihnen jetzt."

Briella schwankt, sie hat aufgerissene Augen mit ganz eng gestellten Pupillen. Ich denke, daß sie genügend Drogenerfahrung hat, um selbst in diesem Zustand eine Entscheidung zu fällen, wenn auch mit schwerer Zunge.

Der Bruder und seine Freundin kommen auf uns zu.

"Bitte geht jetzt. Ihr seht doch, daß meine Schwester leidet. Sie hat uns immer wieder gesagt, daß sie nicht mit Euch gehen will, bedrängt sie jetzt nicht," Vater greift zum Telefon:

"Ich rufe jetzt die Polizei und beschuldige Euch des Hausfriedensbruchs, da Ihr immer noch hier seid."

Toe ist ganz weiß und ebenfalls handlungsunfähig. Wenn Briella doch nur ein Wort sagen wollte oder ein

Zeichen gäbe, das uns erlauben würde, für sie zu handeln. Aber sie schweigt und schlägt die Augen nieder und knetet die Finger. Toe steckt die Fäuste in die Hosentasche, steht rempelnd auf und geht zur Tür.

"Komm Alter," grummelt er zu mir, "Nichts zu machen, die sind in der Überzahl, auch wenn ihnen die Scheiße in der Hose bis zum Hals steht."

"Für dieses feige Spießerspiel müßte man Sie ohrfeigen, nur leider habe ich keine Handschuhe mit, denn ich möchte mir an einem Herrn wie Ihnen nicht die Finger schmutzig machen," sage ich im Aufstehen zu dem Herrn Doktor.

Innerlich zittere ich, gehe aber dennoch mit einer artigen Verbeugung aus dem Raum: "Habe die Ehre, *messieurs-dames.*"

Hinter uns wird die Wohnungstür verschlossen wie gegen Zigeuner oder Vagabunden.

Unten ringe ich nach Luft. Toe pißt an die verglaste Haustür. Das Flurlicht geht an. Briella kommt runter, sie umarmt uns noch mal und sagt:

"Ich will Euch noch einmal umarmen, nur noch einmal Euch fühlen, ok?" Ich sage überrumpelt: "Ja, aber..."

Im Hausflur tönt die Stimme des Vaters: „Gabi komm sofort zurück!"

"Fickt Dich Dein Alter," poltert Toe.

"Komm her," sagt Briella und umfaßt uns beide. Auf einmal scheint alles wieder in Ordnung, wozu diese Wellen, diese Wirren? Wer von uns bewirkt diese Konfusion? Ich stecke Briella zweihundert Mark in die Hosentasche.

"Hier, das Fahrgeld nach Sizilien. Wir sind Sonntag in Sizilien in Cefalu im Hotel Firenze. Wenn du uns noch mal haben willst, dann komm mit dem Nachtzug dorthin."

Das Licht im Treppenhaus geht wieder an, die Fahrstuhltür klappt. Sie löst sich und verschwindet im Hauseingang.

Ich starte den Motor und wir fahren auf die Autobahn. Links am Rhein, ist ein Autobahnhotel, dort übernachten wir. Toe will noch mal bei seinen Eltern im Schwarzwald vorbeischauen, aber das geht nicht unangemeldet.

"Es gibt nur Spießer in der Welt," murmle ich am Selbstbedienungsbuffett. Wir schlafen schwer. Diese Zementgruften sind praktisch, aber ohne Qualität.

"Der Benz muß nachgesehen werden, das lassen wir in Wildbad machen, wenn Du Deine Eltern besuchst," Toe nickt beklemmt.

"Das wird furchtbar für sie, daß ich jetzt doch mit Dir weitermache."

"Waren sie nicht heilfroh?" frage ich.

"Natürlich, der Alte hat auf einmal Studiengeld geschickt auf mein Sparbuch in Pforzheim, das will ich ja jetzt auch abholen für die Reise."

"Gute Nacht, Marie!" sage ich und spüre eine Last, die ich mit meinen Eltern nie tragen mußte. Wir duschen eine halbe Stunde lang heiß zusammen in der engen Kacheldusche mit Spritzschutztür, bis wir fertig sind mit Spritzen.

"Nach dem ganzen Reisegedöns mußte das mal raus," sagt Toe und frottiert sich den Schwanz.

Sonntagabend sind wir in Cefalu. Das Hotel Firenze hat unsere Zimmerreservierung vergessen, die Räum sind an eine Reisegruppe vergeben. Ich werde wütend und haue mit meinem Buchsbeinstock mit Elfenbeingriff auf den Empfangstresen.

"Jetzt und sofort ein Ersatzzimmer irgendwo, sonst ist das nächste Möbel dran!" schreie ich meine noch immer nicht aufgelöste Wut heraus.

Wir bekommen nach viel italienischem Telefonchaos gegenüber in einer Villa Platz. Man verspricht uns auch, eventuellen Besuch dorthin zu leiten. Es ist traumhaft. Die Villa ist leer, mit Blick über die runde Bucht von Cefalu, sanfte Hänge hinter dem Haus, alles gediegen und verschlafen.

"Das Haus war mal eine gute Adresse" sagt die etwas steife, weißhaarige Dame, die es verwaltet. "Aber es ist durch einen gewissen Aleister Crowley in Verruf geraten, dessen Sommerresidenz es war."

Mir ist Aleister schnuppe, ich weiß nicht mal genau, ob die Storys über ihn nicht bloßes Gerede der spießigen Gesellschaft von damals waren.

Der Raum mit Spiegelgläsern, Doppelfenstern und Parkett, ist lichtdurchflutet von der rot untergehenden Sonne über dem glitzernden Wasser. Wir schlafen zusammengedrängt unter der riesigen, grünen Damastdecke. Dann ein Klopfen, Stimmen, die alte Dame entschuldigt sich mehrfach, Briellas Stimme schickt sie wieder weg, der Türriegel schnappt auf und schon liegt sie unter der Damastdecke nackt neben uns."Jetzt," flüstert sie, "Jetzt."Es ist früh am Morgen,

Es ist früh am Morgen, der Nachtzug kam um fünf Uhr an, die ersten Lichtstreifen reflektieren in den geschliffenen Fenstergläsern. Toe kichert und klemmt seinen Schwanz zwischen die Beine und stöhnt, "Ach du Scheiße!".

"Mein Zug geht morgen vormittag zurück, damit ich zur Heilpraktikerprüfung noch recht-zeitig komme."

Toe nimmt meinen Schwanz in die Hand und schiebt ihn in Briellas feuchte Möse.

"Also dann, los jetzt Mann," sagt er.

"Ob hier jemals so viel pausenlos gefickt wurde in diesen vornehmen Räumen?" sinniert Briella, die auf dem Bauch liegt und gerade von Toe sanft gevögelt wird. Das Bett hat genau die richtige Höhe. Ich stehe an dem Waschbecken mit Messingarmaturen und wasche mich und schaue den beiden durch den oval geschliffenen Spiegel mit Goldrand zu.

"Aleister soll es finster getrieben haben," sage ich. Toe fragt stockend in einer Phase seines langsamen Rein- und Rausschiebens:

"Wer war denn der Mann?"

"Ein mystischer Schwarzmagier der Jahrhundertwende, ein Engländer."

"Bring den Spiegel mit ins Bett," sagt Briella und macht die Zigarette aus.

Wir haben den ganzen Tag das Bett nicht verlassen, das Leintuch ist völlig nass, der blass-grüne Damast zerknittert.

"Stell ihn an das Bettende, ich will genau zusehen, wie Ihr beide in mir drin seid." sagt sie und ich rücke den Spiegel mit Hilfe ihrer Kommandos zurecht. Toe mit seinem großen Schwanz liegt auf dem Rücken, Briella sitzt auf ihm und ich dränge meinen dazu in ihren offenen Schoß. Wenn sie sich zur Seite wendet und den Kopf etwas dreht, kann sie sich sehen.

"Ich will, daß Ihr beide gleichzeitig kommt, ok? Und ich will das genau sehen."

Das Gefühl klopft mir den ganzen Tag zittrig unter dem Hals, bleibt sie? Was will sie? Wird alles wieder gut, fährt sie mit? Wo wohnen wir? Die Kinder, macht sie jetzt Kinder?, frage ich mich.

Toe raucht beim Vögeln, "das macht mich langsamer," meint er.

"Haltet mal still zusammen, und ich bewege mich ganz allein zwischen Euch, verstanden?" Briella schaut mit aufgerissenen Augen in den Spiegel. Naß glänzen ihre gespannten Schamlippen um unsere zwei Penisse herum. Toe's Eier sind ganz hochgezogen, seine Bauchdecke zittert. Er spielt mit ihren Brüsten.

"Die werden noch dicker werden, wenn du Kinder hast," sagt er und drückt beide zusammen. Für Minuten sind Toe und ich ein Schwanz. Es gibt kein Mißverständnis, kein Übereilen, in mir wird alles sanft und still, nur die Frau mit ihrem biegsamen Rücken, der noch überall Zeichen von den Striemen hat, schwingt hin und her.

'Ein Ritt auf zwei Dolchen', denke ich. Sie will uns beide, fühle ich, jetzt genau will sie uns beide. In dem Moment kommen wir auch tatsächlich synchron. Ich weiß nicht, ob nach so vielen Ergüssen überhaupt noch Samen kommt, aber es fühlt sich so an, eigentlich fühlt es sich sogar nach mehr an.

Briella stöhnt und arbeitet. Ihr Gesicht ist wie in einem heiligen Zorn oder berauschten Raserei. Die Lippen sind offen und geöffnet, die Haare wirr, sie schaut immer noch in den Spiegel und presst ihre Finger an unsere Penisse.

"Ich seh' Euch so lange nicht mehr, los macht weiter, kommt weiter machen." Sie bewegt sich weiter, es geht auch weiter.

"Wenn man so lange rumfickt, geht es erst richtig los," konstatiert Toe altklug. Ich schlafe plötzlich ein auf ihrem Rücken.

"Bleib' ruhig, ich halte Dich" flüstert Briella. Toe bindet unsere Schwänze mit seinem Haarband zusammen. Wir sind alle schweißnaß. In mir tanzen Gefühlsbilder auf und ab, ich bin wie ein warmer Brotteig, der auf einem großen flachen Brett von vielen Händen durchgeknetet wird. Dahinter fühle ich Flammen, den Ofen und die Röhre. Es riecht so angenehm nach frischem Teig und Samen und Schweiß.

Ich weiß nicht mehr, wann ich wirklich tief eingeschlafen bin. Als ich aufwache, ist es schon Mittag. Wir liegen beide mit Kissen und Bett auf dem Parkettboden. Briella ist weg, Toe liegt mit offenem Mund auf dem Rücken, die Fensterflügel, die bis auf den Boden gehen, sind offen, die Finger von Toe's Hand sind offen, sein langes gewelltes Haar ringelt sich auf dem Parkett, sein Schwanz steht steil und feucht in der Luft, das Haarband ist noch immer drum und hält die Erektion weiter. Am Boden steht mit einem abgebrochenen Cayalstift geschrieben:

'Liebe Männer, ich bin verrückt vor Geilheit nach Euch. Ihr habt mich aufgebrochen und ich nehme Euch mit in mir. Ich muß gehen. Ich bin eine dumme Frau, ich weiß. Sucht Euch eine andere, die Euch wirklich vereinigt, wie wir es vorhin waren, aber etwas in mir ist nicht normal. Vielleicht werden meine Kinder mal anders!"

Mit einem Klecks Seife klebt die kleine Feder neben dem letzten Wort am Boden. In der Luft hängt noch ein Geruch von ihrem selbtgemixten aphrodisischem Parfüm aus Benjoim und Patschuli.

Fünf Monate später in Tamanrasset, mitten in der Sahara: poste restante, eine Postkarte:

Ich bin schwanger mit zwei männlichen Zwillingen, wie das Echofoto zeigt. Ihr seid jetzt frei, irgendwo weit draußen in der Welt. vergeßt mich, ich habe Euch in mir. Ich habe mich von den Eltern getrennt und lebe im Gärtchen, dort will ich die zwei auf die Erde werfen wie eine trächtige Kuh. Gute Reise noch in diesem Leben für Euch. Und danke dafür, Brie.<

Es ist so absurd wie es normal ist.

Wir sitzen auf einem Felssaum, tausend Meter hoch mit Blick auf eine wildgezackte Felslandschaft mitten in der Sahara, dem Hoggargebirge, viertausend Kilometer von ihr entfernt.

Nach Cefalu waren Toe und ich nach Tunesien in mein Dorf gefahren und haben eine lange Reise mit dem technisch neu präparierten Benz und einem neugekauften VW-Bus für meine Schwester und deren Freund vorbereitet. Die Reise geht neun Monate über Tozeur, Marokko, Gardaia, in den Hoggar, und wird später über Timbuktu, Tanesruft und Algier, wieder zurück führen in unser Dorf in Tunesien.

Briella hatte ich gesagt, daß wir in jedem Fall über Tamanrasset kommen müssen nach fünf bis sechs Monaten und daß sie ja ein Lebenszeichen postlagernd dort hin schicken könne. In dem winzigen Postamt in Tamanrasset habe nicht mehr daran geglaubt, daß sie schreiben würde. Wir hatten dringend zwei neue Reifen für den Benz gebraucht, dessen Reifengröße nirgends zu haben war, so hatten wir per Luftfracht welche aus

Deutschland bestellt, damit die Weiterfahrt gesichert war. Bei dieser Gelegenheit erreichte uns ihr Brief.

>An meine geliebten Ficker! Unser abenteuerlicher Platz liegt hoch an einer Quelle, mit herrlichem Süßwasser zum Bleiben verlockend. Toe wendet die Karte hin und her.

"Wer ist denn nun Vater von was?" fragt er. Ich zucke die Schultern.

"Das bedeutet," sage ich, "Es können Zwillinge sein von Dir oder von mir oder aber auch zwei verschiedene, einer von Dir und einer von mir."

Meine Schwester erzählt uns von einer Frau, die nach dem Krieg im Dorf meines Großvaters ein schwarzes und ein weißes Kind zur gleichen Zeit gebar.

"Warum kam sie bloß nicht mit?" Toe wickelt sein tiefblaues Kopftuch ab und entwirrt die langen, kastanienbraunen Haare.

"Vielleicht wäre sie Euch hinterher gereist, wenn Ihr sie nicht eingeladen hättet," mutmaßt meine Schwester und betrachtet die Karte. Eine Klimtkollage, Frauengesicht, schräg zu goldgewirktem Gestick.

"Nichts bleibt Dir verborgen, wie weit Du auch weg zu sein meinst," sagt sie, "Gestern der Typ, der uns entgegenkam aus Insalah und uns das mit Schleiers Ermordung zurief," wir schütteln alle zusammen verwundert den Kopf, „...doch die Gefühle einer Frau dagegen bleiben ihr oft selber ein Leben lang verborgen"

"Als ob es nichts Wichtigeres gäbe als uns das, gerade das zu zurufen" grübelt der Freund meiner Schwester. Ich sage:

"Es ist die Nachricht, die Dich findet, daher. Es ist ihre Sache" sage ich zu meiner Schwester und hebe die Hand mit etwas staubfeinem Sand darin und lasse ihn sanft durch die Finger fließen.

"Aus Staubsand sind die Dünen und Berge und die tellerartigen Ebenen, worunter sich irgendwo das Band der Straße versteckt."

Feiner Sand, unter dem wir vorige Woche Ringo begraben haben, der plötzlich an Rattengift gestorben war, das sie hier in den Oasen gegen streunende Hunde ausstreuen. Die Nacht, als wir um seinen kleinen Erdhügel herumstanden, war Zodiakallicht, ein riesiger, runder leuchtender Kreis, heller als der Mond selbst. Es war uns, als hätten wir einen Menschen beerdigt. Aus gutem Abstand hatte uns ein Beduine bewegungslos auf seinem Kamel zugesehen.

"Ihr müßt sie auf dem Rückweg besuchen," sagt meine Schwester und wendet das Fladenbrot auf dem glimmenden Holzfeuer um, "Auch wenn sie meint, daß Euch die Kinder nicht bräuchten."

"Wenn uns die Kinder brauchen, werden sie uns finden," sage ich vertrauensvoll in das kosmische Geschehen, obwohl ich nicht einsehen kann, weshalb mein Hund gestorben ist. Wir schreiben eine Karte an die Adresse ihrer Eltern und teilen unsere voraussichtliche Ankunft mit. So bleibt es dann bei diesem Schwebezustand einer wirklichen und zugleich unwirklichen Existenz von ihr und unseren Kindern.

Eineinhalb Jahre später sehen wir die Kinder. Dazu treffen wir uns an einem anonymen Platz, das Restaurant in Wißembourg, das ich von Rückreisen aus Tunis kenne. Wir reden nichts und fühlen die Getrenntheit. Sie will die Kinder alleine haben. Sie findet nicht den Mut, mit uns weiterzureisen in einem inzwischen größeren, geländegängigen Allradwagen mit Wohnteil, wo auch die kleinen Jungs Platz gehabt hätten.

Sie schaut aus dem Fenster des Restaurants und schüttelt den Kopf. Draußen auf dem Kopfsteinpflaster der Straße sitzt ein schwarzer Hund und spitzt die Ohren.

Später hören wir uns in großen Abständen am Telefon.

Mal ist sie mutlos, mal traurig, mal wünscht sie sich Mut, dann wieder nicht. Der Radius der Gespräche durch den Äther wird immer größer. Wir haben fast vergessen, daß wir Söhne haben, sie existieren auf einer anderen Ebene des Zodiakalkreises. Am Rand ihrer Wirklichkeit lauert der schwarze Köter, dessen Augen wie Spiegel sind.

In spiegelnde Augen schaue ich gerade jetzt vor mir auf dem tristen Einerleifriedhof in Karlsruhe, wo ich zu ihrer Beerdigung gekommen bin. Toe habe ich nicht erreicht, seit ein paar Jahren leben wir nicht mehr zusammen. Ich habe ihm ein Telegramm geschickt, daß sein Sohn ihn zur Beerdigung vielleicht erwartet, ohne es zu wissen.

Aber Toe ist nicht hier, ist aus dem Kreis verschwunden.

Auf dem Kiesweg stehen die beiden Jungs aneinander gelehnt mit ihren weißen, oben offenen Turnschuhen. Das Grab ist offen, ich sehe wieder einen schwarzen Hund mit spitzer Schnauze in der aufgeworfenen Erde schnüffeln. Gerade sind alle den knirschenden Kiesweg hinunter gegangen zum Tor, das viele nur in einer Richtung passieren.

"Kommt mit in mein Hotel," sage ich zu ihnen. Es kommt Bewegung in die Beine unter den schwarzen Stoffhosen. ‚Briellas Schnitt für Tai Chi-Hosen‘, denke ich, die beiden zögern nicht. Ich habe noch keine Ahnung, ob sie ahnen, wer ich bin, ich glaube nicht. Wir durften sie ja nie besuchen, es paßte immer gerade nicht recht.

Im Hotel fragt niemand, wie ich mit den beiden in mein Doppelzimmer gehe, das ich gestern zufällig bekam. Ich ziehe sie aus und stecke sie in die Badewanne. Danach legen wir uns zu dritt ins Bett. Und ganz plötzlich weiß ich, was ich tun und sagen muß. Ich habe die richtigen Worte damals von meinem Vater gehört, als meine Mutter, auch wie Briella, an Brustkrebs gestorben war. Mein Vater hatte mich damals eng an sich gedrückt, wie ich jetzt die beiden rechts und links neben mich nehme.

Wir sind ganz nackt und es ist im Angesicht des Todes völlig selbstverständlich, nackt zu sein. Und obwohl da auch Kummer ist, Erschrecken und Ungewöhnlichkeit, sind die beiden Jungen geil. Unser Fleisch versteht sich, Gleiches unter Gleichem. Jede kleine Wahrnehmung macht einen zitternden Eindruck in der Seele.

Edi, der eine, hat den gleichen Leberfleck auf der Bauchmitte wie ich. Er befühlt ihn und Tomy, der hellhäutig Andere, zeigt sein schwarzes, fünfmarkstückgroßes Muttermal, das er wie Toe seitlich auf dem Rücken hat. Ich schlinge zwischen jeden von ihnen eins meiner Beine und erzähle in wenigen Stunden fragmentarisch die Bilder und Fetzen unseres Lebens, das Kaleidoskop einer Liebe zu dritt, das sie hervorgebracht hat.

"Irgendwie hat Mutti immer was gefehlt," sagt Tomy der Hellere, dessen Schwanz auch bedeutend länger ist als der meine.

"Du hast Toe's Schwanz" sage ich.

"Und ich Deinen" sagt Edi und streicht sanft mit den Zeigefingerkuppen über die Spitzen unserer gleichgeformten, nebeneinander liegenden Glieder.

In der Hotelhalle sitzt in kleinem, schwarzen Kostüm Frau Dr. und nimmt ihre Enkel wieder in Empfang.

"Sehr vernünftig von Ihnen, sie nicht gewaltsam entführt zu haben," sagt sie taktlos und peinlich laut in die Hotelhalle.

"Sie wissen, daß ich beide mitnehmen würde, wie ich immer bereit war, das zu tun."

Frau Dr. nickt bekümmert.

"Aber Väter zahlen in ihren Kindern den Preis des Patriarchats, späte Rache der Matronen. Wenn es für meinen Sohn, den da und den da, irgend etwas jemals zu regeln geben sollte, meine Schwester mit gleichen Namen wie ich, lebt immer noch an dieser Adresse in Berlin." Ich überreiche Frau Dr. eine Kunstkarte der letzten Ausstellung mit Bildern meiner Schwester.

"Sie weiß, wo ich zu finden sein werde, aber nur unter dieser Bedingung," ich wende mich zu den Jungs, die mich verlegen anschauen, "Ihr müßt ihr diese Feder geben oder schicken," sage ich zu Edi gewendet und gebe ihm die kleine Flaumfeder des Täuberichs, die ihre Mutter in Cefalu auf den Parkettboden geklebt hatte, "Sie weiß auch, wo Toe steckt."

Danach trennen sich unsere Wege erneut für einen unbestimmten Zeitraum auf dieser Ebene.

Die beiden Brüder wollen in dieser Nacht mit Blut und Samen einen Bund schließen, der sie weiter wachsen lassen wird. Sie brauchen mich oder Toe nicht mehr viel.

"Nur als persönliche Geschichte vielleicht," sage ich später zu Freunden in Berlin, als ich von dem Begräbnis zurückkomme.

Jetzt, da ich es schreibe, nehme ich meinen jüngsten Sohn in den Arm und kuschle ihn, er weiß mit seinen inzwischen fünf Jahren noch nicht, daß er einen älteren Bruder hat, aber vielleicht liest er ja später diese Geschichte, zusammen mit seinem dunklen, kleinen Freund, Felix.

PS: ... und wenn die Geschichte nicht zu Ende ist, dann beginnt sie auf andere Weise von neuem.

www.ingramcontent.com/pod-product-compliance
Lightning Source LLC
Chambersburg PA
CBHW060305100726

47907CB00002B/297